박덕매 시인 작품전집

혼자서 살아 본 세상

청어 도서출판

박덕매 시인이 있어
나는 행복했습니다.

......

이제 그 행복을 함께 나누고자 합니다.
그리고 혼자 사는 그대에게 작으나마 도움이 있기를 바랍니다.

| 목차 |

혼자 살면서 반드시 알아야 할 몇 가지 • 14

시선(詩選)

시평(詩評)

전기(傳記)

수필(隨筆)

혼자 살면서 반드시 알아야 할 몇 가지

첫째, 나를 위한 장례식(葬禮式)은 없다.

내가 죽는 순간(瞬間) 내 몸은 무연고자(無緣故者) 처분(處分)을 받고 버려져 안치실에 방치(放置) 되었다가 의과대학 해부용(解剖用)으로 쓰이거나, 박제(剝製)되어 '인체의 신비전' 등 전시실 표본으로 사용될 것이다. 그러니 형제·자매 믿지 말고, 일찌감치 '사랑의 장기기증 운동'에 참여해 두는 것이 현명(賢明)하다.

둘째, 매달 한 번 이상 찾아오는 친구가 있어야 한다.

가족과 같이 가까운 친구가 반드시 있어야 한다. 갑자기 내가 어떻게 될지 모르기 때문이다. 만약 지금 가까운 친구가 없다면, 늙어갈수록 더욱 찾아오는 사람이 없을 것이므로 나중엔 혼자 사는 것을 크게 후회할 수도 있다.

셋째, 정년이 없는 일거리가 있어야 한다.

열심히 공부해서 전문면허를 취득하던가, 상점(商店)을 내던가 하여 계속 무엇엔가 집중할 수 있는 환경을 갖추어야 한다. 만약 정년퇴직후 무엇을 해야 할지 망막(茫漠)할 경우는 곰곰이 다시 생각해야 한다.

넷째, 노후 재산관리를 미리 해 놓아야 한다.

내 집 마련은 필수이고, 충분한 노후자금을 마련해 놓아야 한다. 만약 내 집도 없는 경우에는 65세 이전에 가진 것을 정리해서 생활보호 대상자가 되도록 한다.

다섯째, 건강해야 한다.

아프면 두세 배 더 서럽다. 건강하지 못하면 혼자 살 자격도 없음을 명심하자. 혹시라도 거동이 불편하거나 치매에 걸리면 끔찍한 결과를 초래한다.

여섯째, 선천적으로 깔끔한 성격이어야 한다.

늙어갈수록 감각이 무디고, 행동은 느려진다. 무엇을 어디에 두었는지도 모를 때가 많아진다. 따라서 정리정돈이 습관화 되어 있어야 한다. 또한 생각이 점점 희미해지고, 손이 떨려서 간단한 서류작업도 어려워질 것임을 알고 있어야 한다.

일곱째, 주변사람과 다투는 일이 없어야 한다.

늙어갈수록 남과 다투어 봐야 나만 이상한 사람 되기 십상이다.

여덟째, 정신상태가 온전해야 한다.

나의 삶은 순전히 내가 선택한 것이어야 한다. 내가 혼자 사는 것이 과거의 어떤 경험이나 기억에서 연유한 것이라면 그럴수록 더욱 혼자서 살면 안 된다.

아홉째, 종교 활동을 성실히 해야 한다.

종교 활동만 잘 하면 혼자 사는데 있어 모든 문제를 해결할 수 있다. 신앙(信仰) 없이는 혼자서 끝까지 살아가기가 매우 어렵다. 지금부터라도 신앙생활을 성실히 하자. 이것이 핵심이다.

德梅未曾傳
我亦無所得
此日秋色暮
猿嘯在後峰

시선(詩選)

무거운 것 내려놓고

세상
무거운 것 내려놓고
이름 없이 쓸쓸한 바람에 실려 떠나리라

오직 순수한 빛깔 바람에 떠나리라

오— 참았던 눈물
때로는 새들 노래하며
한결 가벼운 이 마음 함께
마음 함께
쓸쓸히 바람에 안겨 떠나리라

참았던 내 슬픔이여
무거운 것 내려놓고
가벼운 것도 함께 내려놓고

〈2016년 7월호 · 월간 문학공간(文學空間) 통권 320호 · 문학공간사〉
− 일화(逸話) 304쪽

*아랫물가로

버들피리 살랑대며 서로를 바라보며
늘어진 줄기를 의지하면
아랫물가로
잘났다고 서로의 얼굴을 바라보며
우리와 인생과 똑같구나

수군거리며
기다림도 없이 세월 따라
졸졸 흐르는 물줄기 따라
우리의 인생도 흐른다

멀고도 짧은 무엇으로 가는 걸까
수평선 길 따라 노을을 꿈꾸며 가는 걸까

아쉬운 마음에 나를 못 버리고 마음에 둔 채
개나리 진달래 누구를 위해 피었을까
잠시 잠깐 나를 위해
잠시 피었다
인생도 그저 잠시(暫時)였구나

– 이 시(詩)는 꿈속에서 시인(詩人)이 나타나 읊조린 것을 최옥순(崔玉順) 여사(女史)가 그대로 받아
  적은 것이라고 한다.

햇빛은 평등의 위치

햇빛아
너는 평등의 위치

햇빛 없는 그늘에서
나는 짓밟히듯 살았다
햇빛에 대한 그리움, 경하*를 잊고 살았다
햇빛아
내 편이 되어 다오
내 편이 되어 다오

햇빛에게……
나는 외롭다

햇빛 아래 서 있으면
비로소 나는 외롭지 않다

* 경하(慶賀): 기쁘고 즐거운 일에 대(對)하여 축하(祝賀)의 뜻을 표함.

〈2016년 7월호 · 월간 문학공간(文學空間) 통권 320호 · 문학공간사〉
– 일화(逸話) 302쪽

*클로버*1

행운(幸運)의 네 잎 클로버 찾기
그리고……
행복(幸福)*2의 세 잎 클로버

하나의 행운(幸運)을 위해 무수(無數)한 행복(幸福)을 짓밟으며
사는 것이 아닌지……

그렇다 !
삶(活着)이 곧 행복(幸福)이다

*1 '클로버(Clover): 토끼풀. 그리스도교 삼위일체(三位一體)의 상징. 아일랜드(Ireland)의 나라 꽃.
*2 행복도 내가 만드는 것이네. 불행도 내가 만드는 것이네. 진실로 그 행복과 불행 다른 사람이 만드
   는 것 아니네.(법륜스님, 법구경)

*불굴(不屈)

윌리엄 어네스트 헨리*

온 세상이 지옥처럼 캄캄하게
어둠의 장막이 나를 덮어도
또 신(神)이 어떠한 이라도
나는 그에게 감사(感謝)하리
나의 불굴(不屈)의 정신을 위하여

환경의 잔인한 손아귀에서
오늘 꼼짝도 외치지도 않았다
운명(運命)의 매질에
내 머리는 피투성이어도 굴(屈)치 않았다

이 분노와 눈물의 처소를 넘어
오직 공포(恐怖)의 그림자만이 보인다
그러나 공포의 위협도
겁내지 않는 나를 보고
또 겁내지 않는 나를 보리

문이 좁아도
아무리 심판목록에
죄(罪)가 과(過)하여져도

나는 나 자신의 운명의 주인공(主人公)이다

나는 나 자신의 별의 지도자(指導者)다

– 이 시는 박덕매(朴德梅) 시인이 좋아한다며 평소 암송(暗誦)하여 직접 글로 썼던 것이다.

* 윌리엄 어네스트 헨리(William Ernest Henley): 영국(英國)의 시인이자 비평가(1849년~1903년)로
  결핵성 골수염을 앓아 25살 때 한쪽 다리를 절단(切斷)했는데, '불굴(不屈, Invictus)'은 그 무렵 투
  병하면서 쓴 시다. 그럼에도 그는 희망(希望)을 잃지 않고 옥스퍼드 대학교(University of Oxford)에
  진학하는 등 자신이 처한 상황에 굴(屈)하지 않는 놀라운 정신력(精神力)으로 열정(熱情)적인 삶을
  살았다.
  한편, 남아프리카공화국(Republic of South Africa)에서 흑인(黑人)의 정치참여를 부정(否定)하는 등
  17세기 중엽부터 지속되어 온 극단적인 인종격리정책(아파르트헤이트, Apartheid)이 급기야(及其也)
  1994년 철폐되고 나서 대통령으로 당선된 넬슨 만델라(Nelson Mandela)가 지난 27년의 어둡고 좁
  고 습한 감옥에 갇혀 지냈던 세월 동안 시(詩) '불굴(不屈)'을 매일같이 애송(愛誦)하면서 용기와 희
  망을 잃지 않았다고 한다.

하얀 눈

흰빛의 거리는 얼마나 될까
아니면
검은 빛의 떨어지는 그 속도는
얼마나 될까

흰 빛은 침묵
검은 빛은 진실이 없는 것
주변 서성이는 것
우리의 연한 심성과 살갗을 예리하게 파괴시키려 한다
그만큼 빠른 속도로 독버섯은 자란다
박테리아 같은 존재의 악(惡)
그러나 끝내 우리의 밝은 안광마저 덮어버릴 수는 없다

사람이 선호하는 빛깔이 있다
오늘은 하얀 눈이 내린다
눈부신 그 길을 걸어가라

〈2013년 4월 · 월간 문학공간(文學空間) 통권 281호 · 문학공간사〉

반짝이는 것

눈으로 보는 것
무엇인가
이것은 실로 장님의 눈이다
보아도 못 본 것이므로
나는 죽어서 다시 태어나야 한다
그림에 색채를 넣어야 한다
그림에 산소를 마음껏 불어줘야 한다
어두운 의식 빛깔 아니라
한결 같은 밝은 세상을 보아야 한다

살아 있는 역사 앞에서
사람은 살아 간다
태양도 뜨고 냇물도 흐르고
반짝이는 별
청산은 푸르고 나도 푸르고 너도 푸르르고
그래서 더욱 빛나는 것

나는 무엇인가
산뜻함은 무엇인가

〈2013년 4월 · 월간 문학공간(文學空間) 통권 281호 · 문학공간사〉
〈2013 성남문학인 작품선집(제9집 통권 9호) · 한국문인협회 · 푸른숲〉

생각

버린다
가끔은 버린다는 생각이다

지나간 것은
때늦은 오후의 석양빛
붙잡지 마라
우리는 누구나 흘러가는 물이다
우리는 그저 흘러가는 뗏목이다

오늘 이 시간에
우리가 할 수 있는 일은 묵묵히
그리고 발걸음 또박또박 실수 없이
옮겨 걷는다
아니면 우리에게 무엇이 남는가
그 바람 흔적 없어라
그 여운도 남김없이 버릴 것이 없어라

버린다는 말은
팽개친 청춘의 노래 항상 슬픈 생각
시간 앞에서
우리 서두르지 말자

26

과거와 현재 미래가 한결같이

물소리로 흘러간다

〈2012년 11월 · 월간문학(月刊文學) · 한국문인협회〉

문(門)

문을 찾으려면 열린 문을 찾아라
열리지 않는 문이면 오던 길을 다시 돌아가라
그리하여 조용히 문이 열린 기다리는 문을 두드려라

어디 간들 사람 사는 곳이면 마음의 가운데 문빗장 없으랴
어디 간들 사람 사는 곳 문빗장 안 잠겼으랴
문 열어라. 혹독한 추위 지나고
봄날에 노오란 개나리꽃 핀다

우리가 스스로 닫은 문, 죽은 문으로는 밤낮으로 시비에 물들고
안팎이 불타는 세상 물기 한 점 바람 한 점 없는 돌문

그래도 어디선가
푸른 문이 열리는 소리 있다

문을 찾으려면
먼저 빗장 걸린 마음부터 열어라
그리고 조용히 문을 두드려라

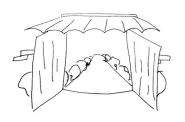

〈2011년 6월 · 월간 문학공간(文學空間) 통권 259호 · 문학공간사〉

눈을 뜬다

저기
눈 뜬 것을 봐
감긴 눈을 뜨는 것
부릅뜬 눈
오늘 이 거리에는
모두 눈들을 뜨고 있다

오늘은 12월 그믐이라
버스 차창에
따스한 겨울 햇빛 아래에서
모든 사물이 눈들을 뜬다

잃어버린 시간, 헌 지갑 위에
감긴 눈을 뜨는 것
새롭게 햇빛 비추고 있다

〈2011년 6월 · 월간 문학공간(文學空間) 통권 259호 · 문학공간사〉

창밖에 햇빛 되어라

밖을 보는 세상이 있어서
창을 나는 가끔 들여다본다

희로애락이
거기 창을 거쳐 간다
모든 빛이 유리창을 비추어
내게로 비추어 주듯이
나의 속사정 마음들이여
낱낱이 세상 창밖으로 보내어라
검던 쓰던 달던 그 무엇이든지
음식 소화되는 것은 괜찮어라
하기는 소화 안 되는 것을
정 참을 수 없으면 잠시라도 살기 위하여
그렇게 살게끔 창이 있는 것처럼 말이다

나의 마음이여
어린아이 잠자거나 오히려 어른이 겁질려* 위축되어서는 안 된다
자세히 창밖으로 세상에 알려주어라
그리하여 너도 창밖에 햇빛이 되어라

* 겁질려: '겁에 질려'의 줄임말. 잔뜩 겁을 먹어서 어리둥절한 상태.

〈2010년 11~12월 · 문예비전〉
〈2013 성남문학인 작품선집(제9집 통권 9호) · 한국문인협회 · 푸른숲〉

침묵(沈默)

침묵 속에
고운 침이 고인다
내 벗은 아는가
새벽 빛나는 별빛 보는가

무엇을 찬찬히 드려다 볼 때
무엇을 곰곰이 생각하고 있을 때
거기 환(幻)같은 꿈 바뀌는 천만금의 소리(聲)
아우성 아닌 소리 적막(寂寞)
흐르는 조용한 물소리다

침묵
입 속에
고운 침이 고인다
내 벗도 그러한가?

〈2010년 11~12월 · 문예비전〉

사람들

산을 가는 길에
거기 풍물이 없어서
나는 아무것도 본 것이 없다
나는 눈을 감고 걸었다

어깨에 걸린 가방보다
몇 배 넘치는 무거운 것
마음 부채로 억눌리지만

산은
눈먼 장님도 오른다

산을 가볍게 내려올 때는
그 짐을 모두 풀어놓았기 때문이다

하산하는 일은
그동안 감았던 눈을 떠보는 것

하산하는 일은
그동안 아끼는 물건을 찾아오는 것이 아니라
버리고 또 버리는 것

거기
온갖 놀라운 풍광
눈으로 화안히 들여다보며
오래 기억하듯 노래하니

변함없이
그곳은 꽃이 피어 있다
그곳은 돌이 무게로 있다
그곳은 강물이 흘러간다
그곳은 산이 제자리에 있다
그곳은 정직하게 사람이 어울려 산다

하산하는 일은 눈을 뜨는 것이다

〈2009년 겨울호·PEN〉
〈2013 성남문학인 작품선집(제9집 통권 9호)·한국문인협회·푸른숲〉

삼우제*날의 첫술

지난 일은 이제 전설일 수밖에 없다
오늘날 술 먹는 버릇은
전설로 돌아가기 위한 반복행위가 아닐까
그래서 나의 술버릇은 낭비가 아닌
말벗을 만나는 일이라고 말하고 싶다
그래서 나에게는 술벗이란 귀중하다

* 삼우제(三虞祭): 장례(葬禮)를 치른 후에 세 번째 지내는 제사(祭祀).

〈2008년 8월 · 술(187쪽, 보성출판사)〉
− 일화(逸話) 300쪽

그림

내가 그리는 대로
별이 되어라
무슨 무엇이 되어라
내가 자연(自然)이어서 가슴이 되어라

별 되고도 남은 여백(餘白)에다는
별 되고도 남은 여백(餘白)에다는

그 그림엔
청춘이란 두 글씨만 가득 채워라
혹은 청춘을 사랑으로 바꿔라

그리고
헌 내 이름도 바꿔라
무엇이나 새롭고 빛나라

나를
그 그림 자연(自然)처럼 살게 하여라
그 그림 자유(自由)처럼 살게 하여라

〈1992년 9월호 · 농민문학〉

햇빛에서

햇빛에서 놀다가
햇빛에서 무심하게 바라보다가
조금 남아있는 내 양심 찾는다
어느 날 건망증에 잃어버린 물건을 건네받는다, 귀한 정신을 갖는다

나의 오늘 등불이여
세상에서 내가 가장 신뢰하는 따뜻한 이 햇빛이여
내 마음의 편력(遍歷)^{*1}을 가장 소중하게 이해하고 아껴 주는 이 단단한
햇빛이여
꿈 아닌 생시에 내가 만난 그대여
이 햇빛에서 꿀 같은 오수(午睡)^{*2}를 청(請)한다
이 햇빛에서 하루 종일 어린 날의 소꿉장난 즐긴다

보석 그득한 상자
그 비밀스런 햇빛의 정면(正面)이나
아니면 그 터 밭이 될 햇빛 가장자리로나
아니면 가까운 내 어깨를 넘어서 저 푸른 청산(靑山)을 마주 보이는
이 거리(距離) 쯤에 아아 정의로운 깃대 하나 세워 바람 속에서 휘날리게
한다
세월(歲月)에 꺾이거나 퇴색하지 않는 내 깃발 하나 영원히 햇빛에서 빛
난다

*1 편력(遍歷): 이곳저곳을 돌아다님. 여러 가지 경험을 함.
*2 오수(午睡): 낮잠.

〈1992년 9월호 · 농민문학〉

즉흥 삼제(三題) 1 - 그 장단이야 누구나

머리에 잡혀라
가야금줄처럼 울려라
높고 낮음
서러움 울어라
표현(表現)이나 던져라
비(雨)면 비
구름이면 구름
장단이야
나도 될 수 있지

신명(神明)*
못 울리는
내 심정
자네
알것지

그 장단이야
누구나 알것지

* 신명(神明): 하늘과 땅(天地)의 신령(神靈)

즉흥 삼제(三題) 2 - 이슬비

이슬비 내리네
눈물이 아니래도
이슬비 내리네

누가
첫 손을 잡을 때처럼
새로움
아— 첫눈 내릴 때처럼
슬픔도 다감(多感)하다*

* 다감(多感)하다: 어떤 현상이나 일에 대하여 받아들이고 느끼는 마음이나 일어나는 기분이 풍부하다.

즉흥 삼제(三題) 3 – 사랑에게

기다려라
내가 그리로 데리러 가마
사랑아
조금만 더 참아다오
아니면
이승에서 어떻게 기다리며
나는 참을 수 있을까

우리 서로 만나지 못해
험난한 그 고개
저승인지
이승인지

하여간 명(命)을 이으면서
데려가는 곳
이승인지
저승인지

사랑아
혹시 사랑이 아니라면

우리는 어떻게 할까

어떻게 할까

〈1991년 9월 · 여류시(女流詩) 19집〉
－ 시평(詩評) 295쪽

마흔살 서정(抒情)

1
마흔 살은
옳은 말하는 나이
어깨로 먼지를 밀어낸다
그의 손은
이미 어깨 위에서
힘이 되어준다
어깨 위에 달린
40개나 되는 날갯죽지는 서로 다정한 연인 같다
그러나 마흔 살은 흔히, 보통 나이이다

곧은 나이이다
한 구절도 뺄 수 없는 장문(長文)이다
그의 모든 언어다

마흔 살은
세월의 망각에서
옳은 것을 되돌려 받는다

2
고운 채에 받쳐 골라
옥(玉)돌만 남고
나머지를 멀리 산골짝에다 던져버린 나이
생애(生涯)의 일부분을 허물어버린 나이
생애(生涯)의 절반쯤을 내다버린 나이

이제 무엇을
나는 버릴 것인가

그러나
나이는 신통하게도 그를 떠받들어 완전한 거목(巨木)이 되게 하는 것

꽃 꺾듯이
후미진 곳에

내가 던져버린 세월의 여린 나뭇가지는
생명(生命)의 지금 병(病)드는지 누가 아는가
나의 마흔 살 누가 아는가

* 서정(抒情) : 주로 예술작품을 통하여 작가(作家)의 마음에서 일어나는 여러 가지 감정(感情) 또는
   그 감정을 불러일으키는 기분(氣分) 등 분위기를 그려 냄.

〈1991년 9월 · 여류시(女流詩) 19집〉
- 일화(逸話) 297쪽

시골

창가에서
그냥 정직하게 살아라
푸른 구원(救援), 넘친다
인내하고 또 인내를
하면서
어디에서나 그렇게 살아라

날마다
푸른 창 옆에 서서
푸른 색깔 읽어라

하늘을 신성하는 사람들의 하늘
기쁨을 주는 하늘

비 뿌린 아침에
더욱 신선함 넘치는 하늘

이슬 같은 내 마음에
힘을 주고

그러나
죽음 같은 무서운— 어둠을
바라보지 말아라

지난 눈물
거둬들인

시골의
넓은 뜰 모두 내 것이다

이 여름날
푸른 들판, 모두 내 것이다

<1991년 9월 · 여류시(女流詩) 19집>

우리의 노래

그렇다
강물은 강물대로
산은 산대로
나는 나대로

아니다
혼돈의 구름이다
그리운 그의 옆모습까지도 나는 못 미친다

청정한 하늘이 있고
하늘 아래
땅,
꽃 사이 사이로는 순(順)한 햇빛
보아라
햇빛은 반짝인다

마음을
어찌하여 어둠의 한 자락이라 하는지
어찌하여 비껴가는 구름이라 하는지

맑은 호수(湖水)여
가만히 내 얼굴을 비치지만
오히려 그 자리엔 포물선 같은 상채기*
나는 오늘의 바람에게 탓하지 않는다
나는 어제의 바람에게도 외면하지 않는다

세상의 모든 이름은 제자리에 있으며
나의 모든 이름을 제자리에 놓아라

그렇다
지금 고요히 비어 있을
강은 강
산은 산
나는 나

고향 생각이듯
그리운 제자리 돌아가라

우리는
우리의 노래를 들어라

* 상채기: '생채기'의 북한식 표현. 손톱 따위로 할퀴이거나 긁히어서 생긴 작은 상처.

〈1991년 · 여류시(女流詩) 19집〉

말하는 보살[*1]

바람처럼
떠돌며 살다가도
나의 이름은 비구니[*2]

어느 날
나를 알아보는 당신
꿈속일까
아니면
풀잎일까

누운 바람을
당신은 나를 일으켜 세운다
광활한 천지간
오로지 고독한 그 이름 하나 찾고 싶어
헤맨다
그의 영혼이 나를 알아본다
그는 보살인지 몰라
그는 말하는 보살인지 몰라

*1 보살(菩薩): 불교(佛敎)의 깨달음을 구하여 중생(衆生)을 교화(敎化)하는 이상적 수행자상.
*2 비구니(比丘尼): 불교(佛敎)의 여자(女子) 출가(出家) 수행자(僧侶).

〈1990년 · 여류시(女流詩) 18집〉

아름다움(초본)

산이라 말하지 말라
달이라 말하지 말라
마음 헤픈 여자야
약(藥)이 될 때
비로소,
손 흔들어 표(表)하리니……

사람이라 하지만
많이 정 주지 말라
많이 정 의심하지도 말고
언제나 반쯤 나누어 생각하라
언제나 그의 이름을
말해주는 것을
봄바람처럼 속삭여 주지도 말라
자연(自然)이듯 모든 아름다움이여
산이라 말하리
달이라 말하리

〈1990년 · 여류시(女流詩) 18집〉

아름다움

산(山)이라 말하지 말라
달(月)이라 말하지 말라
마음 헤픈 여자야
약(藥)이 될 때
비로소,
손 흔들어 표(表)하리니……

사람이라 하지만
많이 정(情) 주지 말라
많이 정(情) 의심하지도 말고
언제나 반쯤 나누어 생각하라
언제나 그의 이름을, 말해주는 것을
봄바람처럼 속삭여 주지도 말라
자연(自然)이듯
모든 아름다움이여

기쁨과 눈물의 약(藥)이 될 때
비로소 약(藥)이 될 때

푸른 달빛 산(山)빛이라 말하라

〈1992년 9월호 · 농민문학〉

살

무의미한 정적, 나는 싫다
그리고 누워 있는 저 무덤들, 나는 싫다
부딪히는 저 파도소리 되고 싶다
그 파도소리 되고 싶다

— 흘러가는 시냇물이고 싶다
파도에서
시냇물에서
노래 하련다
몸짓 하련다

섞이지 않는 살 되고 싶다
그 살 닳아 지련다

〈1990년 · 여류시(女流詩) 18집〉

해탈(解脫)

바람을 모조리 깡그리
잡아들이겠다

긁적인 시, 열두 번째

*

산을 간다고
지워진다더냐

사람아
사람아

산이라 말하지 말라
달이라 말하지 말라
마음 헤픈 여자야

산을 오른다 해서
마음 풀릴 것인가

차라리
담벼락 보고 말하지

*

마르면 마를수록
눈물 마를수록
비를 맞는다

〈1990년 2월 11일〉

*

하늘이여
나의 종교는 하늘이옵니다
지식도 싫고
나에게는
어두운

*

휘발유처럼 일어나
날아가고 싶다

*

잡는다는 뜻은 놓친다는 뜻
무얼 잡는다는 것인가

*

산(山)에 가서
마음자리에 와서
하나씩 막힌다
마음 둘이 따라 갔기 때문이다

무슨 옷을 입고 싶기에……
나들이처럼

그 이름을

용서하셔요
어둠이
우리의 벗입니다

내가
그대의 그림자이고
그대가
나의 그림자인 것

그래서
혼자가 둘이고
둘이는
합(合)한 숫자

하나의 빛과
하나의 어둠이라 해도
우리에겐
무엇이나
귀한 것만 가지고 있습니다

그 이름을 불러주세요

낱낱의 이름

빛과 어둠보다는

결점 보완하는 지혜를

바람결에

전해주서요

〈1989년 2월 12일〉

깃발

우리 죽은 뒤에
우리 만나는 것은
마음

마음
무엇이 되랴
낙엽이 되랴
짙은 녹음이 되랴
그도 저도 아닌
시뻘건 불빛 아래
고깃덩어리랴
아
무서움이랴
적지도 많지도 말고
죽어서
우리 만나지는 것은
마음이라는 깃발 아래
나부낄 테야

죽어서도
깨어서도

마음이라는 깃발

휘날릴 테야

〈1989년 10월 · 여류시(女流詩) 17집〉
〈2013 성남문학인 작품선집 · 한국문인협회〉

물소리(초본)

손에 쥔
힘든 물건
제 자리 땅으로 둘 때
비로소
그 중심(中心)이 되는 구나
내 귀에
오직 흘러가는 물소리 들리는구나
지금
고요함이 아니라도
모든 소리
그와 같이 되어라
마음에다 비추어라
마음에다 더 깊은 우물을
길을 묻는 사람에게만 물소리는
귀를 열어주는구나
귀를 기울이는 사람에게만 물소리는
그의 음악을 가르치는 구나
귀 기울여, 그의 숲속으로 부터 노래하는 물소리를 듣고 배워라

물소리는

손에 쥔
힘든 물건
땅
제자리에 놓았을 때
비로소
그 중심(中心)이 되는구나
내 귀에
오직 흘러가는 물소리 들리는구나
지금
고요함이 아니라도
모든 소리
그와 같이 되어라
마음에다 비추어라
마음에 더 깊은 우물을 보아라

물소리는,
만법(萬法)이구나
귀 기울여 알라

〈1989년 10월 · 여류시(女流詩) 17집〉

60

맑은 바람

친구여
나뭇가지 끝에
맑은 바람이 되어
외로움이나마
구원 받고저

지나온 날
더러는
옥(玉)빛이고

더러는
하늘에게
부끄러움 안 되는 것

바람이나
되고저

〈1989년 3월〉

보살

어느 날
나를 알아보고
울었다

풀잎이었다
보살이었다

비구니

바람처럼 떠돌 듯
살다가도
비구니

– 시인은 최옥순(崔玉順) 여사(女史)를 만나기 이전 출가(出家)하여 비구니(比丘尼)가 되고자 했으며,
  그때 걸레스님 중광(重光)과 도반(道伴, 함께 도를 닦는 벗)이었다고 한다.

〈1989년 9월 24일〉

사랑

뒤도
안 돌아보고 걷네
그래야 되네

〈1989년 2월 26일〉

생활

칼날 같은 아픔을 생활이라 한다
가끔 비 오는 날
양산이나 옷자락에 젖어가는 비애(悲哀) 아니다
어디 굽이쳐 흘러가는 물소리도 아니다

오늘
신선 될 수 없는 사람
양반 될 수 없는 사람
무엇도 될 수 없는 사람
칼날의 세월의 칼
그 사람 생활을
대낮에 몰래 훔쳐 읽다

달도
별도 보이는 밤에 듣는 이야기
신화(神話)라고 하면

한낮에
듣고 있는 그의 이야기는
메아리도 없는, 쇳소리가 들린다

⟨1989년 2월 12일⟩

오랜만에

길 위에
돌도 반듯하게 놓아주십시오

신천지 같은
마음의 길이라 하니
맞아들이십시오

보석
없이도
그 길
걸어갑니다

그러자니
나
꿈만 같아요

꿈이면
어떤가

생시(生時)도
모르는 일

물든
세상 빛깔
아닌
길

취한 술 깨듯
오랜만에
그 길을 갈 것이니

〈1989년 3월〉

여름

풀벌레 울고 가는 간격으로
고달픈 하루

〈1989년 3월〉

허물

나의 고향은
어린 아이 무르팍 그쯤이다

요즘
내가 무얼 골몰히 생각하지만
꼭 차 있기를 바라는 마음에서가 아니라
마치 비어 있는 손이나 그 사이로 빠져가는 바람
그동안 나는 밤길도 수고했으며
그동안 나는 포식도 했으니
나이 중년(中年)에 와서는
청춘(靑春)이 아닌
어린 시절
다친 무르팍 그 자리쯤
생각에 머문다

꼭
외형(外形)을 닮은 의자(椅子)가 아니더라도
그곳에서 편히 쉬게 하는 것은
진작부터 열려 있는 마음의 고향

불 꺼진
마음 밖의 창(窓)
저 세상은
지금 무슨 빛깔일까

요즘 내가 생각하는 것은
누구 앞에서나
떳떳이 내 보이는 어린 아이 무르팍
그쯤, 나의 허물 내보이고 싶다

〈1989년 3월호 · 동서문학〉

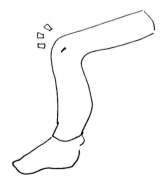

긁적인 시, 열한 번째

*

도무지
천진의 빛깔
더 헤아릴 수 없구나

천진 (너무 친애하여)
어지러워

옳고 그름 가려내기
어려워진다

〈1989년 2월 16일〉

*

어디
한 구석에
햇빛이 남아 있어

〈1989년 5월 4일 아침〉

*

가난을 참아 견디는
어진 인자의 눈빛은
별빛과 같다

*

구름조각
마음
마음을 텅 비운다

*

두레박
한 그루 나무, 푸른 나무

*

혼자서
나의 이 시름 잊습니다
빈자리 채우기란
한 발짝만 물러나면 되는 것

*

저쪽에
아직도 귀가 머네
저쪽에선 저쪽 사람 닮고
이쪽에선 이쪽 사람 닮네

*

내가 정직한 건
무엇이나 마찬가지
나에게 좋은 말만 하세요

〈1989년 5월 18일〉

*

우는 아이와 같이
우리는 더 자라나야겠다
어린 아이들이
울며 보채며 더 자라나듯
우리는 더 자라나야겠다

*

말하는 자유를 주세요
가야금 산조를 들으면서
드디어 멀어지는

*

나는 날개가 있어요
이상의 날개가 있어요

*

내가 밝으면
하늘이 맑게 비출 것이요

내 마음이 어두우면
하늘도 어두울 것이다

〈1989년 9월 29일〉

*

하느님, 나는 울었습니다

〈1989년 9월 29일〉

*

자기 그림자를 스스로 지워라

*

집에 있어도
마음은
산(山)에 가 있다
나뭇잎 하고
말벗이다

*

날 잊게 해 다오
날 잊게 해 다오
천지 간 중에
이름 있는 것이면
그 중 나를 도와다오

곧은 것

나는
살아야 하느냐

욕되게
사는 것은 무엇이냐

부지런한
새벽 3시쯤 일어나
기구(祈求)*1의 동작으로
남의 시(詩) 존경해서 읽는다
시(詩)에는 흔한 소망마저 빠뜨려 있다

오늘 아침
나의 양심은 무엇이냐
나의 가책*2처럼 슬픔 촉촉이 젖고
남의 일에도 냉정하지 못함은
무엇이냐

사방을 둘러봐도
작은 내 뺨 비빌 데 없지만
창 너머

키만 삐쩍 솟아 소름끼치는 전봇대 아니면
궁궐 짓는 거기 사철나무
생김 생김처럼
보태지도 빼지도 말으면서 표현(表現)하는 것

혹은
절망이 되더라도
곧은 것은 곧다

곧은 삶일수록 힘들어
나는 어떻게 하나

*1 기구(祈求): 원하는 바가 실현되도록 빌고 바람.
*2 가책(呵責): 자신의 잘못이 후회되어 스스로 뉘우치고 꾸짖음. 본래 불교(佛敎)에서 스님(僧侶)이 수
   행(修行)하다 지켜야 할 바를 어겼을 때 벌(罰) 받는 것을 가리켰음.

〈1988년 10월 · 여류시(女流詩) 16집〉

섬

어느 날
죄 있어
겁나네

자월리의 섬
그곳에 갔을 때
나에게 말하라면
그렇게 대답하네

육지(陸地) 아닌 섬은
귀 듣던 대로
나와 함께
나란히 자리 비워 놓고
무엇이나
남김없이 타인(他人)에게 돌려주네

원래
주인(主人) 없는 바닷가
아니면 뱃머리에서
죄(罪) 같은 것 말고도
마음
자주자주 헹구고나 싶네

섬에서
아득히 바라보고 있으면
아름다운 세상
그곳은 텅 비어 있네

나는
그 섬이고 싶네

<1988년 10월 · 여류시(女流詩) 16집>

여유(餘裕) 있는 일요일(日曜日)에서

오늘 일요일(日曜日)엔

집에 앉아 있었다

어제보다 후각(喉覺)[1]도 늦어지고

산적(散積)[2]되는 핏빛 노을

손에는 잘 일이 잡혀지지 않아서 망설였다

생성(生成)되어 가는 과정(過程)을 마침내 나는 지금 보고져 한다

[1] 후각(喉覺): 喉 목구멍 후, 覺 깨달을 각. '식사가 늦어짐'으로 해석함이 타당.
[2] 산적(散積): 흩어져 쌓임.

80

산(山) 1

산(山)을
여기쯤 옮겨 놓고 싶다
햇빛 밝은 양지(陽地)로
이만큼 옮겨 앉히고 싶다

잘했다
나는 일어서는 것을 보았다
산(山)이 일어서는 것을 보았다

〈1987년 12월 · 여류시(女流詩) 15집〉

산(山) 2

내가 그의 힘이 되어 주고 있을 때
어느새 산(山)처럼 굳어 있다
그의 모습은 거대하다

산(山)이다
그리하여 마주 바라보려면
그는 하늘
나는 땅

그러나 둘이 사이는
벌어진 틈새가 아닌 것

정다운 구름끼리
책갈피마다
역정(歷程)*

공간(空間)이다
물가에
다만 뚫린 뱃길

사랑할 때

내가 그의 힘이 될 때

* 역정(歷程): 지금까지 지나온 경로.

〈1987년 12월 · 여류시(女流詩) 15집〉

언제나 햇빛

장례식에 다녀온 날
내가 살아서
이 햇빛을 본다
그래도 눈 떠 있는 시(詩)
살아있는 것들이 좋아서
눈부신 하늘을 바라본다

무엇이나
생명(生命)
혹은 비껴가는 강물
마음의 교차로에서
우리는 머뭇거린다

맨 처음
우리가 만나서 악수할 때
푸른 파도
뱃길에
손을 적시다

손은 절벽이다
살아 있음은

서로 마주 바라보는 힘

가교의 다리(橋), 배 한 척
물 위에 둥둥 떠 있는 모습
절망하지 말라
언제나 우리에게 햇빛은 있다

〈1987년 5월호·한국문학(韓國文學)〉

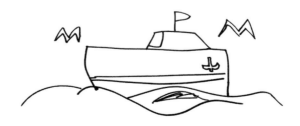

정적(靜寂)이 아닐 때

고요할 때
아무 말도 하지 말라
정적은
앓는 소리 그대로다

겨울 산(山)
무엇이 안 보이나
후두둑 잎 떨군
빈 나무 가지가
나의 눈에는 어째서 푸르게 보이는 것일까

그리고 또
여름 같은 저 무성한 잎 때문에
간신히 지탱해 온 목숨
희망들이
꺾이거나 휘어지고 있는 것
나의 환상으로 그의 모습이 가깝고 멀게
느껴지는 것

겨울 산(山)에 가서
무엇을 보았나

나목(裸木)*

어느 때는 녹음만 짙다가

어느 때는 정직하게

가시 찔린 손

펴 보이는 고요

지금

고요할 때 아무 말도 하지 말라

정적이 아닐 때

우리는 모래밭을 간다

* 나목(裸木): 잎이 지고 가지만 앙상히 남은 나무.

〈1987년 5월호 · 동서문학〉
− 시평(詩評) 293쪽

어느 하루

오늘 머리를 하늘로 두고 걸었습니다
그저 덤덤하니 생긴 보통 사나이 계집애처럼
소소리바람
나뭇잎 잠재우듯
나의 몸은 평지(平地) 위에 서 있습니다
저녁노을에 세상 빛깔이 타들어 가는 그런
시간이 아니더라도 말입니다
하루 중에 그래도 머리를 하늘로 향해 사념*할 줄 압니다

* 사념(思念): 마음속으로 깊이 생각함.

〈1987년 12월 · 여류시(女流詩) 15집〉

별

모든 빛이
하나로
반사(反射)되어
흐른다
깨끗한 소리로
흐른다
별들의 고향 보이고, 가깝다

적막한 세상(世上)을
밤길을 걷는 이
아무것도
앞을
눈으로 볼 수 없는 칠흑 속의 장님
그의 지혜(智慧)로써
스스로 찾아낸 한줄기
정확한 시야(視野) 속으로는
우리의 생(生) 몇 겁(劫)*을
면면(面面)히 비쳐 보듯이
폭풍 지난 뒤에
별이 반사(反射)되어 흐른다

* 겁(劫): 어떤 시간의 단위로도 계산할 수 없는 무한히 긴 시간.

〈1987년 7월 · 한국현대명시집(韓國現代名詩集) · 시문학사(詩文學社)〉

끍적인 시, 열 번째

*

부처여
멀리 나들이를 했습니다
봄나들이는 못 되어도

혼탁한 먼지에도
나들이 기분으로 갔다 옵니다

〈1987년 5월 28일〉

*

직장에서—
쪼끔은 감별(鑑別)

먼지 속에
쓰레기 속에 장미

*

보자기에 싸가지고
가고 싶다

산(山)에 와서
산(山)의 보람

〈8월 6일 아침, 관악산 연주대에서〉

*

장마 끝처럼
제목은 저기 등 뒤에 두고
걸어라
비를 맞고 걸어라
고개 숙이고

*

이렇게 어울려서
나무 바람 돌
인자함처럼 말입니다
그렇지 않으면 이것들은 어떻게 됩니까
오늘
밝히겠네
죄를
멀리했네

나는
오늘
음력 00일
목욕재배하고
산(山)에 오는
지난 날 누구처럼
생손 앓듯
조심을 다쳐하는 가요

*

산(山) 아래
번득임을

산(山) 아래
촉촉이 젖는 것을

모든 일을
비로소

〈시(詩)의 빛〉

*

산 아래

번득이는 천 개의 손을

보십시오

촉촉이 젖은 것은, 젖는 것이

번뇌임을

비로소

오늘

말하겠네

죄를!

멀리했네

오늘

음력 00일

목욕재배하고

산(山)에 오는

지난 날 누구처럼

*

마치 피처럼

부정을 뚝뚝 떨어트리면서

(기억에서 끌어들인 청상(淸爽)을)

남풍을 끌어들일까
서풍을 끌어들일까

*

그는 색깔을 안다
죽어가는 색깔을 안다

*

별을 보고 걸어야지
이 밤이 아니라면
그래야지

자꾸
속세에 뒤쫓기듯
발걸음만 무거워라

별은
바람에도 약(藥)이 되네

*

산(山)을 간다고

마음이 지워진다더냐
산(山)을 간다고

*

쓴 약을
달여 먹어요
사약을 받지 않으려거든

*

수목처럼 자라나야겠다
그 생각만이 정정당당한 것처럼

*

밤하늘 별이 무수히 빛나듯
돋보이던 하루

*

추운 겨울날
길목에서는 한 10년 쯤 되돌아간다
외로운 우리들 모습

*

노을이 뻐스 창가에 비끼는 시간
뻐스에서 젊은 시절
맞아들이듯
나가는 소리

*

깊은 밤에
누가 와서 나를 흔들면
생전 처음 걷는 길처럼
멀고 아득한
분간할 수 없는

*

산(山)을 이 만큼 옮겨 놓았다
잘 했다
나는 산(山)이 일어서는 것을 보았다
나는 정의가 무엇인가를 보았다
나는 산(山)이 일어서는 것을 보았다

나무 한 그루

창밖으로 나무 한 그루라도 바라볼 수 있는 방(房)으로 나는 족하다
거기에서 더 많은 나무, 숲을 보는 지혜가 생긴다

나에게 유일한 재산은 창밖으로 나무 한 그루를 바라보는 일이다

사막 위에 나무 한 그루, 사람 저마다 잘난 듯 싶어도, 잘 생긴 나무를
따라 갈 것인가

작은 것에서도 행복과 감사하는 사람이 많을수록 좋은 세상이다

〈1986년 11월 · 동서문학〉
- 일화(逸話) 291쪽

긁적인 시, 아홉 번째

*

스러져 가는 별이 될 수 있다
그럴 수는 없다
그럴 수는 없다
눈감을 수 없다

*

휘파람처럼 밀고 나가는 것이
힘이다

*

뒷소리만 듣고 살라 한다
기적소리처럼
뒷소리만 듣고 살라 한다

*

풍경
더러는 이파리가 나기도 하고……

*

압박을 받는다
그 가운데, 정의는 한두 가지가 되어 난다

*

살아서
움직이네
모두들
땅 위를 걷네
가네
그래서……

*

봄날
나와 함께
들과 같이 녹스깨라 하더니
젊다

이제는
가물가물
연기 낀다

*

어두우니 촛불을 켜라
어둡다
촛불을 켜라

답답하다
문(門) 열어라

모든 것이
소리 없이 오나니

모든 것이
소리 없나니

모든 것이 소리 없이 오나니
모든 것이 소리 없이 마음에 오나니

〈1986년 1월 20일〉

*

하늘이 다 안다

보일 듯
안 보일 듯

보자기
풀어헤친다 (제쳐라)

나는
지금 희다
가슴을 열어 보여요

*

햇빛에 가장 잘 익은 내 마음씨를
하나 골라서 소중히 간직 했으면 싶다

*

하늘이 내 마음 다 알고 있기에
보일 듯 안 보일 듯한 그 마음의
보자기를 다 풀어냅니다

하늘이 내 마음 훤히 보고
보며 읽고 있기에 지금
내 흰 가슴 열어
보입니다

향나무

새벽 잠 깨어날 때
창밖 한 그루의 향나무는
비로소 나의 방과 적당한 위치에서
나를 보고 있다

황폐한 땅, 도시를 숨 쉬는 나무들
그들보다 일찍 일어난 이른 아침에
나무들은
미지 아닌 열린 창밖에서
새의 깃털처럼 눈부시다

지금 내가
향나무를 바라보는 것은
오랜만의 깨달음
나는
향나무의 이름을 부르리라

창 앞에 내가 있고
창은 하늘을 보듯
그가 나의 이름을 부르는 것이 아니라
내가 그의 이름을 부르기 위한 것

창밖에서 반갑게 나를 맞아주는 것이 아니라
내가 방 안의 물건 하나 하나에 생명을 불어 일으키는 것

그것은 안과 밖의 거리
그것은 꿈이 아니다
그것은 길로 말하면 평지(平地)다

미래가 아닌 장소에서
향나무와 나는 마주 바라볼 수 있다

〈1985년 11월 · 여류시(女流詩) 13집〉
– 일화(逸話) 287쪽

나그네의 길을 향해서

어느덧 나그네의 나이 마흔을 훨씬 넘었다

아침 새 소리를 듣고 잠을 깨고, 마침내 해가 서산에 꼴깍 넘어가면
서둘러 다시 눈을 붙이며 밤잠을 잔다

나그네의 이력서(履歷書)엔 하루가 그렇게 시작되어 끝나더라는 말만
적혀 있다

낮 동안 보아 온 사람들 표정이나 구름의 빛깔마저도 생략해 놓았다

걸음걸음마다 그림을 그리듯 했지만 오던 길을 뒤돌아보면 그림은
모조리 지워져 있다. 그래서 이력서에 그냥 공란으로 남겨 두었다

깜깜한 밤중에 별 하나가 유난히 빛나듯, 심신이 고달픈 나그네에게
내일 신(神)이 찾아 올 것이다

공란은 그대로 신(神)의 자리로서 그(神)가 원하는 글씨를 쓰게 하고
물감을 고루 고루 칠하게 하리라

해 넘어가는 저녁 때 무슨 말을 하랴

또는 내일 아침에 나는 무슨 말을 하랴

나그네의 이력서는 신(神)에게 우송*된다

새벽 동이 틀 무렵쯤에 나는 신(神)을 혼자서 살짝 만나 보았으면 한다
쓰고 싶지 않은 시(詩)에 자꾸 매달리고 있는 처량한 신세타령이나 하
고 싶다

* 우송(郵送): 우편으로 보냄.

〈1985년 12월 · 「심상」〉

바람과 불

살아 있는 것은
바람 분다네
마른 풀잎에
성냥불 조심하듯
나는
바람을 막아 서 있으려네

터진 살갗에
바람으로 저절로 상처 아물어가듯
그렇게 바람을 키우겠네
거기까지 키가 커질 때
바람과 내가 똑같은 키로 서 있을 때까지
더러는 마른 풀잎이 불에 타네

살아 있는 것은
바람이 아니라
불이라 하네

바람을 막아
불을 끄지 않고
내 마음의 불을 먼저 끄려네

〈1985년 11월 · 여류시(女流詩) 13집〉

긁적인 시, 여덟 번째

*

마침 내
너를 위하여 뼈를 깎는다
세월마다 뼈를 깎는다

⟨1985년 5월 19일⟩

*

갈까 말까
서산마루에 해는 넘어간다

⟨1985년 5월 29일⟩

*

천연자원을 하나의 상품으로 만들어 내는 기술
독신자를 바라보는 눈

천연자원을 하나의 상품으로 만들어 내는 기술
작문(作文)은 노동

시(詩)는 예술적 노동
담벽 아래 시간과 누군가 서 있었다는 상황이 모두 기록된다

〈1985년 6월 10일〉

겨울

친구여
나뭇가지 끝에
맑은 바람
외로움이고저
구원 받고저
지나온 날
더러는
옥(玉)빛이고저

지나 온 날
더러는
하늘에게
부끄러움 안되고저

들판

사랑하고
흰 눈 가득한
저 들판 위로 사람들은 눈을 돌려 고요해지듯
힘을
우리는 나누어 가질 수 있다

풀포기도
거대한 나무도
서로 의지하는 삶이다
누구도 마찬가지,
꽃은 꽃 아닌 것을 만나서
사랑하며
어울리어 간다

화려한 꽃은
어째서
저절로 고개를 숙이나
저절로 무거운 고개를 숙이나

꽃은 꽃이 아닌 것을
승(勝)은 승(勝)이 아닌 것을

저 솟아나는 들판 위로
담담해야 한다

〈1984년 · 여류시(女流詩) 12집〉

잔잔한 호수에

나는 잔잔한 마을 호수 위로 돌 던지듯 하였습니다

온통 들판은 푸르고 해 넘어가는 저녁 빛깔은 더욱 선명하지만,
나는 무색(無色) 혹은 상(傷)한 마을 그대로 남아 있습니다

계절의 기러기 하늘 날아가고 습(濕)한 땅으로 벌레는 벌레대로 몸을
편히 쉬는데 사방팔방(四方八方) 흩어진 곳곳에서나마 마음으로 머물러
있으렵니다

그러니 이제부터는 꽃은 꽃으로 새는 새로 굼벵이는 굼벵이로 거지는
거지로 꼽추는 꼽추로 멍청이는 멍청이로 나는 나 너는 너로서 세상에
빛이기를 원합니다

다시는 나의 결심이 흩어지지 않게 해 주십시요
오래 오래 곱씹으면서 이겨 낸 의지를 축복해 주십시요

나는 잔잔한 마을 호수에 돌 던지듯 하였습니다

〈1984년 · 여류시(女流詩) 12집〉

숲

숲가에 서 보라
원망과 저주의 창변을 거닐어 보라
이승을 끝내고 제각기 그곳을 지나갈 때가 있다

세월

세상(世上)

귀퉁이 열렸다 닫혔다
바늘구멍으로 내다보는
풍경(風景)

어디엔가 남아 있다(초본) — 즉흥환상

어디엔가 남아 있을 먼지처럼
추억과 눈부신 건망증
햇빛 내리쬐는 오후
길거리 한복판에서 바라보노라면
거미줄처럼
종·횡 누워보는 차선(車線)들
신선(神仙)이나 되려고
그 위를 차례 차례 들어 눕는 사람 사람
아무리 생각해도
지금 휘황찬란한 공중에
에덴의 사과가 열리던지
이태백(李太白)의 달이 뜨던지

흙의 기적, 하늘의 영광
마음엔 꽃 한 송이
어디엔가 남아서 피어 있다
신(神)이여!
우리는 있다

〈1970년 12월 · 지금 이 시간(時間) · 청암출판사(靑岩出版社)〉

어디엔가 남아 있다

어디엔가 남아 있을 먼지처럼
추억과 눈부신 건망증
햇볕 내리쬐는 오후
길거리 한복판에서 있으면
거미줄처럼
종·횡 누워보는 차선(車線)들
신선(神仙)이나 되려고
그 위를 차례 차례 들어 눕는 사람 사람
아무리 생각해도
지금 휘황찬란한 공중에
에덴동산 사과가 열리던지
이태백(李太白) 달이 뜨던지

흙의 기적, 하늘의 영광
마음엔 꽃 한 송이
소중하게 남아 있다

〈1984년 11월 · 여류시(女流詩) 12집〉

긁적인 시, 일곱 번째

*

무엇을 할퀴느냐
나는 길을 걸어가고 있는데
비 오는 날은

〈1984년 11월 10일〉

*

살아 있음을 바람이라 합니다
빛의 고요함을 바람이라 합니다
나의 이름을 돌려 주십시오

*

바람 부는 벌판에 백신(?) 드러난 나무들같이
산산(散散)한 느낌이다. 내 기분이다
그런데도 그것들로부터 도망칠 의사는 없다

가무(歌舞)

빛깔이 진하면 사랑이 된다네
드문드문 울음 아니라 질긴 울음 만나면 차돌이나 단단한 무쇠 같은
마음도
춘삼월 강물 녹듯 풀리나니 아아 깨끗한 빛깔이 되네
드문드문 노랫가락에도 굽이굽이 젖는 사연이 자네에게도 있었으면 하네

〈1983년 · 여류시(女流詩) 11집〉

바람의 시(詩)

바람은 돌풍도 된다
바람은 순풍도 된다
바람은 태산도 된다
바람은 공동도 된다

그러나 바람은
위력(威力) 아닌 대지(大地)의 바람이라야
저절로 푸른 하늘을 머리에 이고
신명(神明)의 가벼운 바람이라야
타인(他人)이여
너는 나에게
어제처럼 기쁨과 분노를 번갈아 일으키는
거센 바람이 되지 말아다오
자연(自然)대로 내버려 두는 신선한 바람만이
고요한 삼라만상을 잠 깨울 수 있다
비로소 흔들리는 바람이라 할 수 있다
우리들의 합창이라 할 수 있다

〈1983년 · 여류시(女流詩) 11집〉

120

산(山)의 진실(眞實)

용서하세요
푸르름이여
가진 것 없지만
몸을 하나도 걸치지 않고
모양(貌樣)*1 보여드리겠어요
이적지 눈으로 보아 온 것은
푸르름이 아니므로
용서(容恕)하십시오

가난하게 살았지만
오늘 숲속에 찾아 온 것은
아끼는 진실(眞實)을 고백하고저
겨울날 숲속에 찾아 온 것은
신앙(信仰)처럼
땅을 북돋아 하늘을 떠받들며
혹한(酷寒)도 이겨내는 수목(樹木, 裸木*2)과
그들끼리
그들끼리
스쳐가는 바람의 노래가 좋아
나 신명 들린 듯 단숨에 산(山)을 올라왔네요
어느 날은 산에 와서 말해 봐야지 했었네요

세상(世上) 제일 빛나는 말(진실)을 하려거든

사람이여, 산에 가서 알려주게나

우리의 마음 중에서 가장 흰 부분이라면

끝까지 버티며 간직한 것이며 푸르름이라고 하지요

*1 모양(貌樣): 모양(模樣), 겉으로 나타나는 생김새나 됨됨이.
*2 나목(裸木): 잎이 지고 가지만 앙상히 남은 나무.

〈1983년 2월호 · 여성불교(女性佛敎)〉

음악(音樂)소리

생각납니다
음악도 들으면 간절합니다

⟨1983년 11월 2일·클래식 실내악에서⟩

풀잎에 서다

죽은 것들을
깨어나게 할 수는 없을까
풀잎이게 할 수는 없을까

어둠을
깊어가는
새벽으로 바라보아서는 안 될까

소리를
듣지도
보지도 말았으면

태어나지도 말며
죽지도 말며
생명(生命)을
풀잎에 서다

〈1983년 · 여류시(女流詩) 11집〉

하늘

물기 가시듯
그런 날이 있을 거야

햇빛에
눈부실 거야

구원받고 싶을 때
신(神)으로부터 되돌려 받는 것은
순수(純粹)
마음 등불이 되는 것
구차하게 사라지는 것들 앞에서
영원한 힘인 것

사람은 땅에 살면서
머리 위엔
하늘
푸른 하늘
사람들의 푸른 하늘

목숨이 다할 때도 하늘
미안한 하늘

아득히 하늘이 멀어 외로운 사람
아— 사람 사람들

살아있을 징표(徵表), 몸짓이 될 거야

〈1983년 · 여류시(女流詩) 11집〉

긁적인 시, 여섯 번째

*

섞이지 않는 살(빛)
섞이지 않는 고요
'아침'을 좋아 한다

〈1983년 1월 19일〉

*

그 부서지는 햇살과
환하게 피어나는 햇살
중년(中年)의 나더러
중년(中年)의 나더러
부서지는 햇살의 의미만 찾으란다
피어나는 햇살 그 의미만 찾으란다
오늘 나더러 재만 남기란다
모든 것이 하라 한 것이란다
진리만 찾으란다
아하 기침이 나네
아침 밥 먹고
타협에 지쳤다, 나는 지쳤다

*

혼동이다
나대신
너가 흔드는 것이니
나도 따라갈 것이다

너에게 의지하는 것이다
내가 잊었던 때,
부디……

*

낙엽길 피해 가세요
낙엽을 밟지 말고 가세요

*

나는 너의 소중한 것이 되고 참아
너는 나의 소중한 것이 되고선으로
어둠속에 반딧불이여

아침

오늘 아침에는
마른 나뭇가지
나의 나이가
종잇조각처럼 바람소리를 낸다

안팎을 뒤지면서
나의 나이가
바람소리를 낸다

〈1982년 · 현대문학〉

가을은 풍성한 외로움을 키운다

강(江)처럼 한 자리에 모였다간
똘똘 말아서
시원히도 풀리어가는 물줄기를
보듯이
가을은 우리의 아픈 이야기를
하나씩 풀어야겠다

퍽이나 오랜 질주로 숨가빠
키워온, 사람의 표독한 사랑과,
울음일 것 같은 기막힌
바다의 서정이 짙어가고 있다

울어라 울어라 똘똘 뭉쳤단
다시 흩어져 한 줄기로만 모아
흘러가는 강(江)줄기를

기억조차 야위어서 선(線)을
헤집을 수 없는, 사연을
어인 슬픔으로만 풀어 가면
되는가

흥건히 젖어오는 눈물이게,
사랑이게, 살이 되게
가을은 온통 강(江)물 줄기처럼
짙게만 풍성한 외로움을
키웁시다

〈1982년 · 흐름 위에 보금자리 친 나의 영혼 · 한국문학사〉

하느님과 촛불(초본)

저는
하느님을 믿죠

왜냐하면
마음의 촛불을 켜는 것은
나의 의지(意志)지만
속눈썹으로 살그머니 다가서며
촛불을 켜는 너
때로는 너처럼 나도
너의 어둠 속에서
촛불을 켤 때가 있어요

따스한 햇볕같이
그렇게
하루 종일
우리는 축복(祝福)을 받아야지요

왜냐하면
아름다움은 외면(外面)할 수 없는 것
마침내 정(情)이 되는 것

내가 남을 위하여
그러나 내가 아니더라도
진리(眞理)의 사람을 위하여
축복(祝福)을 하는 법(法)

혹은
절실한 고독도 진리이기 때문에
바늘구멍만한 환기(換氣)도 없이
푸른 하늘 잊어버린 섧은 나에게도
그대가 나에게 건네주고 되어있는 꽃잎 같은 이 촛불은
이제 명명(命名)도 채 받지 못한 운명(運命)의 사람을 위해서도
아낌없이 바치겠어요

마음의 촛불은
나의 의지(意志)의 뜻이라지만
저는
하느님의 사랑이라고 믿지요

하느님과 촛불

저는
하느님을 믿죠

왜냐하면
마음의 촛불을
의지(意志)의 힘이라고 하지만
속눈썹으로 살그머니 다가서며
촛불을 켜는 너
너의 어둠 속에서
촛불을 켤 때가 있어요

따스한 햇볕같이
그렇게
하루 종일
우리는 축복(祝福)을 받아야지요

내가 남을 위하여
그러나 내가 아니더라도
진리(眞理)의 사람을 위하여
축복(祝福)을 하는 법(法)

혹은
절실한 고독도 진리이기 때문에
바늘구멍만한 환기(換氣)도 없이

푸른 하늘 잊어버린 섧은 나에게도
그대가 나에게 건네주고 되어있는 꽃잎 같은 이 촛불은
이제 명명(命名)도 채 받지 못한 운명(運命)의 사람을 위해서도
아낌없이 바치겠어요

마음의 촛불은
나의 의지(意志)의 뜻이라지만
저는
하느님의 사랑이라고 믿지요

〈1982년 · 현대문학〉

촛불

저는

하느님을 믿죠

왜냐하면

마음의 촛불 켜는 것은

나의 의지(意志)지만

속눈썹으로 살그머니 다가서며

나의 촛불을 켜주는 너

너의 얼굴 내가 알 수 없듯

어둠 속에서 너에게 촛불 켤 때도 있어요

따스한 햇볕 같이

그렇게

하루 종일

우리는 축복 받아야지요

〈1981년 8월 · 현대문학〉
— 시평(詩評) 285쪽

폭풍(暴風) 뒤

모든 빛이
하나로
반사(反射)되어
흐른다
별들의 고향이 보이고, 가깝다
적막한 세상(世上)을
밤길을 걷는 이
아무 것도
앞을
눈으로 볼 수 없는 칠흑 속의 한 맹인(盲人)
그의 지혜(智慧)로써
가까스로 찾아낸 한 줄기
정확한 시야(視野) 속
우리의 생(生) 몇 겁(劫)
면면(面面)히 비쳐 보듯이
폭풍(暴風)도 지난 뒤에
별들의 고향(故鄕)이 보인다

〈1981년 6월 · 월간문학〉

믿는 것

믿는 것은 내일
비단결

너의 마음
나의 마음
합(合)한 마음

반딧불같이
구슬같이
맑게

어디서나
그림자 되어
바람아
바람아

목숨은
하늘의 것
비단결 마음

— 시작(詩作) 메모 —

너와 나라는 상대적이며 이기적인 편견에서 몇 걸음이라도 물러나면
세상은 온통 아름다운 노랫소리로 넘칠 것이다.
반딧불같이 구슬같이……

시(詩)를 쓰는 사람이므로 시로써밖에 표현을 할 수 없는 노릇이지만…….
어쨌든 비단결 같은 마음을 지닌 사람을 이상형(理想型)으로 바라보면
서 나는 살았다.

〈1980년 3월 9일·주간여성〉

긁적인 시, 다섯 번째

*

정의가 무엇인가를 알았다
그는 굽으리고 섭고
가끔 그보다

*

살아서
움직이네
땅 위로 걸어가네

*

누가 강한 불빛에
지지 않나

〈1980년 2월 28일 밤〉

*

오늘
새소리가 들려주는 것은
무엇일까

〈1980년 3월 10일 아침〉

140

*

눈(眼)이여
삼가 문안드려요

〈1980년 1월〉

*

나이
마흔 나뭇가지
옳은 것을 말하려고

〈1980년 5월 30일〉

돌

제게는
소원을 주십시오

향기(香氣)는
물론 아닌 것을 주십시오
차라리
슬픔 한 가지 만을 주십시오
주(主)여 주(主)여
몇 개(個)나 되는 꿈은 어지러우므로
숨바꼭질이므로
숨바꼭질이므로
별을 따지 못하는 안타까움이므로

제게는
오로지…… 은은히 피어나게 하십시오
그리하여 일곱 빛 무지개 아니라도……
영롱(玲瓏)함을 주십시오
주(主)여
그것은 돌의 마음이게 하십시오
다만 침묵(沈默)을 주십시오

〈1979년 9월호 · 가정과 에너지〉

반짝이는 별

눈물 없이는 안 되네
너와의 최후(最後)여
입술은
원래(原來)
빛나야 하네
머리로
탑(塔)을 돌아나오듯
근심 많은
우리는
우리는

문턱이 종일(終日) 닳도록
우네
마음 깊은 곳은
밤하늘
반짝이는 별이여
눈물 없이는
안 되네

〈1979년 1월 27일 · 부산일보〉

제목 없음

하느님 밥만 먹게 굶지 않게 하여 주세요

가난한 생활(生活)을 원망하지 않을래요

이유(理由)는

어느 곳에서나 음악(音樂) 소리를 듣고 있기 때문이에요

마치 콩나물 자라듯 하는 아름다운 노래

무엇에나 벗어날 수 있는 노랫소리 때문이에요

가득 채우지 못한 허전 속에서는

가벼웁도록 덜어주어요

하느님 세상(世上) 구석구석마다는 그래도 그곳에서는 어울리겠지요?

어울리겠지요?

땅거미 지는 저녁에

〈1979년 5월호 · 월간문학(月刊文學)〉

늙적인 시, 네 번째

*

나는 노래를 불렀다
창가를 불렀다

이러한 노래가 너에게
전하리라고 불렀다

*

맑게 개인 날 같이
엄한 이마 위에

*

겨울의 얼굴
얼굴의 겨울

*

풍경
마지막 장례 행렬처럼

〈1979년 8월 20일〉

*
그
힘은 어디서 나오는가

땅은 일어서고
나 몰래 일어서고 (일어선다)

무엇인가
깨뜨리는 것

*
마치, 피처럼
부정을 뚝뚝 떨어트리면서
하나씩 벗겨와

*
(기억에서)
남풍을 길어 들일까
서풍을 불어 들일까
어쩔 수 없는

＊

오늘
말하겠네

죄를
멀리했네
나는
오늘
음력 00일
목욕재배하고
산(山)에 오른
지난 날 누구처럼

＊

수목처럼 자라나야겠다는 생각만은
정당한 것
앞을 바라봐야겠다

*

휘파람처럼
밀고 나가는 것
그것은
힘이다

어깨에
휘파람처럼
밀고 나가는 것
힘

가을

가을
바람이
저렇게 지혜를 내려 주신다

노래

아픈 것이 피 되고
살 된다지만

무엇을 위해
우리는 우나

보이지 않는 꿈 때문인가
그러면 벗이여
꿈이 보일 때까지
꿈이 보일 때까지
죄(罪) 있듯
바다로 마음을 부으라

우리는 왜 우나
어째서 우나

아침 일찍
정원(庭園)에서
참새처럼 노래도 못 부르는 사람에게

150

아픈 것 피 되고
살 된다 하네
울으라 말하네

〈1978년 6월 6일 · 한국일보〉

대추나무 사랑

1

고요한 적막(寂寞)을 보았네
대추나무 보았네

울던 다음날 아침
세수(洗手)하면서
대추나무와
마주쳤네
약속하였네

둘이는
사랑했네

2

신앙(信仰)은
높이 높이
하늘 위에,
별 속에
숨어있었으므로

지혜(智慧)는

추억과

비밀(秘密)이므로

층계(層階) 오르듯

환한 구름 속에 거닐었네

대추나무 적막(寂寞)을 맞았네

〈1978년 12월호 · 현대문학(現代文學)〉
− 시평(詩評) 284쪽

창(窓, 초본)

해를 만나고 싶으니
창문을 연다

그러나 문(門)은
언제나 열려 있는 문(門)
큼직한 산(山)들이며
옷자락을 옮긴다

눈을 정시(正視) 못하는 사람은
슬픈 구름 속에서 울고

천지(天地)는 온통 문이고
길이 된다
나는 출렁이는 바닷물처럼
오늘 육지(陸地)로 닿는다

창(窓)은 본시부터 가슴으로
통(通)한다
어둑한 교실(敎室)도
세멘 벽(壁)도
틈 사이에도

쬐꼬만

한 움큼 면적(面積)이면

누구나

녹슬지 않은 창(窓)이 된다

창(窓)

해를 만나고 싶어서
창문을 연다

그러나 문(門)은—
언제나 열려 있는 모습
큼직한 산(山)들이며
옷자락을 옮긴다

눈을 정시(正視) 못하는 사람은
슬픈 구름 속에서 울고

천지(天地)가 온통 문이고
길이다
나는
출렁이는 바닷물처럼
오늘 육지(陸地)로 닿았다

창(窓)은
본시부터
가슴으로 통(通)한다
어둑한 교실(敎室)도

담벼락도
틈 사이에도

쬐꼬만
한 움큼씩
면적(面積)이면……
녹슬지 않은
창(窓)일 것이다

〈1978년 8월 9일 · 경향신문〉

풀잎의 위력(偉力)

너는 휘어질 뿐
꺾이지는 않았다

그 무한대한 너의 존재여
흑막(黑幕)으로 가리워진 지상(地上)위의 것,
지상의 전부(全部)여

보는 것,
진귀한 것에도,
잃어버린 너에게도
수없이
수없이 많은 것이여
나는
지금 단념(斷念)한다

차창(車窓)으로 얼룩지는 슬픈 그림자
어쩌면 이 조그만 그림들마저
아침 이슬에 반짝이는 풀잎
그 위력(偉力)과 같이……

달

하늘에다

모두가

부끄러워서

밤이면

나도

밤의 그림자다

도망치지 않고,

나는

달과 함께 놀다

〈1975년 6월호 · 현대문학(現代文學)〉
〈1977년 10월 · 한국대표여류문학전집 4 · 을유문화사(乙酉文化社)〉
− 시평(詩評) 282쪽

귀로(歸路)

힘주어 걷는
이 발자욱아
나의 인생(人生)의 적기(適期)다

허공엔
발자욱뿐이구나

신록(新祿)*

그대가 날 버렸다
날 버렸지
그러나 이제는 내가
그대를 버리겠네

* 신록(新祿): 늦봄이나 초여름에 새로 나온 잎의 푸른빛.

여자의 눈물

그녀가

울고 있을 동안에도

하나의 미소(微笑)*¹였을 것이다

우리가

외로워 할 때

혹은

즐거울 때도,

모든 것은 불꽃이어라

덤덤한 표정(表情)으로 사라지는

너의 최후(最後)를 읽고 있으면

나의 강안(江岸)에 닻을 내린

하나의 배(船)가 출렁인다

우리가

지탱하고 있는 것은

생존(生存)의 뜻이 아닌 슬픔의 정열(情熱)이다

깨끗한

다만

해후(邂逅)*²이다

*1 미소(微笑): 소리 없이 빙긋이 웃음. 또는 그런 웃음.
*2 해후(邂逅): 오랫동안 헤어졌다가 뜻밖에 다시 만남.

긁적인 시, 세 번째

*

이렇게
나 혼자 등을 돌리고 앉아
쓸쓸히 부는 바람처럼
이렇게
나 혼자 있을 때처럼

*

차라리
담벼락 보고 말하리

*

조용한 물소리를 따라가노라면
물소리를 따라 가노라면
시간의 내용을 들으리라

〈1974년 10월 21일〉

*

꺼억 꺼억 목이 메이거던

〈1974년 8월 16일〉

*

풀려날 수만 있다면
물줄기처럼

*

외로움이 하늘에 닿으면
성스럽다

*

한 방울 물 아껴 쓰듯
사람 정열 마음 아껴

*

문틈으로 사랑만 먼발치서 들여다보다가 늙었습니다
잡힐 듯 말 듯

*

빈손이다
다 털어 버린다

*

어두움이 짙은 시각
칼을 들 수도
없다

*

지나버린 시간이 있었다

*

너무나 사랑한 시간
정오(正午)는
잃어버린 시간

*

나뭇잎이
푸르게 안 보일 때일수록
그것은
죽어가는 마음일 때

망향(望鄕)

하늘에 용서(容恕)받고 싶어서 운다
내가 운다

광신(狂信)*처럼
살아보고

그동안 어머니도 잊고
고향(故鄕)과는
등지면서 살았었네

하늘이 가끔은
뉘우치게 한다

어느 복잡한 로타리에서
신호등(信號燈)을 바라보며
기다리고 있는 시간(時間)에서

그 잡다(雜多)한 것에서,
돌아오고 있는 순수(純粹)다

* 광신(狂信): 신앙이나 사상(思想) 따위에 대하여 이성을 잃고 무비판적으로 믿음.

〈1973년 5월 31일 · 한국일보〉
〈1977년 10월 · 한국대표여류문학전집 4 · 을유문화사(乙酉文化社)〉
– 시평(詩評) 280쪽

힘의 노래

꽃은 꽃이 아닌 것을 만나서
사랑하고
흰 눈 가득한
저 들판 위로 사람은 눈을 돌려 고요해지듯
힘을
우리는 나누어 가질 수 있다

풀포기도 우람한 나무도
상부상조(相扶相助)의 삶이다

어째서 화려한 꽃들은
무거운 고개를 숙이나

꽃은 꽃이 아닌 것을
성한 것끼리 만나지 말고
저 솟아나는 들판 위로
담담해야 한다

긁적인 시, 두 번째

*

지난 시간은 황금과 같으니
면경(面境)이라 하노니
오늘 아침에 일찍 일어나
먼지 닦다

왕후(王侯)같이
수도승같이
스스로
죄인(罪人)같이

나는
죄인(罪人)같이
왕심(王心)같이
천심(天心)같이

왕심(王心)의 아이같이
신(神) 도움 구하지 않고
악(惡)으로마저
손잡아 주는 행복(幸福)

마음과의 만남

우리의 마음은 무엇일까

어느 날 하늘에 야트막하게 흘러가는 구름인양 우리의 손으로 잡힐 듯
하지만 육안으로 모습이 잡히지 않는다

오직 마음을 구하고자 하는 이라야만 그 어려움을 만난다……

이야기

친구여, 지금 나는 보통의 머리는 아니다
보통으로 당신의 친구를 의심(疑心)하는 게 아니다
빼앗기기 싫어서 지금 나의 머리는 보통을 넘고 있다
오래 살아서 눈이 먼
친구여, 나는 원통하다
푸른 들
옛날에 보아 온 하늘은 여전히 푸르다
손이 시러운 오늘의 나는
보통으로 견디지 않는 인내(忍耐)를 가지고 있다
친구여, 내가 사귀운 어제의 벗은 떠났다
날마다 날마다 바뀌는 사람
쓸쓸한 사람 친구여, 내가 방해(妨害)한다
멀미나도록 지루한 사랑이여, 불행(不幸)은 나에게로 온다
지금 나는 너를 기억(記憶)하고 있다
세월(歲月)이여 지나가고 싶다
친구여, 적(敵)은 너다
너를 도망해 나는 혼자 있다
적(敵)인 너를 때로는, 다시 보고 싶어서 안타까웁다
친구여, 쓸쓸하게 혼자 술을 드는 날은 더 슬프다
혼자 집을 짓고 있다
너의 눈이 싫어서, 더욱 빛나는 친구가 그 중 미워서, 혼자 있으련다

친구여, 나는 당신의 친구를 의심(疑心)한다. 나의 왕국(王國)을 꾸민다

친구여, 나는 죽게 된다

〈1971년 5월호 · 현대문학(現代文學)〉
〈1977년 10월 · 한국대표여류문학전집 4〉
〈2013 성남문학인 작품선집〉

긁적인 시, 첫 번째

*
바람이 저만치
불어온다

맑다

(시무룩하다 친구는)

나는 기분이 참 좋다

떨면서 매를 맞고
나는 살았다

강했다

까치·까마귀

까치소리가
들리는
동리(洞里)*의 여기는
언젠가
어릴 때
나의 고향(故鄕)
아니올시다
까마귀 소리 들리는
동리(洞里)
여기는,
내가 어릴 때
거의 살던 곳
까치소리
아니올시다
까마귀
우는
동리(洞里)의 여기는
애초
내가 세상(世上)에 나올 때 정(定)해진 곳……
가난과
질병(疾病)의 동리(洞里)

때문에

먼 곳

이웃의 동리(洞里)로

도망했더니

결국

까마귀 우는

동리(洞里)로 쫓겨 와서,

다시

까치소리

아니올시다

까마귀 짖어대는 곳에서

다시 시(詩)를 씁니다

* 동리(洞里): 마을. 지방행정구역의 최소 구획인 동(洞)과 리(理)를 아울러 이르는 말.

〈1970년 8월 · 주부생활〉
〈1970년 12월 · 지금 이 시간(時間) · 청암출판사(靑岩出版社)〉

냇물소리

땅에서 하늘로 상승(上昇)하는
비의 넋이여
고정(固定)시켜 들으려 해도
냇가를 도도(滔滔)히 흘러내리는 물소리는
물소리 아니라
끓는 물소리든가 아니면
내가 나를 잊은 탓인가
창(窓)을 열고 눈을 씻는
하늘보다도 적은 푸른 빛에
나를 잊을려는
나를 잊을려는 것이 아니라
끓는 물도 아니고 어둠이 깔린 뻘도 아닌
냇물소리를 듣다보면 나는 하늘을 그리는
짐승인가 보다
이제 나는 울으라고 하여도 울 수 없는 나는,
내일(來日)을 숨 쉬는 꿈의 짐승이기를
그믐달에 그리는 빛의 넋이기를
바람을 재우는 냇물소리여

〈1970년 4월 · 월간문학(月刊文學)〉
〈1970년 12월 · 지금 이 시간(時間) · 청암출판사(靑岩出版社)〉

돌의 아침

무수(無數)한 날 나는
검은 비를 맞고 쓰러진 나무등걸이 같이
마음에 상흔(傷痕)을 남긴 오늘의 그
구름이나 꽃을 쫓듯이
말없는 돌들의 침묵(沈默)을 그리워하였다

죽은 듯이 말이 없는 돌멩이는
죽어 있는 돌멩이가 아니라
숨을 쉬면서도 움직이지 않는 스스로의 얼을
그리워한 나머지
기쁘지도 않고 슬프지도 않은
삶으로 유연(悠然)히
영원(永遠)한 아침을 딛고 일어서는
그 아침의 빛을 위하여
울음이 무엇인지
웃음이 무엇인지
누구도 진맥(診脈)할 수 없는 가슴
천(千)의 눈에 불을 켜고
우리의 숲 위에 비 실은 구름을 몰아왔다

그리고 무수한 날 나는

누구도 그 누구도 귀담아 들을 수 없는

울부짖음에 귀 기울이는

말없는 돌들의 침묵을 그리워하였다

⟨1970년 · 신문학(新文學)⟩
⟨1970년 12월 · 지금 이 시간⟩

무엇이 나를 희생(犧牲)하고 있을 때

이 세상(世上) 어느 별 보다도 가장 쓸쓸히 죽어간다
이 세상(世上) 어느 별 보다도 가장 강(强)하게 떠나련다
지금 비는 밖에 뿌리고 있으며,
지금 비는 밖에서 살균(殺菌)하고 있다
거짓말은 지금 가장 필요(必要)한 것이다
사물(事物)이 지쳐 있기까지는,
밖에서 부당히 압박했었기 때문인 것처럼 나는 억울하게 쓰러졌다
그러나 이 말은
결코 타락이 아니다
이 세상 어느 별 자리에서 보다 더 요란하고 반복해 가며
생명(生命)을 유지해 가는 영원한 윤회(輪廻)
그러나 나는 거짓말을 하지 않을 수 없다
지구(地球)가 돌고 있지만,
가끔은
정지(停止)되어 있는 착각(錯覺)
그러나 지구는 쉬지 않으리라
그러나 지구는 계속하여
나를 너무나 압박할 것이다

〈1970년 11월 · 현대시학(現代詩學)〉
〈1970년 12월 · 지금 이 시간(時間) · 청암출판사(靑岩出版社)〉
〈1977년 10월 · 한국대표여류문학전집 4 · 을유문화사(乙酉文化社)〉
 − 시평(詩評) 266쪽, 278쪽

추경(秋景)

문을 열면
눈을 감아도 가을이
이 우주(宇宙)에 머무는 소리 들린다

가랑잎 소리는
나의 고동소리
바람 소리는
나의 호흡소리

가을은 차가운 물살처럼
체내(體內)에 퍼지고

한 호흡 한 순간(瞬間)마다 내 속에
흐느끼는 사연

가을은 무지(無知)라는 것을
마음은 절망(絕望)이라는 것을

물소리
바람소리에 띄워 보내기 전

나는
무서운 마지막을 예감(豫感)한다
우리의 최선(最善)의 것
우리의 최후(最後)의 것은
사랑임을

의지(意志)로
나는 견딜 것이다

〈1969년 5월 · 여류문학(女流文學) 제2집 · 한국여류문학인회〉

왕(王)

나는 자꾸 이 방(房)에 누구하고 같이 있는 것만 같다

그림자도 아니다. 누구하고 같이 있는 것이다

나는 혼자다. 그럼 누구하고 있을까

분명히 나는 이 방에서 이야기를 했다

주고받은 생각이 났다. 다시 혼자라는 것이 지금 생각난다

아까 나는 너와 이야기를 했다. 분명히 너누나. 혼자가 이미 나는 아니

다 어디를 가든 나는 너와 함께 있다

이미 혼자가 아닌 이 방에서 나는 너를 생각한다

누구였는지. 깨닫고 있다. 나는 안다. 먼지와 같은 것. 실로 눈곱만큼

도 못 되는 것. 작은 것일지 모르지. 너는 나의 생각이구나

외롭지 않다. 지금 나는 너와 함께 있구나. 너의 존재(存在)는 밝혀지지

않았다. 이 방에서 나는 단 둘이, 기막힌 존재다

존재는 하나인데

나 한 사람이 잠을 자고 있었다. 깨다보니 둘이 되었다

이 방에 네가 마침내 있었을까. 잠이 깨기를 기다리고 앉았었을까

둘이다. 하며 너를 찾았다. 그러나 너는 도로 없어지고 마는 것이었다

형체는 남아있다. 아쉬운 나의 감정은 아직도 계속된다. 아무도 이 방

에 없었다. 주고 받는 사람은 누구였는지 알 수 있다. 마침내 너다

부피요 공간. 마침내 너는 신령이다. 그림자처럼 따라 다니고 마는 게

아니냐

꼭 둘이다 느끼게 하는 것이었다. 너는 거짓말을 시키는 것이었었다

너의 모습은 지금 나에게서 없어졌다. 그러나 너와 같이 있어 줄 것이다 평시(平時)와 함께 너를 생각하기 때문인가 없어져라 너는 불쌍히도 나는 나뿐인 것을, 너는 공간(空間)이던 것이다

그런데 둘이 다 보는 것은 잘못이었다. 어쩌면 너는. 나의 신(神)인가. 마음이 그랬는가, 두 사람으로 인정하는가 나는 둘이였는가 알 수 없다 나는 알 수가 없구나

공간이었는지…… 참말로 너였는지…… 참말로 신에 해당되는 정체는 아닐까, 먼지일까. 어쨌든 이 방에서 둘로 착각되었던 것은 사실이다. 사실 뿐인 것으로 기억(記憶)된다

때문에 외롭지가 않았다. 너를 인정하였기 때문이다. 의심은 한참 뒤에 했었다. 마침내 네가 누구인가를. 가족 같은 너여. 누구인가 답답하오 심심하지 않게 나에게 오시오. 너는 귀신이다. 나는 홀렸다. 마침내 혼이 났다. 나는 이 방에서 지금 나는 혼자다. 사실대로

끝까지 너는 망상이다. 억울하게 너는 떠났다. 정다워지는 네가 아닌가 지금 이 순간에도 말이다. 나는 너를 꼭 가슴에 껴안아 보고 싶었다. 애인(愛人)처럼 말이다. 그렇게 동경(憧憬)하는 마음으로

그런데 이 방에 나는 누구도 아니다. 나 혼자 자신의 방으로, 어쩔 수 없이, 혼자인 것을 너는 알 것이다.

내 혼자라는 것을, 이 방엔 아무도 없이 내 혼자라는 것이다

너를 보내 놓고, 이렇게 허전할 수 있을까. 곡성(哭聲)을 하고 있었다.

꼭 그 짓으로 나자빠져 울었었다. 너에게 주지 못한 이 마음은, 사랑이
란 정열(情熱)이다. 누구와 나는 살든지 해야겠다

너에게 사람에게 그 가슴에 옮겨다 놀 정열이다
맨 처음엔 그렇게 생각되지는 않았었다. 단순히 타오르는 마음으로 너
를 찾아 왔는데, 지금은 이만치 무성(茂盛)히 자라왔다. 아까 나는 막연
히 너를 찾고 있었다. 그런데 지금은 이렇게 커가는 마음이다

〈1968년 5월·여류시(女流詩) 6집〉

자화상(自畵像)

옛날은 버리었다

마치 낡은 것처럼

생각 되어서다

나의 시절(時節)은 어리었다

어린 나의 시절로 나는 비참해 있었다. 옛날 옛날 사람은 자주 우는 것을 나는 보았다

어린 나의 옛날을 나는 사랑하지 않으련다

쪼꼬만 근심에도 곧잘 주저앉던 나는, 이제 옛날 근심을 버리려 한다

오늘 이 절망 보다는, 더욱 굳은 극복을 배우련다

조그만 슬픔에, 나는 울지 않는다. 조금 참고 기다리면. 슬픈 감정 조금 아껴 모으면 무엇 될지도 모른다

무엇을 대단히 결심하면서, 나는 문득 깨닫게 되었다

실망을 자주 보았던 나는 큰 결심을 이제 새로 지어보면서, 근심을 보고는 슬퍼진다. 그러나 나는 지금 크다

환상엔 흘러 떠나지 않으려고 한다. 곧잘 눈을 어지럽히는 어둠 때문에, 지점도 못가서 나는 울었지

지금은, 슬프고도 얌전히 얌전히 나는 슬프지 않다고만 큰 소리로 외우고 앉았다

왜냐하면 나는 큰 결심을 해야 되기 때문에 속는 근심 속아 본 근심 모두 속는 근심

크게 결심하고 행진을 믿어 본다

184

크게 다짐을 둔다

슬픔을 버린다

가을 아침으로 나는 생각하며 우는 것이다

산다는 것에 대한 변명 했으면 좋겠다

언제나 나는 선량한 내 마음을 가지려 한다. 어두운 것은 내가 우는

것은 바로 이런 어린 슬픔

〈1968년 5월 · 여류시(女流詩) 6집〉

꽃을(초본) — 한동안

한동안 꽃에 대한 무관심(無關心)은 지루하다. 아니 더욱은 지금 더욱
꽃에 대한 관심이지만 옛날만큼 꽃을 관심하지 않는다
한동안 꽃, 구름송이를 들여다보지 않았다
꽃은 꽃으로, 대단치 않은 고정식물(固定植物)이다
그러나 억측이다
꽃은 운다. 때로 웃기도 한 꽃. 꽃. 꽃
그러나, 꽃을 나는 슬쩍, 어느 결에 잊어버리며 왔다
요즘 부쩍 어느새 사람이 그리워진다. 때문에 나는 적막을 사랑한다
고독과 사랑은 쉽사리 잊혀지는 상당한 거리. 아니다. 꽃은 가난하며
풍부하고
확언(確言). 그렇다. 꽃이 나를 사랑할 것이다

〈1968년 5월 · 여류시(女流詩) 6집〉
〈1970년 7월 · 비구계〉
〈1970년 12월 · 지금 이 시간(時間) · 청암출판사(靑岩出版社)〉

*꽃

김춘수*

내가 그의 이름을 불러 주기 전에는 그는 다만

하나의 몸짓에 지나지 않았다

내가 그의 이름을 불러 주었을 때 그는 나에게로 와서

꽃이 되었다

내가 그의 이름을 불러 준 것처럼

나의 이 빛깔과 향기에 알맞은 누가 나의 이름을 불러다오

그에게로 가서 나도 그의 꽃이 되고 싶다

우리들은 모두

무엇이 되고 싶다

나는 너에게 너는 나에게

잊혀지지 않는 하나의 의미가 되고 싶다

---

* 김춘수(金春洙): 시인(1922년~2004년). 경상남도 통영 출생. 본관 광산. 1942년 일본 천황을 비판
하다가 니혼대학(日本大學) 예술학과 퇴학 당함. 통영중학교(1946년~1948년), 마산중학교(1949년
~1951년) 교사. 경북대학교(1964년~1978년), 영남대학교(1979년~1981년) 국어국문학과 교수. 제11
대 국회의원. 한국시인협회 회장. 방송심의위원회 위원장. 제5회 대산문학상, 제12회 인촌문학상, 제
19회 소월시문학상 특별상 수상.

1967년

취(醉)한 날

취한 날은 오늘이다
어지럽기만 하다
사람에 어지럽다. 사랑처럼 말이다. 근심이 있는
오늘 나는 취한다
그러나 나는 오늘 시를 쓴다. 취해 오기 때문에
취하여 있기 때문에 나는 맑은 날씨 맑은 날씨
어지럼증은 곧 새 이름으로

〈1967년 7월 8일 · 서울新聞〉
〈1970년 12월 · 지금 이 시간(時間) · 청암출판사(靑岩出版社)〉

188

가난한 소리에서

밖으로 어둠을 몰아내어라
마당 한 가운데 꽃이 피었다
꽃이 할레 할레
지금 나 보고 웃는다
무슨 소린지
지금 알 수 없는 저 소리 어둠
근심 하는 내 안의 소리
소리를 밖으로 쫓아라
항상 초조(焦燥)하고 근심 된
이 신음(呻吟)
가난한 자의 얼굴
가난한 눈물의 이 저녁때의
흐느끼는 긴 소리
이 신음이 들린다
지금 이 저녁에
마당에 꽃 피고 꽃이 웃는데
한마당 가운데
아— 나의 시름, 이 근심을 몰아내어라
근심되고 가슴 아프고

항상 가슴 적시는 아픈 근심

근심을 밖으로 쫓아라

꽃이 웃는다 내 마음 중심(中心)에 꽃이 피었다

꽃이 웃는데 꽃이 웃는데

시방 정말 근심되는 이 저녁때의 예고(豫告)와도 같은

이 어둠

어둠이여 밖으로 가라

멀리 가라

나는 북이나 치며 있으리

어둠 네가 사라지는 때 보며 나는 근심해 있으리

어둠이여 너 가난한 자의 얼굴 시름

이 어둠 끝내 가난하고 작은 가슴

이 자들을 함부로 밖으로 내쫓아라

〈1967년 3월 · 한양(漢陽)〉
〈1970년 12월 · 지금 이 시간(時間) · 청암출판사(靑岩出版社)〉

190

잔상(殘像)[*]

무엇이든 하나면 둘이 된다
무엇이던 둘이면 하나가 된다
나의 외로움은 둘이다가 하나이다가
둘이 된다. 하나가 된다
나의 외로움은 둘이다가 하나이다가
둘이다가 하나이다가
도로 흰색이 되고 흰색
나는 외로움이 되고
강물로 흘러간다
돌멩이는 굳어져
밤이슬

굳어진 대로 돌멩이다가 굳어지다가
도로 쇠로 되다가 불이 되다가
도로 불이 되다가
나의 외로움은 외로움이다가 그냥은 외로움이다가
나는 하나이다가 둘이다가
흰색이다가 검정이다가
나의 외로움은 외로움이다가
그냥 외로움뿐만 남는다

* 잔상(殘像): 주로 시각(視覺)에 있어서 자극(刺戟)이 없어진 뒤에도, 감각(感覺) 또는 경험(經驗)이 연
  장(延長)되거나 재생(再生)하여 생기는 상(像).

〈1966년 8월 · 여상(女像)〉
〈1970년 12월 · 지금 이 시간(時間) · 청암출판사(靑岩出版社)〉

나

너도 나도 비어 있다

술잔을 같이 하자
다시는 나는 탄생(誕生)하지 않을 것이다

어제의 눈물
그리고 오늘
웃음
점점 가여워오는
목이 마른 이 어둠
나는 바람도 목숨도
갖지 않는
너와 함께 비어만 있었다

너와 술잔을 같이
나누고 싶다

너의 얼굴에서 나의 얼굴
나의 마음 안에서
나는 너의, 나의 것들을 본다
잃고도, 찾는다

찾아오면,
거기 비워오는
빈 이름들

일찍, 내가 비어 있는 것처럼
너도, 나도 비어 있었구나

비어 있는,
여기쯤 와 서 보는
서 있는 우리들끼리

너와 나는 함께 술을 먹고 싶다
빈 이름들끼리 술잔을
같이 하자

비어 있는 바람

나는 비어 있었다

〈1966년 5월 · 여류시(女流詩) 5집〉

194

불망(不忘)의 시(詩)

꿈에서나 생각되어지던 집

음악(音樂)을 듣다도, 너를 못 잊고 한숨만 쉬었다

어느 길목쯤에서, 조금은 고개를 기웃
내 보일 듯한 너
허지만,
끝내 보이지 않는 너의 모습을
진(眞)아
그리운 진(眞)아
지금 나는 점점 야위고 있는 살빛이더구나
진(眞)아, 울면 무엇이 웃음으로 바뀌지나?

진(眞)아
나이가, 그때가 되면 너를 잊고 혹 나는 살아 볼까
아니 돌아서며 곧 너를 잊고 나는 살 수 있을 테지—
그럴 텐가 진(眞)아

눈물지며 나는 너를 사랑할 테다
진(眞)아 진(眞)아
지금은 한숨만 난다
울기만 한다

하늘과 땅이 저절로 그렇듯이 정답듯이,

진(眞)아

사이(隔)로 떨어져서 울기만 하고 그리워하고

진(眞)아

사랑하고 있을 테다

〈1966년 5월 · 여류시(女流詩) 5집〉

정신일기(情神日記)

마침내 설치는 잠자리로
들볶이는 나의 정신(情神)은
벽(壁)마다 창(窓)을 열어두고
바깥세상(世上)을 살고 싶어라

꿈이 아니래도
꼭대기 남산(南山)을 바라보는
넉넉한 마음이면
풍요(豐饒)히 돌아가는
동작의 행동(行動)을
바람에서 느낄 수 있다
조용히
가슴에 젖어 내리는 눈물
가끔
남 몰래 피다만
꿈이라도
한 포기 피어야겠잖나
꽃은 피어서
활짝 갠 아침에
만세(萬歲)처럼 통과(通過)하며
눈길로 부드러운

문전(門前)으로
숨 쉬면
숙(淑)이네 지붕에
넘칠 듯 찰랑대는 뽕나무 잎새에서
바람이 인다

가끔은 먼 곳을
측량(測量)할 줄 아는 내 마음의 지도(地圖)는
험이 간 사상(思想)의 모서리는 없었는데
귀로(歸路)의 밤 매일(每日)을
문(門) 닫아 걸고
불안(不安)한, 내 정신일기(情神日記)여

〈1966년 5월·여류시(女流詩) 5집〉

거울

이마에 출발(出發)이 적혀 있는 아침

거울 속에 나의 얼굴은 빛난다

빛이 있었다

〈1965년 3월 12일〉
〈1970년 12월 · 지금 이 시간(時間) · 청암출판사(靑岩出版社)〉

거울 속

보고 싶어요 당신의 그 넌지시 던지는 웃음의 그 미소(微笑)
보고 싶어요. 당신의 화안한 그 표정 보고 싶어요
때가끔 비춰 보이는 비추어 보이는 그 거울 속의 그림자
당신
나
나는 당신의 그 표정(表情)을 알고파요.
이제 아무런 표정 없는 그 거울의 면적(面積)에서 오로지
당신 하나 당신
보고 싶어요 화안한
화안히 당신의 거울
나는 보고 싶어요. 오직 오로지 당신 당신이나 보고 싶어요
당신은 나의 거울
그 거울 속에 새겨진 나의 모든 것을
거울 조국(祖國)

〈1965년 6월호 · 한양(漢陽)〉

같은 내용(內容)의 시(詩)

산문(散文)

아냐
고요했어, 처음부터 당신과 나는
고요하게
까맣게 먹칠해 보이며
무어든지
고요하게만
했어
아냐
모두들 잠잠했어
그때는
참말 시장(市場)도 보이지 않았어
늘 당신과 나는
어깨를 마주하고 정(情)답게 인사(人事) 나누었는데

아냐
고요하지는 않았어, 약간은 떨리며 약간씩은 사이를 벌리며
불안(不安)했었어
아냐 당신은 아까부터 앉은 자리가 거북하여 안절부절(安節不節)을 했어
아냐

고요했어

참말 당신은 나는 고요하게 오롯이 피어나는 구름 아니면 꽃 생각이었어

과거(過去)

꽃이 피는 걸 본다. 꽃은 활짝 피어 있기 전에, 이미 하나의 과정을 거
치었다

제 모습대로 허허(虛虛)히 자란 벌판에서 꽃은 뭉개인 채 구름 아니면
밭이었던 것을,

그러다가 그러다가 꽃은 가지를 뻗고 잎을 벌리며 꽃을 주렁주렁 달기
시작(始作)했다

꽃이 필려고 했던 건은 아니다

스스로 후회로운 작업에서 시작된 것, 제각기 꽃이 꽃이 피어 있긴 했
지만, 억척스럽다

언제부터 내가 여기 와 있었을까,

그것은 이미 이전(以前)의 행각(行脚)이다

제각기 다른 피의(被疑), 피의 속에서 나무라는 꽃,

그러나 꽃의 잘못은 아니다

씨앗의 스스로운 눈물의 작업이다

나는 그것을 안다

서로 너나 나의 꽃과,

너나 나의 잘못은 없는 것이다

생겨 남에 생긴, 주어진 버릇대로 너와 나는 태초로 있었을 뿐이다

후회는 하지 않을 것이다

꽃이 피는 걸 본다

과거와 현재와 아니 모두 불안을 안고 있었다. 꽃이 피었다

나는 지금 꽃이 피는 과정 속에 나를 후회한다

〈1965년 8월 · 여류시(女流詩) 4집〉
〈1967년 11월 · 한국여류문학전집 6〉
〈1970년 12월 · 지금 이 시간(時間) · 청암출판사(靑岩出版社)〉

고독(孤獨)

자꾸 무엇을 먹고 싶을 때가 있다
질겅질겅 입속에서 껌을 씹으며
길거리서 허청 할 때가 있다
길을 갈 때도
이 사람 저 사람
괜히 건드리고 싶은 때가 있다
친하지도 않는데
길거리에서 친구 만나면
수선 떨며 반길 때가 있다
왜 나를 몰라보냐고
섭섭해질 때가 있다
넌 참 이뻐졌다고
살짝 살짝 바꿔 놓으며
통쾌해질 때가 있다
친구를 돌려 세우곤
난 너보다 강하다고
위대해질 때가 있다
여자가 여자가 왜 이러냐고
길거리서 후회할 때가 있다

꼬집어도 꼬집어도

내 살이 아닐 때가 있다

울다가 울다가

눈물이 안 나올 때가 있다

정말은 울지 않고

나 혼자 쓸쓸히

강해질 때가 있다

그러다가 그러다가 차근히 가라앉은

마음일 때가 있다

한참 한참 지껄이고 나면

내 말은 모두는

중요한 것 없이 싱거워질 때가 있다

세상에서 내가 제일 못 날 때가 있다

너도 나도 제일 못나서

똑같은 때가 있다

그래선지 너와 나는

곧잘 길에서도 마주 치고

사무실에서도,

방에서도,

아무데서고,

나란히 형제다

〈1964년 8월 · 여류시(女流詩) 1집〉
〈1965년 · 年刊 한국시집〉
〈1967년 11월 · 한국여류문학전집(韓國女流文學全集) 6 · 신세계사〉
〈1970년 12월 · 지금 이 시간(時間) · 청암출판사(靑岩出版社)〉
ー 시평(詩評) 256쪽, 262쪽, 266쪽

기쁨의 노래

돌아와 주는 것
만큼이나
기쁨은
이쁘다

기쁨은 나에게 승리(勝利)를 주면서
기쁘게 했다

그리곤
돌아와 준만큼
순간만큼으로
사라져 간다

별은
꼬리를 감추고
또 밤새 빛나는
눈물을

먼 기슭을 닦아 올라가게 했다

순간(瞬間)만큼으로 돌아와 주는
메아리 바람

온통
눈물이 반짝대는 순간(瞬間)과 찰나(刹那)에서
아— 벅찬 영원(永遠)이 이루어진다

서서(徐徐)히 사라져 간다
기쁨은 나에게 모아진다

〈1965년 11월 · 현대문학(現代文學)〉
〈1970년 12월 · 지금 이 시간(時間)〉
〈1977년 10월 · 한국대표여류문학전집 4〉
- 시평(詩評) 276쪽

광화문(光化門)

일을 마치고 나는 광화문(光化門)께 오다
이것으로 나는 일을 끝낸다
갈 곳을 비우고
그냥 우체국으로 왔다
하루도 신통한 것 없이
하늘은 여전히

그렇게 떠서 구름이 희롱하고
길 오고 가는 사람이 나의 불안(不安)을
밟고 갔다

온통 주는 이 근방(近方)엔
데모와 웅성과 야유와
인사(人事)와
신문(新聞)과 신문사(新聞社)와
오가는 인사(人事)와 교우(交友)
어디든 사건(事件)은 놓여졌고
사람은 제마다 즐겁다
문제(問題)가 있었다
그 문제(問題)를 담고 이 광화문(光化門)
길은 복잡(複雜)하고 눈부신

〈1965년 12월 · 지방행정(地方行政)〉
〈1970년 12월 · 지금 이 시간(時間) · 청암출판사(靑岩出版社)〉

208

빈인(貧因)

가난(貧)은
눈에
보이나요?
슬플까요
자라나요
새싹처럼
자랄까요
가난(貧)은 아플까요
저절로 슬퍼지나요
눈에도 보이나요
얼마큼
슬픔이 자랄까요
정말 자라고 있을까요
눈에는 보이는 걸까요

〈1965년 8월 · 여류시(女流詩) 4집〉
〈1970년 12월 · 지금 이 시간(時間) · 청암출판사(靑岩出版社)〉

여명(黎明)

항상 새로움을 익히는 그 남자(男子)는
손에 항상 철봉(鐵棒)을 들었다
열려라 손 들어라 여명(黎明)아 손을 들어라
항상 그 남자는 아침에도 곧잘 몇 번씩 분노의 침을 삼켰다 내뱉다
하는 그 남자는 자주 이 산(山)을 올라들면서

해가 비치기 조금씩 해가 대문(大門)에 비치기 시작한다
그 남자의 기원(祈願) 그 남자의 기원이 피나는 기원의 마음이 아침 해
바라기처럼 코스모스 피여
내 마당에도 조금씩 해가 들어 내가 제일 좋아하는 분꽃이
지금은 조금씩 피어
솟아라 해 솟아라

그 남자는 항상 힘을 주면서 무언가 외우고 있는 여명

아침마다 길이 보이는 아침 내 길에 들창에 그 남자
여명이 조금씩 비친다 비치기 시작한다
새로운 것이 새로운 것이었다
조금씩
새로운 방향(方向)
방향이 있다

〈1965년 4월 30일〉
〈1970년 12월 · 지금 이 시간(時間) · 청암출판사(靑岩出版社)〉

210

여유(餘裕)

마음에 드는
시(詩) 몇 편 써놓고
나는 죽으려고 그래

이왕이면
내 삶은 스물네 편 써 놓고
나는 원수 없이
마음 놓아 살려고 그래

아무래도
요즘 나는 이상해. 이상해
그렇게 어렵던 시를
침울할 때 마다
속 편히 써 내려가고
오늘 밤에는
연시(戀詩)*도 몇 편 써 놓고
아무래도 나는 이상해

제법 나는
인생(人生)을 다 살은 것처럼
지금 나는 거북한 기침을 하며

꼭 마음에 드는
시 몇 편 기다려
나는 죽으려고 그래

나는 생각할 수 없어
철이 든 그 나이 때부터
어른처럼 머릴 써야 하고
굴욕(屈辱)도 많이 하고
흥분도 많이 하고
참기도 많이 하고
내 얼굴엔
항시 기차 바퀴의
요란한 소리였네

사실은 그래
지금 나는 눈물 흘리며
모든 걸
다 좋을 대로 속 편히
겸손하며
시도 그렇게 겸손한
마음으로 써지면
나는 꼭 죽으려고 그래

죽어야 하는 내 마음엔

참말로 근심되는 사람 없이
늘상 내 머리에
가두어 둔 그 사람 얼굴이나
동무하며
나는 웃으며 죽으려고 그래

세상을 살은 것처럼
너를 아끼는 임종으로
나의 죽음은 엄숙(嚴肅)하려고
그래

요즘 나는 이상해
아무래도 요즘 나는
죽을 것 같애
마음도 꼼꼼해지며
아무래도 요즘 나는
죽을 것 같애

* 연시(戀詩): 사랑이나 그리움 등 순정(純情)을 주제(主題)로 하는 시(詩).

〈1965년 4월 · 여류시(女流詩) 3집〉
〈1966년 · 年刊 한국시집〉
〈1967년 11월 · 한국여류문학전집(韓國女流文學全集) 6 · 신세계사〉
〈1970년 12월 · 지금 이 시간(時間) · 청암출판사(靑岩出版社)〉

지금 이 시간(時間)에

지금 이 시간(時間)에 나는 가끔 무엇을 움직여야 한다
그래야 된다. 가끔 이 시간에 나는 자꾸 울었을 것이다
울면서 젖어있는 이 시간에 나는 무엇인가 듣기도 해야 한다
무엇인가 적어야 한다

이 시간에 나는 눈물을 흘려야 한다
기도(祈禱)를 드리고 조용히 조용히 눈물 젖어보는 이 시간
시간에 나는 가끔 접하여 우는 들리는 이 소리 시간
무엇인가 비쳐야 한다. 빛이 있어야 한다. 빛이 있는 것은 장하다
그 빛은 나다. 나는 자란다
성장(成長)하면서 나는 이 시간에 가장 아픈 시간에 조용한 기도를

〈1965년 4월 · 여류시(女流詩) 3집〉
〈1966년 10월 8일 · 동아일보(東亞日報)〉
〈1970년 12월 · 지금 이 시간(時間) · 청암출판사(靑岩出版社)〉
〈1977년 10월 · 한국대표여류문학전집 4 · 을유문화사(乙酉文化社)〉
−시평(詩評) 256쪽, 266쪽, 274쪽

절망(絶望)하는 시간(時間)을

더 자라고 싶지도
영원(永遠)을 기대(期待)하지도 않는다
먼 것은, 더욱 아득하다
가까운 것도,
화려(華麗)한 것을 바라지를 않으려다
머무르고 싶다
진전(進展)되어 나아가는 것을 나는 지금 거부(拒否)한다
안식(安息)을 원한다
영원히 머물 수 있는 정착(定着)한 것을 나는 바라고 있다
여행(旅行)이라고는 생각 되지를 않는다
오늘도 길고 먼 여행길에서 나는 울고 있다
울지 않으려고 한다
욕심(慾心)을 갖고 싶지 않다
더 큰 것을 큰 것을,
그리고 아주 작은
미물(微物)에 관하여도 나는 관여하지를 않는다
나는 머무르고 싶다
가장 편안히 쉬는 것은 죽음이다
후회(後悔)하지 않으려고 나는 지금 결심(決心)한다
더 이상 큰 것도 작은 것도 바라지 않고
오로지 이대로 있고 싶다 착하고 싶다

발전(發展)하여 변모(變貌)해 지기를 나는 싫어한다

그것은 무덤이다

변하여 가는 모양은 모두, 무덤이 된다

나는 후회도 않고,

또 변동도 하지 않는 나만의 편안을 얻으려 한다

또 나는, 자라는 것도 싫다

이대로 지속(持續)이며 영원이다

나는 지금 후회한 시간(時間)이었다

절망(絕望)한 다음, 다음의 시간일 뿐이다

〈1965년 12월 · 문학춘추(文學春秋)〉
〈1967년 11월 · 한국여류문학전집(韓國女流文學全集) 6 · 신세계사〉
〈1970년 12월 · 지금 이 시간(時間) · 청암출판사(青岩出版社)〉
- 시평(詩評) 256쪽

첫사랑

황금마차(黃金馬車) 너를 찾아 떠나려 한다

매섭고 빛나는 바람
바람
쇠사슬 묶인 채

다시 너를 위하여 종일(終日)토록
매를 맞고 있으련다
꽃 피울 다시 내 매 자리에
고웁고 붉은 꽃

꽃 무더기……
여기에 매 맞아 살 닳고
따가운 따가운 맨발에
아아 따가운 맨발
황금마차 너를 찾아 떠나런다

〈1965년 2월 · 보건세계(保健世界)〉
〈1970년 12월 · 지금 이 시간(時間) · 청암출판사(靑岩出版社)〉
〈1977년 10월 · 한국대표여류문학전집 4 · 을유문화사(乙酉文化社)〉
─ 시평(詩評) 270쪽

First Love

by Dukmae PARK

I shall leave here
In search of you, Golden Chariot!

Winds sharp and glowing,
Winds
Shackled by metal chains

For your sake again
I shall endure floggings all day
There will bloom in my wounds
Lovely red blossoms
A cluster of flowers ······
Flagellation will rend the flesh
Barefoot ······ burning hot
Ah, barefoot ······ burning!

I shall leave here
In search of you, Golden Chariot!

고운 세상을

어차피

눈물 고운 세상을

공부(工夫)와 시(詩)로나 살려고

직장(職場)도 구차히

눈감아버린 꾀는 나를 버리고

나를 버리고

지금

남은 헛것의

검음, 밤 뿐

이 밤 뿐인가

나를 버리고

세월(歲月) 뿐인가

어쩌면

오늘의 내 능력(能力)과

힘

이 하늘

차디차고, 어렵구나

버릴 것 버리며

살아도

사연(事緣)들 눈감지 못하는

눈물 고운 세상(世上)을

〈1964년 12월 · 여류시(女流詩) 2집〉
〈1970년 12월 · 지금 이 시간(時間) · 청암출판사(靑岩出版社)〉

대화(對話)하는 동안(초본) ― 朴선생과

차(茶)잔을 드실려면

차(茶)잔 드시고

나는 먼 산(山)을 보아요

朴先生님, 先生님

사람이 지나고

어리는 눈물자국

들볶이기도 한 때

朴先生님, 先生님

신문(新聞) 보실려면

신문(新聞) 보시고

나는 우중충 비 내리는

마음

朴先生님, 先生님과도

절교하는 잠시 동안은

신문 보실 테면

신문 보시고

저 보실 테면

저 보시고

말이 없는 잠시

그동안만큼은

회사(會社)

직장(職場)

문학(文學)

사람

우리로 슬픔

함께 슬프다는

괴로움

人生, 허술하지만

朴先生님

서로가 피차

심각해 있는

경계(警戒)하는 시간(時間)만큼은

양해(諒解) 부득

先生님

참말이죠

선생님은 선생님이시고

저는 저고

따로 따로

개체(個體),

당신이 하신 말씀이죠

외계(外界)와

내계(內界)

할 말이 있어요

朴先生님

할 말이 있어요

피곤(疲困)

그런 거죠

동일체(同一體)

공동묘지(共同墓地)

〈1964년 12월 · 여류시(女流詩) 2집〉

대화(對話)하는 동안 - 朴선생과

차(茶)잔을 드실려면
차(茶)잔 드시고
나는 먼 산(山)을 보아요
朴先生님, 先生님
신문(新聞) 보시려면
신문(新聞) 보시고
나는 우중충 비 내리는
마음
朴先生님, 先生님과도
절교하는 잠시 동안은
신문 보실 테면
신문 보시고
저 보실 테면
저 보시고
말이 없는 잠시
그동안만큼은
회사(會社)
직장(職場)
문학(文學)
사람
우리로 슬픔

함께 슬프다는

괴로움

人生, 허술하지만

朴先生님

서로가 피차

심각해 있는

경계(警戒)하는 시간(時間)만큼은

양해(諒解) 부득

先生님

참말이죠

선생님은 선생님이시고

저는 저고

따로 따로

개체(個體),

당신이 하신 말씀이죠

외계(外界)와

내계(內界)

할 말이 있어요

朴先生님

할 말이 있어요

피인(疲因)[*]

그런 거죠

동일체(同一體)의

공동묘지(共同墓地)

* 피인(疲因): 슬프고, 괴롭거나 심각하게 만드는 어떤 것(원인).

〈1969년 · 신문학(新文學) 60년 전집〉
〈1970년 12월 · 지금 이 시간(時間) · 청암출판사(靑岩出版社)〉

세월(歲月) Ⅰ

긴 물레를 이루고도 남을

눈물의 보석(寶石)상자 안에

내가 있었어요

지금도 들었어요

별이 몇 개나 떠 있는지

그 흔한 눈물

〈1964년 10월〉
〈1970년 12월 · 지금 이 시간(時間) · 청암출판사(靑岩出版社)〉
〈1977년 10월 · 한국대표여류문학전집 4 · 을유문화사(乙酉文化社)〉
― 시평(詩評) 262쪽

세월(歲月) Ⅱ – 단상(斷想)

시름일 테지

꽃밭일 테지

거기 안마당 쓸어보며

한껏 근심한 이야기

시름이나 될 테지

장다리꽃은

자라서 피고

서성대며

눈물

제각기 눈물이나

될 테지

〈1964년 12월 · 여류시(女流詩) 2집〉
〈1970년 12월 · 지금 이 시간(時間) · 청암출판사(靑岩出版社)〉
〈1977년 10월 · 한국대표여류문학전집 4 · 을유문화사(乙酉文化社)〉
– 시평(詩評) 272쪽

어떤 詩 I – 그 소리

살아남은 우리들끼리

잘 사는 얘기를 하세

어차피, 자네도 살아야 하니까

자네와 나랑 약속(約束)해 놓고 사는 세상(世上)이라는 마당

이 뜨락에서 어쩔랴고 자네는 눈물만 흘리나

눈물은 저절로 흙을 파서 생기는

그 눈물은 정말 종일 진절머리 나도록 진한 것인가

저절로 생기는, 이 진한 눈물의 상채기

자네는 분명히 나와 약속해 놓고 울지 않기로 해

살아 있는 우리들끼리 그저 오손도손 훈기(薰氣) 퍼지는 이야기나 하다

저절로 지는 목숨이었으면 해

달이 밝은 날, 서성대며 문전(門前)에서도 우러르는

그 신비(神祕)한 마음을 누가 아는지요

살아남은 우리들끼리

잘 사는 얘기를 하세

〈1964년 12월 · 여류시(女流詩) 2집〉
〈1965년 · 문협(文協) 시화전(詩畫展)〉
〈1970년 12월 · 지금 이 시간(時間) · 청암출판사(靑岩出版社)〉

어떤 詩 Ⅱ

약(弱)한 사람들이 곧잘 운대

너 바람 부는 날

길거리에

나가서 보았지?

바람은 불어오고

버티는 마음

싸움하면서 이기는 거래

버티고

보는 거래……

새벽이

올 때까지

그때까지만 울고

실은

또 울지도 않는 거래

사실은

그동안에

싸움이었을 거래

아우성이기도

했을 거래……

〈1964년 9월〉
〈1970년 12월 · 지금 이 시간(時間) · 청암출판사(靑岩出版社)〉

새벽(초본) — 그 소리

하나의 소리로 익어
터지면서
그 조그맣고 까다로운
운명(運命)의 부스럭지
넘치면서 오는
부스럭지의 목숨들

한가운데 종일(終日)을 울던
내 마음 한 가운데
소리는 하나로 합쳐
어디로 가나

냇물로나 강물로나
새벽은 조용히
나의 마음 가운데서
종일을 울던 그 마음들을
데불고 합쳐
빛나는 소리로
터져 익은
불씨
한줌 부스럭지의 땅

〈1964년 8월 · 여류시(女流詩) 1집〉
〈1967년 11월 · 한국여류문학전집(韓國女流文學全集) 6 · 신세계사〉

새벽

하나의 소리로 익어
터지면서
그 조그맣고 까다로운
운명(運命)의 부스럭지
넘치면서 운명(運命)의
부스럭지
한가운데 종일(終日)을
내 마음 한 가운데
소리한 그 운명들이
힘차게
추움으로
소리는 하나로 합쳐
냇물로나
강물로나
새벽은 조용히
나의 마음 가운데서
종일을 울던 그 마음들을
데불고 합쳐
빛나는 소리로

〈1970년 12월 · 지금 이 시간(時間) · 청암출판사(靑岩出版社)〉

고전적 휴일(古典的 休日)

깔앉은 심연(深淵)*1에서 나는
곧잘 잠을 청(請)해 온다

차츰 생각이 많아질수록
손꼽아 보는 버릇을 두고
맘 놓이는 교섭(交涉)*2은 불평(不平)이지만,

항의(抗議)의 내 눈빛은
하루도 몇 차례
일모(日暮)*3의 초침(秒針)을 휘잡을 것인가

창(窓)이 엿듣는 포위(包圍)에서
서적(書籍)의 고전(古典)만큼이나
무거워지는
의식(意識)의 시공(時空)에 나는 있다

왼종일(終日), 소리 무너지는
벽(壁) 넘어 강(江)은 흐르고

한 여름 지붕 끝의

평일(平日)처럼, 혼자

답답한 포위(包圍)

여명(黎明)*4이 질서(秩序)로운 창(窓)에서

그 절정(絶頂)에서

포위에서

고전적(古典的) 아침의 꺼풀을 쪼개는

나의 유형(流刑)*5

깔앉은 색동의 심연(深淵)에서

비로소, 나는 피어나고 있다

*1 심연(深淵): 좀처럼 빠져나오기 힘든 구렁을 비유적으로 이르는 말.
*2 교섭(交涉): 어떤 일을 이루기 위하여 서로 의논(議論)하고 절충함.
*3 일모(日暮): 하루의 해 질 무렵.
*4 여명(黎明): 어스름. 희미하게 날이 밝아 오는 빛.
*5 유형(流刑): 죄인(罪人)을 먼 곳으로 귀양(歸鄕, 유배, 流配) 보냄.

〈1963년 6월 · 자유문학(自由文學)〉
〈1967년 11월 · 한국여류문학전집(韓國女流文學全集) 6 · 신세계사〉
〈1970년 12월 · 지금 이 시간(時間) · 청암출판사(靑岩出版社)〉

기원(祈願) I

다 타고 남은 이 불씨 자리에서 나 혼자 남아 어둔 새벽

새벽이다. 내가 밭은기침*, 기침마다 피를 쏟듯 그렇게 피 흘리며 오직

그 한 사람 촛불로 용서(容恕)하며 새벽녘이다

* 밭은기침: 마른기침. 병이나 버릇으로 소리가 크지 않고 힘도 별로 들지 않으면서 자주하는 기침.

〈1965년 1월 23일〉
〈1970년 12월 · 지금 이 시간(時間) · 청암출판사(靑岩出版社)〉
〈1977년 10월 · 한국대표여류문학전집 4 · 을유문화사(乙酉文化社)〉

기원(祈願) Ⅱ

좀 더 밝은 등(燈)잔으로 와 주십시요

때때로 울먹이는 검은 이름으로부터
가쁜 숨 몰아 쉬는 지금

눈부신 빛을 내며 한번 더
소용치는 지순(至純)의 샘물을 주십시요

무심(無心)한 일곱 빛 무지개와
잎 지우는 스물 두해의 꽃나무

염색(染色)의 강(江)물, 긴 다리를 건너서면
가슴으로 무늬지며, 거품지며,
회억(回憶)의 새 잎 열리는 계절(季節)

별이 서슴대는 몸바꿈과
자리마다 나의
고층(高層)으로 출렁이게 하십시요

밝은 새 아침 꽃씨 뿌리는
어두운 내 울안에서

다시금 소생케 하여 주십시오

밝은 새 아침 열매 맺는
어두운 내 가슴에서

〈1963년 8월 · 지방행정(地方行政)〉
〈1970년 12월 · 지금 이 시간(時間)〉

꽃과 입상(立像)

꽃은, 죽지 없는 새

하나의 결의(決意)처럼 가슴 한 변두리 눈자위 말갛게 별을 피워 바람
속에 메아리 웃고 섰으면,

나비 같은
무수한, 몸짓으로
퍼져가는 꽃들의 의미(意味)

어느 날엔가, 텅 빈 바람 폐허(廢墟) 돌아와 화병(花瓶)에 하늘 마시고
과원(果園) 내음 풍기던 해의 햇발 속에서 기억(記憶)한 이름들 일깨워
노을처럼 이웃이 타는 꽃나무

꽃의, 마침내 웃어보는 수줍음을,
어찌하여 나는 끝내 꽃이라 이름 하여 왔는가

머언 날 불꽃 환상(幻想)하는 두멧길에서 꽃샘 찰찰 넘치는 정(情) 오손
도손 피우고 먼 해원(海原)의 깃발 떠나버린 자리에 하늘 향하여 솟아
난 빠알간 가슴

너의 피도는 생리(生理)를, 동공(瞳孔)엔 풀냄새 고이고 앉아 먼 곳 욕심

하는 서슬에 맨 처음의 별빛 닮아가는, 오오 날지 못하는 새여

〈1963년 6월 · 여상〉
〈1967년 11월 · 한국여류문학전집 6 · 신세계사〉
〈1970년 12월 · 지금 이 시간(時間) · 청암출판사(靑岩出版社)〉

비(雨)

마냥
나의 슬픔이
비가 되어 나리는가 부다

언젠가도 간신히 참아 본
울분 하는 그것들이
지금은
안팎으로 출렁대며
울기 시작한다

정말
혼자는 답답한 간격으로
흔들어
내보이고 싶지 않은
손들이
지금은 왁자한 소리 밀리우면서
춤이라도 추고 싶다

창공에 끝없이
퍼덕일 깃폭이면서도
마냥 춤은

아래로 아래로 비 젖어

흐느끼는 마음

마냥

나의 슬픔이

비가 되어 나리는가 부다

〈1963년 · 청동(靑銅) 2집〉
〈1970년 12월 · 지금 이 시간(時間)〉

주어(主語)

살을 주었다
풍성한 기후(氣候)의
고마운 뜻으로
어둠을 통과하는 탄생(誕生),
밤중에 혼자만 비밀(秘密)을 간직한다

어느 날,
백화점(百貨店)의, 고급포장(高級包裝)의 착각(錯覺)
아아 갑갑한 하늘이여

실은, 나에게 복잡(複雜)한 상념(想念)으로
어지러웠던
탄생(誕生)의 비밀(秘密)이여. 생명(生命)이여
어둠속에
기적(奇蹟)처럼 너의 살갗을 붐벼오는 정담(情談)
풍성한 기후(氣候)로 비밀히 탄생(誕生)하는
성격(成激)*의 고마움이여
살을 주었다
그 신(神)은

* 성격(成激): 이룰 성(成), 격할 격(激)

〈1963년 6월 · 신사조(新思潮)〉
〈1970년 12월 · 지금 이 시간(時間) · 청암출판사(靑岩出版社)〉

출발(出發)

기약(期約)은 말자
나의 출발(出發)은
정오(正午)에서 있는다

저쪽,
깨어 흔들리는 귀로(歸路)에
웅성대며 서둘리는
사자(獅子)의
불안한 안협(安協)

정오(正午)에 기대어
모두 변모해 있는
여름날
내 몸둥아리의 상채기를 이끌고
목줄기로 뭐
피를 쏟는다
코피 흘리고 서 있는다

잃어버린 나의 상체(傷體)는 어데 있는가
가도 가도 끝이 없는 항해(航海)의 피로(疲勞)

한번은

눈부신 생명(生命)으로

햇빛·일모(日暮)에 서 있는다

⟨1963년 9월 12일 · 순란신문(純爛新聞)⟩
⟨1970년 12월 · 지금 이 시간(時間) · 청암출판사(靑岩出版社)⟩

종소리(데뷔작품)

애증(愛憎)처럼 삭발하여 돌아가고 있다

바람 쓸리는 어둠을 업고 가까운 이름 하나 없이 스스로를 생명(生命)
처럼 믿어보는 벽(壁)
벽(壁)에 부딪쳐 종(鍾)은 피투성이가 됐다

벽(壁)이여. 아무러나
창(窓)이 엿보이는 것은 빛이 아니라
흑점(黑點)이라고 끝내 말해다오
종(鍾)은 목쉬지 않았다고 말해다오

어느 날,
노상(路上)의 나무 흔들리우며 멀직히 서보는 내계(內界)는,
얼마나 열치(列置) 되었을까
몇 번이고 이식(移植)의 몸부림으로 살아온 반생(半生)
화병(花瓶)의 연인(戀人)들에서 부활(復活)하는 기다림으로 살았다
나팔이여 영원(永遠)히 닫지 못할 비밀(秘密)의 나팔이여

(……다시금 입상(立像)에서처럼 세차게 부딪쳐 보는가)

어느 땐가 너와의 해후를 밀폐로 맞이할 광야(廣野)의 신앙(信仰)이여

지금도 애증(愛憎)처럼 돌아가고 있다

〈1962년 11월 · 자유문학(自由文學)〉
〈1970년 12월 · 지금 이 시간(時間) · 청암출판사(青岩出版社)〉
— 시평(詩評) 252쪽, 254쪽, 262쪽

*종소리

나는 떠난다. 청동(靑銅)의 표면에서
일제히 날아가는 진폭(振幅)의 새가 되어
광막한 하나의 울음이 되어
하나의 소리가 되어

인종(忍從)은 끝이 났는가
청동의 벽에 '역사'를 가두어 놓은
칠흑의 감방에서

나는 바람을 타고
들에서는 푸름이 된다
꽃에서는 웃음이 되고
천상에서는 악기가 된다

먹구름이 깔리면
하늘의 꼭지에서 터지는
뇌성(雷聲)이 되어
가루 가루 가루의 음향이 된다

편지

참, 너가 뭐냐고 깔깔 웃던 노을밭에서 가을날 연시(軟柿)보다 조심스러
운 진물*1이 항시 가슴에 마르질 못하고 다시는 생채기*2 아물 손길이
아쉬운 지금, 그래도 너와 남이 못되는 정말 미치게 간절(懇切)한 사랑
보다 생각만이라도 그리운 너와 마주 보며 편지(便紙)를 써야겠다

*1 진물(津물): 부스럼이나 상처 따위에서 흐르는 물.
*2 생채기: 손톱 따위로 할퀴이거나 긁히어서 생긴 작은 상처.

〈1962년 5월 · 해무리시화전(詩畵展)〉
〈1970년 12월 · 지금 이 시간(時間) · 청암출판사(靑岩出版社)〉

시평(詩評)

1. 한하운*의 「삶」 – 추천 시

지나가 버린 것은
모두가 다 아름다워라

여기 있는 것 남은 것은
욕(辱)이다 벌(罰)이다 문둥이다

옛날에 서서
우러러 보던 하늘은
아직도 푸르기만 하다마는

아— 꽃과 같은 삶과
꽃일 수 없는 삶과의
갈등 사잇길에 절룩거리며 섰다

잠간이라도 이 낯선 집
추녀 밑에 서서 우는 것은
욕(辱)이다 벌(罰)이다 문둥이다

한하운(1920년~1975년), 그는 천형의 나병으로 세상의 하늘 밖으로
쫓겨난 불우(不遇, 포부나 재능이 있어도 운수가 나빠 세상에 잘 쓰이지 못함)의
시인입니다.

250

「삶」에서도 충분히 우리는 그를 짐작할 수 있습니다. 시어(詩語)들은 삶, 욕(辱), 벌(罰), 문둥이, 꽃, 추녀 끝으로 짜여 있어서 시로서의 밝은 인상을 떨어뜨릴 뻔했습니다.

허지만 소리를 높여 이 시를 구송(口頌)해 보십쇼. 왜냐하면 우리는 하운의 애틋한 호소와 서정성에 부담 없이 마음 끌리게 됩니다.

다시 말하면, 현대문명 속에서 잃어버린 우리의 순수성을 하운(何雲) 시인의 절실한 고독 속에서는 조금씩 회복될 것입니다.

뿐만 아니라, 천형의 문둥이만 하늘 아래서 울라는 법은 없습니다. 사람은 모두 천형적인 죄(罪)와 벌(罰)을 면치 못합니다.

그렇건만, 이 시에서처럼 지나버린 것은 모두 아름다움이요 이 시간들부터가 극복(克服)입니다. 또한 시련(試鍊)입니다. 저는 여학교 때 이 시에 무척 감명하였고, 이 시는 교과서로서의 역할(役割)을 비쳐주었습니다.

박덕매(朴德梅)

* 한하운(韓何雲): 시인(1920년~1975년). 함경남도 함주 출생. 본명 태영(泰永). 중국 베이징대학(北京大學) 농학원을 졸업한 후 함남 · 경기도청 등에서 근무하다가 나병(한센병)의 재발로 사직(辭職)하고 고향(故鄉)에서 치료(治療). 1948년 월남하여 1949년 제1시집 『한하운 시초(詩抄)』를 간행(刊行). 1955년 제2시집 『보리피리』와 1956년 『한하운 시전집』을 출간하였다. 1958년 자서전 『나의 슬픈 반생기』, 1960년 자작시 해설집 『황토(黃土)길』을 냈다. 자신의 천형(天刑)의 병고(病苦)를 구슬프게 읊은 그의 시는 애조(哀調) 띤 가락으로 하여 많은 사람의 심금(心琴)을 울렸다. (출처: 두산백과)

〈1978년 5월호 · 여원(女苑)〉

2. 「종소리」 – 김해성(金海星)

박덕매(朴德梅) 시인은 1962년 『자유문학』지에 「종(鍾)소리」 외 2편이 신인작품모집에서 당선되어 문단에 데뷔하였다.

박덕매 시인의 시의 경향을 살펴보면, 현실 속에 형이상학적인 교감과 가난과 고독과 절망을 지성적인 시 정신으로 긍정하며, 자기의 현실탐구에서 강렬한 삶의 의지를 표출시키고 있는 시 세계이다.

애증(愛憎)처럼 삭발하여 돌아가고 있다

바람 쏠리는 어둠을 업고 가까운 이름 하나 없이 스스로를 생명(生命)처럼 믿어보는 벽(壁)
  벽(壁)에 부딪쳐 종(鍾)은 피투성이가 됐다

  벽(壁)이여. 아무러나
  창(窓)이 엿보이는 것은 빛이 아니라
  흑점(黑點)이라고 끝내 말해다오
  종(鍾)은 목쉬지 않았다고 말해다오

어느 날,
노상(路上)의 나무 흔들리우며 멀직히 서보는 내계(內界)는,
얼마나 열치(列置) 되었을까
몇 번이고 이식(移植)의 몸부림으로 살아온 반생(半生)

252

화병(花瓶)의 연인(戀人)들에서 부활(復活)하는 기다림으로 살았다
나팔이여 영원(永遠)히 닫지 못할 비밀(秘密)의 나팔이여

(……다시금 입상(立像)에서처럼 세차게 부딪쳐 보는가)

어느 땐가 너와의 해후를 밀폐로 맞이할 광야의 신앙(信仰)이여
지금도 애증(愛憎)처럼 돌아가고 있다

- 「종소리」 전편

박덕매 시인은 그의 인간상부터가 순수하고 순박한 시인이다.

어린 나이에 시인이 될 만큼 예지로운 빛발이 치고 있었다.

그는 시를 생각하는 태도나 그 생활이 동일선상을 직각으로 가고 있는 시인이다.

박덕매 시인은 '벽'의 멍청함 속에서 자기의 삶을 추구하며, 가까운 이름도 없지만, 자기의 생명(生命)처럼 '벽'을 내면으로 믿어 본다.

어쩌면 현명한 현실을 바로 보고 살아가는 시인의 태도가 아닌가 한다.

그 안에서 종의 소리를 청각적인 교감을 통하여 예지로운 지성의 발로 속에 자기를 소리 없는 아우성은 종소리에서 찾고 있는지도 모른다.

〈1996년 8월·한국현대여류시사(韓國現代女流詩史)·대광문화사〉

3. 「종소리」 - 유근조(柳謹助)[*]

애증(愛憎)처럼 삭발하여 돌아가고 있다

바람 쏠리는 어둠을 업고 가까운 이름 하나 없이 스스로를 생명(生命)
처럼 믿어보는 벽(壁)
벽(壁)에 부딪쳐 종(鍾)은 피투성이가 됐다

(중략)

어느 날,
노상(路上)의 나무 흔들리우며 멀직히 서보는 내계(內界)는,
얼마나 열치(列置) 되었을까
몇 번이고 이식(移植)의 몸부림으로 살아온 반생(半生)
화병(花甁)의 연인(戀人)들에서 부활(復活)하는 기다림으로 살았다
나팔이여 영원(永遠)히 닫지 못할 비밀(秘密)의 나팔이여

(……다시금 입상(立像)에서처럼 세차게 부딪쳐 보는가)

어느 땐가 너와의 해후를 밀폐로 맞이할 광야의 신앙(信仰)이여
지금도 애증(愛憎)처럼 돌아가고 있다

- 박덕매(朴德梅) 「종소리」에서

위에 열거한 작품이 종소리를 제재로 하고 있으면서 벽이라는 닫혀진 의식개념과의 아날로지(Analogy, 유추, 비유, 유사점)를 형성하고 있다는 점에선 공통분모(共通分母)를 가지고 있다.

그러나 박남수(朴南秀)의 「종소리」는 해방감이 주는 희열을 자유분방한 표현으로 갈무리하고 있다면 박덕매(朴德梅)의 「종소리」는 심한 의식적 갈등이 화해(和解)의 형식(形式)을 통하여 내밀(內密)한 의식으로 승화되어 수륙(受肉, incarnation)된 시(詩)의 형태를 보여준다. 이 시(詩) 속에서는 표면적(表面的) 갈등이 심했던 그 만큼 인종(忍從) 후의 평온함이 시(詩) 속의 정정한 목소리로 신앙적 깊이와 여유를 동반하고 있다.

그러나 이 시(詩)에서 특히 문제가 되는 것은 "애증(愛憎)처럼 삭발하여 돌아가고 있다"는 은유적 차원이라고 할 수 있다. 그것은 뒷부분에서 하나의 신앙이라 할 수 있는 내면의식(內面意識)으로 굳어지지만 이것은 다시 말해서 무형(無形)한 것에의 강신적(降神的) 의미를 지닌 새 우주의 탄생을 의미하며, 또한 후설의 순수의식의 지속적 운동이 내적 운반자인 말(言語)을 통하여 개현(開顯)된 은유임을 보여주고 있는 예다. 이처럼 훌륭한 은유의 성립(成立)은 의식의 지속성과 그 내밀한 강도(强度)와 관계가 있으며, 또한 그러한 힘의 반사작용에 의하여 시인(詩人)의 직감력(直感力)과 언어적 센스를 동원, 거기에 알맞은 언어를 수태(受胎)하여 한편의 훌륭한 시를 탄생시키는 것이라고 볼 수 있다. 그럼으로써 완벽한 은유로 구조된 시(詩)는 조작(造作)된 것이라는 의미보다는 탄생된 것이라는 의미가 훨씬 더 강하다고 봐야 한다.

---

* 유근조(柳謹助): 시인(1941년~). 전북 익산 출생. 중앙대학교 교수. 1966년 『문학춘추』에 「나무」로 추천을 받아 데뷔. 전통 의식에 입각한 현대적 서정시를 보였다. 시집 『나무와 기도』(1968년), 『환상집』(1972년), 『목숨의 잔』(1979년), 『무명의 시간 속으로』(1984년), 『입』(1989년), 『낯선 모습 그리기』(1992년). 저서 『한국현대시의 구조』(1984년), 『한국현대시의 구조와 형성이론』(1991년), 『한국현대시특강』(1992년) 등 다수

〈1982년 · 국어국문학 제88호(詩의 中心構造로서의 隱喩) · 국어국문학회〉

4. 『지금 이 시간』 서문(序文) — 김광섭(金珖燮)[*1]

우선 시부터 두어 편 말해야겠다

지금 이 시간(時間)에 나는 가끔 무엇을 움직여야 한다
그래야 된다. 가끔 이 시간에 나는 자꾸 울었을 것이다
울면서 젖어있는 이 시간에 나는 무엇인가 듣기도 해야 한다
무엇인가 적어야 한다

이 시간에 나는 눈물을 흘려야 한다
기도(祈禱)를 드리고 조용히 조용히 눈물 젖어보는 이 시간
시간에 나는 가끔 접하여 우는 들리는 이 소리 시간
무엇인가 비쳐야 한다. 빛이 있어야 한다. 빛이 있는 것은 장하다
그 빛은 나다. 나는 자란다
성장(成長)하면서 나는 이 시간에 가장 아픈 시간에 조용한 기도를

―「지금 이 시간(時間)에」

자꾸 무엇을 먹고 싶을 때가 있다
질겅질겅 입속에서 껌을 씹으며
길거리서 허청 할 때가 있다
길을 갈 때도

이 사람 저 사람

괜히 건드리고 싶은 때가 있다

친하지도 않는데

길거리에서 친구 만나면

수선 떨며 반길 때가 있다

왜 나를 몰라보냐고

섭섭해질 때가 있다

넌 참 이뻐졌다고

살짝 살짝 바꿔 놓으며

통쾌해질 때가 있다

친구를 돌려 세우곤

난 너보다 강하다고

위대해질 때가 있다

여자가 여자가 왜 이러냐고

길거리서 후회할 때가 있다

꼬집어도 꼬집어도

내 살이 아닐 때가 있다

울다가 울다가

눈물이 안 나올 때가 있다

정말은 울지 않고

나 혼자 쓸쓸히

강해질 때가 있다

그러다가 그러다가 차근히 가라앉은

마음일 때가 있다

한참 한참 지껄이고 나면

내 말은 모두

중요한 것 없이 싱거워 질 때가 있다

세상에서 내가 제일 못 날 때가 있다

너도 나도 제일 못나서

똑같은 때가 있다

그래선지 너와 나는

곧잘 길에서도 마주 치고

사무실에서도,

방에서도,

아무데서고,

나란히 형제(兄弟)다

— 「고독(孤獨)」

더 자라고 싶지도

영원(永遠)을 기대(期待)하지도 않는다

먼 것은, 더욱 아득하다

가까운 것도,

화려(華麗)한 것을 바라지를 않으련다

머무르고 싶다

진전(進展)되어 나아가는 것을 나는 지금 거부(拒否)한다

안식(安息)을 원한다

영원히 머물 수 있는 정착(定着)한 것을 나는 바라고 있다

여행(旅行)이라고는 생각 되지를 않는다

오늘도 길고 먼 여행길에서 나는 울고 있다

울지 않으려고 한다

욕심(慾心)을 갖고 싶지 않다

더 큰 것을 큰 것을,

그리고 아주 작은

미물(微物)에 관하여도 나는 관여하지를 않는다

나는 머무르고 싶다

가장 편안히 쉬는 것은 죽음이다

후회(後悔)하지 않으려고 나는 지금 결심(決心)한다

더 이상 큰 것도 작은 것도 바라지 않고

오로지 이대로 있고 싶다 착하고 싶다

발전(發展)하여 변모(變貌)해 지기를 나는 싫어한다

그것은 무덤이다

변하여 가는 모양은 모두, 무덤이 된다

나는 후회(後悔)도 않고,

또 변동(變動)도 심(甚)하지 않는 나만의 편안을 얻으려 한다

또 나는, 자라는 것도 싫다

이대로 지속(持續)이며 영원이다

나는 지금 후회한 시간(時間)이었다

절망(絶望)한 다음, 다음의 시간일 뿐이다

── 「절망(絶望)하는 시간(時間)을」

위에서 이 시들을 인용(引用)한 것은 이 시들은 이 시인이 더 깊을 수도, 더 넓은 수도 있는 시의 바탕이 있음을 독자(讀者)에게 알리고 싶고 또 읽으면 이 시인의 체취가 스며있기도 또 읽으면서 재미도 있기 때문이다.

덕매(德梅)는 풍문고녀를 졸업하고 대학진학에의 꿈을 가질 시절에 가난해서 학업을 포기한 1963년 『자유문학(自由文學)』誌의 시(詩)추천을 받아 나온 규수시인(閨秀詩人, 학문과 재주가 뛰어난 여류시인)이다.

지금은 이 세상에 안 계시지만 공초(空超) 오상순(吳相淳) 선생의 애제자(愛弟子)로 공초(空超)선생이 등을 만지시며 둥글둥글 해서 떡메라고 애칭한데서 유래한 덕매(德梅)이니 지금 공초선생의 연령에 달한 나에게도 그 정회(情懷, 생각하는 마음)가 감돌기도 하고 한 때는 자유문학사(自由文學社)에 입사하여 그 가난하던 시절을 같은 오피스(Office, 사무실)에서 지낸 인연(因緣)*2으로 『지금 이 시간(時間)』이라는 제호(題號)의 시집(詩集) 서문(序文)을 청하여와 형식적인 몇 줄로 그 청(請)을 넘겨버리기 어려워 이렇게 긴 서문(序文)을 쓰게 되는 것은 감정(感情)이 풍부(豐富)하여 대상(對象)을 그 감정(感情)으로 콱 콱 파악해내는 이 시인의 일편(一片)이라도 더 독자(讀者)에게 감상(鑑賞, 예술작품을 이해하여 즐기고 평가함)되기를 바라는 점에서다.

---

*1 김광섭(金珖燮): 시인(1905년~1977년). 함경북도 경성 출생. 1932년 일본 와세다대학교(早稻田大學校) 영어영문학과 졸업 후 귀국하여 1933년 모교인 중동학교의 영어교사가 되었다. 1941년 학교에서 학생들에게 민족의식을 고취했다고 하여 일본 경찰에 붙잡혀 3년 8개월 동안 옥고(獄苦)를 치렀다. 광복 후 중앙문화협회 창립, 전조선문필가협회 총무부장, 민주일보 사회부장, 전국문화단체총연합회 출판부장, 민중일보 편집국장, 미군정청 공보국장을 거쳐, 정부수립 후에는 대통령 이승만의 공보비서관을 지냈다. 이후에는 경희대학교 교수로 재직하면서 한국자유문학가협회를 만들어 위원장직을 맡고, 『자유문학(自由文學)』지를 발행(發行)했다.
본격적으로 시작(詩作)에 들어선 것은 1935년 『시원(詩苑)』에 「고독(孤獨)」을 발표하면서부터이다. 이 시(詩)는 일본에 의해 주권을 상실한 좌절(挫折)과 절망(絕望)을 읊은 것이었다. 1938년 제1시집

『동경』을 간행했다. 광복 후에는 민족주의 문학을 위해 노력했다. 이 무렵의 시(詩)로는 「속박과 해방」, 「민족의 제전」 등이 있는데, 광복의 환희와 민족의식(民族意識)을 표현했다. 한편, 계도적인 민족주의 문학론을 전개하여 「정치의식과 문학의 기본이념」(경향신문, 1946년), 「문학의 당면 임무」(민주일보, 1946년), 「민족문학의 방향」(만세보, 1947년), 「민족문학(民族文學)을 위하여」(白民, 1948년), 「민족주의 정신과 문학인(文學人)의 건국운동」(1949년) 등을 발표했다. 1949년에 간행된 제2시집 『마음』과 1957년에 간행된 제3시집 『해바라기』의 시(詩)는 민족의식과 조국애가 더욱 확대되고 심화된 시편들이었다. 후기의 작품들은 1966년에 간행된 시집 『성북동 비둘기』와 1971년 간행된 『반응』에 수록되었는데 전자에서는 병상에서 터득한 인생, 자연, 문명에 대한 통찰과 함께 1960년대의 시대적 비리도 비판하였고, 후자는 사회성을 띤 시들로써 1970년대 산업사회의 모순 등을 드러내고 있다. 이때의 시편들은 관념이 예술적으로 세련, 승화되어 관조와 각성의 원숙경을 보여준다. 그는 민족적 지조를 고수한 시인이며, 초기의 작품(作品)은 관념적이고 지적이었으나, 후기에 이르러 인간성과 문명(文明)의 괴리현상(乖離現象)을 서정적(抒情的)으로 심화(深化)시킨 시인으로 높이 평가되고 있다. 이밖에 저서(著書)로는 『김광섭시전집』(1974년)과 번역시 『서정시집(抒情詩集)』(1958년)이 있다. 1957년 서울특별시문화상, 1970년 문화공보부예술상과 국민훈장모란장, 1974년에는 예술원상을 수상했다. (한국현대문학대사전)

*2 인연(因緣): '그리워하는데도 한 번 만나고는 못 만나게 되기도 하고, 일생을 못 잊으면서도 아니 만나고 살기도 한다.' (금아 피천득, 琴兒皮千得)

〈1970년 12월·『지금 이 시간(時間)』·청암출판사(靑岩出版社)〉

5. 박덕매 시집 『지금 이 시간』
(「고독」, 「종소리」, 「세월I」) — 안도섭(安道燮)[*]

한 편의 시를 쓰기 위하여 시인들은 무척 외로와 하고 숨가빠하고 또 때로는 살을 에듯이 쓰리고 괴로운 밤을 지새우기도 한다.

철인(哲人) '니체(Nietzsche)'는 일찍이 "나는 피로 아로새긴 글만을 사랑한다"고 갈파(喝破, 정당한 논리로 진리를 밝힘)한 적이 있다.

꼬집어도 꼬집어도
내 살이 아닐 때가 있다
울다가 울다가
눈물이 안 나올 때가 있다
정말은 울지 않고
나 혼자 쓸쓸히
강해질 때가 있다
그러다가 그러다가 차근히 가라앉은
마음일 때가 있다
한참 한참 지껄이고 나면
내 말은 모두
중요한 것 없이 싱거워질 때가 있다
세상에서 내가 제일 못 날 때가 있다
너도 나도 제일 못나서
똑같은 때가 있다

- 「고독(孤獨)」의 제2연

그러나 덕매(德梅) 시인은 이처럼 처절한 고독(孤獨)의 단면(斷面)에서도
결코 냉혹한 현실(現實)로부터 도피(逃避)하거나 외면하려하지 않는 지성
(知性)으로 자기감정을 순화(醇化=純化)할 줄 아는 세련미를 보여준다.

애증(愛憎)처럼 삭발하여 돌아가고 있다

바람 쏠리는 어둠을 업고 가까운 이름 하나 없이 스스로를 생명
(生命)처럼 믿어보는 벽(壁)
벽(壁)에 부딪쳐 종(鐘)은 피투성이가 됐다

(중략)

(……다시금 입상(立像)에서처럼 세차게 부딪쳐 보는가)

어느 땐가 너와의 해후를 밀폐로 맞이할 광야의 신앙(信仰)이여
지금도 애증(愛憎)처럼 돌아가고 있다

- 「종소리」 제1, 2, 5, 6연

'애증처럼 삭발하여 돌아가고……' 종(鐘)소리의 청각적(聽覺的) 이미
지를 원초적(原初的)인 감성으로 되살려 다시 시각적(視覺的) 이미지로
뒤바꾸어 놓은 이런 시구(詩句)같은 건 뛰어나다. 그만큼 이 시인(詩人)

은 아무렇게나 시를 쓰는 것 같으면서도 실상 언어구사에 있어서 감성적(感性的) 깊이와 함축미(含蓄美)를 보여주는 우수한 규수시인(閨秀詩人)의 한 사람이다.

긴 물레를 이루고도 남을
눈물의 보석(寶石)상자 안에
내가 있었어요
지금도 들었어요
별이 몇 개나 떠 있는지
그 흔한 눈물

- 「세월 I」 전편

「세월 I」에서 볼 수 있듯이 시인은 꽤 많이 눈물이라는 말을 쓰고 있다.

한데 덕매(德梅) 시인의 눈물은 긴 물레를 이루도록 오랜 세월(歲月) 동안 몸에서 떠나본 적이 없는 그런 눈물이건만, 그는 누구나가 자칫 빠지기 위한 절망(絕望)이나 체념(諦念)이나 또는 감상(感傷)에의 유혹을 떨쳐버리고 오히려 철없는 소녀(少女)처럼 보석(寶石)상자인 눈물의 별을 곱게 가꿀 줄 아는 그런 건강하고 싱싱하고 굳센 마음의 소유자(所有者)임을 믿어 의심(疑心)치 않는다.

근작(近作) 『돌의 아침』에서도 이러한 의지(意志)의 편린(片鱗)이 번득이고 있음을 쉽게 알 수 있다.

한국의 여류시단(女流詩壇)도 노천명(盧天命)이래 풍요한 가을을 만난 듯 활발한 움직임을 보이고 있음은 주지(周知)의 사실이다.

　이런 꽃밭 속에서도 덕매(德梅) 시인은 평소 인간적인 스케일에 있어서나 시적 발상(發想)의 오리지널리티(Originality, 독창성)에 있어서 결코 가볍게 넘겨버릴 수 없는 여류시인이라는 것은 나만의 생각이 아닐 게다.

　그의 처녀시집(處女詩集) 『지금 이 시간』이 덕매(德梅) 시인의 그러한 시적 자세와 내일에의 이정표(里程標)를 말해 주는 것이라면 우리는 또 한번 그의 새로운 전진에 뜨거운 박수와 열정(熱情)을 보내줘야 하리라.

* 안도섭(安道燮): 시인(1933년~). 전라남도 보성 출생. 필명은 안섭(安涉). 1956년 조선대학교 국문학과 졸업. 1958년 『조선일보』 신춘문예에 시 「불모지」가, 『평화신문』 신춘문예에 시 「해당화」가 각각 당선되어 문단에 등단하였다. 이후 「연가」, 「거울」, 「우리 더욱 사랑을 위해」 등 시대적 애상을 서정적으로 읊은 시편(詩篇)들을 발표했다.

〈1971년 · 신문학(新文學) 제12집〉

6. 박덕매 시집 『지금 이 시간』

(「고독」,「지금 이 시간에」,「무엇이 나를 희생하고 있을 때」)

─ 구중서(具仲書)[*]

여류시(女流詩)의 유혹(誘惑) ─ 해방된 영원(永遠)의 실감(實感)

시를 쓴다는 일, 시인으로 살아간다는 일은 여러 면(面)으로 해석이
가능하다. 예술적 정열의 참을 수 없는 충동, 인생의 의미와 사회 현실
에 대한 비판적 감수성(感受性), 이런 것들이 시를 낳게 하는 동기가 될
수도 있다.

그리고 또 달리는 동기라든가 시작(詩作)행위까지도 의식(意識)하고
있지 않으리만큼 순수한 상태에서 이루어지는 시가 있을 것이다.

이때의 '순수(純粹)'라는 것은 '맹목(盲目)'이라는 뜻과는 다르다.

시인의 감성, 시인의 지각(知覺), 시인의 육신(肉身)이 작위적(作爲的)인
욕심(欲心)에서 해방되어 있다는 뜻이다. 이 해방이 잘 이루어지지 않
은 채로 머릿속에서 시(詩)를 꾸미려고 애를 쓴다면 그 결과가 맹목의
난잡으로 어질러져서 시 아닌 시로 파생하는 현상이 있게 될 것이다.

그런데 박덕매(朴德梅)는 욕심에서 해방되어 있는 것으로 보인다.

그 점은 이 시집의 꾸밈새에서부터도 나타난다. 그 배열이 가나다
순으로 되어 있다. 그리고 모든 작품의 끝에는 어느 해 어느 달 어디
에서 발표된 것이라는 게 밝혀져 있다. 예를 들면『자유문학(自由文學)』
에서부터 「한양(漢陽)」,「지방행정(地方行政)」이란 것들이고 더욱이는 〈한
국문협 시화전(詩畵展)〉 이렇게 나와 있기도 하다. 이 시인의 이러한 태

도는 자기의 작품들이 태어난 시간과 장소들을 있던 그대로 두어두고
자 하는 자연스러운 마음씨라고 느껴진다.

작품의 외적인 인상에 이만큼 긴 언급을 가하는 것은 바로 이 인상
이 작품의 실제에 접할 때 이해(理解)를 돕게 되기 때문이다.

꼬집어도 꼬집어도
내 살이 아닐 때가 있다
울다가 울다가
눈물이 안 나올 때가 있다
정말은 울지 않고
나 혼자 쓸쓸히
강해질 때가 있다
그러다가 그러다가 차근히 가라앉은
마음일 때가 있다
한참 한참 지껄이고 나면
내 말은 모두
중요한 것 없이 싱거워질 때가 있다
세상에서 내가 제일 못 날 때가 있다

– 「고독(孤獨)」 제2연에서

고독을 주제로 한 시가 음산하지도 않고 고뇌(苦惱)하는 관념(觀念)의
압박이 있지도 않다. 그러면서도 인간이 고독을 조용히 정화(淨化)했을
때 비로소 얻어지는 현상, 그 아픔과 재기(再起)하려는 의지(意志)와 또

공허해지는 좌절, 이런 것들이 이 시인의 육감(肉感)으로써 형용(形容)되어 나가고 있다.

그 육감과도 같은 감수성(感受性)은 관념의 때를 떨어버려 상쾌하기까지 하다. 이 상쾌감을 싣고 가는 언어의 고른 절제(節制), 날듯이 가볍게 옮겨 뛰는 행 바꿈은 또한 시적 호흡에 안정(安定)을 주고 있다.

해방에서 안정(安靜, 편안하고 고요함), 안정에서 천진(天眞, 참된 마음), 이 경로(徑路)로 홀로 고독을 굴리며 가고 있는 것이 이 시인의 모습이다.

지금 이 시간(時間)에 나는 가끔 무엇을 움직여야 한다 / 그래야 된다 / 가끔 이 시간에 나는 자꾸 울었을 것이다 / 울면서 젖어있는 이 시간에 나는 무엇인가 듣기도 해야 한다 / 무엇인가 적어야 한다

– 「지금 이 시간(時間)에」 제1연에서

이렇게 고독한 천진 속에서 무엇인가 귀 기울여 듣지 않을 수 없으며 어떻게 움직여야 하고 무엇인가 적어내는 것이 곧 시로 된다. 이와 같은 이 시인의 의식세계(意識世界)는 결코 단순(單純)하게 이루어진 것이 아닌 것 같다.

「무엇이 나를 희생하고 있을 때」라는 시를 보면 이 시인의 혼이 영원한 윤회(輪廻)를 알고 있는 것 같다.

그러나 나는 거짓말을 하지 않을 수 없다
지구(地球)가 돌고 있지만,

가끔은

정지(停止)되어 있는 착각(錯覺)

그러나 지구(地球)는 쉬지 않으리라

그러나 지구(地球)는 계속하여

나를 너무나 압박할 것이다

– 「무엇이 나를 희생(犧牲)하고 있을 때」 후반부

영원을 보고 알면서도 순간에 압박되어 쓰러지는 인간을 이 시는 조명(照明)하고 있다. 그러면서 이 쓰러짐은 '결코 타락(墮落)이 아니다'라고 말하고 있기도 하다. 순간의 쓰러짐을, 지구가 정지하는 착각(錯覺)을 타락(墮落)이 아니라고 다짐하는 이 시에서 우리는 영원으로 이어지는 생명의 실감(實感)을 나누어 받을 수 있을 것 같다.

시(詩)가 이렇게 될 때, 즉 지극히 고요한 고독에서 천진(天眞)을 얻어 우주의 바닥에 연민의 안개처럼 서리는 것을 보고 느낄 때, 우리는 이러한 시에 대하여 굳이 다른 무엇을 요구하기가 힘들어진다. 이 시는 지금 이 시가 선 자리를 더욱 왕성히 지키게 하는 수밖에.

---

* 구중서(具仲書): 수원대학교 명예교수. 경기도 광주 출생(1936년~). 1963년 잡지 『신사조(新思潮)』에 「역사를 사는 작가의 책임」을 발표하며 비평활동(批評活動)을 시작했다. 문학은 본질적으로 시대와 사회의 양심이 되어야 한다는 신념을 강조하면서 1960년대 참여문학운동에 가담하였고, 1970년대 민족문학론의 중심에 서 있었다. 일제강점기나 광복을 전후한 민족민중문학에 관심을 두었으며, 민중문학론을 비롯해 리얼리즘, 민족문학론 등 문단의 주요쟁점을 실천적으로 제기하기도 했다. 그러므로 그의 비평은 역사적 현실에 뿌리를 박은 객관적인 인식을 토대로 비판적이며 저항적인 의식이 강하다. 1990년대 이후에는 리얼리즘론에 바탕을 두면서도 문학과 생태와 환경의 관계를 성찰하는 생명주의적 경향으로 변모해왔다. 저서(著書)로는 『한국문학사론』(1978년)을 비롯하여 『문학을 위하여』(1978년), 『민족문학의 길』(1979년), 『분단시대의 문학』(1981년), 『한국문학과 역사의식』(1985년), 『자연과 리얼리즘』(1996년), 『문학과 현대사상』(1996년), 『문학적 현실의 전개』(2006년) 등이 있다. 그리고 『대화집: 김수환 추기경』(1981년)과 김수환 추기경의 평전 『사랑하고 또 사랑하고 용서하세요』(2009년)가 있다. 시조 창작에 몰두하면서 『불면의 좋은시간』(2009)이라는 시조집도 발간했다. (출처: 한국현대문학대사전)

〈1971년 4월호 · 월간문학(月刊文學)〉

7. 「첫사랑」 — 박덕매(朴德梅)

황금마차(黃金馬車) 너를 찾아 떠나려 한다

매섭고 빛나는 바람
바람
쇠사슬 묶인 채

다시 너를 위하여 종일(終日)토록
매를 맞고 있으련다.
꽃 피울 다시 내 매 자리에
고웁고 붉은 꽃

꽃 무더기……
여기에 매 맞아 살 닳고
따가운 따가운 맨발에
아아 따가운 맨발
황금마차 너를 찾아 떠나련다

첫사랑이 귀한 것이라고 느끼는 것은 사랑은 흔한 물건이 아니기 때문일 것이다. 그런데 하물며 사랑 중에서 첫사랑은 그 평가가 얼마큼 더 높을 것인가. 귀한 것, 흔하지 않은 절대적인 것일수록 가능하지 않고 불가능의 힘을 지니고 있듯이 첫사랑에 대한 기억은 시련적(試鍊的)이라고 생각하지 않을 수 없다.

270

첫사랑은 황금마차(黃金馬車)다. 그렇기 때문에 미련(未練)이 있다.

비록 가시밭길의 길처럼

발바닥은 뜨거운 맨발로.

〈1977년 10월 · 한국대표여류문학전집 4〉

8. 「단상(斷想)」 — 박덕매(朴德梅)

시름일 테지
꽃밭일 테지
거기 안마당 쓸어보며
한껏 근심한 이야기
시름이나 될 테지
장다리꽃은
자라서 피고
서성대며
눈물
제각기 눈물이나
될 테지

나의 시(詩) 중에서 몇 편을 고르라면 서슴없이 「단상(斷想)」을 나는 선정할 것이다. 왜? 도무지 이 세상 사람들은 시를 엉터리로 들여다보고 있는 것 같다고, 다시 말하면 「단상(斷想)」에 대해서는 일체의 한 마디조차 없다. 평소에 나의 이웃인 친구들에게 그렇기 때문에 불만(不滿)을 터뜨리고 있다. 내가 이 세상에서 살다 가는 동안에 몇 천 몇 만 마디를 쏟아본들 시(詩) 「단상(斷想)」에 표현된 몇 줄에 비교할 수 있을 것이냐.

'시름일 테지 // 눈물이나 될 테지'

그렇게 이 세상(世上)에 쏟아놓고 가는 먼지, 한 점의 맑은 바람도,

무수(無數)한 몸짓들도, 이 모든 평화와 비애들은 끝으로는 시름이나 눈물이란 시시답지 않은(만족스럽지 못한) 표현(表現)들밖에 더 이상 팽개쳐 버릴 수 없음을 나는 이미 이 세상에 살고 있는 동안에 경험을 했다. 더 이상의 말들은 이미 이 세상의 말이 아님을 나는 자신 있게 대답해 주리라.

장다리꽃은 인간과 더불어 반려의 한 벗으로 함께 견디어가는 식물이다. 이승의 한 전장(戰場)터를 상상하게 하는 이 억세고 멋없는 장다리꽃은 신이 돌봐주지 않는 우리들 비애의 한 순간들이 아닐지.

이 「단상(斷想)」뿐이 아니라, 시의 끝에다 설명을 붙이는 것은 항상 무리(無理)라고 생각되어 일단 시 아닌 얘기를 끝내기에 앞서 시 「단상(斷想)」은 참말로 내 스스로 아끼고 때로는 암송하기도 해보는 작품임을 숨기지 않고 밝혀둔다.

〈1977년 10월·한국대표여류문학전집 4·을유문화사(乙酉文化社)〉

9. 「지금 이 시간(時間)에」 - 박덕매(朴德梅)

지금 이 시간(時間)에 나는 가끔 무엇을 움직여야 한다
그래야 된다. 가끔 이 시간(時間)에 나는 자꾸 울었을 것이다
울면서 젖어있는 이 시간(時間)에 나는 무엇인가 듣기도 해야 한다
무엇인가 적어야 한다

이 시간(時間)에 나는 눈물을 흘려야 한다
기도(祈禱)를 드리고 조용히 조용히 눈물 젖어보는 이 시간
시간에 나는 가끔 접하여 우는 들리는 이 소리 시간
무엇인가 비쳐야 한다. 빛이 있어야 한다. 빛이 있는 것은 장(壯)하다.
그 빛은 나다. 나는 자란다
성장하면서 나는 이 시간에 가장 아픈 시간에 조용한 기도를

무엇이나에 대해서 나는 적극적일 수 있다. 그렇기 때문에 그 적극적인 힘은 끝내 현실에서는 허망(虛妄)하게 나타나고, 마치 촌로(村路)의 언덕을 간신히 기어나가는 달구지, 바퀴 한 개, 아니 두 바퀴가 성한 것 없이 삐걱삐걱 소리를 내며 언덕길을 오르는 모습…… 그 모습은 또 진실한 모습 그대로 나에게는 하나의 시적인 것으로 나타난다.

나의 시에 대하여 감상이나 이해심 같은 주석(註釋)을 달기를 나는 주저하고 있는데, 아마 원인은 시를 쉽게 써가는 매력에 따르는 것이다. 가령 시를 쓰기 위하여 남들은 구구한 시론(詩論) 내지는 강력한 주장을 높이고 있다. 나는 남들이 외치고 돌아다니는 시간에, 남아돌

아가는 시간에 적극적으로 일하며 뛰면서 이야기한다. 소리친다.

　이것이 바로 '지금 이 시간(時間)에'인 것이다.

　세상에 모든 빛은 거룩한 사람들에게만 찾아온다는 생각, 울지 않는 자에게는 절대로 비쳐주지 않을 것이다. 지금 이 시간(時間)에 나는 열심히 기도하고 있다.

〈1977년 10월 · 한국대표여류문학전집 4 · 을유문화사(乙酉文化社)〉

10. 「기쁨의 노래」 - 박덕매(朴德梅)

돌아와 주는 것
만큼이나
기쁨은
이쁘다

기쁨은 나에게 승리(勝利)를 주면서
기쁘게 했다

그리곤
돌아와 준만큼
순간만큼으로
사라져 간다

별은
꼬리를 감추고
또 밤새 빛나는
눈물을

먼 기슭을 닦아 올라가게 했다

순간(瞬間)만큼으로 돌아와 주는

메아리 바람

온통
눈물이 반짝대는 순간(瞬間)과 찰나(刹那)에서
아— 벅찬 영원(永遠)이 이루어진다

서서(徐徐)히 사라져 간다
기쁨은 나에게 모아진다

기쁨이 있기를 바란다. 찾아와 주는 기쁨은 그러나 어느새 도망친다. 인간이 노력하는 것만큼의 대가로 한참 뒤에는 기쁨이 다시 찾아오고. 되풀이 끝없는 노래 속에서 기쁨에 대한 완성(完成)이 있다.

우리는 누구든지 기쁨을 기다리지만 기쁨이란 것은 순간(瞬間) 속에서 체감할 뿐이라는 데 대한 안타까움이 나에게 북받칠 뿐이다. 그러나 나는 어느 정도 기쁨의 정체를 파악할 것이다.

기쁨이여, 나는 너를 체념(體念, 깊이 생각함)하련다.

〈1977년 10월 · 한국대표여류문학전집 4 · 을유문화사(乙酉文化社)〉

11. 「무엇이 나를 희생(犧牲)하고 있을 때」
― 박덕매(朴德梅)

이 세상(世上) 어느 별 보다도 가장 쓸쓸히 죽어간다

이 세상(世上) 어느 별 보다도 가장 강(强)하게 떠나련다

지금 비는 밖에 뿌리고 있으며,

지금 비는 밖에서 살균(殺菌)하고 있다

거짓말은 지금 가장 필요(必要)한 것이다

사물(事物)이 지쳐 있기까지는,

밖에서 부당히 압박했었기 때문인 것처럼 나는 억울하게 쓰러졌다

그러나 이 말은

결코 타락이 아니다

이 세상(世上) 어느 별 자리에서 보다 더 요란하고 반복해 가며

생명(生命)을 유지해 가는 영원한 윤회(輪廻)

그러나 나는 거짓말을 하지 않을 수 없다

지구(地球)가 돌고 있지만,

가끔은

정지(停止)되어 있는 착각(錯覺)

그러나 지구(地球)는 쉬지 않으리라

그러나 지구(地球)는 계속하여

나를 너무나 압박할 것이다

이 세상 어느 때(時)보다도 가장 쓸쓸히 죽어가고 싶기도, 또 한편 생각으로는 어느 별자리에서보다도 더 강하며 요란한 소리를 내면서 살아가고 싶은 충동적인 기분에 들떠 있다. 그때의 분위기는 대부분 절망에 부딪쳐 있게 마련인데, '사물이 지쳐 있기까지는, / 밖에서 부당히 압박했었기 때문인 것처럼' 나는 억울하게 쓰러진 것이다. 아니 몇 번이고 자꾸 쓰러지고 몇 번이고 또 일어섰다. 세상의 변화변칙(變化變則)은 과학이며 도전(挑戰)의 자세라고 나는 요즘 생각하고 있지만, 그러나 이를 뒤집어 버리고 싶은 착각, '지구가 돌고 있지만, / 가끔은 / 정지되어 있는 착각'을 하게 된다. 그리고 또 한 편 내 자신이 스스로 재미있게 생각하는 것이 있다. 나는 거짓말을 잘하는 것 등에 심심한 경의(敬意)를 던지는 사실, 이것들은 내게 있어 무한히 귀엽다. 지구는 영원히 쉬지 않고 돌고 있음은 분명(分明)한 사실(事實)이며, 우리의 작업(作業) 중인 윤회(輪廻)같은 극복(克服)이 깊은 한밤중에도 쉬지 않고 있다. 그런데 주어(主語)의 한 사람 나는 왜 이 진리(眞理)를 까맣게 부인(否認)하고 싶어지는 것이냐.

〈1977년 10월 · 한국대표여류문학전집 4 · 을유문화사(乙酉文化社)〉

12. 「망향(望鄕)」 — 박덕매(朴德梅)

하늘에 용서(容恕)받고 싶어서 운다
내가 운다

광신(狂信)처럼
살아보고

그동안 어머니도 잊고
고향(故鄕)과는
등지면서 살았었네

하늘이 가끔은
뉘우치게 한다

어느 복잡한 로타리에서
신호등(信號燈)을 바라보며
기다리고 있는 시간(時間)에서

그 잡다(雜多)한 것에서,
돌아오고 있는 순수(純粹)다

지내온 시간들이 모두 후회스럽고 뉘우쳐지기만 한다. 자기, 나라는 한 사람을 위하여 광신(狂信)처럼 살아버린 것이다.

　하늘에 용서를 받는다. 그 시간은 깨끗한 순수한 시간에 의해서다.

　어느 복잡한 로터리에서 신호등을 바라보면서 쉬고 있을 때 회상되는 것들과 비교할 수 있다. 그것은 다만 잡다한 것들 속에서 떠나와 한 송이 생생하게 피는 꽃처럼 밝고 경쾌하리라.

　하늘에 용서받고 싶어서 우는 시간은 그처럼 귀중한 시간이다.

〈1977년 10월 · 한국대표여류문학전집 4 · 을유문화사(乙酉文化社)〉

13. 「달」 − 박덕매(朴德梅)

하늘에다
모두가
부끄러워서
밤이면
나도
밤의 그림자다
도망치지 않고,
나는
달과 함께 놀다

하늘은 나의 무서운 재판관이라고 부르련다. 왜 그렇게 느껴야 하는
지를 곰곰이 따지자. 그러나 나로선 끝내 말(言語)이 부족하다.

다만 하늘은 나에게 있어서 정신적인 청석(靑石)이 되어주고 있다는
것이다.

특히나 한밤중에 곤히 잠을 자다 깨어나서, 밤의 고요 속에서 일깨
우는 어느 한 말씀이 있으니 그것이 바로 '하늘에다 / 모두가 / 부끄러
워서 / 밤이면 / 나도 / 밤의 그림자다 / 도망(逃亡)치지 않고 / 나는 /
달과 함께 놀다'인 것이다.

밤의 고요 속에서 인간으로서의 사죄를 하고 있으면 어느새 나는,
나의 재판관인 하늘과 하나도 거리를 느끼지 않으면서 친숙해지는 것.

겨우 밤의 그림자로서 달과 함께 놀아볼 수 있게 된다.

'도망치지 않고 / 달과 함께 놀다'

거울처럼 맑은 달을 무서워하지 않고 어느덧 나는 달과 함께 놀아 본다.

〈1977년 10월 · 한국대표여류문학전집 4 · 을유문화사(乙酉文化社)〉

14. 「대추나무 사랑」 - 구중서(具仲書)

원형질이랄까 시(詩)의 한 발단 같은 것으로 박덕매(朴德梅)의 「대추나무 사랑」(現代文學 12월호)이 있다

고요한 적막(寂寞)을 보았네
대추나무 보았네

울던 다음날 아침
세수(洗手)하면서
대추나무와
마주쳤네
약속하였네

둘이는
사랑했네

여기에서 '대추나무'가 풍기는 정갈한 적막(寂寞)과 향수(鄕愁)와 절실한 때에 거기서 스스럼없이 마주친 대면과 사랑의 느낌 같은 것은 일상에 지친 인간들을 되살려 일으켜 세우는 관계로써 마음 편하게 하는 데가 있다.

〈1979년 1월호 · 시문학(詩文學)〉

15. 「촛불」 – 이근배(李根培)[*]

저는

하느님을 믿죠

왜냐하면

마음의 촛불 켜는 것은

나의 의지(意志)지만

속눈썹으로 살그머니 다가서며

나의 촛불을 켜주는 너

너의 얼굴 내가 알 수 없듯

어둠 속에서 너에게 촛불 켤 때도 있어요

따스한 햇볕같이

그렇게

하루 종일

우리는 축복 받아야지요

문학지가 금싸라기 같은 텃밭이던 때 김광섭, 모윤숙이 어렵게 꾸려 가던 '자유문학'이 있었다. 고교문단의 '꽃'이던 박영자는 공초(空超)가 지어준 덕매(德梅)라는 필명으로 1962년 자유문학에 등단해 시의 꽃을 활짝 피웠다. '촛불'은 누구의 마음속에나 있는 것. 그러나 그 촛불을 밖으로 밝혀들고 나와 다른 사람의 얼굴을 비추는 일은 박덕매(朴德梅)의 것. 오늘 우리는 그의 촛불로 축복을 받아야겠다.

* 이근배(李根培): 현대시인. 충남 당진 출생(1940년~). 1960년 서라벌예대 문예창작과 졸업. 1961년 각 신문사 신춘문예 시조부에 「벽(壁)」(서울신문), 「묘비명」(경향신문)이 당선, 「압록강」(조선일보)이 입선되었다. 1962년 《동아일보》 신춘문예 시조부에 「보신각종(普信閣鐘)」이 당선, 1963년 제2회 공보부 신인예술상 시부 및 시조부에 「달빛 속의 풍금(風琴)」과 「산하일기」가 각각 수석상(首席賞)을 차지하였다. 1964년 제3회 공보부 신인예술상 시부에 「노래여 노래여」가 특상으로 당선, 《한국일보》 신춘문예 시부에 「북위선(北緯線)」이 계속 당선되었으며, 이때부터 동인지 '신춘시(新春詩)'의 동인으로 활약했다. 주요작품으로 시 「꽃집행(行)」(한국일보, 1964년), 「광장」(월간문학, 1968년), 「풀꽃」(동아일보, 1970년), 「겨울자연(自然)」(월간문학, 1971년) 등과, 시조(時調) 「피안가(彼岸歌)」(時調文學, 1965년), 「부침(浮沈)」(現代時調, 1970년), 「내가 왜 산을 노래하는가에 대하여」(時調文學, 1973년), 「적일(寂日)」(韓國時調選集, 1971년) 등이 있다. 시는 현실적인 감각에다 서정의 깊이를 더한 폭넓은 시세계를, 시조는 전통적인 한(恨)과 멋을 주제로 형식적인 제약을 극복하고, 현대시(現代詩)에의 접근을 모색하고 있다. (출처: 국어국문학자료사전)

〈2000년 2월 11일자 '詩가 있는 아침'·중앙일보〉

16. 「향나무」 — 일화(逸話)

새벽 잠 깨어날 때
창밖 한 그루의 향나무는
비로소 나의 방과 적당한 위치에서
나를 보고 있다

황폐한 땅, 도시를 숨 쉬는 나무들
그들보다 일찍 일어난 이른 아침에
나무들은
미지 아닌 열린 창밖에서
새의 깃털처럼 눈부시다

지금 내가
향나무를 바라보는 것은
오랜만의 깨달음
나는
향나무의 이름을 부르리라

창 앞에 내가 있고
창은 하늘을 보듯
그가 나의 이름을 부르는 것이 아니라
내가 그의 이름을 부르기 위한 것

창밖에서 반갑게 나를 맞는 것이 아니라
내가 방 안의 물건 하나 하나에 생명을 불어 일으키는 것

그것은 안과 밖의 거리
그것은 꿈이 아니다
그것은 길로 말하면 평지(平地)다

미래가 아닌 장소에서
향나무와 나는 마주 바라볼 수 있다

[일화(逸話)]

저는 현재 셋방에서 살고 있습니다.

내가 살고 있는 동네는 서울에서도 특별한 이태원이란 동네예요.

여학교 동창생 집이지요.

이곳에 이사(移徙)를 와서 나는 많이 울었습니다. 집을 나와 타지(他地)에서 밤을 지새워 본 경험이 있는 분은 아실 겁니다. 그 하룻밤에도 잠을 설치게 되죠. 이삿짐을 풀고 그리고 낯선 그 방(房)과 친숙해지는 데에는 한동안 시간이 흘러야 했습니다.

좁은 그 방에서 내가 시선을 둘 곳이 어디가 되겠습니까.

그때는 5월, 신록(新綠)의 계절이었으나 쳐다본 하늘만으로는 내 마음에 모자람이 있었습니다.

한 그루의 나무조차 그곳엔 없었고 썰렁한 전신주(電信柱)만이 높이 떠 있었습니다.

들창에다 꽃나무를 그려 붙인다는 것도 꿈이지 현실은 아니기에 얼

마나 내가 절망(絶望)했겠습니까.

창 밖에 지나다니는 사람을 무시한다면 나무의 그 초록 잎들을 그려서 들창에 걸어 두었을 것입니다.

그러던 어느 날, 나의 울음보는 기어이 터지고 말았습니다.

그때 마침 집 주인인 내 친구가 들어왔습니다.

그 친구(親舊)를 보자 나는 '나무 한 그루'라는 한 마디 외에는 더 말을 잇지 못하고 대성통곡을 했습니다. 울음보가 터진 것입니다.

나무 한 그루, 그렇습니다. 나무 한 그루 이 한 마디가 나에게는 전부(全部)였습니다.

어째서 이 넓은 집 창 밖에 나무 한 그루가 없느냐고 평소에 내가 물어 왔지만 그 친구도 "글쎄, 왠지 모르겠다" 하며 멋쩍어 했습니다.

울면서 아무래도 내가 이사를 잘못 왔다고 말했더니 그 친구는 나더러 "문학을 한다고 티를 내는구나. 누구는 그런 감정 없니?"라고 쏘아붙이면서 방문을 탁 닫고 나가 버렸습니다.

참을 수 없는 울음인데 나더러 어떻게 참으라는 것입니까.

그러나 지금은 창 밖에 한 그루 나무(향나무)가 심어져 있습니다.

나의 친구(집주인)가 동네 공사장에서 버린 나무를 지고 와서 심어 주었는데 「향나무」라는 시를 써서 동인지 여류시에 발표하기도 했습니다.

지금 내가
향나무를 바라보는 것은
오랜만의 깨달음
나는

향나무의 이름을 부르리라

「향나무」 시의 한 구절입니다.

그런데 이 동네에 사는 아이들이 나무에 대한 사랑이 없는 것인지 아니면 그 한 그루가 외롭게 보여서 그런지 나무를 장난삼아 흔들어서 걱정입니다.

어른들도 마찬가지일 경우가 있습니다.

있는 존재, 물질의 소유가 아닌 눈에 보이지 않는 무소유의 즐거움을 나의 친구도 모를 리 없겠지만, 생활(生活)에 파묻혀 감성이 둔감 된 탓에 한 그루 나무의 소중함을 잊은 것입니다.

문학작품 안에서나 문학을 이해하려 하는 우리는 일상생활에서 얼마나 문학을 외면하고 있습니까.

박덕매(朴德梅)

〈1985년 11월 2일 · 한국여류문학인회 창립20주년기념 전국 문학강연회〉

17. 「나무 한 그루」 - 일화(逸話)

창밖으로 나무 한 그루라도 바라볼 수 있는 방(房)으로 나는 족하다
거기에서 더 많은 나무, 숲을 보는 지혜가 생긴다

나에게 유일한 재산은 창밖으로 나무 한 그루를 바라보는 일이다

사막 위에 나무 한 그루, 사람 저마다 잘난 듯 싶어도,
잘 생긴 나무를 따라 갈 것인가

작은 것에서도 행복과 감사하는 사람이 많을수록 좋은 세상이다

[일화(逸話)]

　시인의 생활은 언제나 변함없이 검소(儉素)했고, 삶은 가난했다.
　가난해서 검소했던 것인지, 아니면 검소해서 가난했던 것인지는 잘
모르겠지만, '말이 씨가 된다'는 옛말에 빗대어 보면 검소해서 가난했
던 것이 되겠다.
　시인이 평소 얼마만큼 검소했냐 하면, 그 흔한 두루마리 화장지 한
칸도 아주 소중하고 고맙게 생각하셨다.
　하루는 그 모습이 좀 지나치다 싶어서, "요즘은 소비(消費)가 미덕(美
德)인 시대(時代)", 부연설명으로 "그렇게 아끼시면 제조업 다 문 닫고,
일자리가 없어져서 경제가 안 돌아간다"고 말씀드렸다.

그러고 나서 인터넷 쇼핑몰을 검색해 모나
리자 화장지(化粧紙) 네 묶음(24개 한 묶음, 총 96
개)을 배달해 드렸다.

그랬더니 당신 평생에 이렇게 품질 좋은 휴
지는 처음 봤다고 하시면서 그 양에 눌려 재벌이 된 느낌이라며 힘겨
워 하셨다.

옛날에 최영 장군이 황금 보기를 돌같이 했다더니, 시인은 휴지 보
기를 황금같이 하셨던 것이다. 가히 나무 이쑤시개를 십 년 동안 사용
했다던 성철스님*에 버금간다고 할 수 있겠다.

박덕매 시인이 1985년 문학강연회에서 직접 밝혔듯이 위 시에서 나
무 한 그루는 이태원에서 셋방살이 할 때 집주인인 친구가 시인을 위
해 창밖에 심어 준 그 향나무이다.

시인은 그렇게 물질적 풍요보다는 정신적 풍요를 추구(追求)하시며
소비(消費)가 미덕(美德)이 된 세상 속에서, 작은 것에서도 행복(幸福)과
감사(感謝)하는 사람으로서의 삶(活着)을 사셨다.

---

* 성철(性徹)스님: 장좌불와(長坐不臥) 8년 등 한평생 구도(求道)에만 몰입(沒入)한 선종(禪宗, 선불
교, Zen)을 대표하는 승려(1912년~1993년). 선불교(禪佛敎)의 수행 전통으로 여겨온 보조국사(普照
國師) 지눌(知訥, 1158년~1210년)의 돈오점수(頓悟漸修, 먼저 깨친 뒤 번뇌와 습기를 차차 소멸시
켜 나간다)에 반대하여 돈오돈수(頓悟頓修, 일시에 깨쳐서 더 이상 수행할 것이 없다)를 주창(主唱).
"내가 삼십 년 전 참선하기 전에는 산은 산으로, 물은 물로 보았다가 나중에 선지식(善知識)을 친견
(親見)하여 깨침에 들어서서는 산은 산이 아니고 물은 물이 아니게 보았다. 지금 휴식처를 얻고 나
니 옛날과 마찬가지로 산은 다만 산이요, 물은 다만 물로 보인다. 그대들이여, 이 세 가지 견해가 같
으냐? 다르냐? 이것을 가려내는 사람이 있으면 나와 같은 경지에 있다고 인정하겠노라."

18. 도시문명에 대한 자각성
(「정적(靜寂)이 아닐 때」) ― 김해성(金海星)[*]

　현대시가 점점 시적 표현 묘사력이 약화되어 간다고 한다. 그것은
시가 시의 위상을 잃어가고 있다는 사실도 된다. 시는 시로써, 그 원래
의 가치와 구성의 의미를 가지고 있어야만 시적 영원성으로 이어지기
때문이다. 현대시(現代詩)가 쉽게 읽히고 있다는 사실과 독자가 많다는
사실 앞에서, 우리 독자는 시의 원초적인 의미를 다시 한 번 생각해
볼 문제이다.

　겨울 산(山) / 무엇이 안 보이나 / 후두둑 잎 떨군 / 빈 나무 가지가
/ 나의 눈에는 어째서 푸르게 보이는 것일까 // 그리고 또 / 여름 같은
저 무성한 잎 때문에 / 간신히 지탱해 온 목숨 / 희망들이 / 꺾이거나
휘어지고 있는 것 / 나의 환상으로 그의 모습이 가깝고 멀게 / 느껴지
는 것 // 지금 / 고요할 때 아무 말도 하지 말라 / 정적이 아닐 때 / 우
리는 모래밭을 간다 //

　위의 작품은 박덕매 시인의 「정적이 아닐 때」(『동서문학』 5월호) 2·3·5
연이다. 불가(佛家)에서는 있는 것이 없고, 없는 것이 있다는 말이 있듯
이, 고요한 것은 곧 내면으로 앓고 있다는 사실이다. 앓고 있다는 사
실은 '무엇'을 잉태하기 위한 작업이다. 저 산이 침묵(沈默)을 지키며 억
만 년을 앉아 있지만 수많은 자연 섭리의 조화가 이루어지고, 긴 역사
(歷史)와 현실(現實)의 조화(調和)가 산에서 그 내면에서 이룩되고 있다.

박덕매 시인은 겨울의 빈 나뭇가지가 푸르게 보이는 것은 다음 봄 산에는 봄이 온다는 소망이 시인의 상상력에 의하여 푸른 꿈으로 화해 있는 것이다. 인간의 희비와 바람은 항상 엇갈린 상대성의 원리에 의한 유동성이 있다. 시인의 환상은 현실과 역사, 미래와 현실이 공존한다. 이 공존에 의하여 현실은 조용하고 고요하지만 내면으로 발전(發展)의 진통이 앓고 있는 양상도 현실이다. 박덕매 시인은 고요 속에서 앓고 있는 현실 상황을 자연의 섭리 속에서 진실하게 탐구하고 있다.

진실은 진실끼리만 통한다. 진실은 신의 섭리와 통교할 수 있는 영적 기능작용(機能作用)이 있다. 고요 속에 앓고 있는 현실의 밀도를 박덕매 시인은 모래밭에서 찾고 있다.

---

* 김해성(金海星): 시인(1935년~). 전라남도 나주 출생. 본명 희철(囍喆). 서울대학교 신문대학원 졸업. 1956년 〈자유문학(自由文學)〉에 시(詩) 추천을 받았으며 1966년 〈서울신문〉 신춘문예에서 평론이 당선되었다. 민족의식에 바탕을 두고 새로운 서사적(敍事的) 인간상을 추구하며 장편서사시 「영산강(榮山江)」, 「산사대(山四大)」, 「노고단(老姑壇)의 일월(日月)」, 「남해(南海)의 북소리」 등을 발표함으로써 빈약한 우리나라 장편시(長篇詩)의 일면을 개척했다. 「남해의 북소리」는 충무공(忠武公) 이순신 장군을 소재로 한 민족 서사시이다. 이밖에 대표작 「신라금관(新羅金冠)」, 「코스모스」, 「산심록(山心錄)」 등이 있다. 시집 「풍토(風土)」, 「꽃사랑나무」, 「영산강」, 「한국현대시인론」, 「현대시론(現代詩論)」 등의 저서(著書)가 있다. 민족문화협회(民族文化協會) 중앙위원을 역임하였고, 〈청자문학(青磁文學)〉 동인(同人)이다. (출처: 한국현대문학대사전)

〈1987년 6월호 · 동서문학(東西文學)〉

19. 「사랑에게」 – 한국현대시문학연구소

기다려라
내가 그리로 데리러 가마
사랑아
조금만 더 참아다오
아니면
이승에서 어떻게 기다리며
나는 참을 수 있을까

우리 서로 만나지 못해
험난한 그 고개
저승인지
이승인지

하여간 명(命)을 이으면서
데려가는 곳
이승인지
저승인지

[詩작법, 대학강의]

박덕매 시인의 「사랑에게」를 읽어 보았다. 시의 서정성을 살리는 그 기본이 되는 것은 곧 시인의 깔끔하고도 진실한 육성이 아닌가 한다.

특히 서정시에 있어서 공감도를 드높이기 위해서 그와 같은 진지한 인간적 자세가 시의 내면에 포괄적으로 깔릴 필요가 있다.

'기다려라 / 내가 그리로 데리러 가마 / 사랑아 / 조금만 더 참아다오 / 아니면 / 이승에서 어떻게 기다리며 / 나는 참을 수 있을까'(제1연) 하는 이런 시적 정서를 키워가는 진지한 정신적 자세가 바람직하다고 본다.

제2연과 제3연을 보면 '우리 서로 만나지 못해 / 험난한 그 고개 / 저승인지 / 이승인지 // 하여간 명(命)을 이으면서 / 데려가는 곳'과 같은 고통과 절망을 극복하려는 의지의 표현은 이 서정시가 새로운 사랑의 시적 서정을 갈구하고 있음을 잘 보여주고 있다.

〈2009년 여름호 · 한국현대시문학 · 편집부/한국현대시문학연구소〉

20. 「마흔 살 서정(抒情)」 - 일화(逸話)

마흔 살은
옳은 말하는 나이
어깨로 먼지를 밀어낸다
그의 손은
이미 어깨 위에서
힘이 되어준다
어깨 위에 달린
40개나 되는 날갯죽지는 서로 다정한 연인 같다
그러나 마흔 살은 흔히, 보통 나이이다

곧은 나이이다
한 구절도 뺄 수 없는 장문(長文)이다
그의 모든 언어다

마흔 살은
세월의 망각에서
옳은 것을 되돌려 받는다

박덕매 시인이 40대 중반일 때 나는 중학생이었다.

언제부턴가 시인은 항상 모자(帽子)를 쓰고 우리집을 제집 드나들 듯 자주 찾아 오셨다. 시인과 우리 어머니는 항상 그렇게 친했다.

시인은 나를 볼 때마다 노자(老子)의 「도덕경(道德經)」, 도스토예프스키의 「가난한 사람들」 등 정말 재미 하나도 없는 책만 읽어 보라고 주문하셨다.

나는 시인을 볼 때마다 항상 모자를 쓰고 다니시는 이유가 궁금했다.

그래서 하루는 용기를 내어 "왜 맨날 모자를 쓰고 다니시는지?" 여쭈어 보았다. 시인의 답변은 이러했다. "이다음에 네가 커서 마흔 살이 되면 자연스럽게 알게 될 거야."

기적이 일어난 걸까! 내가 마흔 살이 되었을 때 정말로 그 이유를 알게 되었다. 어떻게 알았느냐 하면, 나는 쉬는 날 집에 있다가 밖에 나갈 때 머리 다듬기가 귀찮아서 모자를 쓴다. 내 방엔 모자가 항상 비치(備置)되어 있다.

얼마 전부터는 '어깨로 먼지를 밀어낸다'는 시구(詩句)도 이해(理解)하게 되었다. 그래서일까. 이 시를 읽을 때마다 공감(共感)이 크게 간다.

세월이 또 흘러 나의 소중한 딸이 중학생이 되고, 내가 40대 중반이 되어 있는 어느 날 아침, 제대로 씻지도 못하고 에버랜드로 자동차를 몰았다. 물론 모자는 꼭 챙겼다.

여러 가지 놀이기구를 함께 타고 즐기다 보니 땀이 나서 모자를 더 이상 쓰고 있기가 거북스러웠다. 모자를 벗어 나의 머리카락 상태가 어떠한지 딸에게 물어보니 그런대로 괜찮다고 하여 모자를 벗고 다녔다.

　마침 할로윈 축제를 하고 있어서 사람들마다 얼굴에는 다양한 색칠과 기괴한 복장을 하고 다녔고, 아무도 나의 모습에 관심을 두지 않았다.

　하지만 놀란 사람이 단 한 명 있었으니 그는 바로 나 자신이었다.

　화장실에 들어가서 거울 속에 비친 나의 머릿결을 보니 커다란 까치집이 두 개나 둥지를 틀고 있는 것이 아닌가! 지나치게 화려한 까치집(?)이었던 까닭에 사람들이 새로운 할로윈 이미지 연출로 생각했던 모양이다.

　그 후로 나는 손바닥만한 나무빗 하나를 샀다.

21. 「삼우제 날의 첫술」 - 일화(逸話)

지난 일은 이제 전설일 수밖에 없다
오늘날 술 먹는 버릇은
전설로 돌아가기 위한 반복행위가 아닐까
그래서 나의 술버릇은 낭비가 아닌
말벗을 만나는 일이라고 말하고 싶다
그래서 나에게는 술벗이란 귀중하다

[술(2008년·보성출판사)]

우리는 가끔 먼 기억 속으로 여행을 떠날 수 있어서 행복하다. 술과 함께 울고 웃었던 문단의 기인들, 유명 인사들⋯⋯.

그들의 내밀하지만 진솔한 고백을 통해 당면한 세상살이로 인해 잃었던 낭만의 한 축을, 정다운 이들과의 추억을 금방 끌어올릴 수 있을 것이다. 이외수, 고종석, 박두진, 조지훈, 박재삼, 유재용, 피천득, 박덕매 등⋯⋯.

(중략)

여고시절, 어머니가 돌아가신 친구네 초상집에서 삼우제(三虞祭)를 지내주면서 사람 없는 쓸쓸한 상가(喪家)를 나이 어린 여고생 몇 명이 지키다가 본의 아니게 퇴주잔을 받아 마신 게 자신의 첫술이 되었다는 박덕매 시인의 술에 관한 기억은 가슴을 저리게 한다.

[일화(逸話)]

어느 날 박덕매 시인이 책이 나왔다고 어린아이처럼 기뻐하며 그 책을 건넸다. 어머니는 시인이 실로 오래간만에 시를 썼다며 크게 반겼다. 시인과 우리 어머니는 항상 그렇게 가까웠다.

그런데 건네받은 그 두꺼운 책 속에 시인의 글은 딸랑 하나 뿐이었다.

사실 나는 그때 책장을 넘기면서 실망감이 컸다.

그런데 지금 시인이 생전에 쓴 글들을 정리하다보니 1992년 이후부터 2008년까지의 기간에는 작품을 찾아보기 힘들다.

이제야 그때의 시인과 우리 어머니가 느끼셨던 기쁨을 이해하게 된다.

비록 수필(「술벗이란 귀중하다」, 1990년)의 내용 일부를 발췌하여 만든 시(詩)이지만, 기나긴 공백기를 거친 시인에게 있어서 특별하고 의미가 깊은 중요한 작품이라 할 수 있겠다.

22. 「햇빛은 평등의 위치」 – 일화(逸話)

햇빛아
너는 평등의 위치

햇빛 없는 그늘에서
나는 짓밟히듯 살았다
햇빛에 대한 그리움, 경하를 잊고 살았다
햇빛아
내 편이 되어 다오
내 편이 되어 다오

햇빛에게……
나는 외롭다

햇빛 아래 서 있으면
비로소 나는 외롭지 않다

[일화(逸話)]

　2016년 어느 햇빛 밝은 날 오후가 아니었나 싶다. 박덕매 시인이 갑자기 집 앞의 냉면집에 가자고 하셨다. 워낙 면을 좋아 하셨던 터라 으레 '냉면 생각이 나셨나 보다'라고 생각했다.

그래서 박덕매 시인, 어머니와 함께 셋이서 길을 나서는데 시인이 차(車)를 타고 가자는 것이다. 걸어서 5분 남짓 가까운 거리에 위치한 식당인데 굳이 차까지 타고 가자는 이유를 그때는 몰랐다.

단독주택가에 위치한 식당은 밖에 차 서너 대 주차할 수 있는 좁은 공간을 가진 예술인(藝術人)이 좋아할 만한 꼭 찻집 같은 분위기의 고급스러운 식당이었다.

나도 워낙 면을 좋아해서 시인과 함께 면을 먹으러 갈 때면, 특히 짜장면, '누가 더 많이 먹나' 하는 경쟁분위기가 자연스럽게 조성되곤 했다.

우리는 자리에 앉아 종업원을 앞에 두고 메뉴판을 보면서 '무엇을 주문할 까?' 맛있는 고민을 하고 있었는데, 그때 시인이 말을 꺼냈다.

"내가 얼마 전 점심 먹으러 혼자 여기 왔었는데, 그때 식당 사람들이 내가 무슨 무전취식(無錢取食)하러 온 노인(老人)마냥 홀대(忽待, 푸대접)를 했어. 얼마나 억울(抑鬱)했는지 몰라. 그래서 함께 오자고 한 거야."

분당에 위치한 그 식당은 특히 온면(溫麵)이 맛있고, 가격은 비싼 편이었다.

나는 온면(곱빼기)을 먹으면서 시인께서 왜 식당까지 차를 타고 가자고 하셨는지 짐작 할 수 있었고, '얼마나 면을 좋아하셨으면 구박 받았던 식당에 또 오자고 하셨을까' 생각했다.

그때 사건을 계기로 이 작품이 만들어진 것이 아닌가 추측(推測)하면서, 이 시를 음미(吟味)할 때마다 '나는 짓밟히듯 살았다'는 문장이 가슴을 아리게 한다.

23. 「무거운 것 내려놓고」 - 일화(逸話)

세상
무거운 것 내려놓고
이름 없이 쓸쓸한 바람에 실려 떠나리라

오직 순수한 빛깔 바람에 떠나리라

오— 참았던 눈물
때로는 새들 노래하며
한결 가벼운 이 마음 함께
마음 함께
쓸쓸히 바람에 안겨 떠나리라

참았던 내 슬픔이여
무거운 것 내려놓고
가벼운 것도 함께 내려놓고

[일화(逸話)]

시인이 이 시를 읽어 보라고 처음 보여 줬을 때 나는 이 시가 박덕매 시인의 마지막 작품이라는 것을 직감했다.

그리고 시인은 "금생에서의 삶을 모두 정리 했으며, 더 이상 미련(未

304

練)이 없다"고 말했다.

사실 그때로부터 오래 전 시인은 병원에서 심장판막증 진단을 받았다.

당시 담당의사는 수술이 시급하다며 퇴원하는 시인을 가로막기까지 했다.

그 후로도 두 번이나 수술 예약을 했으나 시인이 자신의 몸에 칼을 대지 않고 자연의 순리(順理)에 따라 가겠다며 고집(固執)을 부렸다.

게다가 독신(獨身)이기 때문에 더 빨리 가야 한다고까지 했다.

안타까웠다.

시인은 점점 퉁퉁 부어오르는 몸을 이끌고, 떨리는 손에 연필과 종이를 놓지 않으시며, "시 쓰는 일이 더 고통스럽다"고 하셨다.

도무지 내색을 하지 않으셔서 얼마나 아프신 지도 몰랐다.

다만 의사가 예상했던 기간보다는 오래 사셨다. 그것이 우리 가족이 시인과의 소중한 인연(因緣)을 차근차근 정리할 수 있도록 도왔다.

시인은 2017년 1월 무거운 몸 내려놓고 바람에 안겨 떠났다.

시인과의 마지막 인연을 잘 마무리하기 위해 가시는 길 잘 모셔드렸다.

시인의 친족(親族) 그 누구도 장례를 돕지 않다 보니, 장례기간 내내 행정절차상의 어려움이 매우 컸다.

빈소(殯所)는 한적(閑寂)했다.

화장(火葬) 후 고인(故人)의 따뜻한 유골(遺骨)을 가슴에 안고 장례지도사를 따라 향나무가 우뚝 솟은 산에 올랐다.

산골의식(散骨儀式)을 진행할 때 장례지도사가 분골(粉骨)을 보더니 "고인께서 생전(生前, 살아 있는 동안)에 많이 아프셨던 모양"이라고 했다.

눈물이 핑~ 돌았다. 아프지 않았던 사람의 뼈는 하얀 색인데 많이 검다는 것이다.

　햇빛이 화창했고, 바람이 잘 불었다. 고인의 분골을 순수한 빛깔 바람에 실려 보냈다. 어디선가 "야~호!" 하는 소리가 들리는 듯 했다.

　'행복(幸福)하게 잘 가셨으리라' 그 후로 이 시를 읽을 때마다 눈물이 핑~ 돈다. 그래서 나는 이 시가 제일 좋다.

*지금 이 순간

지금 이 순간
매 순간 우리는 새로운 기회를 맞습니다

존재하는 것이 '지금 이 순간'뿐인 것을 안다면,
매 순간이 새로운 기회이며,
인생의 새로운 시작을 스스로
선택할 수 있음을 깨닫게 됩니다

선택하고 행동하고
돌아보고 다시 선택하는 과정에서
생각이 바뀌고, 행동이 바뀌고, 습관이 바뀝니다
그리고 운명이 바뀝니다

〈2018년 6월 21일 · 일지희망편지 2526호〉

전기(傳記)

1. 꿈의 천재(1960년대) — 정공채

1960년대 공초(空超) 오상순(吳相淳)* 선생 주변에 모였던 작가, 시인의 이름만 대충 들어도 상당합니다. 생각나는 대로 순서 없이 들기만 해도 이렇습니다. 횡보 염상섭, 가람 이병기, 수주 변영로, 상아탑 황석우, 무애 양주동, 월탄 박종화, 노산 이은상, 상화 이상화, 송지영, 김동리, 서정주, 황순원, 이설주, 조지훈, 박목월, 방인근, 조연현, 박지수, 이진섭, 홍효민, 파성 설창수, 운성 구상, 근원 이원섭, 양명문, 김자림, 유엽, 장호강, 김관식, 이정호, 김춘수, 유광렬, 최광렬, 전순란, 심여택, 서복희, 정재섭, 조남두, 강우식, 김해석, 김해성, 심하벽, 구석봉, 박인환, 이봉구, 김윤성, 조영암, 황성화, 이근배, 김지향, 김인숙, 박덕매, 장이두, 고은, 천상병, 신동춘, 박명성, 황성락, 이우춘, 오석재, 오덕교 등등…… (p173)

한 사람의 특이한 문하생(박덕매 시인이 아니었을까 추측한다)이 있었는데, 아가씨였습니다. 나이는 십칠팔 세쯤 되어 보였는데 언제나 남장(男裝)을 하고서 공초(空超) 어른을 찾아 왔어요. 머리마저 남자처럼 짧게 깎았고 공초(空超) 옆에 앉아 일체 말이 없었던 아가씨였습니다. 말이 전혀 없었고 싸늘해 보여서 아무도 말을 못 붙인 괴물이었습니다.

아직껏 미혼으로 서울에 살고 있다는데 웬일인지 공초무덤에도 나타나지 않고 있습니다. 아마 사람들이 많이 모이는 공초(空超)어른의 제일(祭日)을 피해 다니는지도 모르겠습니다. (p179)

* 공초 오상순: 불법(佛法)을 시(詩)로 승화(昇華)시킨 대철학가(大哲學家). 박덕매 시인은 고교시절 공초선생의 영향을 크게 받아 평생 독신(獨身)으로 살면서 시문학(詩文學)에만 탐닉(耽溺)했던 것으로 보인다.

〈1984년 2월·우리 어디서 만나랴·백양출판사〉

2. 1960년대 동인지의 전성시대(全盛時代) — 김해성(金海星)

1960년대에 접어들면서 한국 시문학사상 일찍이 볼 수 없는 동인지의 전성시대를 이루었다.

(중략)

[여류시(女流詩)]

1964년 8월에 〈돌과 사랑〉과는 다른 여류들이 모여 동인지를 냈는데, 여기에는 주로 〈자유문학〉 출신의 추천시인들이 모였다.

주요 동인은 김지향(金芝鄉), 김규희(金閨喜), 김송희(金松姫), 박덕매(朴德梅), 박명성(朴明星), 박정숙(朴貞淑), 박정희(朴貞姫), 박현령(朴賢玲), 왕수영(王秀英), 최선령(崔鮮玲) 등이다.

……

〈1976년 · 한국현대시문학개설(韓國現代詩文學概說) · 을유문화사〉

3. 최 아무개 탤런트 어머님의 가게에서
(1965년) — 이재인

1965년 오월 초였다. 지금은 연예인으로 최정상에 있는 탤런트 최 아무개 씨 어머님께서 서울 명동에 '은성'이란 식당을 운영하고 있었다.

그 시절에는 주인이나 나그네나 모두가 가난한 삶을 살았다.

그 고달픈 생활 속에서도 그때의 '은성'은 허름하고 따뜻했다.

나는 대전의 홍모 시인 그리고 정영일 시인, 송유하 시인을 동행하여 헌책 몇 권을 고서점에서 골라갖고 무슨 보물이라도 얻은 듯이 거길 자주 찾았다.

은성식당에 가면 유명한 공초 오상순을 따르던 박덕매 시인도 단골로 앉아있어 서로 문학 이야기를 나누곤 하였다.

그때는 그런 레스토랑이라도 가는 게 무슨 낭만이라도 되는 줄 알고 착각하고 있었다.

(중략)

그 어머님은 바로 최불암 선생의 어머니셨다. 그분의 어머님은 많은 예술가의 대모이셨다.

〈2017년 · 예덕의 예산상인이야기 · 예산문화원〉

312

4. 시작(詩作) 노우트

고생해 본 사람은 고생해야만 직성이 풀리는 것처럼 나는 시를 쓰면서, 그리고 시를 갖지 않고 무사히 나날을 보내다가 불현듯 발광처럼 육신을 비트는 아픔의 경험(經驗)을 많이 갖는다. 누구에게나 생리(生理)에 맞는 음식(飮食)이나 옷이 있는 것처럼 나에겐 무엇보다 소중(所重)한 것이 슬픔(哀)이었고 이 슬픔에서 출발한 것이 시인데 구태여 여기에다가 시론(詩論) 같은 것을 붙이며 살아가고 싶지는 않다. 슬픈 것은 슬픈 대로 처리해 두며 우울(憂鬱)을 풀어가야 한다는 것이 내 첫째 정신(情神)의 수련(修練)이다.

새로운 발견(發見), 말하자면 지금의 상황(狀況)에서 극복(克服)될 수 있는 양단(兩斷)의 다리 노릇을 나는 시의 수술(手術)에서 경험(經驗)해 본다. 그래선지 나는 시를 조금 처량하게 쓰는 편이다. 그래도 만족해 보고 있다. 슬픈 것이 어째서 흉(凶)이어야 되나. 유치하지 않고 맹목(盲目)이 아닐 때, 이 슬픔은 위대하게 봐야 한다. 구호처럼 자기와 모든 연관(聯關)을 외칠 순 없어도 고스란히 자기 운명(運命)을 직시하며 바쳐두려고 하는 외면하지 않는 이 고지식한 감정을 모순으로 받아들여서는 안 되겠다는 것이다. 시론(詩論)은 표면에 있는 것이 아니라 과정의 창작의 즐거움에서 발견되는 것, 그리고 옮아가는 그 과정의 심부름일 뿐 아무것도 아니다.

〈1967년 11월 · 한국여류문학전집(韓國女流文學全集) 6 · 신세계사〉

5. 여류시(女流詩) 6집 후기(後記)

2년 만에 여류시(女流詩)는 선을 보인다.

이번 6집(六輯)에는 섭섭히도 동인(同人) 몇 분이 시(詩)를 발표한다. 동인 중에 박정숙(朴貞淑), 박현령(朴賢玲)의 경우는 가사(家事)에 몰두로 부득이 7집(七輯)으로 미루었고.

그러나 이향아(李鄉莪), 김규화(金圭和), 유안진(柳岸津) 씨가 동인(同人)이 되어 6집의 외로움을 던다.

이 분들은 몇 년 전에 현대문학(現代文學)으로 시 추천을 끝냈으므로 소개를 붙이지 않으련다.

여류(女流)들 끼리라는 의미(意味)가 아니라, 어쨌든 우리는 한 달에 한 번 정도로 함께 모였다. 7집은 곧 구체적(具體的)인 편집을 꾸미자는 동인들의 제의(提議)다.

가을에 곧 7집을 펴리라.

......

그리고 이번 6집에 교정(矯正), 주간(主幹) 등 협조를 해 주신 서상규(徐相揆)님께 지면(紙面)으로 고마움을 표(表)하고 싶다. (德)

〈1968년 5월·여류시(女流詩) 6집〉

314

6. 시집 『지금 이 시간』 후기(後記)

  나에게는 시론(詩論)이 특별히 있지 않다.

  배고픈 사람이 음식을 찾아 먹는 것은 '다만 허기 때문이지', 음식물을 위장에서 소화시키기 위해서가 아니었듯이 나는 시론(詩論)에 의해서 시(詩)를 쓰지 않았다. '배고파서' 음식물을 찾을 때는 나의 무어라도 말을 전달(傳達)했을 것이다.

  살아가기 위한 방법(方法)이 사람마다 제각기 차이가 있을 것이라 하면, 아마 음식을 구하는 과정도 제각기 다를 것이다.

  남들은 어떤 형태였는지 나는 전연 관심을 갖지 않아도 될 성 싶다.

  나의 시론(詩論)은 '배고플 때가 없기를 바라는 마음에서 미리 음식물을 저축해 두는 창고(倉庫)'.

  '어떻게 시(詩)를 쓸까' 이 말을 바꾸어서 '배고프지 않도록 어떻게 음식보관을 잘 해 둬야 하는가'로.

  시론(詩論)이 내게는 특별히 없을 것이다.

  시(詩), 이것은 바로 나의 말(言)들일 뿐이며, 말(言)을 위해서 시(詩)를 쓰지는 않았을 것이다.

  시론(詩論), 이것은 오직 말(言)이 말(言)을 위해서 꾸몄다.

  시론(詩論), 이것은 직정(直情, 자신의 생각을 꾸밈없이 그대로 드러냄)이 아니지만 시(詩)는 고백(告白)이며 정(情)이다.

  시집(詩集)을 내지 못하고 있던 나의 형편을 모교(母校) '풍문여고(豊文女高)' 국어선생님께서 위로(慰勞)해 주시었고, 역시 모교 출신(母校 出身)

인 채송자(蔡松子) 여사, 시인 이일기(李一基) 선생, 공화출판사(共和出版社)의 도움으로 겨우 책(册)이 만들어졌다.

애당초 시집(媤)은 어릴 때부터 가지 않기로 마음먹었다.

그러나 여자(女子) 나이 삼십은 일 열중하는데 없이는 매우 심심한 때다. 아니 나는 '심심한', 그 뜻만이 아니라 꼭 죽게 될 위기를 이 시집(詩集) 한 권으로써 건져낼 수 있을 것이다.

박덕매(朴德梅)

〈1970년 12월·『지금 이 시간(時間)』·청암출판사(靑岩出版社)〉

7. 시집『지금 이 시간』발문(跋文)*1 – 이일기*2

나는 평소 박덕매(朴德梅) 씨를 '박형(朴兄)'이라고 부른다.

어떤 모임에서는 다방(茶房)에서나 주막(酒幕)같은 데서도 미혼여성(未婚女性)인 씨를 '박형(朴兄)'이라고 부르게 된 데는 무슨 별난 이유(理由)나 까닭도 없으면서 언제나 그렇게 부르며 지내오고 있다.

이런 호칭(呼稱)이 씨(氏)로서나 나로서도 조금도 이상하거나 어색하지가 않은 채 더한 친근감을 주는 것이 또한 이상한 일이라고나 할까.

박덕매(朴德梅) 씨와는 평소 서로가 문학(文學)을 공부(工夫)하고 그런 문학(文學)의 향취(香臭)같은 것을 일상생활 속에서 느끼며 살아 오가는 같은 처지(處地)로서 이따금 만나게 되지만, 사실 서로 만난 자리에서 주고받는 것은 문학(文學)보다 각박한 세정(世情) 속에 메말라버린 가식 없는 정담(情談)과 우정(友情)의 공급(供給)이다.

이래서 나는 대낮의 네거리 대로상(大路上)에서도 지나가는 씨를 향해 서슴없이 '박형(朴兄)'이라 고함질러 부르는 것인가.

'박형(朴兄)'은 여태까지 자신(自身)이 살아 온 길을 '찢어진 문구멍을 막는 일'로 일관해왔다고 입버릇처럼 뇌어 왔다.

찢어진 문구멍을 막는 일……. 참으로 함축성(含蓄性) 있고도 적절한 자기표현(自己表現)이라 생각된다.

이런 일은 비단 '박형(朴兄)' 혼자만이 겪는 일은 아니다. 그러나 자기 스스로가 그런 일(事)을 겪으며 살아왔고, 또한 살아가고 있다고 생각 하는 사람은 드물다. 사람은 누구나 자신의 생각과 생활이 춥고 고독 하고 수치스러운 것일는지도 모른다. 적어도 자신의 생활(生活)과 인생 (人生)을 곰곰이 생각하고 뉘우칠 줄 아는 사람일수록 더욱 그러하리라.

찢어진 문구멍이 빼앗아가는 체온과 내면(內面)의 수치(羞恥)를 스스 로 인식하고 그 원인을 자신의 힘으로 막아보려고 몸부림쳐 온 의지(意 志)와 성실성을 '박형(朴兄)'으로부터 보고 듣는 데서 나는 '박형(朴兄)'에 게 남다른 우정(友情)을 느껴왔다.

'제 인생이 곧 제 문학'이라고 생전(生前, 살아 있는 동안)에 일러주시던 나의 스승(청마 유치환 시인, 1908년~1967년)의 말씀처럼 자신의 참된 삶의 길을 외면(外面)하지도 체념(諦念)하지도 않은 채 마치 옛 고전(古典)의 장 부들이 지녔던 산악 같은 의지와 성실성은 문학이라는 아름답고 믿음 직스러운 포장지로 불량인생을 싸서 다니기 일쑤인 오늘의 아픈 세태 속에서 볼 때 얼마나 떳떳하고 자랑스러운 일인지 모른다.

나는 평소 누구에게서나 시와 인간이 상반(相反)되는 시인보다 오히 려 인생을 소중히 여기는 정한(情恨)이 있는 사람의 참 모습에 더한 매 력과 반가움을 느껴오고 있는 터에 '박형(朴兄)'은 나보다 문단(文壇)의 선배(先輩)일 뿐만 아니라 인생에도 선후배가 있다면 인생의 선배이기도 하다. 다만 부질없는 나이만이 내가 몇 살 위라는 사실을 제하고는 문학에서나 인생에 있어서 늘 나보다 깊고 폭 넓게 살아 왔다.

　나는 여기서 '박형(朴兄)'의 시를 운위(云謂, 입에 올려 말하는 것)할 생각은 없다. 내가 '박형(朴兄)'의 시를 운위하기에는 아직 자격도 없거니와 시간도 이르다. 다만 사람은 누구나 제각기 다른 식성을 지니고 있으면서도 영양식(營養食)의 필요성을 부정하는 사람은 없듯이 '박형(朴兄)'의 시가 설령 나의 시와 전연 다른 형태와 내면을 지닌 것이라 하더라도 우리들의 생활(生活) 속에 있어서나 인생에 있어서 보다 낮은 영양소(營養素)를 일러줄 수 있는 가식 없는 인간성(人間性)과 정감(情感)에 찬 일상(日常)의 편력(遍歷)에서 이루어진 '박형(朴兄)'의 시편들을 대할 때 나는 늘 더할 수 없는 기쁨과 즐거움을 느끼는 동시에 '박형(朴兄)'이 이 시집을 상재(上梓, 인쇄에 부침)한다는 소식을 듣고 나 자신이 어린아이처럼 좋아서 어쩔 줄 모르게 기뻐 한 것도 이런 까닭에서다.

---

*1 발문(跋文): 책의 끝에 본문의 내용의 대강이나 간행(刊行)에 관계되는 사항(事項)을 간략(簡略)하게 적은 글.
*2 이일기(李一基): 현대시인(1937년~). 경상북도 청도 출생. 호는 청석(青石). 건국대학교 행정학과 수학(受學). 1965년 〈현대문학〉에 시(詩) 「우중(雨中)에」로 추천을 받았다. 주요작품으로 「눈에 관(關)한 각서(覺書)」, 「불 붙는 바다」, 「풀밭에 누워」, 「뜨락에 내린 우수」, 「낙엽론(落葉論)」, 「봄의 비방(秘方)」, 「녹슨 가락지」, 「꽃밭의 실어(失語)」 등이 있으며, 〈목마시대(木馬時代)〉의 동인(同人)이다. (출처: 국어국문학자료사전)

〈1970년 12월 · 「지금 이 시간(時間)」· 청암출판사(青岩出版社)〉

8. 어느 날 파고다공원(탑골공원)에서(1970년 12월)

눈 내린 겨울의 공원을 나는 사랑한다. 손바닥에 감촉(感觸)되는 철책(鐵柵)의 그 싸늘함과 나목(裸木)을 스쳐가는 바람소리와 휑뎅그렁한 공간이 내게 많은 시어(詩語)를 주기 때문이다.

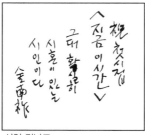

시인 김남조

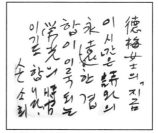

소설가 손소희

9. 박덕매 시집 출간(1970년 12월 28일)

　자유문학 신인상 당선(1962년) 시인인 박덕매 씨가 처녀 시집『지금 이 시간』을 냈다. 곧 죽게 될 위기를 이 시집으로 건져낼 수 있을 것이다. 저자는 후기에서 밝혔다. 「고독」 등 35편이 실려 있다.(청암출판사 간·1백10 페이지·5백 원) 28일 하오 6시 호수 '그릴'에서 출판기념회가 열린다. 회비 5백 원. (1970년 12월 28일·중앙일보)

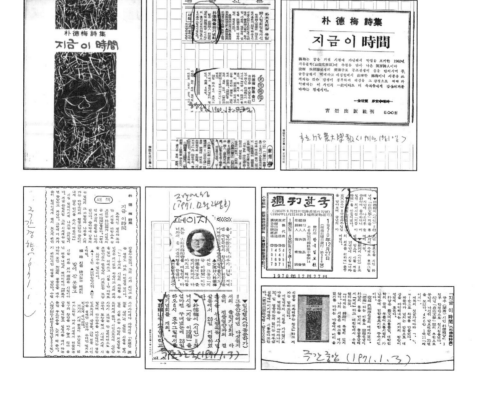

10. 1971년 겨울 박완서 출판기념회에서

1971년 겨울 박완서 출판 기념회에서
왼쪽부터 김승옥 이문구 김지하 정현종 박덕매

11. 포토그라피 서울클럽(1975년 5월)

박 덕 매
「비오는 날」외 1 점

12. 『동서문학』 근무 중에

무엇을 위해 나는 강해져야 하는지 목적의식마저 분명하지 않네.

그러나 무엇이야.

쓰러지지 않으려고 한다.

나의 보석은 어디에 박혀 있기에 이토록 수십 년 찾아나서도 만날 수 없느냐.

·많은 것을 곱씹지 않으면 안 되는 고해의 바다를 건너리라

·음악

정적의 소리에 파묻힌들 어떠랴

충격을 안겨주는 휘발유처럼

·바람

당신은 불로써 기둥까지 태우십시오

박덕매(朴德梅)

13. 구의동 집에서(1979년)

자꾸 걷는다.

쉴 새 없이 눈물이 자꾸 흘러내린다.
돌아가신 어머님 뵙고 싶어서일까.

박덕매(朴德梅)

14.『한국여성독립운동사』펴내
(1980년 8월 9일자 한국일보)

15. 저녁

오늘 저녁 기침에도 겨울날 기침처럼 추운 마음을 느끼게 한다.

오늘 8월 20일. 아직 가을도 오지 않았다.

며칠 동안 신선한 바람으로 여유 있는 시간들.

퇴근해 집으로 돌아가면서, 생각난 듯 뱉아 놓는 기침.

그러나 귀뚜라미 울리는 저녁.

박덕매(朴德梅)

16. 포부(抱負)

아직은 내 이야기를 할 수밖에 없다.

많은 대상들 속에서 한 가지가 어떻게 많은 것을 헤아려 볼 수 있겠는가. 스스로의 부족을 메꿔 살기에도 실향(失鄕)의 안타까움 속에 방황(彷徨)하는 나. 아직은 나의 자리에서 모든 복잡(複雜)을 피한 채 묵묵한 수위로나 있어야겠다.

언젠가는 나의 원시림에 햇살이 새어 들 날을 기다리면서…….

우선 어둠 속에 바람을 막고 볼 일이다.

어쩌면 외면하지 않는 비밀의 대결 속에서 나를 완성해 가려 한다.

그리곤 처절한 이상의 골짜기에서 피투성이 같은 시를 쓰겠다.

낡은 '모랄'의 의상(意想)을 벗어 버리고 폐허된 나의 내부에 영원한 영토(領土)를 마련해야겠다.

그러기까지 흐트러진 자화상(自畫像)의 머리카락이나 손질해야겠구나.

아무에게도 나의 자리를 빼앗기고 싶지 않다. 고마운 이웃들에게도 나의 자리를 빼앗기고 싶지는 않다. 고마운 이웃들에게 자신 있는 작품(作品)을 선뜻 내 놓을 수 있을 때까지는…….

박덕매(朴德梅)

17. 시단(詩壇)의 신선한 바람으로 – 김재홍

①문단(文壇) 활성화(活性化)에 크게 기여

한국(韓國)의 현대문학사 특히 현대시사(現代詩史)의 형성과 전개 과정에 있어서 동인지(同人誌)는 기대 이상의 역할을 수행해 왔다. 〈창조(創造)〉, 〈폐허(廢墟)〉, 〈장미촌〉, 〈백조(白潮)〉 등의 동인지(同人誌)들은 초기 시단의 형성(形成) 과정에서 결정적인 영향(影響)을 끼쳤으며, 이후 20년대의 〈영대(靈臺)〉, 〈금성(金星)〉, 〈해외문학(海外文學)〉의 공적(功績) 또한 적지 않았다.

무엇보다 1930년대 시사(詩史)에 있어서는 그것이 '시문학(詩文學)'파(派)의 순수시 운동을 비롯하여 '삼·사문학(三·四文學)'의 모더니즘운동, '시인부락(詩人部落)'의 생명파 형성, 그리고 '시(詩)와 소설(小說)', '자오선(子午線)', '청록파(靑鹿波)' 등의 작업으로 연결됨으로써 현대시 흐름의 기본 골격을 이루는데 결정적으로 기여(寄與)하였다.

이러한 동인지 운동은 그것이 공동의 이즘이나 운동을 표방하는 이념 지향성을 내세우거나, 혹은 인간적인 유대의 결속을 다짐하는 친목 취향성(趣向性)을 띠거나 간에 문학적 개성을 확대하고 심화할 수 있는 공동의 장(場)을 마련한다는 점에서 중요한 의미(意味)를 지닌다.

해방 후에도 동인지 운동은 문단의 활성화와 문학사의 풍요로움에 크게 이바지한 것으로 보인다. 물론 지면 확보를 주목표로 한 초기 시단에서의 동인지 운동과는 성격이 많이 달라진 것이 사실이다.

1946년 〈백맥(白脈)〉으로부터 시작된 해방 후의 동인지 운동들은 신진 시인(詩人)들에게 잃었던 모국어(母國語)를 마음껏 연습할 수 있고, 새로운 시의식과 방법을 실험할 수 있는 모색(摸索)의 장이 되어 주었다는 점에서 의미가 놓여진다.

또한 각종 신문(新聞), 잡지(雜誌) 등이 발간되어 발표 지면(紙面)이 크게 늘어난 60~70년대에 있어서도 동인지 운동은, 한 시대의 특징적 경향을 대변(代辯)하고 나름대로의 개성 있는 방법(方法)과 지향(志向)의 고유성을 보여줌으로써 현대시의 흐름에 긍정적인 기여를 지속(持續)해 갔다.

따라서 필자는 해방 후 동인지의 변모 과정과 그 속에서 동인지 〈여류시(女流詩)〉가 지니는 의미를 간략히 살펴보기로 한다. 이것은 창립 20주년을 맞이하여 새롭게 출발하는 〈여류시(女流詩)〉의 속간(續刊, 간행을 중단하였던 잡지 따위를 다시 계속하여 간행함)을 축하하는 동시에 이 땅에서 동인지 운동의 의미를 되새겨보고자 하는 소박(素朴)한 생각에서 비롯된 것임을 말해 둔다.

②모국어(母國語) 회복의 안간힘

1945년 8월 15일은 이 땅의 역사에 획기적인 전환점을 마련해주었다.

일제(日帝) 식민지 통치의 질곡(桎梏)에서 벗어나서 새로운 민족사의 장을 열어가게 된 것이다. 비록 연합국의 승리와 일제의 패망이라는 타율적인 힘에 의한 해방이었지만, 해방은 우리 민족에게 소생의 감격과 함께 미래(未來)에의 밝은 희망을 품을 수 있게 한 것이다.

아, 기쁘다

하늘아

더 높고 더 크고 푸르러라

우리들은 모도다 영광(榮光)에 취하야
그대 푸른 가슴 속에 뛰어들어
일하고 배우고 건설(建設)하려느니
영광스러운 헌신(獻身)

      - 김광섭(金珖燮)

위의 시 구절처럼 환호작약하는 푸름 꿈의 노래를 목청껏 외쳐댈 수 있었다.

이러한 격정(激情)의 시대에 처음 나온 사화집(詞華集)은 『해방기념시집(解放記念詩集)』(1945년 12월, 中央文化協會)이었다. 이 사화집에는 민족진영의 시인들이 주로 참여하여 시대정신인 감격과 흥분 속에서 새 조국 건설의 의지(意志)와 이상(理想)을 노래하였다.

그러나 해방의 감격과 부푼 꿈도 잠시, 이 땅에는 좌·우의 이데올로기 대립에 따른 갈등과 혼란이 밀어닥치게 되었다. 이럴 즈음 감격의 홍수, 이데올로기(Ideologie)의 소용돌이를 뚫고 나온 첫 동인(同人) 시집(詩集)은 『청록집(靑鹿集)』(1946년 8월)이었다. 박목월(朴木月), 박두진(朴斗鎭), 조지훈(趙芝薰) 등 세 사람이 낸 이 시집은 해방(解放) 공간의 혼란(混亂) 속에서 인간(人間)과 자연의 교감(交感)을 노래함으로써 해방 시단(詩壇)에 '청록파(靑鹿派)'라는 한 '에꼴'을 형성할 정도로 커다란 의미를 지닐 수 있었다.

어느 면 해방 후 최초의 동인지(同人誌)라 볼 수 있는 이 합동시집(合同詩集)은 이후의 동인지가 어떠해야 하는가를 암시해 준 것으로 보인다. 그것은 에꼴화, 즉 공동체 의식에 바탕을 둔 이념 지향성에 동인지 운동이 근거해야 함을 제시한 것으로 해석할 수 있다. 그러나 〈청록집〉의 시인들은 세 사람 모두가 해방 전 〈문장(文章)〉지를 통해서 데뷔한 기성(旣成) 시인들이었고, 또 단권(單券)으로 마무리됐기 때문에 엄격(嚴格)한 의미(意味)에서 동인지 운동이라 하기에는 다소 어려운 점이 있었다.

따라서 김윤성(金潤成), 구경서(具慶書), 정한모(鄭漢模) 등 신진(新進) 시인들이 모여서 간행(刊行)한 〈백맥(白脈)〉(1946년 10월)은 해방 후 시동인지의 효시(嚆矢)가 된다고 할 수 있다. 이들은 〈백맥(白脈)〉을 통해서 공통 이념을 주창(主唱)하지는 않았지만 서투르나마 신선한 목소리로 한글의 시적 훈련(訓鍊)을 전개하였다. 이후 〈백맥(白脈)〉은 〈시탑(詩塔)〉과 〈주막(酒幕)〉 등의 동인지로 이어져서 해방 후 동인지 운동의 한 시범(示範)을 보여주었다.

이 무렵부터는 〈등불〉[1946년, 이경순(李敬純), 조향(趙鄕), 설창수(薛昌洙) 등], 〈종백(柊栢)〉[1947년, 정훈(丁薰), 박용래(朴龍來), 성기선(成耆先) 등], '죽순(竹筍)'[박목월(朴木月), 이영도(李永道), 유치환(柳致環), 이효상(李孝祥) 등]을 비롯하여 〈흰구름〉, 〈영문(嶺文)〉 등의 많은 동인지가 발간되어 해방 시단에 활력을 불어넣었다. 윤동주(尹東住)의 유고시집(遺稿詩集) 『하늘과 바람과 별과 시』, 서정주(徐廷柱)의 『귀촉도(歸蜀途)』가 발간되는 등 해방 전 시인들의 시집이 활발히 간행된 것도 바로 이즈음의 일이었다.

1949년 김수영(金洙暎), 박인환(朴寅煥), 김경린(金璟麟) 등이 간행한 합동시집 『새로운 도시와 시민들의 합창』은 새로운 문학운동의 문을 열었다. 이들은 도시문명의 그늘 속에서 상실되어 가는 인간성의 모습을 모더니즘적인 감각으로 묘사하는데 주력하였다. 이러한 모더니즘 시운동은 6·25의 와중인 1950년대에 들어서서 〈후반기(後半期)〉 동인을 결성하게 됨으로써 문단에 새로운 바람을 불러일으키게 되었다.

박인환(朴寅煥), 조향(趙鄕), 김경린(金璟麟), 이봉래(李奉來), 김차영(金次榮), 김규동(金奎東) 등이 주축을 이룬 이 〈후반기〉 동인들은 전쟁으로 인해 파괴된 도시문명의 모습을 비유와 시니시즘(Cynicism, 견유주의, 犬儒主義)*1으로 묘사하였다. 〈청록파〉를 중심으로 한 기존 시와 그 방법에 반발하여 일어난 이 〈후반기〉 동인의 모더니즘(Modernism)*2 시운동은 도시문명에 대한 피상적 이해와 도식주의(圖式主義)*3 그리고 감상주의화로 인해 실패한 것이 사실이지만, 에꼴화 또는 이념지향 이라는 동인지 운동 본래의 취지와는 어느 정도 근접되는 것으로 평가된다.

전쟁을 전후하여 50년대 초반에 나온 동인지로는 〈시(詩)와 산문(散文)〉, 〈청포도〉, 〈흑산도〉, 〈호서문학〉, 〈신작품(新作品)〉, 〈시(詩)와 시조(時調)〉 등이 있으며, 전쟁시를 묶은 〈전선문학(戰線文學)〉, 〈애국시(愛國詩) 33인집〉, 최초의 〈연간시집(年刊詩集)〉[이설주(李雪舟), 유치환(柳致環) 편], 3인 시집 〈시간표 없는 정거장〉[이민영(李珉暎), 장호(章湖), 고원(高遠)] 등을 들 수 있다.

또한 전쟁이 끝나고 전쟁의 상흔과 폐허 속에서 〈시작(詩作)〉[1954년, 고원(高遠), 구상(具常), 박훈산(朴薰山), 김수영(金洙暎), 박인환(朴寅煥), 장호(章湖) 등], 〈신작품(新作品)〉[김성욱(金星旭), 고석규(高錫珪), 송영택(宋永擇), 조영서(曺永瑞) 등], 〈시문(詩門)〉[김태홍(金泰洪), 안장현(安章鉉), 손동인(孫東仁) 등], 〈시정신(詩精神)〉[신석정(辛夕汀), 이동주(李東柱), 김현승(金顯承) 등], 〈시(詩)와 비평(批評)〉[대구], 〈청맥(靑麥)〉[부산], 〈청포도〉[강릉] 등이 활발히 간행되어 새로운 문단의 건설 작업에 이바지 하였다. 또한 〈시(詩)와 비평(批評)〉, 〈시연구(詩研究)〉, 〈신시학(新詩學)〉, 〈시작업

〈詩作業〉 등 시 전문지가 간행된 것도 이 무렵이었다. 특히 1950년대 후반에 들어서서는 〈해 넘어가기 전의 기도〉[1955년, 이형기(李炯基), 김관식(金冠植), 이상로(李相魯)], 〈평화(平和)에의 증언(證言)〉[1957년, 김경린(金璟麟), 김규동(金奎東), 김수영(金洙暎), 김종문(金宗文) 등], 〈전쟁(戰爭)과 음악(音樂)과 희망(希望)과〉[1957년, 김종삼(金宗三), 김흥림(金興林), 전봉건(全鳳健)], 〈현대(現代)의 온도(溫度)〉[1957년, 김차영(金次榮), 박태진(朴泰鎭), 이영일(李榮一) 등], 〈신풍토(新風土)〉[1959년, 권일송(權逸松), 김관식(金冠植), 김흥림(金興林) 등] 등의 동인사화집이 간행됨으로써 새롭게 시단 질서가 변모해 가기 시작하였다.

이러한 동인지 운동들은 이 무렵 창간된 〈현대문학(現代文學)〉(1955년 1월), 〈자유문학(自由文學)〉(1956년 5월), 〈문학예술(文學藝術)〉(1956년 6월) 등 문예지와 〈사상계(思想界)〉, 〈신태양(新太陽)〉, 〈신군상(新群像)〉 등의 종합지들이 수용할 수 없는 개성적인 실험(實驗)과 모색을 그들 동인지를 통해서 전개해 나아갔다. 이러한 1950년대의 동인지 운동들은 해방 후의 혼란(混亂) 속에서 모국어를 회복(回復)하려는 안간힘과 전후의 폐허(廢墟)를 딛고 일어서려는 이 땅 시인들의 눈물겨운 노력을 보여 준 것으로서 과도기의 진통을 감내(堪耐)할 수밖에 없었던 것이다.

---

*1 시니시즘(Cynicism): 견유주의(犬儒主義). 인간(人間)이 인위적으로 정한 사회의 관습, 전통, 도덕, 법률, 제도 따위를 부정하고, 인간의 본성에 따라 자연스럽게 생활할 것을 주장하는 태도나 사상. (출처: 표준국어대사전)
*2 모더니즘(Modernism): 근대주의(近代主義). 사상(思想), 형식, 문체(文體) 따위가 전통적인 기반에서 급진적으로 벗어나려는 창작 태도. 20세기 서구 문학·예술상의 한 경향으로, 흔히 현대 문명에 대하여 비판적이고 미래(未來)에 대해서는 반유토피아적이다. 또한 현실 비판의 한 방법으로 예술의 비인간화를 시도하기도 한다. (출처: 표준국어대사전)
*3 도식주의(圖式主義): 사물(事物)의 본질이나 구체적 특성을 밝히기 위한 창조적 태도 없이, 일정한 형식이나 틀에 기계적(機械的)으로 맞추려는 경향(傾向). (출처: 표준국어대사전)

③새로운 시대정신(時代精神)과 동인지(同人誌) 홍수

6·25가 끝나고 시작된 문단 복구와 재편성 작업은 1950년대 후반의 여러 문예지와 종합지의 발간과 각종 동인 결성 및 시집의 간행으로 어느 정도 마무리되기 시작했다. 그러나 1960년 4월 19일은 이 땅의 현대사에 또 하나의 전환점을 마련하였다.

4·19는 해방 이후 이 땅에서 실험되고 모색되던 자유·민주주의에 대한 결정적인 반성(反省)과 비판을 통해서 참다운 자유(自由)와 민권(民權)의 소중함에 대한 국민적(國民的) 각성(覺醒)을 불러일으킨 것이다. 따라서 4·19는 문학, 특히 시의 본질과 효용에 관한 근본적인 반성을 요구하게 되었으며, 그 결과 참여·순수론이라는 첨예한 논쟁을 촉발시키기도 하였다. 또한 4·19는 많은 현장시(現場詩)를 남겼으며, 이를 모아 한국시인협회(韓國詩人協會)에서는 『뿌린 피는 영원히』라는 추도시집을 교육평론사에서는 『학생혁명시집(學生革命詩集)』을 남기게 되었다.

또한 새롭고 의욕 있는 젊은 시인들이 각종 신춘문예와 문예지 추천을 통해서 활발히 등장하였다. 그럼에도 불구하고 이들 신인들이 작품 발표의 지면을 얻는다는 일은 그리 쉽지 않았다. 〈자유문학(自由文學)〉이 60년 초에 종간(終刊)되었고, 〈문학춘추(文學春秋)〉, 〈문학(文學)〉 등이 창간되었으나 역시 오래 가지 못하고, 〈현대문학〉만이 유일한 지면으로 영향력을 행사한 것이다. 시지(詩誌)로도 〈모음(母音)〉, 〈시문학(詩文學)〉등이 창간되었으나 역시 오래 견디지 못하고 말아 문단 특히 시단은 기성·신진 할 것 없이 충분한 지면을 얻을 수가 없었다.

바로 이러한 원인, 즉 4·19로 인한 새로운 시대정신 대두와 신진 시인의 대거 등장, 그리고 그에 미치지 못하는 발표 지면으로 말미암아 60년대 시단도 동인의 속출(續出)과 활발한 동인지 운동이 전개될 수밖에 없었다. 이무렵 간행된 주요 동인지로는 〈현대시(現代詩)〉(1962년), 〈산문시대(散文時代)〉(1962년), 〈현실(現實)〉(1963년), 〈신춘시(新春詩)〉(1963년), 〈돌과 사랑〉(1963년), 등을 비롯하여 〈영도(零度)〉, 〈시단(詩壇)〉, 〈신연대(新年代)〉, 〈사계(四季)〉, 〈시학(詩學)〉, 〈시맥(詩脈)〉, 〈시림(詩林)〉, 〈시예술(詩藝術)〉, 〈시조문학(時調文學)〉, 〈시(詩)와 시론(詩論)〉을 들 수 있으며, 〈60년대 사화집(詞華集)〉, 〈한국전후문제시집(韓國戰後問題詩集)〉 등의 사화집도 꼽을 수 있다.

동인지 〈여류시(女流詩)〉는 바로 이러한 시대적 기류(氣流)와 문단적 상황 속에서 1964년 9월 5일 강계순(姜桂淳), 김송희(金松姬), 김윤희(金閏喜), 김지향(金芝鄕), 김하림(金夏林), 박덕매(朴德梅), 박명성(朴明星), 박정숙(朴貞淑), 박정희(朴貞姬), 박현령(朴賢玲), 왕수영(王秀英), 최선령(崔鮮玲) 12사람을 창간(創刊) 동인으로 하여 탄생(誕生)되었다. 물론 이들 동인의 대부분이 이미 1950년대 후반에 등단한 시인들이었지만, 이들은 새로운 시대정신을 갈망하는 신선한 의욕과 인간적인 유대의식을 바탕으로 새 출발의 의지를 보여준 것이다. 물론 이보다 1년 전 간행된 다른 여류 시인들의 동인지인 〈돌과 사랑〉에 자극을 받기도 한 것이 사실이겠지만 〈여류시〉는 이후 〈청미(靑眉)〉로 개칭(改稱)한 이들 동인들과 앞서거니 뒤서거니 쌍벽을 이루며 이 땅 여류시단의 개화(開化)를 위해 지대한 성과를 남겨가기 시작하였다.

〈여류시(女流詩)〉 동인들이 처음부터 무슨 이념(理念)이나 운동을 목적으로 출발한 것은 아니었다. "시 이외에는 다른 것을 사랑할 수 없는 시를 사랑하는 친구들이 모여 시를 공부하니, 마음 든든하고 나 혼자 외따로 떨어져 있다는 자의식(自意識)에서 이젠 벗어날 것 같다"라고 하는 한 창간 동인의 동인변(同人辯)에서 볼 수 있듯이 시를 쓰는 동지로서의 연대감, 특히 여류로서의 인간적인 친밀감과 유대의식을 확보함으로써 공동의 광장 혹은 공감의 밀실(密室)을 마련해 보고자 하는 의도가 작용한 것으로 보인다.

따라서 이들은 창간호를 비롯한 어느 동인지에도 공동선언이나 동인지 까르떼(Kartell)를 제시하고 있지 않다. 그러나 시의 내용에 있어서는 생의 밑바탕에 깔린 근원적 고독과 허무감, 지향 없는 그리움 그리고 일상사에 대한 깊이 있는 탐구의 시선(視線) 등을 공통점으로 하고 있다. 특히 섬세한 감각과 세련된 언어를 구사(驅使)함으로써 여류시의 가능성을 제시(提示)한 것은 당대 시단에서 돋보이는 면이 아닐 수 없을 것이다. 창간호 이후 〈여류시(女流詩)〉는 내실(內實)을 다져가는 한편 5집(1966년 5월)에 주정애(朱正愛), 6집(1968년 6월)에 이향아(李鄕莪), 유안진(柳岸津), 김규화(金圭和), 7집(1971년 5월)에 한순홍(韓順虹), 신동춘(申東春), 그리고 9집(1972년 4월)에 함혜련(咸惠蓮)을 새 동인을 맞아들여 진용(陣容)을 보강하였다. 그러는 과정에서 동인 중에는 외국으로 이주해 가거나 지방으로 내려가는 등의 변화가 있었으며, 특히 1970년대 초 유신(維新)의 추진에 따른 정치적 긴장(緊張)의 예화(銳化)가 작용하여 동인지 발간의 지속(持續)이 어려움을 겪게 되었다.

그리하여 김송희(金松姬), 최선령(崔鮮玲), 함혜련(咸惠蓮), 한순홍(韓順虹), 박정숙(朴貞淑), 신동춘(申東春), 박명성(朴明星), 유안진(柳岸津), 주정애(朱正愛), 박현령(朴賢玲) 등이 작품을 발표하고, 서정주(徐廷柱), 김종문(金宗文), 조병화(趙炳華), 박남수(朴南秀) 등이 기고한 〈여류시(女流詩)〉 제10집 기념호(1972년 10월)를 끝으로 동인지 발간은 휴면상태에 접어들게 되었다. 여기에는 앞서의 요인 이외에도 동인들 간의 내부 사정(事情)도 있었겠지만 무엇보다 가정의 핵심인 30~40대 주부로서 가사(家事)를 책임져야 하는 어려운 상황에서 시작(詩作)을 하고 동인지를 발간해야 하는 어려움들이 중첩되었기 때문인 것으로도 이해된다. 또한 각종 잡지, 문예지, 시 전문지 등이 다수 발간되어 발표 지면(誌面)이 급격히 확대된 것도 암묵(暗默)적인 이유가 될 것이다.

그러나 〈여류시(女流詩)〉가 내·외적으로 어려운 상황과 여건의 1960년대 초에 간행되어 10년 세월(歲月) 10권의 동인지를 발간한 것은 매우 고무적(鼓舞的)인 일로 받아들여진다. 대부분의 동인지가 구호만 내세우고 떠들썩하다가 한두 해만에 소멸해 간 것에 비추어, 〈여류시(女流詩)〉와 그 동인(同人)들이 묵묵히 정진하면서 여류시단의 확립을 통해 현대시의 풍토를 다원화해 간 것은 분명 소중한 업적이 아닐 수 없기 때문이다.

1950년대까지만 해도 이 땅의 여류시단은 엉성하기 짝이 없었던 것이 사실이다. 이렇게 볼 때 〈여류시(女流詩)〉의 시사적 의미는 확실히 드러난다. 〈여류시(女流詩)〉는 형성기에 있던 이 땅의 여류시단에 구체성을 부여(附與)하였으며, 현대시단에 여성적인 호흡과 맥박을 불어넣음으로써 현대시사의 풍요에 크게 이바지한 것으로 평가된다. 또한 남성 주도의 시단에 여성의 중요성과 위치를 크게 고양시킨 것도 의의 있는 일이 아닐 수 없을 것이다. 1960년대에 들어서서의 여류시단의 확립은 보수적이기만 하던 이 땅의 사회풍조에 여성의 사회적 역할의 기능과 신장(伸張)을 위해서도 긴요(緊要)한 일이 아닐 수 없었기 때문이다.

④창조의 동굴이며 부활의 장(場)으로

이제 다시 1980년대, 창간 스무 돌에 즈음하여 〈여류시(女流詩)〉는 오랜 휴식(休息)에서 일어나 창립 20주년 기념 속간호를 준비 중이라 한다. 초창기 때보다도 발표 지면도 대폭 늘어났고, 또 동인 각자가 시단에서 무게 있는 위치를 확보하고 있는 이들이 새삼 동인지를 속간하려는 뜻은 과연 무엇 때문일까. 어쩌면 이에 대한 해답(解答)은 1980년대에서 동인지의 역할과 의미에 대한 단서를 제공해 줄 수도 있을 것이다. 무엇보다 〈여류시(女流詩)〉 동인들의 재결속과 속간 노력은 어쩌면 이들의 청순한 문학적 열망(熱望)과 인간적 꿈으로 아름다웠던 젊은 날, 그 잃어버린 시간을 되찾아가려는 낙원 회복의 꿈을 반영한 것인지도 모른다. 아니면 각박하고 메마른 현대의 물질문명과 산업주의 속에서 필연적으로 느낄 수밖에 없는 소외감과 단독자(單獨者)로서의 외로움을 이겨 나가려는 의도 때문인지도 모른다. 아니 어쩌면 알만한 것은 대충 알게 된 시점에서 깨닫게 된 운명적 허무를 이웃과의 연대감을 통해서 극복하고, 시를 통해 스스로 살아있음을 확인하고 삶의 상승과 시적 초월을 얻고자 하기 때문인 것으로 이해된다. 개인의 생애사나 시사에 있어서 그야말로 산전수전을 겪어온 중년의 중후한 위치에서 〈여류시(女流詩)〉 동인의 새 출발은 분명 양적 팽창으로 방만하고 메마른 현대시단에 시선한 청량감을 던져주는 것이 사실이다.

그렇다면 앞으로 어떤 방향으로 이 모임이 이끌어지고 또 전개되어야 할 것인가. 실상 이 문제는 작금(昨今, 어제와 오늘)에 이 땅에서 전개되는 동인지 운동 전반에 걸쳐 해당되는 문제일 것이다.

무엇보다 동인지는 고향을 느끼게 하는 귀의(歸依)의 장이며, 소외감을 극복시켜 주는 대화와 만남의 광장으로써 창조의 동굴이며, 부활의 장이 되어야 할 것이다. 시를 통한 인간의 만남이며, 인간을 통한 시적 교감이 이루어져야 하고, 그런 의미에서 시와 존재의 거울로써 자기반성과 수련, 그리고 지양(止揚, 어떠한 것을 하지 아니함)의 공간이 돼야 하는 것이다. 따라서 재결속의 이 시점에서는 시와 함께 성숙한 인간으로서의 깊이 있고 진실한 만남이 더욱 강조돼야 할 것이다.

이런 점에 비추어 앞으로 〈여류시(女流詩)〉의 방향은 다음 몇 가지를 검토(檢討)·실천(實踐)해 보는 것도 유익(有益)하리라 생각된다.

첫째는 동인지를 주제시집(主題詩集)으로 묶어 시적 대상과 주제를 깊이 있게 성화하고 확대하는 것이 바람직할 것이다. 하나의 주제 또는 공동 관심사를 다양한 개성으로 천착해 들어가면 그에 대한 보편성과 개성이 더욱 돋보일 것이기 때문이다. 그것은 시의 우열을 가늠하는 것이 아니라 개성의 심화와 보편성의 조화를 지향할 수 있는 장점을 지닐 것이 확실(確實)하다. 테마가 있는 만남이 깊이와 다양성을 지녀갈 것은 자명한 이치가 아닌가.

둘째는 연작시집으로 꾸며 보는 것도 좋을 듯하다. 현대의 시집은 구멍가게식 잡화의 나열이 되어서는 안 될 것이다. 예를 들어 『삼국유사(三國遺事)』 같은 여러 것을 항목으로 나누어 그에 대한 동인 각자 취향으로 연작시를 창작해 보면 공부도 되고 흥미와 관심을 유발할 것으로 생각된다. 하나하나의 시적 대상에 대해 전문적인 안목과 개성(個性)으로 탐구(探求)하여 연작시집(連作詩集)을 꾸며 보는 일도 매우 바람직할 것이며, 이를 통해 공동체 의식을 확대하고 심화할 수 있을 수도 있을 것이기 때문이다.

세 번째는 공동의 시와 시론 연구 작업을 전개해 보는 일이다. 군이 시의 발표 지면 확보만 위해서라면 많은 경비와 노력을 들여 동인지를 발간할 필요가 있을 것인가. 시 창작의 문제점이나 시인, 시론에 대한 공동 토론을 전개하고 세미나(Seminar) 등을 열어 그 내용을 집중적으로 수록하는 것도 바람직할 것이다. 이를 통해서 시 창작과 이론에 관한 안목(眼目)과 지식을 넓히고 아울러 하나의 공통 이념이나 공동주장을 개진(開陣)해 갈 수 있기 때문이다. 공부하는 동인지로서의 성격(性格)을 지니는 것도 바람직하지 않겠는가.

넷째는 동인 이외의 사람들에도 필요에 따라 지면을 개방함으로써 동인지 자체의 활성화를 꾀하는 일이다. 취향이 다른 동인들이나 평론가들에게도 지면을 과감하게 개방하여 자칫 지속적인 발간에 따르는 매너리즘(Mannerism)을 극복(克服)하는 것도 바람직할 것이다. 모든 것이 개방사회(開放社會)로 전환하는 추이 속에서 외부와의 교섭을 통해 동인지의 활력(活力)과 탄력(彈力)을 불어넣는 것은 매우 중요한 일이다.

다섯째는 시 낭송회 등을 정기적으로 열어 동인들 자체의 인간적 유대(紐帶)를 강화하고, 독자와의 지속적인 만남을 통해서 동인지세를 확장하는 일이 필요하다. 현대시는 독자들과 점차 유리되어 고독한 성에 유폐되어 가고 있는 실정이다. 이 점에서 독자와의 겸허한 만남과 대화를 통해서 시인 자신의 계발(啓發)을 성취하고 동인과 동인지에 대한 독자의 저변을 확대하는 것은 바람직한 일이 아닐 수 없다. 문학(文學), 특히 시의 궁극적 목표는 인생의 행복, 나아가서 인류에게 정신적 기쁨과 감동을 주기 위한 것이 아닌가.

이렇게 본다면 지금 우리 주변에서 활발히 태동하고 있는 각종 '무크(Mook, 부정기 간행물로 순화)'지(誌)를 눈여겨 볼 필요에 직면하게 된다. 공동 관심사에 대한 공동의 탐구와 공동 주장의 개진, 그리고 그에 필요한 외부 인사와 글에 대한 과감한 개방을 통해서 동인들의 인간적 결속과 동인지의 활성화를 꾀할 수 있을 것이라는 이점이 있다는 점에서이다.

이 점에서 〈여류시(女流詩)〉는 시를 통한 인간적 만남의 장(場)인 동시에 공동체 의식을 함양하고, 공동 작업을 통해서 시 창작과 연구를 성취할 수 있는 '형성의 장'이 돼야 할 것이다. 〈여류시(女流詩)〉가 이 땅 여류시단의 형성과 현대시사의 중요한 전개를 위해 중요한 역할을 수행한 것은 사실이다. 그러나 더욱 중요한 것은 앞으로 〈여류시(女流詩)〉가 동인(同人) 결속(結束)의 강화와 동인지 역할(役割)의 증대를 통해서 어떻게 백화난만(百花爛漫)한 현대시단에서 자기 위치를 정립(正立)해 가야 하는가 하는 문제일 것이다.

이런 점에서 창립 20주년을 맞는 이 시점, 복간호가 탄생되는 이 지점이 바로 운명의 시간이며 결정의 시간이 될 것이다.

〈1983년 11월 · 여류시(女流詩) 11집〉

18. 제31회 토요일 오후(土曜日 午後)와 시(詩)
(1983년 12월 31일)

·박덕매(朴德梅): 바람의 詩 / 하늘 / 지금 이 時間에

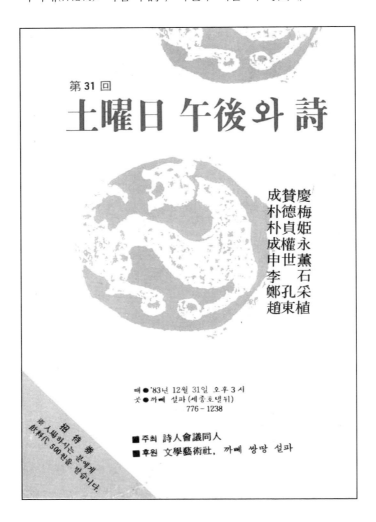

19. 역사(歷史) 속의 한국여인(韓國女人)
(1984년 1월 25일자 서울신문)

20. 새해에는

　소리 없이 어린이들이 무럭무럭 자라듯이 어른들도 하루하루 그 빛을 더해 가는 것이다.

　몸의 열기가 식어가는 모습은 겉보이기보다는 안을 더욱 다지라는 뜻이다. 청춘은 청춘의 뜻대로 좋고 중년은 중년의 맛이 든다.

　그리고 나는 이제 적당히 자기 체질을 조절하면서 살아야 하는 나이에 이르렀다. 청춘의 봄처럼 울긋불긋 그 빛깔이 타인에게 들키지는 않겠지만 그렇다고 서운한 것도 아니어서 오로지 내 자족(自足)*이 있으면 모두모두 기뻐하고 미소하시리라.

　우주 한 가운데 내가 서 있지 않고 나의 숨결 가운데 우주가 다이아몬드처럼 꽤나 밝게 박혀 있다고 생각한다. 그 다이아몬드를 똑바로 바라보노라면 자연히 시(詩)가 쏟아져 나올 법 하구나.

　좋은 시우(詩友)들이여. 명년(明年)은 시집을 받고 꼭 답장을 보내리다.

박덕매(朴德梅)

* 자족(自足): 스스로 넉넉함을 느낌.

〈1985년 신년호 · 시문학(詩文學)〉

21. 시작(詩作) 노트(1985년) — 한 우물 파기

　아무 말도 말고, 시 얘기만 하겠습니다.

　시를 써 보면 노동적인 대가에서 많은 보고(寶庫)가 보입니다.

　아직 산고가 늦었다는 붉은 신호등 같은 데서 나는 오열을 합니다.

　사실 따지고 보면 밥을 먹고 살기에도 힘든 나에게 시란 사치(奢侈)였습니다.

　그러나 시를 써 보면 거기에 많은 보고(寶庫)가 있는 듯합니다.

　돈 버는 궁리보다 시를 잘 쓰는 궁리가 나를 구제하는 것입니다.

　생각 같아서는 파편 조각도 녹일 듯합니다.

　이제부터 나에게 한 우물 파는 일만이 남아 있습니다.

　한 가지 일에 몰두(沒頭)한다는 뜻은 세상에서 대단한 위력(威力)이 됩니다.

박덕매(朴德梅)

〈1985년 5월·역대 한국여류 101인 시선집·한림출판사〉

22. 한국여류문학인회 창립 20주년 기념
전국 문학강연회(1985년 11월 2일)

● 충북지역 ●
● 장소/제천문화회관 ● 시간/11월2일 오전10시~12시

〈강연요지〉 **문학의 재미와 보람** 洪允淑

　한국여성의 문화적 소양은 어디쯤 와있는가. 여가를 이용하여 갖가지
문화적 기술을 익히기도 하고 주간지나 월간 여성지를 뒤적거리기도
하지만 그것이 참다운 교양, 참다운 정신의 양식이 될수 있을까. 여성의
지위는 여성자신의 자각과 공부를 통해서만 얻어진다. 가정에서의 여성의
공부는 글을 읽고 글과 친숙하는 길이 그 첩경이다. 한국여성의 자질은 매우
뛰어나서 우리 옛 시의 가장 아름답고 뛰어난 시가들은 거의 여성에 의해
쓰여졌다. 한 편의 시를 읽는 재미를 깨닫고 가정의 일상생활을 시적 정서로
꾸며갈 때 그 아내나 어머니의 빛깔은 천연 새롭고 아름다와 보일 것이다.
글과 친하는 것은 바로 자신의 마음 정신을 닦는 일일뿐더러 자라나는
2세들을 위한 가장 빠르고 효과적이며 건전한 교육이 될 것이다. 글을 읽고
글을 만지는 생활은 바로 정신이 늘 잠들지 않고 깨어있음으로 해서 항상
즐겁고 보람스러우며 젊게 살 수 있는 길이 된다.

洪允淑 (시인)
● 1947년 「문예신보」에 〈가을〉을 발표
● 저서로 8권의 시집과 수필집 5권과 수필선집, 시극, 희곡등이 있음
● 한양여고 교사, 샬렘여대 강사역임
● 한국시인협회장, 대한민국 문화예술상 수상
● 현재 한국여류문학인회 회장

朴順女 (소설가)
● 서울대학교 사범대학 영문과졸업
● 1960년 조선일보 신춘문예에 〈케이스위카〉가 당선
● 저서로 「난」, 「어떤 파리」, 「칠법전서」「숲속에 가슴속에」외 다수
● 현대문학상 수상
● 현재 한국여류문학인회 감사

姜桂淳 (시인)
● 1959년 〈종경화〉〈영상〉〈낙엽〉이 신인현상문예에 당선
● 저서로 「강계순시집」「천상의 활」등 4권의 시집과 평전「아! 박인환」산문집「울울한 땅에서 그대와 함께」외 1권 등
● 현재 「여류시」동인, 국제펜클럽 회원

朴德梅 (시인)
● 서울출생
● 풍문여고 졸업
● 1962년 〈종소리〉외 2편으로 「자유문학」신인상에 당선
● 저서로 시집「지금 이 시간」이 있음
● 「자유문학」「대중교」「직업여성」등 잡지사에 다녀간 근무
● 현재 「여류시」동인

23. 무소유(無所有)와 나의 문학(강연 내용)

·때를 벗기는 사람

여러분 반갑습니다.

시를 써오면서도 이렇게 많은 사람들 앞에서 문학을 말하는 것은 오늘이 처음이라 제천(提川)은 나에게 더욱 의미가 깊어집니다.

지금 여러분이 나를 바라보시는 것처럼 나는 여름 안경을 쓰고 있는데 우선 양해를 바랍니다.

처음 강단에 서므로 부끄러움을 타서 말을 제대로 못하리라 싶어 색깔 있는 안경으로 바꿔 쓰고 나왔습니다.

이 자리에는 여러분이 잘 알고 계시며 또한 나에게 문학선배(文學先輩)인 홍윤숙 님, 박순녀 님, 강계순 님도 함께 와 계십니다.

선배보다 먼저 말하는 순서가 된 것은 실은 그러한 망설임과 설레임 때문이죠.

문학에 도움이 되는 말은 그때 들으시기로 하고 나는 문학을 함으로써 얻어지는 삶의 요령— 막연(漠然)하지만 이런 내용이 될 것입니다.

문학의 관심으로 인하여 실지로 우리 생활에까지 요령이 생기는 경우를 오늘 나의 개인 생활을 통해 생각해 보려는 것입니다.

그러자면 내가 시를 쓰게 된 동기부터 말해야 합니다.

어릴 때 나의 꿈은 시인이 되는 것이었는데 그것은 남들이 모두 결혼을 해도 나만은 일생 동안 독신으로 살기를 원했기 때문입니다.

다시 말하면 결혼과 시를 바꾼 것인데, 여성이 일생 동안 할 수 있는 일만 있다면 구태여 결혼(結婚)같은 걸 하지 않아도 된다는 생각을 그때 나는 했습니다. 여러분 생각해 보세요.

세상에 태어나서 남녀(男女)가 짝을 지어 가정(家庭)을 이루는 것만이 여성(女性)에게 열려 있는 유일한 문이라고 생각하십니까?

혼자 살아도 벅찬 세상, 자녀수에 따라 돈도 그만큼 벌어야 하지요.

하지만 그렇게 살면서 우리는 얻는 것보다 잃는 것이 오히려 더 많습니다.

혼자 사나 여럿이 사나 한세상이지만, 그러나 혼자라는 느낌 때문에 부담(負擔)이 적어요.

부담이 적다는 말은 있는 존재(소유)로서의 사랑이나 관심으로 살아가는 것이 아니라 존재(무소유)로서의 사랑으로 산다는 말입니다.

역사를 살펴보면 평생 결혼 안 하고 살면서도 아들딸 낳고 산 사람보다 몇 배 좋은 업적을 남긴 사람이 꽤나 있는데 우선 발명왕 에디슨, 악성 베토벤, 인류의 봉사자 나이팅게일이 머리에 떠오르는군요.

아직까지도 나의 시는 서툴고, 날마다 먼지를 털어도 어느새 그 이튿날 다시 날아드는 먼지— 마음의 때를 벗기는 번거로움 속에 나는 수고할 뿐입니다.

때를 벗기는 작업이 나의 시 속에 군데군데 부스럼처럼 나타나 있습니다. 또한 나 자신은 밑도 끝도 없는 번뇌와 망상 속에서 살고 있습니다.

그러나 망상을 버려두면 그때 나는 시 한 구절도 쓸 수 없습니다.

내가 문단에 정식으로 등단한 지도 20년이 지났습니다만 여전히 어릴 때 바라본 세상의 빛깔이 변하지 않음은 앞서 말한 대로 무거운 짐— 먼지를 털어내는 작업량이 많기 때문입니다.

그런데 하물며 결혼을 하면 그 많은 양의 먼지를 언제 다 털겠습니까.

사람에 따라 먼지가 눈에 보이기도 하고 안 보이기도 해요.

하기는 먼지에 면역을 가진 사람도 있습니다. 그리하여 믿음성 있는 이 사람은 사방팔방(四方八方) 통달(通達)해 있는 듯 비바람 가리지 않고 오늘도 행군(行軍)을 합니다.

지금 나도 어려운 말을 하고 있는 것이지만 결국 사람은 두 가지 스타일(Style)이 있는데 때를 벗기는 사람과 벗기지 않는 사람으로 나눌 수 있습니다.

나는 시를 쓰는 사람이기 때문에 시에다 마음의 행군을 비로소 나타낼 수 있을 뿐입니다.

지금도 어린 날 같이 생활(生活)이 가난해서 몸으로 느끼는 추위와 마음의 추위까지 겹칠 때가 많은데 그럴 때는 시도 아득히 멀미를 하고 마음 안을 들여다 볼 수 없을 만큼 몇 겹씩 끼는 안개구름에 가리워집니다. 말하자면 중심을 잃곤 해요.

시를 쓰고 안 쓰고의 그런 거둬들이는 문제를 떠나 마음의 자세가 나에게는 더 중요한 것이지요.

젊은 시절에는 젊음 하나로도 충분한 자양분이 되기 때문에 열길 불길 속을 걸어도 하나하나의 음이 잡히면서 시가 써지는 경우가 있습니다만, 날이 갈수록 사람 사는 눈은 외부현상에 시달리기도 하고 스스로 침몰하기도 하면서 흐려집니다. 우선 시도 그만큼 전날같지 않고 불투명합니다.

그동안 자양분이 바닥이 났으므로 그 때문에 우리는 부지런히 새로운 자양분을 만들지 않으면 묻는 때를 피할 수 없게 됩니다.

그런 의미에서 사람은 때를 벗기면서 살아가는 사람과 때를 묻히면서 살아가는 사람으로 구별할 수 있습니다.

어려운 역경(逆境)을 딛고 일어서는 사람은 때를 벗기면서 살아가는 사람이지요. 세속적인 부귀영화가 아니라 부족한 상황 속에서도 조화를 이루며 살아가는 사람의 태도 말입니다.

·나의 자리

잔잔한 호수(湖水) 위에 떨어지는 잎사귀, 저절로 파문(波紋)을 일으키면서 수면 깊숙이로부터 솟는 흙탕물, 사라졌다가 없어지는 것들, 가깝고 먼 것, 고요함과 시끄러움, 흘러가는 것과 멈추어 있는 것, 그리움과 증오(憎惡), 안과 밖, 나와 타인이 부딪고 깨지는 소리들, 소외감에 젖은 나, 이런 경합(競合)과 화합(和合) 속에서 개인과 국가, 나라와 세계, 멀리는 영계(靈界), 우주와 공간을 넘나들면서 우리는 숨을 쉬며 살아갑니다.

목전의 목표물과 귀에 들리는 소리만으로 살아가는 사람도 있습니다. 또한 저마다 소중한 문제의식 속에서 노력을 기울이며 살아가는 것이지만 더러는 유독하게 불행한 사람들이 있는 법입니다.

문학을 처음부터 전문적으로 쌓아 올리는 사람도 있지만 중간쯤에서 문학을 택한 사람 가운데는 자신의 불행과 정열을 문학에 쏟아 성공(成功)한 인생도 있는 것입니다.

여기에서 잠깐 시몽(1985년 노벨문학상 수상 작가)의 문학관을 인용하겠습니다.

'나는 이야기를 만들어 내는 재주가 없다. 내가 쓰는 것은 모두 현실세계를 베끼는 것이다. 그저 현실을 복사할 뿐이다'라고 했고 작가의 역할에 대해서도 말하기를 '굶주림, 목마름, 숨 쉴 필요 등 인간의 기본적인 필요에 응답하는 것'이라고 했습니다.

그의 말처럼 문학의 의미는 꾸며지는 것이 아니라 있는 그대로 놓여진 그 상황을 풀이하기 위한 것입니다.

쉬운 말로 '지성이면 감천'이라는 것입니다. 거기에 은은하게 피어오르는 아지랑이 같은 것들로 하여 시나 소설의 의상이 저절로 나타납니다.

나는 어린 나이부터 시인이 되는 것이 꿈이었던 것처럼 지금까지 시에다 이름을 걸고 있지만 처음에 시를 쓸 때 나타내려 했던 것이 씌어지지 않고 엉뚱한 방향으로 써질 때가 많습니다. 그렇게 되는 것은 지금 생각해 보니 과욕(過慾) 때문인 것 같습니다. 과욕 보다는 진실이 앞서야 의상까지 입혀진다는 것을 지금에야 깨닫습니다.

명시나 명작일수록 오랫동안 우리 기억 속에서 남게 되는데 그것은 아마도 작가의 정직성 때문에 묘사까지 잘 된 탓이 아닐까요.

나의 시는 아직도 거기에 도달하지 못하고 그냥 양심의 먼지나 털어내기에 바쁩니다. 맑아질 때까지 마음을 가라앉힌 후에는 분명히 좋은 시를 쓸 것입니다.

여기 제천에 오는 기차 안에서 내가 여러분에게 말씀드릴 강연 요지를 메모해 둔 게 있습니다.

먼저 말씀드렸듯이 이렇게 많은 사람들 앞에서 말을 하는 것이 이번이 처음인 것만큼 내용 전달이 제대로 됐는지 그것조차 자신을 못 가집니다. 기차 안에서 혼자 가다듬고 적어 둔 글만큼은 정확하지 못한 것 같습니다.

말의 연습도 글 쓰는 데 큰 도움이 되리라 싶어서 중복될 가능성도 있지만 읽는 것으로 제 이야기를 끝내려 합니다.

그보다는 내가 맡은 시간이 아직도 절반가량이나 남았는데 나는 지금까지 겨우 시인이 된 동기만 설명했습니다. 그러니 지금부터 문학을 통한 삶의 요령까지를 끄집어 낼 재간도 없는 것이지요.

문학을 대하는 생활에도 요령이 생기는 것인지라 '문학과 삶의 요령'이라는 제목을 달아두고 나의 반성부터 하게 됩니다.

오늘까지 시를 대하면서 살아가기는 해도 여러 가지 무능함으로 후회를 해요. 그러나 나는 시인이라는 자리로 다시 돌아와서 탄탄히 지킬 수밖에 없습니다. 그렇게 할 수밖에 없는 것은 시인이 된 동기부터도 매우 특이하고 절대적이기 때문입니다. 우선 나의 학벌부터 밝혀야겠습니다.

나의 학벌은 고등학교 졸업인데 그나마 학교를 못 갈 뻔했어요.

6·25동란 후, 그러니까 1960년대 전후에 비해 지금은 모두 살림들이 넉넉해졌고 빠른 경제발전 속도에 따라 교육수준도 큰 변모(變貌)를 가져와서 대학교도 뒷전으로 밀려나고 대학원을 나와야 학벌로 쳐주는 풍토가 되었습니다만, 고등학교 학벌 가지고도 나는 얼마든지 시를 쓸 수 있습니다.

우리집은 형제들이 많아서 고등학교 입학 마감 한 달 후에야 입학금이 준비되었습니다.

그 당시 우리 동네에 여러분도 잘 아시는 최초의 여기자 최은희 여사가 살고 있었는데 그분한테 부탁들 했어요. 선생님은 유명한 분이니까 학교에 제 사정을 말해 달라고 말이에요. 한 달 늦은 입학금에 대한 사정을 이해시켜 달라고 한 것이죠. 또 거기에 덧붙이기를 제가 글을 잘 써서 학교를 빛내 주겠다고 했습니다. 결국 그 후에 나는 교내뿐만 아니라 대학교가 주최하는 백일장에 나가서 상도 받고 하여 그 약속을 지켰습니다.

여자면 누구나 한 번쯤 시집가야 되는 길을 평범하지만 평탄치만은 않은 그 길을 가지 않기 위해서 나는 글을 썼습니다.

·나무 한 그루

여러분 한번 생각해 보십시오. 아니 신문(新聞)을 읽어 보세요.

우리 주위에는 모두 사람과 사람이 얽혀서 전개되는 밝은 이야기가 아니라 매일 비극에 가까운 이야기가 전해집니다. 사람 살아가는 일이 다 그렇지만 한 사람이 두세 사람의 가족으로 불어나면서 밝은 이야기보다 어두운 이야기가 늘어납니다.

여성이면 꼭 시집을 가야 된다는 고정관념도 요즘 들어 조금씩 완화되는 느낌이 들어서 참 다행입니다. 자기가 일생 동안 할 수 있는 일이 있다면 그것이 바로 시집가는 것만큼의 중요한 일을 하는 것이라고 저는 믿습니다. 그래서 나는 시인이 된 것입니다.

고등학교를 졸업할 때, 지금은 작고하신 분이지만 그 당시 한양대학의 소설가 박영준 선생님이 저희 풍문여고 국어 선생님에게 글 잘 쓰는 학생 하나를 추천(推薦)해 달라고 해서 내가 해당되었지만 나는 그 수속절차가 귀찮고 또 영어점수도 많이 떨어져서 포기해 버렸습니다.

좀 더 정확히 말하면 나는 장차 '시인'이 되리라는 확고한 믿음 때문에 대학진학은 나에게 크게 비중을 차지하지 않았던 것 같습니다.

어쨌든 나는 시인이 되었습니다. 고등학교를 졸업한 다음 해에 문예지에 시 당선으로 문단(文壇)에 데뷔했죠.

물론 대학엘 가면 강의도 듣고 여러 가지 배우는 것이 많겠지요. 그러나 내가 말하고 싶은 것은 문학과 학력이 꼭 일치되는 것은 아니라는 말입니다.

문학은 곧 우리가 살아가는 모습들입니다. 그래서 문학을 하다보면 삶의 요령(要領)이 생깁니다.

어쩌면 문학은 보통 상식(常識)으로는 아득히 먼 것일지도 모릅니다.

달이나 구름을 잡듯. 그래서 우리의 생활에 아무런 보탬을 얻어내지도 못하면서 문학은 문학대로 세상살이는 세상살이대로 따로따로 흘러가서 종래에는 서로 만나지 못한 채 우리는 늙어가기도 합니다.

삶을 가꾸는 문학은 바로 우리 현실 생활에 틈틈이 끼어 있는데 우리가 바로 보지 못하고 허공만 바라보는 것이죠.

각박한 도시 생활에서 문득 바라본 나무 한 그루에서 현실을 풍요롭게 할 수 있는 마음의 환기(換氣)를 얻어 내게도 되는데 이것도 일종(一種)의 문학성(文學性)입니다.

생활과 문학이 연결되고 있는 증거죠. 종교에서 구원을 받듯 문학에서도 어두운 곳에서 밝은 곳으로 차츰 구원을 받는 것입니다.

영국 속담(俗談)에 이런 말이 있죠. '내가 숙녀다, 신사다 자칭하는 것은 어리석다. 이미 그는 신사도 숙녀도 아닐지 모른다.' 그런 말처럼 나도 나를 시인이라고 말하지 않고 시인이 되기 위해서 가난한 나의 생활을 견뎌 내고 있는 것입니다.

저는 현재 셋방에서 살고 있습니다. 결혼을 안 했으니 돈을 갖다 주는 남편도 없고, 사십이 넘은 나이라 직장도 구하기가 쉽지 않으니 가난한 것은 당연(當然)하죠.

내가 살고 있는 동네는 서울에서도 특별한 이태원이란 동네예요.

이태원 하면 여러분도 아시겠지만 외국 사람을 상대로 디스코텍, 술집, 각종 의류품 상가가 짜임새 없이 범벅으로 들어찬 곳이랍니다. 그러한 상가를 지나 몇 발짝 걸어가면 낡은 한옥들이 보입니다. 그 중의 한 집에서 내가 세(貰)를 살고 있는데 여학교 동창생 집이지요.

이곳에 이사 와서 나는 많이 울었습니다. 집을 나와 타지에서 밤을 지새워 본 경험이 있는 분은 아실 겁니다. 그 하룻밤에도 잠을 설치게 되죠. 이삿짐을 풀고 그리고 낯선 그 방과 친숙해지는 데에는 한동안 시간이 흘러야 했습니다.

좁은 그 방에서 내가 시선을 둘 곳이 어디가 되겠습니까.

그때는 5월, 신록(新綠)의 계절이었으나 쳐다본 하늘만으로는 내 마음에 모자람이 있었습니다. 한 그루의 나무조차 그곳엔 없었고 썰렁한 전신주만이 높이 떠 있었습니다.

들창에다 꽃나무를 그려 붙인다는 것도 꿈이지 현실은 아니기에 얼마나 내가 절망(絶望)했겠습니까.

창 밖에 지나다니는 사람을 무시한다면 나무의 그 초록잎들을 그려서 들창에 걸어 두었을 것입니다.

그러던 어느 날, 나의 울음보는 기어이 터지고 말았습니다.

어느 시인의 시집 출판기념회에서 나는 칵테일 두어 잔을 마시고 귀가하다가 소주 한 병을 샀습니다.

나는 기차에서 이 글을 쓰면서도 술 이야기를 털어놔서 좋은지 모르겠습니다. 사실 나의 주량은 2홉짜리 소주 반 병 정도입니다. 소주를 냉장고에 넣었습니다. 왜냐하면 상하지 않을 음식이라도 냉장고에 보관하는 습관이 있거든요. 그 이튿날 늦게 잠에서 깼는데 전날 마신 칵테일 기운이 남아서 머리가 몽롱했습니다. 결심을 해버린 사람처럼 나는 냉장고 문을 열고 차가운 소주를 따라 마셨습니다. 한 잔이 두어 잔으로 늘어났어요. 그때 마침 집 주인인 내 친구가 들어왔습니다.

그 친구를 보자 나는 '나무 한 그루'라는 한 마디 외에는 더 말을 잇지 못하고 대성통곡을 했습니다. 울음보가 터진 것입니다.

나무 한 그루, 그렇습니다. 나무 한 그루 이 한 마디가 나에게는 전부였습니다. 어째서 이 넓은 집 창 밖에 나무 한 그루가 없느냐고 평소에 내가 물어 왔지만 그 친구도 '글쎄, 왠지 모르겠다' 하며 멋쩍어 했습니다.

울면서 아무래도 내가 이사를 잘못 왔다고 말했더니 그 친구는 나더러 '문학을 한다고 티를 내는구나. 누구는 그런 감정 없니?'라고 쏘아붙이면서 방문을 탁 닫고 나가 버렸습니다.

참을 수 없는 울음인데 나더러 어떻게 참으라는 것입니까.

그러나 지금은 창 밖에 한 그루 나무(향나무)가 심어져 있습니다.

나의 친구(집주인)가 동네 공사장에서 버린 나무를 지고 와서 심어주었는데 「향나무」라는 시를 써서 동인지 〈여류시〉에 발표하기도 했습니다.

지금 내가
향나무를 바라보는 것은
오랜만의 깨달음
나는
향나무의 이름을 부르리라

「향나무」 시의 한 구절입니다.

그런데 이 동네에 사는 아이들이 나무에 대한 사랑이 없는 것인지 아니면 그 한 그루가 외롭게 보여서 그런지 나무를 장난삼아 흔들어서 걱정입니다.

어른들도 마찬가지일 경우가 있습니다.

있는 존재, 물질의 소유가 아닌 눈에 보이지 않는 무소유의 즐거움을 나의 친구도 모를 리 없겠지만, 생활에 파묻혀 감성이 둔감 된 탓에 한 그루 나무의 소중함을 잊은 것입니다.

문학작품 안에서나 문학을 이해하려 하는 우리는 일상생활에서 얼마나 문학을 외면하고 있습니까.

·무소유의 힘

그동안 나는 가난 속에서도 밝은 마음으로 나 자신을 향상시키는 공부를 해왔습니다. 있는 존재로서의 소유에서 벗어나 무소유의 편안함을, 그 힘을 길러 왔습니다.

그럼으로써 나의 시 정신은 차츰 완벽한 곳으로 달려갈 것입니다.

주부님들, 문학과 삶은 일치되어야만 합니다.

문학에서의 삶의 요령을 배우게 됩니다. 집안일이란 하면 할수록 늘어나게 마련입니다. 두 시간 일을 한 시간 반으로 줄여 요령껏 일하시고 남은 삼십 분은 독서를 하거나 음악을 들으시면서 눈에 보이는 존재에서, 그 소유에서 떠나 눈에 보이지 않는 무궁무진한 것을 찾아내십시오. 그럴 때 문학과 가정 사이에는 튼튼한 다리가 놓아집니다.

나도 그래요. 시인이 되긴 했지만 생활은 아직 눈에 띌 정도의 발전이 없어요.

나도 좋은 시를 써서 세상에 많이 보이고 또 원고 청탁도 많이 받아서 정당하게 유명해지려 합니다. 나 역시 문학에서 삶의 요령을 갖도록 하겠습니다.

박덕매(朴德梅)

〈1985년 11월 2일·한국여류문학인회 창립 20주년 기념 전국 문학강연회〉

[무소유(無所有)] "나는 가난한 탁발승(托鉢僧)이요. 내가 가진 거라고
는 물레와 교도소에서 쓰던 밥그릇과 염소젖 한 깡통, 허름한 담요(요
포, 腰布) 여섯 장, 수건 그리고 대단치도 않은 평판(評判), 이것뿐이요."

마하트마 간디가 1931년 9월 런던에서 열린 제2차 원탁회의에 참석
하기 위해 가던 도중 마르세유 세관원(稅關員)에게 소지품을 펼쳐 보이
면서 한 말이다. K. 크리팔라니가 엮은 『간디 어록』을 읽다가 이 구절
을 보고 나는 몹시 부끄러웠다. 내가 가진 것이 너무 많다고 생각되었
기 때문이다. 적어도 지금의 내 분수로는 그렇다.

사실, 이 세상에 처음 태어날 때 나는 아무것도 갖고 오지 않았었다.

살만큼 살다가 이 지상(地上)의 적(籍)에서 사라져 갈 때도 빈손으로
갈 것이다. 그런데 살다 보니 이것저것 내 몫이 생기게 된 것이다. 물
론 일상(日常)에 소용(所用)되는 물건(物件)이라고 할 수도 있다. 그러나
없어서는 안 될 정도로 꼭 요긴(要緊)한 것들만일까? 살펴볼수록 없어
도 좋을 만한 것들이 적지 않다.

우리들이 필요에 의해서 물건을 갖게 되지만, 때로는 그 물건 때문
에 적잖이 마음이 쓰이게 된다. 그러니까 무엇인가를 갖는다는 것은
다른 한편 무엇인가에 얽매인다는 것이다. 필요에 따라 가졌던 것이
도리어 우리를 부자유하게 얽어맨다고 할 때 주객(主客)이 전도되어 우
리는 가짐을 당하게 된다는 말이다. 그러므로 많이 가지고 있다는 것
은 흔히 자랑거리로 되어 있지만, 그만큼 많이 얽히어 있다는 측면도
동시에 지니고 있는 것이다.

나는 지난해 여름까지 난초(蘭草) 두 분(盆)을 정성스레, 정말 정성을
다해 길렀었다. 삼년 전 거처를 지금의 다래헌(茶來軒)으로 옮겨왔을 때
어떤 스님이 우리 방으로 보내준 것이다. 혼자 사는 거처라 살아 있는

생물이라고는 나하고 그 애들뿐이었다. 그 애들을 위해 관계서적을 구해다 읽었고, 그 애들의 건강을 위해 하이포넥슨인가 하는 비료를 바다 건너가는 친지들에게 부탁하여 구해오기도 했었다. 여름철이면 서늘한 그늘을 찾아 자리를 옮겨 주어야 했고, 겨울에는 필요 이상으로 실내 온도를 높이곤 했었다.

이런 정성을 일찍이 부모에게 바쳤더라면 아마 효자 소리를 듣고도 남았을 것이다. 이렇듯 애지중지 가꾼 보람으로 이른 봄이면 은은한 향기와 함께 연둣빛 꽃을 피워 나를 설레게 했고, 잎은 초승달처럼 항시 청정(淸淨)했었다. 우리 다래헌(茶來軒)을 찾아온 사람마다 싱싱한 난(蘭)을 보고 한결같이 좋아라 했다.

지난해 여름 장마가 갠 어느 날 봉선사로 운허노사(耘虛老師)를 뵈러 간 일이 있었다. 한낮이 되자 장마에 갇혔던 햇빛이 눈부시게 쏟아져 내리고 앞 개울물 소리에 어려 숲속에서는 매미들이 있는 대로 목청을 돋구었다. 아차! 이때에야 문득 생각이 난 것이다. 난초를 뜰에 내놓은 채 온 것이다. 모처럼 보인 찬란한 햇빛이 돌연 원망스러워졌다. 뜨거운 햇볕에 늘어져 있을 난초 잎이 눈에 아른거려 더 지체할 수가 없었다. 허둥지둥 그 길로 돌아왔다. 아니나 다를까, 잎은 축 늘어져 있었다. 안타까워 안타까워하며 샘물을 길어다 축여주고 했더니 겨우 고개를 들었다. 하지만 어딘지 생생한 기운이 빠져버린 것 같았다.

나는 이때 온몸으로, 그리고 마음속으로 절절히 느끼게 되었다. 집착(執着)이 괴로움인 것을. 그렇다, 나는 난초에게 너무 집념해 버린 것이다. 이 집착에서 벗어나야겠다고 결심했다. 난(蘭)을 가꾸면서는 산철(僧家의 遊行期)에도 나그네길을 떠나지 못한 채 꼼짝 못 하고 말았다. 밖에 볼일이 있어 잠시 방을 비울 때면 환기가 되도록 들창문을 조금 열어 놓아야 했고, 분(盆)을 내놓은 채 나가다가 뒤미처 생각하고는 되돌아와 들여놓고 나간 적도 한두 번이 아니었다. 그것은 정말 지독한 집착이었다.

며칠 후, 난초처럼 말이 없는 친구가 놀러 왔기에 선뜻 그의 품에 분(盆)을 안겨주었다. 비로소 나는 얽매임에서 벗어난 것이다. 날듯 홀가분한 해방감. 삼 년 가까이 함께 지낸 '유정(有情)'을 떠나보냈는데도 서운하고 허전함보다 홀가분한 마음이 앞섰다. 이때부터 나는 하루 한 가지씩 버려야겠다고 스스로 다짐을 했다. 난(蘭)을 통해 소유무(所有無)의 의미(意味)같은 걸 터득하게 됐다고나 할까.

인간의 역사는 어떻게 보면 소유사(所有史)처럼 느껴진다. 보다 많은 자기네 몫을 위해 끊임없이 싸우고 있는 것 같다. 소유욕(所有慾)에는 한정도 없고 휴일(休日)도 없다. 그저 하나라도 더 많이 갖고자 하는 일념(一念)으로 출렁거리고 있는 것이다. 물건만으로는 성에 차질 않아 사람까지 소유하려 든다. 그 사람이 제 뜻대로 되지 않을 경우는 끔찍한 비극도 불사(不辭)하면서, 제 정신도 갖지 못한 처지에 남을 가지려 하는 것이다.

소유욕은 이해(利害)와 정비례한다. 그것은 개인뿐 아니라 국가 간의 관계도 마찬가지. 어제의 맹방(盟邦)들이 오늘에는 맞서게 되는가 하면, 서로 으르렁대던 나라끼리 친선 사절을 교환하는 사례(事例)를 우리는 얼마든지 보고 있다. 그것은 오로지 소유(所有)에 바탕을 둔 이해관계 때문인 것이다. 만약 인간의 역사가 소유사(所有史)에서 무소유사(無所有史)로 그 향을 바꾼다면 어떻게 될까. 아마 싸우는 일은 거의 없을 것이다. 주지 못해 싸운다는 말은 듣지 못했다.

간디는 또 이런 말도 하고 있었다. "내게는 소유가 범죄처럼 생각된다." 그는 무엇인가를 갖는다면 같은 물건을 갖고자 하는 사람들이 똑같이 가질 수 있을 때 한한다는 것. 그러나 그것은 거의 불가능한 일이므로 자기 소유에 대해서 범죄처럼 자책하지 않을 수 없다는 것이다. 우리들의 소유관념이 때로는 우리들의 눈을 멀게 한다. 그래서 자기의 분수까지도 돌볼 새 없이 들뜨게 되는 것이다. 그러나 우리는 언젠가 한 번은 빈손으로 돌아갈 것이다. 내 이 육신마저 버리고 홀홀히 떠나갈 것이다. 하고 많은 물량(物量)일지라도 우리를 어떻게 하지 못할 것이다.

크게 버리는 사람만이 크게 얻을 수 있다는 말이 있다. 물건으로 인해 마음을 상하고 있는 사람들에게는 한 번쯤 생각해 볼 말씀이다. 아무것도 갖지 않을 때 비로소 온 세상을 갖게 된다는 것은 무소유(無所有)의 역리(逆理)이니까.

〈법정스님 · 1971년 3월 · 현대문학〉

[간디] 우리는 간디(Mohandas Karamchand Gandhi, 1869년~1948년)를 부를 때 마하트마(Mahatma, 위대한 영혼)라는 극존칭(極尊稱) 붙이기를 서슴지 않는다. 게다가 간디를 석가모니(釋迦牟尼)나 예수(Jesus)와 같이 성인(聖人)으로 추앙(推仰)하기까지 한다. 왜일까?

모국(母國)인 인도(印度, India)가 영국(英國, Great Britain)의 식민지(植民地)로 전락(轉落)했을 때, 간디는 런던대학교 법대를 졸업하고 귀국하여 변호사 생활을 하면서, 김구 선생이나 안중근 의사와 같이 독립운동을 한 것도 아니고, 영국의 식민지배를 인정하니, 인도국민도 영국인과 똑같은 대우를 해 달라고 요구하는 비폭력 저항운동을 펼쳤다. 만약 이 것만으로 간디가 위대한 영혼이 된다면, 우리나라 독립운동가는 이름 앞에 위대한 영혼이란 극존칭이 두세 개 더 붙어도 모자랄 것이다.

하지만 간디의 위대한 면모(面貌)는 비폭력 저항운동을 펼쳤기 때문 이 아니고, 끊임없는 실험정신과 자기자신(自己自身)과의 약속을 끝까지 지키면서 살다 간 선구자적(先驅者的)인 삶에서 찾아 볼 수가 있겠다. 이는 마치 지금으로부터 2560여 년 전 석가모니가 참선을 통해 우주 적 관점에서 지구 생명체를 바라보는데 눈이 떠서, 우리 모두가 하나 의 운명체라는 깨달음을 얻은 것과 같으며, 또한 예수가 십자가에 못 박혀 부활에 이르기까지 창조주에 대한 믿음을 끝까지 지킨 것과 비 견(比肩)될 수 있는 것이다.

간디는 변호사 생활을 하면서 유명세를 크게 떨쳤음에도 불구하고 처음에 받던 소액의 소송수임료를 초과해서 받지 않았고, 승소율도 90%가 넘었다. 이렇듯 자기자신(自己自身)과의 약속을 끝까지 지킨 삶 에서 몇 가지 재미있는 일화도 남겨 놓았다.

첫째로 조혼풍습(早婚風習)에 따라 간디가 13살이 되던 해에 원치 않 는 결혼(結婚)을 하고선 얼마 지나지 않았을 때, 아버지가 갑자기 위독 (危篤)하여 입원을 했는데, 병(病) 수발을 열심히 들던 간디가 문득 성 욕(性慾)이 치밀어 아내와 관계(關係)를 맺고 있는 와중에 아버지의 사 망소식을 듣고는 죄책감에 크게 휩싸여 그 이후로는 일체의 성행위(性 行爲)를 하지 않았다.

둘째로 간디는 서양의학을 믿지 않아서 양약(洋藥) 먹기를 거부했는 데, 어느 날 음식을 먹고 배탈이 나서 설사(泄瀉)를 심하게 했다. 그러 나 양약 먹기를 거부하고 수십일 동안 설사만 하다가 항문(肛門)이 너덜너덜 헤어지고, 탈진상태에 까지 이르렀을 때 의사가 몰래 긴급처방한 지사제(止瀉劑)를 먹고는 감쪽같이 나았다. 하지만 그 이후로도 간디는 양약 먹기를 거부(拒否)했다.

셋째로 아들이 중병(重病)에 걸려 사경(死境)을 헤메고 있을 때 서양의학(西洋醫學)을 믿지 않던 간디는 흙·물치료법을 배웠다며 매일 같이 깨끗한 흙을 찬물에 이겨서 베 헝겊에다 넓게 펴 가지고 그것을 병자의 배에다 붙였다. 그 정성에 병균(病菌)도 감동을 했는지 한 달이 지난 어느 시점에 기적(奇跡)과 같이 완치(完治)되었다고 한다.

넷째로 간디는 허구한 날 얻어맞고 다녔다. 특히 영국인 경찰관 앞에서 입바른 말만 하다가 매를 맞았다. 변호사의 신분으로 그렇게 얻어맞으면 소송(訴訟)이라도 벌일 텐데, 어찌된 영문인지 자신을 때린 사람은 그만한 이유(理由)가 있으며, 본분(本分)에 충실한 것이라며, 오히려 때린 사람을 두둔(斗頓)해서 주변사람들을 의아(疑訝)하게 만들었다.

마지막으로 간디는 운동(運動)을 하지 않았다. 매일같이 변하는 우리 몸을 위해 근육운동을 하여 몸매를 가꾸는 것만큼 어리석인 일도 없다고 생각했기 때문이다.

이렇듯 다소 어리석어 보이는 간디였지만, 풍전세류(風前細柳, 바람 앞에 하늘거리는 가는 버드나무)와 같이 아주 사소한 것에서부터 변덕(變德)을 부리고, 사리사욕(私利私慾)에 얽매여 수시로 마음을 바꾸며 자기합리화(合理化)에만 열중하는 우리네 인심(人心)을 생각해 보면 어떻게 간디가 성인(聖人)으로 추앙(推仰)받을 수 있는 지 알 수 있을 것이다.

24. 백설분분한 고궁에서 다시 한 번 확인 한 아름다운 만남(1986년) - 강계순*

"아마 그때 우리는 시를 쓴다는 것의 지독하게도 고독하고 절망적인 본질을 미처 꿰뚫어보지 못하는 나이 어린 환몽의 눈을 가지고 있었음에 틀림없다"고 첫 모임의 동기를 말하는 「여류시」 동인들.

눈이 소담스럽게 내리는 날 우리는 경복궁 나들이를 했다.

내리는 눈은 금방 발목까지 빠지도록 쌓이고, 눈에 덮인 고궁 지붕의 길고 부드러운 선(線)과, 나목(裸木)들 위에 덮인 희디흰 눈꽃들은 모처럼 동인(同人) 전원이 한 자리에 모이는 날을 위해 미리 마련되어 있었던 잔칫날처럼 느껴졌다.

우리는 마치 20년 전, 그러니까 1964년의 어느 날, 처음으로 '여류시 동인'을 발족하기 위하여 모였던 때처럼 신선한 감동으로 조금쯤 마음이 부풀기까지 했다.

같이 소풍차 한 도 정 목궁 드 미에서 도서관 자리와 함께 한 「여류시」 동인들. 왼쪽부터 강 차오, 김 지향 최 선열 김 윤희, 따다에.   박 향님, 박 현희, 한 숙옥.

　1960년대, 그때는 한국 문단에 여류시인들이 매우 희귀하게 탄생하기 시작했던 것으로 기억된다.

　지금처럼 발표 지면도 많지 않았고, 여성이 문학을 한다는 것이 아직은 사회의 눈에 덜 익숙했던 무렵, 우리는 마치 동병상련(同病相憐)의 정(情) 같은 것으로 묶여서 여류시 동인지 제1집을 발간했다.

　그때 우리는 얼마나 열렬하게 문학이라고 하는 신기루를 향하여 희망과 결의에 차서 출발했던가. 아마 그때 우리는 시를 쓴다는 것의 지독하게도 고독하고 지독하게도 절망적인 본질을 미처 꿰뚫어 보지 못하는 나이 어린 환몽의 눈을 가지고 있었음에 틀림이 없다.

　문학의 본질— 현상의 세계를 넘어서 불가시(不可視)의 세계 속에 묻혀 있는 신비를 캐기 위하여 부정과 비판과 끊임없는 꿈의 추적을 감행하는 고행의 긴 여정을 미처 깨닫지 못하고, 다만 생명 그 자체에 대한 열애와, 시인이라고 하는 가난하지만 아름다운 이름에 매달려 서로가 서로에게 비비대면서 원고지를 메우고 지우고 또 메워 갔다.

어느 만큼의 세월이 흘러가고, 동인들 중 더러는 외국으로 더러는 지방으로 흩어져 있으면서도 동인지 10집이라는 어려운 탑을 쌓게 되었고, 그리고 잠깐 우리는 쉬었다.

뿔뿔이 헤어져서, 가정에서 사회에서 문단에서 자기 나름의 자리를 확보하고 능력껏 삶의 다리를 건너다가 드디어 우리는 1983년에 다시 모였다.

애초에 여류시 동인으로 묶여졌던 친구들이 다시 모이고, 속간 11집을 발간했다. 10년이라는 침묵의 세월이 결코 단순한 침묵이 아니었음을, 한 세계를 뛰어넘기 위한 진통의 웅크림이었음을 우리는 재확인했으며, 시사(詩史)에 길이 남을 좋은 동인지로써의 몫을 치러나갈 것을 서로 약속했다.

이제 문학이라는 것이 무엇인가를 어렴풋이나마 알게 된 나이, 자기를 추구하는 방향으로 키를 잡을 줄 알게 된 나이에 다시 만나 우리는 침묵의 세월 속에서 서로가 얼마나 성장해 왔는가를 진단하면서, 끊이지 않고 이어져 온 우정으로 자연스럽게 어울렸고, 저마다의 개성과 열정으로 시에 몰입해 있다.

동인들 중 지금도 외국에서 살고 있는 박명성, 김송희, 주정애, 왕수영 시인들은 외로운 이국 생활 속에서도 모국어를 다듬고 키워가는 언어의 연금사로서의 자리를 포기하지 않고 있으며, 제 가끔 강한 개성을 발휘하면서 한국시단의 중진으로 성장하고 있는 국내 동인들도 놀라울 만큼 열심히 작품 활동을 하고 있다.

한국의 전통적 서정을 바탕으로 하되, 흔히 여류 시인들이 침거하기 쉬운 여리고 고운 애상의 시를 뛰어 넘어 더 넓고 깊은 세계로 관심과 상상력을 펼치고자 하는 힘이 우리 동인들의 시에서는 자주 발견된다. 아마도 우리 동인들만큼 개성이 두드러지고 시 세계가 다른 사람들끼리 모여 있는 동인 모임은 별로 흔치 않으리라 생각된다.

전혀 다른 세계와 개성이 한 자리에 모여서 이루는 화음— 불협화음의 화음과 같은 모임으로 우리가 만나는 자리는 언제나 활기에 차 있다.

격렬한 논쟁을 하는 자리에서도, 혹은 일상생활에 대한 자질구레한 방담을 하는 자리에서도 언제나 기지와 유머로 웃음을 잃지 않는 동인들의 정기 모임은 대개 안국동 네거리 한국일보 뒤편에 있는 한식점 '안국정'에서 가진다. 깔끔한 음식 솜씨와 늘 문학소녀와 같은 감성을 지니고 있는 '안국정' 여주인 이 여사의 배려로 우리는 꽤 오랜 시간을 자유롭게 앉아 있을 수 있고, 거기서 동인지의 편집 계획을 짜거나 외부 필진에 대한 의논, 또 최근의 소식들을 나눈다.

여류시 동인지는 문단에 그 지면을 공개하고 매호마다 초대 지면을 두어 외부 원고를 받는다.

그것은 선배 혹은 후배 동료들의 원고를 함께 실으면서 문학의 동참자로서의 유대를 튼튼히 하고, 또 동인지의 새로운 성격을 개발하며, 범문단적 확산을 도모하자는 의도에서다.

동인들 중 김지향, 박정희, 신동춘, 최선영, 한순홍 시인들은 대학에 나가고 있으며, 박현령 시인은 방송국에서 시 독자의 저변 확대와 시의 보급에 많은 힘을 쏟고 있다.

박덕매 시인은 '동서문학' 출판부에서, 김윤희 시인은 수유리에서, 김하림은 이문동에서, 강계순은 신림동에서, 넓고도 복잡한 서울의 동서남북을 횡단하면서 작은 우주들을 키워가고 있다.

서로가 서로를 격려하고 위안하면서 사는 화해와 우정의 삶, 한 동인으로 묶여 있는 소중한 인연의 굴레 안에서 여류시 동인들은 늘 새롭게 태어나고자 하는 패기에 찬 시인들이다.

우리의 삶이란, 문학이란 그 본질에서 애정을 근원으로 하고 있다. 애정의 눈으로 사물의 현상을 부정하고 또 도전하며, 그리하여 깊이 묻혀서 보이지 않으나 마땅히 있어야 할 진실을 발굴하여 우리의 삶을 긍정하게 하는 그런 그리움으로 시는 존재한다. 이 그리움이야말로 우리를 깊이 묶여 있게 하는 가장 질긴 힘일 것이다. 시를 잃어 가고 있는 삭막한 시대, 모든 것이 물질로 환산되는 산업사회 속에서 시를 쓰는 무상의 행위에 그 생애를 걸고 있는 시인들은 참으로 어리석고 또 참으로 아름답다.

더구나 출판계의 극심한 불황에도 불구하고 여류시 동인지의 발간을 계속해서 맡아 주기로 약속한 문학예술사의 이우석 사장, 강우식 주간을 우리의 친구로 갖게 된 것 또한 얼마나 든든한 일인지, 그분들 또한 참으로 어리석고도 아름다운 시인의 혼으로 우리를 외롭지 않게 도와주고 있다.

---

* 강계순(姜桂淳): 시인(1937년~). 경상남도 진영 출생. 호는 죽남(竹南). 성균관대학교 불문학과 졸업. 1959년 〈사상계〉 신인현상문예에 시(詩) 「풍경화」, 「낙일」, 「영상」이 당선되어 등단하였다. 1974년 첫 시집 『강계순 시집』을 발간하였고, 이후 『흔들리는 겨울』(1982년), 『빈 꿈 하나』(1984년), 『익명의 편지』(1990년), 『짧은 광채』(1995년)를 출간하며 독특한 시적 개성을 확립했다. 주로 삶의 애환과 고독, 불안 등을 서정적 필치로 다루고 있다. 후기의 작품들은 이상과 현실 사이의 질곡(桎梏)과 무상(無常)함에 대한 자각 및 죽음에 대한 깊이 있는 이해를 통해 자기성찰(自己省察)로 회귀하는 면모를 보인다. 한국공연윤리위원회 영화심의위원, 한국 가톨릭문학인회 부회장, 한국여성문학인회 부회장, 한국시인협회 상임위원, 국제펜클럽 한국본부 이사, 한국 사이버 대학교 이사를 지냈다. 1986년 제11회 동서문학상, 1991년 제25회 월탄문학상, 1997년 제34회 한국문학상을 수상했다. (출처: 한국현대문학대사전)

〈1986년 1월 · 동서문학〉

25. 쉬는 밤(1987년 1월 12일 밤)

혼자는 편하다. 오늘 모처럼 하루를 눈감고 집에서 쉰다.

직장을 다닌다고 말할 수 없지만, 그래도 동서문학사에 나가고 있으니까 말이다.

쉬는 이 시간이 참 좋다. 혼자이기 때문에.

내일은 올해 들어 제일 추운 날이라 한다.

날씨 추운 것도 나에겐 병(病). 그러나 따지고 보면 내가 특별히 걱정할 사람은 없다.

······

그러나 혼자로 끝나는 세상(世上)은 아니다. 밥 먹고 사는 것. 이게 정말 나에게 몇 되지 않는 숙제(宿題)다.

박덕매(朴德梅)

26. 꿈을 꾸었다(1987년 3월 7일)

꿈을 꾸었다.

헤엄칠 수 있을 만큼 물이 있는 긴 동굴(洞窟)에 동안 소년들과 나는 들어갔다. 물살을 밀면서 12살쯤 되어 있는 그들 소년과, 그러나 물이 그들 소년들 머리가 담길 만큼 깊은 데다 더욱 깊이 들어갈수록 못 만날까봐서 나는 소년들에게 소리 높여 말하였다. 조심하라고 했다.

그러나 동굴 중간쯤에 안심하게도 굴(窟)이 양쪽으로 갈라져 있어 안심되었고, 그 길 한 귀퉁이에 간호원실이 있었는데…….

박덕매(朴德梅)

박덕매
시인. 1942년 서울생. '자유문학'으로 데뷔, 잡지사 기자로 오랜 동안 근무하는 틈틈이 시를 발표해 온 그는 '지금 이 시간'이라는 시집으로 많은 여성들의 사랑을 받고 있다. 그는 시 쓰기도 즐기지만 사진 찍는 것도 더 즐겨하는 개성파 시인으로 알려져 있다. 현재 여류시 동인.

27. 늙적인 글(1988년)

· 내가 너를 찾으므로(찾으니)

　너가 나를 찾으리라

　세상에 온갖 아름다움을 기억할 수 있을 때

　어쩌면 기억하고 있을 때

　반듯이 너는 나의 앞으로 오리라

（※관음경을 읽고 詩를 쓴 것）

〈1988년 1월 7일 밤 10시〉

· 사랑은 되돌려 받을 수 있지만

　노후는 못 막아

〈1988년 8월 3일〉

· 못 견디겠어요

　그렇게

　대금을 부는 사람처럼

　나의 꿈

　소망은

　울기 전에 웃는 얼굴로

·내가 생각나는 건
 어린 아이 무릎팍

〈1988년 1월 18일 새벽〉

·스러져가는 별이듯이
 그럴 수는 없다
 그럴 수는 없다
 눈 감을 수는 없다

〈1988년 1월 18일 새벽〉

·수목처럼 자라나야겠다는 생각만이 정당한 것
 앞을 바라봐야겠다

·휘파람처럼
 밀고 나가는 것
 그것은 힘이다

 휘파람처럼
 밀고나가는 것
 힘

28. 감성시인 박덕매의 영상에세이

(1992년 3월호 세계여성)

·하여간 일찍 봄을 향하여 내 마음 열어 놓았다

봄이 왔음을 나는 그들의 소리에서 전해 듣는다.

무엇이나 제일 먼저 마음이요, 다음은 마음의 동요(動搖)됨이 있는 법이다.

겨울의 찬바람, 아직 창호지 끝에 남아 있는데 공연히 일찍 봄을 서둘러 청(請)하는 것은 아닌지? 하지만 내 마음엔 봄이 와서 머문다.

시원한 바다의 빛처럼 너른 하늘과 단단한 땅 사이로 연결되어 내가 숨 쉬고 있는 이 산소공기는 이제부터 봄의 향기이며 그 소리뿐이다.

소리뿐이었다가, 집 울타리 노란 개나리꽃 서로 키 다투며 피어날 때 그 흔한 참새들 뒷전이고 종달새가 먼저 하늘 높이 노래 부른다.

노래할 때 비로소 나의 봄은 소리의 정적을 떠난 동적 상태에서 유 (留, 머무름)하게 된다. 흔히 말하는 봄바람에 취한다.

봄을 말한다면 나는 요즘 같은 세월이 안성맞춤이다.

달도 차면 기우는 법, 술이 익는 만발한 봄의 모습이라면 나는 싫다.

그러나 그러한 봄을 아주 싫어하지는 않는다. 어쩌면 열정의 봄을 기다리는 내 심정일 테니까 아직은 봄이 내 뜰 앞까지는 오지 않고 대문 밖에서 나를 손짓한다.

해마다 이맘때, 입춘 날짜가 되면 겨울잠에서 개구리도 깨어나 기지개를 켠다. 그러나 나의 봄은 훨씬 그 날짜를 당길 때가 많다. 하여간 일찍 봄을 향하여 내 마음을 열어 놓았다.

쓸쓸하지 않게 늦 눈 내리고 다음 날 점심시간 때쯤 햇빛에 반사되어 차츰 녹아가서 잔혹스럽게도 눈물을 바라보며 아− 나는 무어라고 말했었나.

또 어젯밤 끝추위의 마지막 내리고 떠나가는 고별의 눈을 위해 충정을 바쳐서 나는 무슨 시를 적었었나.

다음 날 되는 오늘은 유난히 햇빛 밝았다. 그 햇빛에 눌리어 그만 눈가루 부서져간 추녀 끝, 낙수 방울 쳐다보면서 나는 눈치도 없이 봄을 노래했었지.

어젯밤엔 겉옷 두툼하게 걸치고 눈길을 걸었다. 정 들어 보내기 힘든 사람을 배웅하듯 눈을 바라보았다. 쳇바퀴 돌 듯 집 근처만을.

소녀 같은 감상, 미련을 떨치고 어느 틈에 봄이라고 한다.

하지만 우리의 봄은 산고(産苦)를 닮은 봄이라 말할 수 있다.

겨우내 부어오른 살결에 봄바람 윤기를 바르고 싶다.

정신없이 보고 싶던 사람도 만나고 싶다.

·봄이 주는 신선한 충동만큼 우리는 더 젊어지자

어쨌거나 긴 겨울잠에서 깨어나 하루에도 몇 번 거울을 들여다보고 싶은 봄(春).

방 안 둔탁하게 들리던 벽시계는 오늘 쾌청하게 울리고 소리들 뒤에 숨어 있는 정적. 창 밖에 아름다운 새소리들. 그들의 정곡을 찌르는 낱말들.

눈이 녹는 질펀한 골목에서 부산하게 놀며 떠드는 아이들 소리. 그 길을 어른이 밟고 지나가는 큰 신발 소리.

집마다 자주 문 여는 소리.

옆집엔 강아지의 이름들 팽순이, 점순이, 얼순이, 간순이.

집 앞에서 고개 내미는 파 밭. 그 멀리 풀리는 강물 소리. 그 산 너머 그리운 사람. 겨우내 보고 싶던 사람.

집 바로 앞 양수리 역을 지나가고 있는 기차 소리.

제 각각 소심한 이름.

그들의 이름을 기억하기보다는 넓은 밭과 들판들 새 날아가는 하늘.

아아, 봄의 촉감(觸感)은 정감(情感)이나 정적(靜寂)을 불어주다가 차츰 동적현상(動的現象)을 유도(誘導)한다.

봄이 익으면 정적은 뚝 끊어지고 꽃들과 바람 속에 서로 엇갈려 섞이면서 그야말로 나는 봄에 신들린다.

바람 속에 꽃망울 터질 때 이때쯤은 여자의 마음도 화사하게 피어나는 것이 아닐까.

여자의 봄은 넉넉한 여유가 있다.

꽃 색깔 그대로 얼굴에 그려도 좋다고 생각되는데 좋은 정시(定時)의 충족이나 다를 바 없다.

여성이여 얼굴에 화장을 지우지 말자.

봄이 주는 신선한 충동만큼, 우리는 더 젊어지자.

박덕매(朴德梅)

29. 짜장면 시켜 놓고(2000년) - 일화(逸話)

박덕매 시인은 짜장면을 좋아 하셨다.

어느 날 문득 짜장면의 원조(元祖)가 우리 대화의 주제로 떠올랐다. 나는 인천(仁川) 차이나타운이 짜장면의 원조라고 주장(主張)했고, 시인은 서울 을지로3가의 한 중화요리집이 최초(最初)라고 주장했다. 짜장면이 중국음식이 아닌 우리나라 고유 음식이라는 데까지는 의견(意見)의 일치(一致)를 보았으나, 그 고장에 있어서는 의견이 갈렸다.

그쯤에서 또 하나 의견 일치를 본 것이 있는데, 그것은 짜장면이 먹고 싶다는 것이었다. 그래서 박덕매 시인, 어머니와 함께 셋이서 을지로3가의 그 중화요리집을 찾아 나섰다. 경기도 분당에서 출발했다.

외관상으로 그 짜장면집은 일반 중화요리집과 별 차이가 없었다.

각자 짜장면 곱빼기를 주문함과 동시(同時)에 주방장에게 짜장면의 원조(元祖)에 관(關)하여 물어 보았다. 주방장이 즉석에서 답(答)하기를 자기네 식당(食堂)이 우리나라 최초(最初)의 중화요리집으로 짜장면을 발명(發明)한 곳이 맞으며, 그곳에서 배출된 요리사들이 인천 차이나타운에서 자리를 잡았다는 것이다.

사실 여부를 불문하고 그때까지는 분위기가 참 좋았다.

짜장면이 나오고, 면과 짜장을 두어 번 섞었을 때 난데없이 시인이 주방장을 큰소리로 다시 불렀다.

'행여나 음식에 이물질이나 벌레가 들어가 있어서 그러나?'

그때 우리는 모두 그렇게 생각했다.

주방장이 황급히 테이블까지 뛰쳐나왔고, 영문도 모른 채 굽실거렸다.

그런데…… "곱빼기인데 양이 너무 적어요. 한 젓가락도 안 되겠소!"

시인은 그렇게 면을 즐기셨다. 그냥 주는 대로 받아 드시라고 우리 어머니께서 타박하셨지만 아무 소용이 없었다.

결국 주방장은 기존 곱빼기에 곱빼기를 더한 양의 짜장면을 다시 대령했다. 시각적으로도 그 양이 상당해 보였다. 하지만 시인은 음식을 조금도 남기지 않으셨다.

식사를 마치고 커피숍으로 향하는 길에 시인이 배탈 나실까 우려(憂慮)하여 소화제를 사다 드렸다.

커피를 마시며 시인이 말씀하시길 식당에서 애꿎은 불평을 했는데 주방장이 손님이라고 바로 굽실거리며, 음식까지 더 내오더라는 것이다. 그 상황에서 음식을 남길 수가 없어서 억지로 다 먹었다며, 장사가 그런 것인가 보다는…….

그날 나는 시인의 장난꾸러기 기질을 엿볼 수 있었다.

30. 휴먼클럽 상반기 모임(2008년) - 오하룡

휴먼클럽(공동대표 오인문, 김호년) 올 상반기 모임이 어제(6월 17일) 저녁 서울 인사동 한 식당에서 있었다. 지난 1967년 12월 17일 창립 되었으니 올해로 꼭 41년을 맞는 셈이다.

창립 때는 줄잡아 30~40명에 이르렀으나 그동안 다 떨어져나가고 꾸준히 참석해온 회원은 이날 참석한 창립 회원인 소설가 오인문, 미술평론가 김호년(고미술저널 대표), 시인 박덕매(60년대 동인지 여류시 동인), 화가 박영철(전 서울종묘 이사), 주천해(전 승려, 조계종 간부), 소설가 안호문, 시인 오하룡(도서출판 경남 대표, 계간 작은문학 발행인) 등으로 오인문, 김호년, 박영철, 안호문 회원은 부인을 동반해 나왔다.

박덕매 시인은 분당 어디서 지내고 있다는 데 그동안 30여 년 연락이 두절되었다가 오랜만에 참석하였다. 그는 신영남 회원이 몇 해 전 타계한데 대해 안타까움을 표시하고 그동안 생활이 안정되지 않아 시 쓰는 것을 포함 모든 활동을 접고 은둔하고 있었다며, 이제는 작품도 열심히 쓰고 모임에도 꼭 참석하겠다는 다짐을 하였다.

창립당시는 모두 20대 말에서 30대에 막 들어서던 한창 무렵의 청년들이었다. 대부분 창립이후 가정을 가졌다. 그들이 이제는 70대에 들어섰거나 60대 후반에 접어드는 은발의 노신사들이 되어 모두 할아버지 소리를 들으며 약간의 신병을 가지고 있어 병원 신세를 가끔씩 져야 하는 처지가 되어있다. (후략)

〈2008년 6월 18일 · 작은文學 · 작은문학사〉

31. 휴먼클럽의 비어가는 자리(2011년)
— 오하룡[1]

12월 17일은 우리들이 광화문 부근에서 처음 만나던 날이다. 1967년이던가 1968년이던가 정확한 햇수까지 지금은 아슴하다.[2]

(중략)

박덕매 시인도 간간이 나왔는데 이번에는 어쩔지 모르겠다.

무슨 고집인지 그녀도 독신으로 평생을 보내고 있다.

시집 『지금 이 시간』 이후 작품도 보이지 않고 있다.

그러나 문학계를 보는 눈은 날카로웠다. 같이 활동하던 여류 중에 이름이 뜨는 사람이 있었는데, 그는 그에 대해 '사생활을 판다'는 표현을 썼다. (후략)

---

[1] 오하룡(吳夏龍): 시인(1940년~). 일본 출생. 순수 계간 문예지 〈작은문학(文學)〉 발행인. 1964년 시 동인지 '잉여촌' 동인(同人)으로 참여하고, 1975년 처녀시집(處女詩集) 『모향(母鄉)』을 냈다. 기타 시집으로 『잡초의 생각으로도』(1981년), 『별향(別鄉)』(1985년), 『마산에 살며』(1992년)와 『창원 별곡』(1993년), 시선집(詩選集) 『실향을 위하여』(1987년), 『내 얼굴』(2004년), 『오하룡 서홍원 사화집』(2011년), 『몽상과 현실 사이』(2014년), 동시집(童詩集) 『아이와 운동장』(2005년)이 있다. (출처: 한국디지털도서관)

[2] 아슴아슴하다: 정신이 흐릿하고 몽롱하다.

〈2011년 12월 10일 · 작은文學 · 작은문학사〉

32. 땅 문서 - 일화(逸話)

이 사실(事實)은 꼭 짚고 넘어가야겠다.

박덕매 시인에게는 선친(先親)에게서 물려받은 땅(土地)이 있었다.

하지만 그 땅은 독신으로 살아가는 시인의 생계를 위해서 이미 오래 전에 잘 아는 문인에게로 넘어갔다. 그런데 그 문인은 재산이 꾀 많았나 보다. 세금추징이 두려웠는지 소유권 이전을 안 하고, 법무법인의 공증을 받아 가등기 설정만 해 놓았다. 그렇게 25년의 세월이 훌쩍 흘러 버렸고, 시인은 그 긴 기간 동안 관련 세금(稅金)을 직접 납부(納付)하였다.

그런데 이 사실이 시인의 일생에서 가장 큰 고통으로 작용하였다.

아무런 소득 없이 독신으로 가난하게 살아가는 시인은 누가 봐도 생활보호대상자의 지위에 해당했으나, 그 가등기 설정되어 있는 땅 때문에 생활보호대상자의 지위를 부여받을 수가 없었다.

그렇다고 해서 그 땅을 임의로 처분할 수도 없었다. 수십 번을 그 문인에게 전화해서 전후 사정을 얘기하고, 소유권 이전등기를 해 가라고 해도 묵묵무답이었다. 시인은 그 땅 이야기만 하면 치(齒)를 떨어했다.

그런데 정말 뻔뻔스럽게도 그 땅을 내 놓으라고 그 문인의 이혼한 사위에게서 연락이 왔다. 자신이 오래 전 미국으로 갔다가 얼마 전 귀국(歸國)을 했으니 이제 그 땅을 내 놓으라는 것이다.

시인은 무척 괴로워했다. 그래서 내가 직접 나서 그 사위를 만났다. 그 사위는 우리나라의 그 많은 법무사 중에서 유일하게 내가 아주 잘 아는 법무사의 소견서를 들고 나타났다. 운명적으로 그 사위가 그 땅의 주인이 될 수 없음이 애처롭게 느껴지는 순간(瞬間)이었다.

그 사위에게 관련 정보를 모두 제공해 줄 테니 그 땅을 가져갈 수 있으면 한 번 가져가 보라고 말했다. 그 사위는 나의 정체가 무엇이냐, 직업이 세무공무원이냐고 되물었다. 시인이 독신이라는 것을 알고, 만만하게 생각했었나 보다. 주변 사람들이 다 쳐다보게 망신을 듬뿍 주고 나는 그 자리에서 일어났다.

집에서는 시인과 우리 어머니께서 나를 학수고대(鶴首苦待)하고 계셨다. 어떻게 됐냐고……. 나는 그 이혼한 사위가 얼굴이 새빨개져서 돌아갔다고 말씀드렸다.

현행법상 소유권이전청구권가등기 시효기간을 10년으로 본다.

결국 시인은 생활보호대상자의 지위를 인정받았다.

그리고 나는 그 문인이 누구인지 알고 있다.

33. 냉면 가위(2014년) ─ 일화(逸話)

박덕매 시인은 면(麵)을 참 좋아하셨다.

사시는 곳이 자주 바뀌었지만, 항상 단골 짜장면집, 냉면집이 있었다.

2014년 어느 더운 여름 날 점심때가 아니었나 싶다.

박덕매 시인, 어머니와 함께 셋이서 그 단골 냉면집에 갔다.

평소 혼자 식사하러 오시 던 분이 손님을 둘이나 더 데리고 와서 그 랬는지, 우리를 맞이하던 식당주인의 기분이 참 좋아 보였다.

우리는 자리에 앉자마자 당연스럽게 각자 곱빼기를 주문했다.

냉면이 나왔다. 그런데 아뿔사! 식당주인의 기분이 너무 좋았던 탓일까.

우리를 위해 우리가 보는 앞에서 우리에게 묻지도 않고 가위를 사 용해서 냉면을 가로로 한 번, 세로로 한 번 잘라주는 것이 아닌가.

"지금 뭐하는 거요!" 그때 시인이 호통을 쳤다.

식사를 하던 주변 사람들이 고개를 들고 다 쳐다봤다.

시인은 긴 면발을 훌~ 훌~ 흘리며 냉면(冷麵)을 먹어야 맛의 정취 (情趣)가 살아나는데, 식당주인이 면을 짧게 잘라 놔서 풍미(風味)[*1]가 다 사라졌다며 불평(不平)[*2]했다.

시인이 그 식당의 단골손님이라서 그랬는지, 잘려진 냉면은 바로 면 발 긴 냉면으로 교체되었다.

식당주인에게 약간 미안한 마음이 들었지만, 우리는 면발 긴 냉면을 훌~ 훌~ 맛있게 배불리 먹으며 그날의 더위를 이길 수 있었다.

[*1] 풍미(風味): 음식의 고상한 맛.
[*2] 불평(不平): 마음에 들지 아니하여 못마땅하게 여김.

34. 호출(2017년) - 일화(逸話)

박덕매 시인이 병원에 입원하시고, 병세가 악화되어 갈수록 우리 가족을 호출(呼出)하는 빈도가 심해졌다. 특히 어머니는 병 수발 들다가 병원 신세(身世)질 지경이었다.

음료수를 들고 시인을 찾아뵈었는데, 그 날이 돌아가시기 바로 전날이 되어버렸다. 시인이 우리를 크게 반기시며 자신은 한 평생 싸구려 음식만 먹고 살았는데 값비싼 음료(飮料)를 사 왔다며 고마워하셨다. 잠시도 혼자 있기 싫어하는 기색이었다. 그 당시 가족이 모두 힘들어하는 상황이어서 시인께 간병인을 섭외했다고 말씀드렸다. 그리고 가족여행을 다녀오겠다고 했다. 시인은 매우 부담스러워 하시며 빨리 죽는 방법을 연구해야겠다고 하셨다. 한편으론 사후(死後) 자신의 몸이 무연고(無緣故) 처분 받는 것을 끔찍이 생각하셨다. 그래서 내가 미리 유명 상조보험에 가입해 두었다고 말씀드리고는 스마트폰으로 해당 가입상품의 정보를 보여드렸다. 그랬더니 시인이 너무나 행복(幸福)해 하시며, 내가 어떤 사람인지 잘 알고 있다고 하셨다.

자정(子正)이 되어서야 나는 집으로 돌아왔다. 그런데 새벽 1시쯤 전화가 왔다. 박덕매 시인이 돌아가셨다는 것이다. 바로 상조회사에 전화를 하고 검정색 양복과 넥타이를 차려 입었다. 병원에 도착하니 새벽 2시가 넘어 있었다. 약속대로 시인을 장례식장으로 모시는데, 친족이 아니라는 이유로 사망진단서를 떼지 못해 경찰서를 전전하며 어려움을 크게 겪었다. 슬픔을 느낄 겨를도 없이, 이마에 땀방울이 맺혔다.

새벽 4시경 여성 장례지도사가 도착(到着)했는데 천하절색(天下絕色)이어서 장례기간 내내 마치 귀신에 홀린 듯한 기분이었다.

빈소(殯所)는 매우 한산(閑散)했다. 김정향 시인 등 몇 명의 문인만 조의(弔意)를 표(表)했을 뿐이다.

입관의식(入棺儀式)에는 나 혼자만 참관(參觀)했다. 정성껏 진행(進行)되는 의식을 지켜보면서 왠지 모르게 고인(故人)은 복(福)이 참 많으신 분이란 생각이 들었다. 내가 죽었을 때도 과연 이런 대우를 받을 수 있을까?

나는 밤새 빈소를 지키지 못하고 장례식장 근처 부모님 댁에 가서 눈을 부쳤다. 그런데 새벽 6시쯤 꿈인지 생시(生時)인지 시인의 가냘픈 목소리가 들리는 듯했다. 빨리 오라고…… 그러곤 나의 등을 살짝 터치했는데, 마치 죽을 것 같은 고통이 느껴졌다.

시인의 호출에 바로 빈소로 달려가 자리를 꿋꿋이 지켰다.

삼일장(三日葬)을 마치고 최고급 리무진으로 화장장(火葬場)까지 모셨다. 장례(葬禮)란 죽은 자를 위한 의식(儀式)이 아니고, 남아 있는 사람(遺族)을 위한 행사(行事)라는 생각이 들었다. 그렇게 섭섭지 않게 보내드리니 슬픔보다도 마음이 한결 가벼웠다.

장례기간 내내 친족도 아닌 사람이 장사 치러 주는 경우는 처음 본다는 이야기를 들었다.

그러나 우리 가족은 박덕매 시인을 가족의 일원으로 생각하여 왔으니, 남들이 하는 이야기는 틀린 말이 된다. 그 후로도 우리 어머니께서 천도재(薦度齋)*를 몇 번이나 치러 주셨으니, 고인(故人)이 지옥은 가고 싶어도 못 가셨을 것이고, 내가 추측컨대 잘생긴 남자 아기로 환생(還生)하셨으리라.

---

*천도재(薦度齋): 죽은 이의 영혼(靈魂)을 깨우기 위해 치르는 불교의식(佛敎儀式)으로, 제사(祭祀)와는 차이(差異)가 있으며, 사십구재(四十九齋)가 대표적이다.

[깨달음] 매년 절기(節氣, 춘분, 하지, 추분, 동지 등 계절의 표준이 되는 24절기)가 돌아오고, 매일 해와 달이 뜨고 지며, 일어났다 잠자는 일상과 같이 불교(佛教)는 우리의 삶과 죽음도 수레바퀴 돌 듯 반복하는 것(윤회, 輪廻)이 자연(自然)의 순리(順理)로 보고, 이러한 삶의 반복(輪廻)으로 인해 특히 인간은 생로병사(生老病死) 뿐만 아니라 일백여덟 가지에 달하는 고통(苦痛)에 끊임없이 시달리고 있는데, 이러한 반복(輪廻)의 원인은 생명체(生命體) 간의 관계(關係)에서 비롯한 인연(因緣)과 업보(業報) 때문이므로 자비(慈悲), 무주상 보시(無住相布施), 응무소주 이생기심(應無所住而生其心) 등 나와 남의 구분 없이 베푸는 삶(보살도, 菩薩道)을 통해 더 이상의 업보(業報)를 쌓지 않고, 인연(因緣)을 끊어 나가면 윤회의 굴레에서 벗어나 다시는 어떠한 생명체로도 태어나지 않고, 자연(自然, 빛, 물, 흙, 공기 등)으로 돌아갈 수 있다고 믿는다(해탈, 解脫). 즉, 어떤 신(神)이 존재하고, 사후세계(死後世界, 천국, 극락, 정토, 도솔천 등)가 있어 죽은 뒤 그곳에 가려고 하는 믿음이 아닌 것이다.

그러나 탐진치(貪瞋癡, 탐욕이 분노를 일으키는데 이는 그 사실을 모르고 있기 때문이다) 삼독(三毒, 모르고만 있고 깨달음을 구하지 않는 것이 가장 큰 문제이다)에 빠져있는 중생(衆生, 모든 생명체)은 깨달음이 없기 때문에 임시방편(臨時方便)으로 우상(偶像, 불상, 불탑 등)을 세우고, 어떤 절대자(아미타불, 관세음보살 등)와 교법(불경, 법어 등)을 세워서 그 테두리 안에 머물러 있게 함으로써 더 이상의 악업(惡業)을 짓지 않도록 하지만, 그로 인해 얻는 것은 아무것도 없다. 즉 깨달음과 보시(布施) 없이 기도(祈禱)와 수행(修行)만 하고, 돈을 아무리 많이 쓴다고 해서 얻는 것은 아무 것도 없이 단지 현상유지만 할 수 있으며, 오직 깨달음과 나와 남의 구분 없이 베푸는 삶(보살도, 菩薩道)을 통해서만 행복(幸福)과 기쁨 그리고 진정한 삶의 의미와 함께 끊임없이 되풀이하는 삶의 굴레로부터 드디어 벗어날 수가 있는 것이다(회삼귀일, 會三歸一).

[재(齋)] 인도(印度, India)의 고승(高僧) 파드마삼바바가 티베트(Tibet)에 불교(佛敎)를 전파하면서 라마교(Lama敎, 밀교, 密敎)를 정립하였는데 이는 파드마삼바바가 자신이 수행을 통해 터득한 깨달음을 크게 부각(浮刻)했기 때문이다. 즉 나 혼자만 깨달음을 얻어서 열반(涅槃, Nirvana)에 들 수는 없고, 하나의 운명체로서 중생도 똑같은 깨달음을 얻어야 비로소 다 함께 해탈(解脫)할 수 있다는 대승적(大乘的)인 가르침이다. 이에 나와 남의 구분 없이 베푸는 삶(보살도, 菩薩道)을 실천함에 있어서, 이미 깨달음을 얻은 라마승(Lama, 高僧)이 중생(衆生)을 가르치기 위해 일부러 환생(還生)한다(림포체, Rimpoche). 그 대표적인 분이 바로 달라이 라마(Dalai Lama)이다.

이렇게 환생(還生, Reincarnation)하는 것에 관심을 가지다 보니 죽은 뒤 다시 태어날 때까지의 과정을 상세히 설명해 놓았는데 크게 3단계로 구성되어 있다.

첫 번째는 치카이 바르도(Hchikhahi Bardo)이다. 죽는 찰나(刹那)에 환한 빛(여래, 如來)을 보고 해탈할 수 있는 단계다.

티베트 불교에서는 우리가 현재(現在) 깨어 있는 삶이 곧 바르도(Bardo, 과도기, 두 상태 사이)이고, 잠잘 때 꿈꾸는 것도 바르도이며, 죽어서 다시 때어날 때까지의 과정(過程)도 바르도로써 모두 똑같은 삶의 일부로 본다. 즉 깨어나서 생각하고 활동하는 것과, 잠잘 때 꿈꾸는 것과, 죽어서 다시 태어날 때까지 과정이 인식의 영역만 다를 뿐 모두 똑같다는 것이다.

그런데 그 빛을 보는 것이 쉽지 않다. 왜냐하면 우리가 매일 잠자리에 들면서 꿈나라로 들어가는 그 순간(瞬間)을 연결하지 못하듯 죽는 순간도 연결하지 못하기 때문이다. 숨을 거두는 찰나(刹那)에 누구에게나 환한 빛(여래, 如來)이 나타나지만 업보(業報, Karma)로 인하여 깨어있지 못하다 보니 아무도 그 빛이 나타났는지 모르고 지나가는 것이다.

간혹(間或) 어떤 고승(高僧)이 참선(參禪)을 하다가 가부좌(跏趺坐)를 틀고 입적(入寂)에 드시는 경우가 있는데 우리는 그분이 그 찰나(刹那)에도 깨어있어서 빛(如來)을 따라 열반(涅槃)에 들었다고 추정(推定)하는 것이다.

두 번째는 초에니 바르도(Chosnyid Bardo)이다. 자신이 믿는 신(神)이 빛으로 나타나는 단계에 해당한다. 이때에만 깨어나도 스스로 원할 경우 소위 말하는 극락(極樂)에 갈 수 있다고 한다.

세 번째가 시드파 바르도(Sidpa Bardo)이다. 대부분이 이때 깨어나는데 깨어나자마자 스스로 만들어내는 업보(業報)에 휩쓸려 엉덩이에 불난 듯 정신없이 두려움에 떨면서 어디든 숨을 곳만 찾는다. 그러다가 누군가의 자궁(子宮) 속에 들어가서 제대로 숨었다는 안도감을 느낀다. 그리고 다시 태어난다. 환한 빛(여래, 如來)이 있어도 알지 못한다. 이때 고승(高僧)의 경우는 업보가 두텁지 않다보니 두려움이 크지 않고 영혼(靈魂, '넋'으로 순화)도 맑아서 환생할 자리를 스스로 선택할 수 있다고 한다. 즉 누구나 다시 태어날 자리를 선택할 수 있다고 보면, 현재 살아가는 삶은 모두 내가 선택한 것으로 누구를 원망(怨望)할 필요가 없다는 얘기가 된다.

또한 죄(罪)가 많을수록 죽어서 후회(後悔)를 많이 하고, 다음번엔 정말 제대로 한 번 살아보겠다는 마음으로 힘겹고 어려운 삶(活着)을 스스로 다시 선택한다. 불경(佛經)의 죄무자성종심기(罪無自性從心起)라는 구절과 같이 따지고 보면 죄(罪)라는 것도 내가 스스롤 만들어낸 것에 불과한데 말이다. 그런데도 모두가 남의 탓만 하며 사서 고생을 하고 있는 것이다.

그러다가 자궁문(子宮門) 마저 닫히고 시드파 바르도의 단계가 지나갔는데도 깨어나지 못하면 나중에 자기가 죽었는지 살았는지도 모르고 구천(九泉)을 떠도는 귀신(鬼神)이 되어 업보에 따라 스스로 지어 낸 지옥(地獄)에서 한(限)없는 고통(苦痛)을 겪는다.

여기서 3단계인 시드파 바르도가 끝나는 기간을 보통 49일로 본다. 죽은 뒤 49일 안에 영혼(靈魂)이 깨어나지 못하면 그 이후 한없이 겪게 될 고통(苦痛)이 감당할 수 없을 정도로 너무나 클 것이기 때문에 어떻게든 영혼을 깨우고자 아침에 잠자는 사람 흔들어 깨우듯 크게 재(齋, 불교의식)를 벌이는데 일반적으로 이를 일컬어 천도재(薦度齋)라고 표현하며, 제사(祭祀)가 아니기 때문에 특별한 기일(忌日)이 없어서 아무 때나 횟수에 제한 없이 할 수 있기는 하지만, 그 중에서도 사십구재(四十九齋)가 가장 중요하고도 요란(搖亂)한 이유(理由)가 된다.

이를 돌려 말하면 사십구재(四十九齋)는 안 해도 된다는 얘기가 된다. 왜냐하면 49일 안에 깨어나지 못하는 경우는 아주 드물 것이기 때문이다. 따라서 영혼(靈魂)이 있다고 믿는다면 죽음을 맞이한 지 며칠 안에 천도재(薦度齋)를 벌이는 것이 더욱 효과적(效果的)이며, 고인(故人)을 위한 배려(配慮)일 수도 있겠다.

[환생(還生)] 나는 미국 예일 대학교(Yale University)에서 의학(醫學)을 전공했으며 이후 예일 대학교와 피츠버그 대학교(University of Pittsburgh) 교수를 역임한 후 마이애미 대학교(University of Miami) 의료원 정신과(精神科) 주임 교수(主任敎授)가 됐다.

나는 무신론자(無神論者)로서 철저하게 과학(科學)에 입각한 사고와 연구 방법으로 사물과 질병(疾病)을 대했으며 영혼(靈魂), 윤회(輪廻) 등 비과학적 분야에 대해서는 관심이 없었다.

그런데 1982년 마이애미 대학교 불면증 치료센터에서 최면 치료를 받고 있던 캐서린이라는 환자를 만났다. 일면식도 없던 캐서린은 최면 상태에서 나의 가족사에 대해 술술 말하기 시작했다. 소름이 돋았다. 부친(父親)의 히브리어(Hebrew) 이름과 희귀한 선천성 심장질환으로 사망한 아들에 대한 일은 가까운 가족만 아는 일이기 때문이다. 이어서 캐서린은 나의 의학계에 대한 인식(認識)과 딸의 이름을 지은 경위(經緯)도 말했다. 깜짝 놀란 나는 캐서린에게 누가 이 사실을 알려줬는지 물었다. 그녀는 "신(神)들 입니다. 나는 86회 윤회를 했습니다"라고 대답했다. 최면 치료를 받은 캐서린은 결국 자신의 전생의 기억을 떠올린 것만으로 모든 질환의 증상이 개선됐다.

이 일을 계기로 전생 연구에 뛰어들게 됐다. 난생 처음으로 윤회와 전생, 영혼이라는 주제에 관심을 갖고 과학과의 접점을 찾기 시작했다.

여러 가지 경로를 통해 알게 되었는바, 나는 이전에 윤회하면서 불교도, 힌두교도, 가톨릭교도로서 수행했다. 현세에 중국에 가본 적은 없지만 먼 옛날 중국에서 태어난 적이 있다. 당시는 불교가 중국에서 한창 활발하게 전파되던 때로 선종(禪宗)이 중국에 알려진지 얼마 되지 않았다. 나는 당시 불교 수행자로서 선종의 창립에 다소 관여했다. 이외에도 5~6명의 도가(道家) 수행자와 함께 수련을 한 적도 있다.

이런 전생(前生)의 경험이 현재의 나와 무슨 연관이 있는지 현대과학으로 어떻게 해석해야 할지 모른다.

나는 신중하게 이성적인 상태를 유지하면서 과학적 논리(論理)를 지킨다는 전제 하에 정신세계를 탐구하고 있다. 나는 일반적인 학자들과 다를지도 모른다. '양전자 방출 단층촬영(PET)'으로 인간의 두뇌를 연구(研究)하기도 하지만, 동시에 고대(古代)에 성립된 정신세계에 관한 이론을 이해(理解)하고 활용(活用)하기도 한다.

사실 고대 불교 속에는 수많은 과학적 원리가 숨어 있다. 예를 들어 원자 이론, 소립자, 다차원 공간에 관한 기술을 볼 수 있다. 이러한 개념은 현대과학과 아무런 모순이 없다. 단지 시대와 문화가 달라 기술 방법과 용어가 다를 뿐이다. 고대의 종교(宗敎)와 학문(學問)에서 기술(記述)한 정신(精神) 영역과 우주(宇宙)에 관한 현상들이 현대과학에 의해 실증(實證)됐다.

천문학자와 물리학자의 최신 이론을 접하면서 그들의 연구와 나의 연구 사이에 공통점이 있다는 사실을 알게 됐다. 현재 그들은 동시에 존재하는 다른 차원의 공간과 팽창하는 우주, 예측할 수 있는 미래에 대해 서술하고 있다. 이는 내가 최면 치료 중 만난 환자들이 말한 것과 매우 흡사하다. 단지 환자들의 진술에는 복잡한 수학 공식이 없을 뿐이다.

천문학자들이 인정한 다차원 공간의 존재는 전생과 현세, 내세에 대한 과학적 설명이 될 수 있다. 단지 현대 과학자들의 연구 결과와 최면 상태의 환자들이 말한 사실을 어떻게 연결할 수 있을지는 아직 연구 과제로 남아 있다. 기존에 생각지도 못했던 양자 물리학이나 초끈 이론, 최신 천문학적 발견은 전생과 윤회가 결코 비과학적 영역이 아니라는 것을 알려준다.

392

최면에 대해 본격적으로 연구하기 전에 꿈을 연구했다. 일부 사람이 미래에 일어날 일을 꿈에서 미리 본다는 것을 알게 됐다. 생각보다 많은 사람이 이런 현상을 겪었다는 사실은 나에게 이해하기 힘든 일이었다.

나는 미래에 관한 것을 연구하기로 결심했다. 만약 꿈속에서 미래를 볼 수 있다면, 최면 상태에서도 미래를 볼 수 있다고 생각했다. 이후 최면을 통해 미래에 관한 언급(言及)을 수집(蒐輯)해 연구하기 시작했다.

미래를 내다보는 사람들은 어떻게 장래를 알 수 있는가? 과학적으로 어떻게 설명할 것인가? 어떤 종류의 힘이 과거와 미래를 연결(連結)하고 있는가? 양자 이론이나 초끈 이론(Superstring theory, 이 세상을 9차원의 공간과 시간이 결합된 10차원의 시공간으로 설명)으로 이 현상을 설명할 수 없는가? 이러한 문제는 과학자가 앞으로 연구해야 할 영역 중 하나라고 생각한다.

나의 추측으로는 일정한 차원의 생명이 되면, 의식은 마치 하나의 감각과 같은 것에 지나지 않을 것이라고 생각한다. 현재 우리는 그 차원의 생명의 모습을 기술할 적절한 단어가 없다. 한 가지 재미있는 비유를 들어 보겠다.

모든 사람을 크기나 모양이 다른 딱딱한 얼음덩어리로 가정하면, 차가운 물에서 이 얼음은 서로 떨어진 상태로 떠다니게 된다. 하지만 열을 가해 얼음이 녹으면 모두 물에 녹아 하나로 되어 버린다. 이때 이미 얼음이라는 생명은 이전과 다른 형태다. 계속 열을 가하면 물은 수증기로 바뀔 것이고, 육안으로 수증기에서 얼음의 모습을 찾을 수 없다. 다만 얼음을 구성했던 물질이 수증기에 들어 있다는 사실을 알 뿐이다.

이는 비유로써 사람을 얼음 덩어리에 비유하고 육신이 없어지고 수증기처럼 보다 높은 차원으로 옮겨 가는 상태를 말한다. 하지만 이러한 세계를 설명할 언어가 우리에게 없다. 왜냐하면 우리는 단지 얼음덩어리 차원의 생명이기 때문이다. 나는 인간이 단지 얼음덩어리에 불과하며 보다 높은 차원으로 승화(昇華)하기 위해 필요한 것은 열에너지(熱 energy)가 아니라 사랑과 같은 정신적인 에너지라고 생각한다.

우리의 의식(영혼)이 육신을 떠날 때, 마치 얼음덩어리가 녹아 물이 되는 것처럼 진동 에너지가 한층 더 높은 차원에 이르면 우리들은 수증기(水蒸氣)처럼 된다. 수증기를 넘은 차원은 더욱 멀고 더욱 높은 차원으로써 우리들은 형용할 수 없다. 반대의 과정도 생각할 수 있다. 만약 높은 에너지 세계의 생명이 그 에너지가 서서히 낮아지고 낮아져 더욱 낮아지면 마지막에 얼음, 즉 인간이 된다. 나는 우리 인류가 가장 저능하고 가장 완만한 진동, 마치 물 분자의 가장 늦은 진동 형식인 얼음덩어리와 같다고 본다.

나는 수십 년에 걸친 정신과 영혼에 대한 연구로 이전보다 인간관계를 더욱 소중히 하게 됐다. 부(富)와 명예보다는 자신의 진정한 생명에 무엇이 필요한지 무엇이 필요 없는지를 알게 되었다. 나는 이전에는 육체가 사망(死亡)하면 모든 것이 끝났다고 굳게 믿었던 사람이다.

(브라이언 와이스, Brian Weiss)

[유체 이탈(幽體離脫)] '체외 이탈 체험(Out of body experience)'이라고 전문적으로 말하며, 마음이 몸 밖으로 이동하는 겁니다.

유체 이탈이라고 하면 초자연적이라고 할까 심령술이라고 할까, 뭐 그런 분위기를 풍기죠. 하지만 자극을 하면 유체 이탈을 낳게 하는 뇌 부위가 실제로 있습니다. 즉 뇌는 유체 이탈을 위한 회로를 가지고 있습니다.

물론 유체 이탈이라는 것은 그리 진기한 현상은 아닙니다. 인구의 3할 정도는 경험(經驗)한다고 합니다. 다만 그런 현상이 일어났다고 해도 평생 단 한 번 정도입니다. 그렇게 빈도가 낮은 현상(現象)입니다. 그래서 과학의 대상이 되기 힘들지요.

물론 연구를 할 수 없다고 해서 그것이 존재(存在)하지 않는다는 것은 아닙니다. 유체 이탈은 실재하는 뇌(腦) 현상입니다. 그리고 이제는 장치를 사용하여 뇌를 자극하면 언제라도 유체 이탈을 일으킬 수 있게 되었습니다.

(이케가야 유지, 도쿄대학교 뇌과학자, 단순한 뇌 복잡한 나)

[기이(紀異)] 인천(仁川)에는 용화선원(龍華禪院)이라는 유명한 활구참선(活句參禪)[*1] 도량(道場, 불도를 수행하는 절이나 승려들이 모인 곳)이 있다. 그런데 그 곳에선 앉아서 참선만 하는 것이 아니라 법당에 만년위패(萬年位牌)를 봉안(奉安)하고 매일 매일 서너 번씩 영가(靈駕, 육체 밖에 따로 있다고 생각되는 정신적 실체) 천도재(薦度齋)를 지낸다.

그리고 해마다 정초(正初, 1월)에 일주일간 신수기도라는 행사를 벌인다. 새해의 안녕(安寧)을 기원(祈願)하는 것이다. 기도(祈禱)는 하루 4회(새벽 3시~5시, 오전 8시~10시, 오후 2시~4시, 저녁 7시~9시) 있기 때문에 일주일동안 절에서 먹고 자며 계속 머물러 있어야 한다.

2001년 정초 신수기도 때의 일이다. 지금도 어제의 일과 같이 내 기억(記憶)에서 생생하다. 입재(入齋, 기도접수)를 하고 화림당(華林堂)이라는 곳에 방(房)을 배정받아, 70대 중반의 할아버지, 20대 초반의 청년과 함께 3명이 머물면서 하루 4회 기도를 드렸다.

의욕(意欲)이 넘쳤던 탓인지 기도 초반에 전강선사(田岡禪師)의 그림 액자에서 스님이 튀어나오시는 것 같은 착각(錯覺)이 들었고, 묘법연화경(妙法蓮華經)을 읽은 후 새벽기도에 참가했을 때는 불경(佛經)에서 묘사(描寫)한 내용과 같이 공중에 다보탑(多寶塔)이 나타나는 환영(幻影)까지 보였다.

여기서 다보탑은 과거불(過去佛)을 의미하는데 이미 오래 전에 성불하신 다보여래께서 보살도를 닦을 때 부처님 말씀이 있는 모든 장소에 나투어(나타나) 들기를 발원했는데, 그 발원이 너무 깊었던 까닭에 이미 해탈을 하였음에도 불구하고 현재까지 그것이 업으로 남아 불교의식이 있는 모든 장소에 나타난다고 한다. 내가 본 다보탑은 묘법연화경에서 묘사한 다보탑과는 확연히 달랐고, 불국사(佛國寺)의 다보탑만큼 아름답지도 않았으며, 크기도 1.5m 정도에 불과(不過)했다. 아마도 나의 상상력이 그들을 따르지 못하기 때문일 것이다.

그렇게 열심히 기도를 하고 꿀잠을 자는데 할아버지가 호통을 치시는 소리가 어렴풋이 귓가에 스쳤다. 나에게 호통 치신 것이 아니라 다른 청년에게 그러신 것인데, 내가 잠이 들면 마치 마술사가 마법을 걸듯 내 몸을 더듬으며 어떤 주문(呪文)같은 것을 건다는 것이다. 그러고 보니 그 청년은 밤 9시가 되면 갑자기 행동이 달라지고 목소리도 카랑카랑 하는 쇳소리로 바뀌었다. 그리고 다음 날 아침이 되면 얼굴이 하얗게 질려서 초췌(憔悴)한 목소리로 밤새 잠을 못 잤다고 말한다. 낮에는 정상(正常)으로 돌아 왔다가, 밤에는 빙의(憑依, 영혼이 옮겨 붙음) 되는 것이었다. 내가 느끼는 두려움보다 그 청년이 느끼는 고통이 훨씬 커 보여서 안타까웠다.

나도 비슷한 경험을 한 적이 있었다. 천도재(薦度齋)를 치르고 있는 법당(法堂) 앞을 지나다가 신경질을 냈는데 갑자기 무엇인가 머릿속으로 들어왔다. 정신을 차릴 수 없는 지경(地境)에서 스님이 울리는 종소리에 무작정 끌렸고, 스님의 염불소리가 너무도 달콤하게 느껴져서 입가에 침이 흐를 정도였다. 아무리 정신을 차리려 해도 소용이 없었으니 평소에 줄줄 외던 반야심경(般若心經), 천수경(千手經), 육자진언(六字眞言), 멸업장진언(滅業障眞言) 등 아무 것도 외울 수 없었다. 순간순간이 너무나 고통(苦痛)이었고, 그냥 빨리 죽고 싶었다. 그런데 천만다행으로 나에게 들어 온 그 무엇도 어리둥절해 하는 것 같았다. 60대 중반의 여성 같았다. 보이는 것이 아니고 그냥 그렇게 느껴졌다. 간신히 정신을 차려서 나와 인연도 없는데 길을 잘못 들은 것 같으니 스님의 염불 따라서 용화선원 법당으로 돌아가라고 계속 생각(설득)했다. 한 시간쯤 지나서야 내 정신은 정상으로 돌아왔다. 나에게 그 짧은 한 시간은 무간지옥(無間地獄)과 같이 극심한 고통(苦痛)과 기나 긴 세월이었다. 그 이후로 나는 겁이 많이 없어졌고, 평소 믿지 않던 사후세계에 대하여 생각하게 되었다.

그렇게 밤마다 카랑카랑 하는 쇳소리로 돌변하는 청년과 함께 있으려니 도저히 안 되겠다 싶었다. 그래서 할아버지께 다른 곳으로 옮겨가서 잠을 청하자고 말했더니 할아버지께서는 자신은 이미 살만큼 살았고, 언제 죽을지도 모르는 목숨인데, 저런 것 무서워서 도망치면 어떻게 저승에 갈 수 있겠냐며 그 자리에 앉아 밤새 참선(參禪)하겠다고 말씀하시는 것이었다.

밤마다 미쳐 날뛰는 그 청년 앞에 할아버지만 놔두고 나만 다른 곳으로 도망(逃亡)갈 수는 없었다. 그래서 할아버지 안 가시면 나도 안 가겠다고 버텼더니, 나의 고집(固執)에 못 이겨 할아버지가 따라 나섰다. 당시 법당 멀리 떨어진 곳에 시민선방이 마련되어 있어서, 그곳으로 가면 찾을 수 없을 것이라고 생각했다. 그런데 밤 12시가 되었을 때 기어이 우리를 찾아왔다. 저녁기도가 끝난 9시부터 3시간 동안이나 우리를 찾아 절간을 여기저기 돌아다녔던 것이다. 무서웠다. '한바탕 소란이 일겠구나!' 생각했다. 그 청년은 카랑카랑 쇳소리로 우리를 찾느라 얼마나 힘들었는지 아느냐며 빨리 선방에서 나오라고 밖에서 난리쳤다.

그때 정말 이상한 것이 있었는데, 나 같으면 방으로 들어와서 우리를 끌고 나갔을 텐데 문 밖에서만 난리를 치고 있으니, 선방에 발을 들이는 자체만으로도 업이 소멸된다는 옛이야기가 생각났다. 그래서 들어 올 수 있으면 한 번 들어와 보라고 말했는데 역시 못 들어오고 밖에서만 날뛰다 돌아갔다. 선방(禪房)에는 무슨 결계(結戒)같은 것이 있나 보다.

그 후 낮 시간 때 그 청년을 찾아갔다. 밤새 시달리느라 며칠째 잠을 못자서 그런지 얼굴은 더욱 하얗게 질려 있었고, 앉아서 천수경을 열심히 받아 적고 있었다. 자신도 빙의(憑依)되어 있다는 사실을 잘 알고 있었고, 그것에서 벗어나고자 나름 열심히 노력(努力)했다. 어떤 괴상한 할머니는 그 청년에게 제안하기를 자신이 빙의된 것을 풀어줄 테니, 자기 죽은 후 매년 제사(祭祀)를 치러 줄 수 있겠냐며 묻고 있었다. 아마도 자식(子息)이 없어서 그랬나 보다. 혼자서 살아도 마찬가지겠다.

우리는 회향(廻向)*² 때까지 기도(祈禱)에 열중(熱中)했기 때문에 결과가 어떻게 됐는지는 모른다.

할아버지는 고맙다고 말씀하셨다. 당신도 무서우셨던 모양(模樣)이다. 내가 편하게 느껴지셨는지 자신의 삶을 말씀해 주셨다. 얼굴 한 번 본 적 없던 사람과 일찍 결혼(結婚)해서 잘 살고 있고, 슬하(膝下)에는 딸 둘을 두었는데 그 중 한 명은 성질이 나빠서 스님으로 만들었다고 했다. 그리고 법원 공무원 출신으로 법무사 사무소를 운영하고 있다며, 함께 일하자고 하셨다. 배운 것이 달라서 정중히 거절했지만, 그 후 내가 직장을 가질 때까지 줄곧 지켜봐 주셨고, 취직했다고 말씀드렸을 때는 잘 될 줄 알았다며 누구보다 기뻐해 주셨다.

인연(因緣)이라고 할까? 박덕매 시인의 땅을 가등기 해 놓고 25년 만에 내 땅 내놓으라며 나타났던 그 사람이 들고 있던 법무사 문건(文件)에는 반갑게도 그 할아버지가 운영하는 법무사의 직인이 찍혀 있었던 것이…….

박덕매 시인은 우리 어머니와 함께 용화선원(龍華禪院)을 열심히 다녔다. 현재 용화선원에는 시인의 위패(位牌)까지 모셔져 있다.

*1 활구참선(活句參禪): 선지식으로부터 화두 하나(본참공안, "이 뭣꼬")를 받아서, 이론을 사용하지 아니하고 꽉 막힌 알 수 없는 의심(疑心)으로 화두를 참구(參究)해 나가 화두를 타파하여 견성성불(見性成佛)하는 참선법(參禪法).
*2 회향(迴向): 회전취향(回轉趣向)의 뜻. 자신이 쌓은 공덕을 다른 이에게 돌려 이익을 주려하거나 그 공덕을 깨달음으로 향하게 함.

35. 보물찾기(2018년) — 일화(逸話)

박덕매 시인은 말년에 경기도 안산의 우리 부모님 댁에서 거의 살다 시피 하셨다. 시인과 우리 어머니는 항상 그렇게 친했다. 시인에게 있어서 우리 어머니가 없는 자신의 삶은 아무런 의미가 없다고 시인이 항상 입버릇처럼 말씀하실 정도였다. 우리 어머니가 기쁘면 시인도 기뻤고, 슬플 땐 시인도 같이 슬퍼했다. 그렇게 동고동락(同苦同樂) 하셨다.

시인이 평소 우리 어머니를 기쁘게 하고자 한 놀이가 하나 있었는데, 그것은 바로 보물찾기였다. 언제부터인지 시인은 우리 부모님 댁에 오실 때마다 곳곳에 돈을 숨겨놓고 가셨다. 그러면 나중에 우리 어머니께서 집안 청소(淸掃)를 하시다가 우연히 그 돈을 발견하시고, 함박웃음을 지으시며 돈 나왔다고 시인께 전화를 하면, 그때 시인도 함께 함박웃음을 지으시며 기뻐하셨다.

그런데 그 돈이 시인이 돌아가신 지 1년이나 지났음에도 불구하고 아직도 나오고 있다. 며칠 전에는 40만 원이나 되는 뭉칫돈이 나왔다는 것이다.

아무런 수입원이 없던 시인께서 어떻게 그 큰돈을 숨겨놓을 수 있었을까. 아마도 시인은 자신의 모든 재산을 보물찾기로 해서 탕진(蕩盡)해 버린 것이 아닌가 한다.

이젠 돈을 찾아도 웃는 사람이 없어 아쉬울 뿐이다.

*우린 하나의 운명체

현재 우리가 고개를 들어 밤하늘에서 볼 수 있는 우주(宇宙)의 모습은 저 멀리 별(은하)에서 발산하는 빛이 우리가 살고 있는 지구(地球)에 도달하는 데 까지 걸리는 시간(시차) 때문에 과거의 우주를 보고 있는 것입니다.

또한 은하(銀河, 소천계)가 너무도 큰 까닭에 지구는 우리 은하의 극히 일부분에 지나지 않습니다. 이것은 단지 밤하늘에 보이는 은하수(銀河水, Milky Way)를 통해서 지구가 우리 은하의 한쪽 귀퉁이 하단에 존재하고 있음을 추정(推定)할 뿐이며, 우리 은하의 모습이 나선은하(螺線銀河)라는 것도 우리 은하와 가장 가까이에 있는 안드로메다(Andromeda)의 모습이 나선모양이라서 그런 것입니다.

이렇듯 밤하늘에 빛나는 무수한 별과 같이 우주에는 우리가 파악(把握)할 수 없을 만큼 큰 은하가 우리가 파악할 수 없을 만큼 많이 존재(存在)하고 있는 것입니다.

최근 연구결과에 따르면 안드로메다는 우리 은하보다 두 배 이상 커서 태양과 같은 별(항성, 恒星)의 개수가 최소 1조 개가 넘을 것이라고 합니다. 그렇다면 지구와 같은 행성(行星, 별의 주위를 도는 천체)의 개수는 10조 개 이상, 달과 같은 위성(衛星, 행성의 둘레를 도는 천체)은 1000조 개 이상이 된다는 말이 됩니다.

한편 20억 년 전 안드로메다는 이웃 은하를 꿀꺽 집어삼켰는데, 현재 우리 은하와도 시간당 40만㎞의 속도로 가까워지고 있어서 앞으로 35억 년이 지나면 두 은하가 충돌(衝突)하고, 65억 년 뒤에는 완전히 합체(合體)하여 공 모양의 거대한 타원은하가 될 것이라고 합니다.

'큰 강가의 모래 수만큼 많은 큰 강들이 있다면, 그 강들의 수가 얼마나 많겠는가? 상상도 안 될 것입니다. 그런데 그 강들에 있는 모래 수만큼의 세상이 있으니 상상이나 되겠는가!' 불교(佛敎)에서는 '큰 강가의 모래 수만큼 많은 별들이 모여 있는 세상(은하)을 소천계(小千界), 그 소천계가 큰 강가의 모래 수만큼 많은 세상을 중천계(中千界), 그 중천계가 큰 강가의 모래 수만큼 많은 세상을 대천계(大千界)라고 하며, 그 대천계가 삼천이나 존재해야 우주(宇宙), 즉 삼천대천세계(三千大千世界)라고 합니다.

이렇듯 우리는 우주에서 티끌만도 못한 태양계(太陽系, 별)의 일부인 지구(地球)라는 행성에서 살고 있습니다. 만약 아주 큰 사변(一大事變)이 일어나 우리가 살고 있는 지구가 사라져 버리더라도 우주에서는 아무 일도 없는 것과 같이, 그 미미(微微)한 지구에서 일시(一時) 존재(存在)하는 인간(人間)이라는 작은 생명체(生命體)로서 짧은 인생을 살아가고 있는 것입니다.

그런데 내 주변에 있는 사람들에게 나쁜 감정을 낼 필요가 있을까요? 우주(宇宙)입장에서 보면 우린 하나의 운명체(運命體)인데……

[내 마음이 곧 너의 마음] 오심즉여심, 인하지지(吾心卽汝心, 人何知之)

"내 마음이 곧 너의 마음이니라. 세상 사람들이 어찌 이것을 알겠는가? 보이는 천지는 알 되 보이지 않는 귀신은 알지 못하나니, 귀신이라는 것이 바로 나이다."(천도교, 天道敎, 동학, 東學)

[물물화장(物物華藏)] 산(山)이다, 물(水)이다, 돌(石)이다, 소나무(松)다,

밤나무(栗)다, 감나무(柿)다, 그런 것이 우리 인생의 우리 사람의 분별식(分別識)으로 망상(妄想) 그걸 때려 붙여서 소나무라고 이름을 지어 붙였고, 밤나무라고 이름을 지어 붙였고, 까마귀(烏)라고 이름을 지어 붙였고, 뱀(巳)이라고 이름을 지어 붙였지. 그 자체에 들어가서는 뱀이 뱀이라는 것도 없고, 소나무가 "내가 소나무다"는 것도 없고, 소나무라는 거 없기 때문에 푸르다는 생각(相)도 없고, 소나무는 뭐 크다 적다, 모든 생각(一切諸相)이 거기 없느니라. 본래 그 생사(生死) 없는 진리다.

(전강선사, 田岡禪師)

昨夜月滿樓
窻外蘆花秋
德梅喪身命
流水過橋來

수필(隨筆)

어렵다

나에겐 모두가 어렵다.

말하긴 쉬워도 글쓰긴 더욱 어렵다. 정작 그 실행에 어렵다.

나는 사람이기 때문이다.

저기서 걸어오는 저 여자의 한들거리는 저 여자의 가냘픔에서 나는 현기(眩氣)를 느낀다.

저만큼서 어쩌면 바로 내 앞에서 웃는 건장(健壯)하고, 헬쑥한 남자의 미소(微笑)는 부드럽고 안심되나 너무나 허전한 구역(區域).

나는 밥을 먹고 사는 사람이나, 하루 세끼 밥(삼시 세끼) 먹으며 맘 들 볶이는 때 많고.

지금은 스스로운 나의 고통(苦痛)을 말하는 것도 어렵다. 아니 얼마든지, 얼마든지 말은 할 수 있으나 글 쓴다는 것, 그것은 마침내 나를 괴롭히고 돌아오는 허무. 나는 곧잘 트림을 한다.

나는 지금 바람 속에서 마음 놓아 숨 쉬어 보지만, 그 뒤에 곧 가슴 들볶이는 번잡(煩雜, 번거로움).

나는 어렵다. 더구나 살아 숨 쉬는 숨소리 감정, 느낌······.

사람과 마주하는 것도, 얘기하는 것도 잠을 자는 것도 하품을 하는 것도, 아주 아주 못 배기는 그 마음도.

나는 어렵다. 지금 어렵다.

풀려 날 수 있지만 또 풀려 날 때 괴롭다.

하늘을 보고 똑같은 말을 해두고 또 똑같은 말을 하며 나는 질기게 건장하게 오만(傲慢)을 갖고 싶었는데 또한 지금 그 오만을 나는 가질 수 없다.

불쌍한 사람을 보고 나는 곧잘 슬퍼하고 오랫동안 머물러 섰었는데, 또한 지금처럼 그것은 용서(容恕)될 수 있는 가난.

지금 나는 숨 쉬는 것 마저 불편을 느낀다. 또 곧 편해질 나의 변덕스런 회복(回復)을 생각하면 어지럽다.

지금 나는 죽고 싶은 사람이다.

나는 사람인데 사람끼리 어렵다.

사람의 인정 오고 가긴 쉬워도 웬지 정차장처럼 조마로운 뜻이 있다.

모든 게 풀리고 매듭지고 그 밑에 사람은 자주 깔린다.

나는 사람을 사랑했지만 오랫동안 그곳에 나의 지속을 보이기 어렵다.

어렵다. 사랑하긴 쉬워도 거절(拒絶)과 허락(許諾)이 어렵다. 마음이 하루 종일 다람쥐 요술 부리며 번거롭다.

내게는 어렵다. 사람도 나도 시도 감정(感情)도 싸움도 흥분(興奮)도 차(茶)도 언니도 오빠도 선생님도 어머니도 또 그 누구누구도.

어렵다. 어렵다. 지금 어렵다.

사람들은 모두 편하지만 사실은 모두 문제다. 지금 나도 문제다.

〈1964년 8월 · 여류시(女流詩) 1집〉

과정(過程)을 위하여

시(詩)가 안 나올 땐 큰 고통(苦痛)이다.

그것이 당연(當然)한 이야기지만 너무도 어처구니없는 나의 되풀이어서 진단(診斷)마저 가져보기 어렵다.

누구엔가 꼭 의탁(依託)한 심정(心情)이어서 송구(悚懼)스럽다.

그럴 땐 몇 번이고 나는 방황(彷徨)이 시작되는 것이다.

거리고, 굴다리고 시장이고 아무데고 내가 흩어질 데는 없었다.

아쉬운 대로 책도 읽어보고 이리저리 비틀기도 하며, 따분히 내 목숨에 대해서 주체(짐스럽거나 귀찮은 것을 능히 처리함)를 느끼는 것이다.

영감(靈感)이 와서 한편 시를 장식하여 주기 전엔, 내가 소생할 길은 어려웠다. 어쩌면 절대적(絕對的)으로 나의 생명체(生命體)를 결정적으로 거기에 의지(依支)하며 살아 왔다. 짧은 연륜(年輪)이기도 했지만 느끼는 그 인내의 습관(習慣)은 여간 긴 것이 아니었다.

어쩌면 나는 신(神)들린 무당들처럼 하루를 살아가고 있는지도 모르겠다.

한껏 춤추고 나선 맥이 빠져 허탈(虛脫)해 있는 나, 무당의 신들림 그것이 나다.

어쩌면 나는 얼굴이 이뻤다면 기생(妓生)이 되어 있을지도 모르겠다.

분명히 기생(妓生)이 되어서 지금도 그 고운 손으로 술잔을 따르고 있는 나의 솜씨는 확실히 남자들의 매혹(魅惑)이 되고 맘껏 나를 타락(墮落)했을 것이다.

타락한다는 것은 방황이다. 나는 방황이라는 것과 타락이라는 것을

408

조심(操心)스러히 생각한다.

우습게 되어지는 것이 타락, 부서질 수 없는 그 가운데 타락은 타성으로 움직이고 있는 것이다.

거리에, 그리고 멋진 사내들의 주체할 수 없는 그 비애들을 함부로 용서(容恕)하지 말라.

누구보다, 그리고 누구 집보다 그 사내와 놀아나는 여자들에겐 비칠 수 없는 비애가 있는 것이다.

상호(相互)할 수 없는 비애— 그런 비애를 나는 가장 사랑한다.

지구(地球)가 잘 돌아가고 있는 것이 사실이다. 그래야만 지구는 공전(公轉)이 있고, 탄생(誕生)이 있고 우리들에겐 불꽃이 있을 것이다.

예찬할 수 있는 자의 아름다움은 바로 화려 찬란 또한 광기 불꽃. 재로 소멸하여 돌아가기까지 그 손들은 얼마나 떨리고 열 떠 있었던 아픔들일까.

열대에서 저열대로 옮아가기까지, 아니 그래야만 그 인식(認識)들을 미리 알고 그들의 불장난은 사실 장난이 아니고 혁명이리라.

자식을 거느리고 아내가 있는 멋진 남자의 쓰디 쓴 웃음과 누추(陋醜, 지저분하고 더러움), 눈물로 바라보지 않고선 못 배긴다. 그러나 나는 눈물은 거둬들였다.

나는 바람이지만 잔잔히 흘러가는 바다나 파도, 그런 몸짓에서 하나하나 부딪치는 소리와 접촉—.

나의 귀는 이미 촉각이고 있었다.

문득 아버지와 병든 어머니.

풍경을 바라보고…….

외로움 쓸쓸함, 그것들은 결코 살풍('삭풍'의 잘못)한 것이 아니다.

어쩌면 남아돌아가는 이의 재산이나 티끌.

소멸(消滅)이나 멸화(滅化)도 못되는 쾌적(快適)함,

우리들의 주위는 환경은 너무도 확대(擴大)되어 있고 원경(遠景)이다.

가끔 먼 추억(追憶)을 다듬어 보듯 근시할 수 있는 원시할 수 있는 여유 담백함, 그 슬기, 예지 판단 나는 그들의 몸맵시를 사랑한다.

가장 뜨겁고 무의미한 광무 춤 속에서 나는 한줄기 꾸준한 빛을 찾아내고 있는 것일까.

오늘을 가장 냉대시하며 침묵하며 오로지 견디는 인내의 작업—.

그래서 나는 시만을 위하여 생명체라고 울부짖지 않으면 안 되는 것인지—.

〈1964년 12월 · 여류시(女流詩) 2집〉

슬픔

　시를 말하기를 여러분은 여러 선생님들은 구구히 변명(辨明)과 이론(理論)을 가지시고 시의 어떤 절대성을 밝히시겠지만, 저는 참말로 그런 어려운 말 못 하겠다.

　나는 시를 쓰면서 시의 조밀성이나 사상도 갖는데, 반드시 슬픔만이 나를 살찌게 한다.

　슬픔이 있기 때문에 처음부터 나는 시를 썼고, 다시 시를 쓰면서 교양(敎養)과 처세에 관한 인내력(忍耐力)도 배워 온 셈이다.

　슬픈 것만으론 시가 되질 않는다고 한다. 나도 그걸 잘 알고 있다. 그러나 슬픈 것은 슬픔으로 우선 받아들일 줄 아는 시인이 몇이나 될까. 건방진 내 말씀인 것 같지만, 슬픔에서부터 출발한 것은 모두 예술이다, 나는 이렇게 어떤 이론을 내세우고도 싶다. 어쨌든 나는 슬픔을 느끼고, 꼭 이 슬픔을 체험으로 경험으로 표현되고 싶어서 문자로써 시로써 썼던 것 같다. 애초 의식적이진 않았지만.

　고생해 본 사람이 꼭 고생을 해야만 식성도 풀리는 것처럼 나는 시를 쓰면서 그리고 시를 갖지 않고 무사로히 나날을 보내다가도, 불현 듯 발광처럼 육신이 비트는 아픔의 경험을 체험을 많이 갖는다.

　그렇다면 나는 꼭 슬픔을 느껴서만 이 시를 쓰는 것도 아닌상 싶다.

　사회관(社會觀), 정당성(正當性)과 타당성(妥當性), 아픔.

　이런 것들이 늘 내 주위에 산적되어 외면하지 않고 나는 정당하게 바라보고 있었던 게 아닌가.

　여기에서 나도 시에 있어서 어떤 정당성이나 참여성을 인식(認識)해

두려고 한다.

누구에게나 생애에 맞는 음식이나 옷이 있었던 것처럼 나에겐 무엇보다 소중한 것이 슬픔이었고, 이 자각의 슬픔에서 출발한 것이 시인데, 구태여 여기에 방법에다가 특이한 시론을 붙이지를 않고 살아가고 싶은 것이다.

슬픈 것은 슬픈 대로 처리해 두며, 우울을 풀어가야 한다는 것이 내 첫째 정신(精神)의 수련(修練)이며 약관(弱冠)이다.

새로운 발견, 말하자면 지금의 상황과 극황에서 극복될 수 있는 양단의 다리 노릇을 나는 시의 수술에서 경험해 보고 있다.

그래선지 나는 시를 쪼금 처량하게 쓰는 편이다. 그대로 만족해 보고 있다. 슬픈 것이 어째서 흉이어야 되나.

유치(幼稚)하지 않고 맹목(盲目)이 아닐 때, 이 슬픔은 위대(偉大)하다, 위대하게 봐야 한다, 구호처럼 자기와 모든 연관을 외칠 순 없어도 고스란히 자기 운명(運命)을 직시하며 밝혀 두려고 하는 외면하지 않는 이 고지식된 감정이나 작자를 모순(矛盾)으로 받아 들어서는 안 되겠다는 것이다.

시론은 표면에 있는 것이 아니라 과정의 창작의 즐거움에서 발견되어 가는 것, 그리고 옮아가는 그 과정의 심부름일 뿐 아무것도 아니다.

단계가 있다. 첫 층계, 둘째 층계, 셋째 층계, 이 열두 개의 층계인지 몇 십 개의 층계인지, 어쨌든 세상(世上)을 보는 눈, 체험하는 호흡과 이 정신으로선 재빨리 눈치 채며 자각하며, 눈부신 발전을 거듭 쌓아 올라 갈 것임은 사실이다.

나는 권태(倦怠)를 쉬 가져오는 성격(性格)이다. 체질(體質)이기도 했다.

지금의 운명과 장소에서 나는 차츰 비약의 과정에 있다.

......

이로써 나는 시를 적어도 나의 시론을 얘기하게 되는 것 같아서 변명(辨明)이 되었다.

헐 수 없다. 어쨌든 나는 나의 슬픔을 마음껏 향연(饗宴)하며 조리(調理)하며 살아 보겠다.

세상일이 모두 어렵고, 쉽지도 않고 전부 모순이라는 걸 새삼, 아니 20년을 넘어 살아오면서 아프게 느끼고 받아 들였는데, 나는 내 슬픔을 아까워하지 않고 부끄러워하지 않고 시론으로써 교조(敎助)를 삼고, 나를 살아 보리라.

〈1965년 8월 · 여류시(女流詩) 4집〉

난 네게 줄 것이 없다

진(眞)아!

나는 너에게 줄 것이 없다.

내 마음이 하도 가난해서 나는 지금 울고도 싶다.

진(眞)아, 아무쪼록이면 나는 너의 이름을 '진(眞)'이라고 부른다.

내 나이는 스물여섯. 그 동안에 연애라는 것을 세 번 했었다. 사람들을 사귀어 보았는지 진(眞)이는. 사람을 사귀면서 결국 나는 슬픔을 배웠다.

슬픔이 어떤 건지.

'진(眞)'이라고 이름을 주어보는 것은 내 슬픔을 너에게 의지하고 싶어서다.

슬퍼할 수 있는 대로 슬퍼 보는 그 어떤 그 사람은 정말 행복한 사람일 수도 있단다.

어떤 그 사람을 대단히 나는 지금 높이 평가해 본다. 똑같은 나란한 슬픔일 때도 그중 어떤 사람은 조금 슬프고, 어떤 사람들은 슬프지도 않았으며, 그 중에서도 어떤 사람은 많이 슬퍼했었다.

진(眞)아! 나는 어느 사람이냐 하면 많이 우는 쪽이다.

마음이 가난한 나를 용서해 줘.

나는 너에게 줄 것이 정말로 하나도 없는 여인이다.

가난하게 자꾸 기도를 드리는―.

진(眞)아, 울어도 울어도 소원이라는 것이 이루어지지를 않는구나.

따뜻한 내 고향을 버리고 멀리 떠나와 살고 있단다.

이곳에, 먼 데로나 나를 묻을까?

밤은 약(弱)하고, 낮은 강렬한 인상이다.

혹시 내가 느끼는 비애의 쓸쓸한 감정에 대하여 이상(異狀)이 없나 하여 감정을 하였다.

진(眞)아, 부끄럽구나.

바람이, 바람이 세차게 내 쪽으로 불며 덮여오는 것을 보면, 나는 너무나 가냘프구나.

속인(俗人)은 슬프지 않다.

진(眞)아, 또 한마디 용서해 다오.

서울을 떠나올 때 나는 슬프지 않았다. 오로지 분노(憤怒) 같은 것으로 일렁거리며, 어디론가 빠져 나가고 싶은 심정으로 여기를 왔다. 여기를 와서 얼마 동안을 그랬다. 마음은 어디다 붙일 데가 없었고 어수선하기만 하였다.

진(眞)아, 오늘은 내 마음이 아주 차분해진 날.

그러나 가난한 내 자신을 보이는 날은 불안하구나.

정말로 나는 허무(虛無)한 사람이야.

너는 사람일까, 아니면 무엇일까?

진(眞)에게 이야기했듯이 나는 사람이 부럽진 않아.

진(眞)이는 좀 더 나의 큰 사람이 되어 줬으면 좋겠어.

사람보다 더 간절한 이—.

지금 이야기를 더 계속하겠다.

진(眞)이, 너에게 자꾸만 기대이고만 싶다.

잠시 쉬었다. 손과 마음들이 약속을 했었다. 어떤 일에 열중했을 때, 침묵으로 마음이 엇갈리는— 그보다 나는 마음에 부정이 있다.

상식이 더욱 많을 것 같은 나.

그렇다면 오늘날까지, 나는 그것을 모두 모르고 지내왔는가?

순수(純粹)라는 것은 나에게 찾아볼 수 없다.

매사가 번거롭고, 일이 잘되어지지 않는 것처럼 느껴지는 것은, 모두 내 마음의 오류(誤謬) 투성이다. 그 까닭이었던 것이다.

진(眞)아! 비로소 나는 당신에게 고백하나를 하여야겠다.

마음속으로 표현되지를 못하는 우매한 이 막연한 것을. 진(眞)이, 너는 비로소 내 마음 속으로 가서 꼬집어내기도 했으며 시원하게 정리시켜 줬어야 했다.

정말로 내 기억 속으로 잊히지 않는 사람들이 있다.

그들을 친하기까지 얼마나 많은 시간을 흘려야 했으며, 오늘 나는 또 얼마나 그들을 잊기 위하여 많은 시간을 힘들게 소비하고 있었던가?

진(眞)아, 말해 다오.

진정으로 내 마음 속으로 들어가서 말끔히 말끔히 씻어가며 그 진물을 보여나다오.

어떤 사람은 내 머릿속에 오랫동안 남는다.

때 가끔 때 가끔 생각나는 사람— 마약(魔藥)처럼 도취되어 오는 그들. 단순히 그치고 마는 그 도위였으면 얼마나 좋을까……

진(眞)아, 그러나 나는 나 혼자라는 것을 느낀다. 아무리 애타게 그리워해도 사랑을 해봐도 나는 나 혼자 남는다. 어떤 사람이 나를 오랫동안 지키듯 지켜주다가도, 결국 그들은 어디로 가야만 했었다. 진(眞)아!

416

이별은 얼마나 아름다운가. 이별은 작은 시간에도 있었다. 그런데 사람들은 이별을 미처 분별 못하는 것 같다.

진(眞)이!

참말은 이별은 이별이 못되는 거야— 바다의 물처럼 시간이 흘러가는 걸 거야.

얼마나 아름다운 시간인가 울고 싶거던 너나 뱃전으로 나가 울려무나.

진(眞)아, 시간이 아까와서 울었다. 헤어지고 만나고.

사람들은 서로 만났다가 원수처럼 헤어진다. 그 시간 하나하나 생각해 보니까, 진(眞)아, 정말로 나는 눈물이 난다.

아무 것도 생각할 수가 없다. 갑자기 외로와지고, 배기지 못하는.

무덤처럼, 나 자신도 사방도 고요해질 때가 있다. 무리 중에서 어떤 것을 가려내기 어려웠을 때다.

혼돈 속에서 생각을 가려내듯 지금 나는 힘을 들이며 용감해졌다.

연애며, 이야기라는 것은 모두 허황(虛荒)한 것뿐이었다고.

진(眞)아, 천천히 이야기를 계속하자.

남은 시간은 항상 우리들의 것. 그렇게 시간이 남아있는데, 사람들은 얼마나 분주해 있었던가.

사철 중에서 제각기 철이 갖고 있는 매력이 있지만, 봄·가을, 아니 사철 모두가 매력 있구나. 봄에는 뒷산이나 도회지엔 가까운 산이 있을 것이고, 볕이 쪼롱쪼롱한 산길에서 마음을 누근히 가라앉혀 보는 것도 얼마나 좋은가.

또 가을날에 단풍잎을 주워 모으는 그 정성은 얼마나 아름다울 수 있을까.

진(眞)아, 너와 나 지금 다시 생각해 보자.

너에게, 너에게 모두 모자랄 것 같은 나—.

그러나 지금 나의 기분은 청명하다.

어떤 이야기를 나는 너에게 다시 시작할까?

자꾸만 자꾸만 비워오는 이 마음은 또 무얼까?

진(眞)아, 나의 외로움은 크다. 반점(半點) 같고 크기가 공산(空山)만큼 부풀었다.

다시 울기 시작한다.

서울을 가고 싶지 않다. 진(眞)아, 지금 나는 시골에 있다.

부처님께 부처님께 날마다 빌었다.

진(眞)아, 무엇을 빌었다고 하는지 너는 그 의미를 알지?

불상 앞에선 나도 신성화해 간다. 차츰 나도 자성으로 깨달아 가며, 무엇인가 후회도 해 보며 느끼는 것들…….

항상 고민이 출렁여 있는 것, 진(眞)아 울지 않고 고민하지 않고는 못 살아 간다.

나뭇잎이 바람결에 움직인다. 진(眞)아, 나는 긴장 되어 가고 있다.

그만큼 나는 초조하다.

소망은 하나도 이루어지지 않고, 지금 남은 건 남은 건 고민뿐인데.

진(眞)아, 왜 이렇게 외로와 오니.

나에게 용기를 다오.

사실은 사실은 나는 아무 것도 생각하기 싫다.

진(眞)아, 내일이 또 있구나.

내일의 근심. 하늘 어느 귀퉁이부턴가, 검은 구름이 밀려왔다. 진(眞).
진(眞)아!

항시 너에겐 부족하고 눈물뿐이 너에게 줄 수밖에 없는 내 재산(財産).
모자라는 것, 모자라는 것 이것을 나는 외우고 있지 않으련다.
당신이여.

진(眞)이! 연애는 세 번을 했었다.
내 비록 가난한 눈물이지만, 너에게 바치련다.
내 마음에 늘 동반해 주시기를 바라며.
마지막으로 내 위로의 시신(詩神)이여!
당신의 이름은 진(眞)이다.

사랑은 멀고, 가까우면 어지러운
진(眞)이, 사람으로라도 나와 친해 주길—.
진(眞)이, 너에게 나는 지금 기대인다.
든든해 있는 너—.

안타깝게 문이 닫기운 집들. 초로의 이 집들마다 문마다 진(眞)이 바
람을 주길.
너무도 부족하여 너에게 다 주지 못하는 내 말—.
진(眞)아!
사람의 너에게 엎히며 살고도 싶다…….
내 가난한 마음을.

진(眞)이, 나는 너에게 줄 것이 없다. 지금 나에겐 기도만 남는다. 진(眞)아.

언제 내 목숨이 끝나는 것인가 하는 것은 너의 눈물을 내가 받으며 웃고 있을 때다.

세 번의 연애는 그것의 조금만치도 비교는 안 되었다.

마음이여!

〈1966년 5월 · 그윽한 염원(念願) · 민조사(民潮社)〉

낙서

우선 나는 산문(散文)에 소질이 없음을 변명(辨明)하련다.

변명이 아니고 사실로 나는 산문에 소질이 없는 것이다.

그러면, 시에는?

시도 그렇다.

나는 시를 근래 2년 동안 쓰지 않고 있다.

「크는 王」은 1년 전에 불암사에서 쓴 시로써 무의식 즉 시를 쓰기 위해서 기대하지 않았는데도 써졌기 때문에 역작이 못되며, 자화상(自畵像)도 좀 더 자세히 말하자면 「크는 王」보다는 시를 의식하며 썼지만 시제목 그대로 자화를 노래했을 뿐, 시로써 성공할 수 없다는 상(想, 생각).

「한동안」도 역시 소제. 시를 의식하며 쓴 시. 단안(斷案, 옳고 그름을 판단함) 내리고 싶지 않지만 소품.

내 예감(豫感)은 앞으로 당분간 많은 시를 쓰지 못할 것 같다.

왜냐하면 시를 쓰지 않은 이유가 된 2년 동안 나는 산문에 주력했었다. 앞으로 책이 꾸며질 때까지, 산문을 쓸 생각이며 지금도 산문에 열중(熱中)하고 있다.

그러나 물론 산문보다는 시에 대한 욕망(慾望)이 내게 있다.

시는 여학교 때부터 썼기 때문에 노력만 한다면 좋은 시를 나는 쓸 수 있다.

그런데 산문은 지금부터 그 터를 잡아가는 도중일 것이다.

그러니까 지금 내가 얘기하려는 것은 결국 자기를 변호하는 말.

2년 동안 산문을 썼지만 오늘도 나는 책을 내지 못하였다.

산문에는 소질이 전연(全然, 전혀, 도무지, 아주) 없는가 보다고 단정한 얼마 전에 나는 동인지 속간을 서둘렀다.

또 다시 여학교. 즉 그때 내 장래의 소원은 부디 글 쓰는 여자였다. 결국 시 아니면 산문을 나는 끝내 쓸 모양이다.

어쨌든 시를 못 쓰게 될 때, 나는 산문을 쓸 것이며, 산문을 못 쓸 경우에는 시를 쓸 것이다.

세간(世間, 사람들이 살고 있는 사회)에 이름나기를 나는 솔직히 말해서 바라고 있다.

단지 글로써 이름나는 것을 소원(所願)한다. 좀 더 정확히 말하면, 산문을 쓰고 싶어 하는 이유는 세간에 이름을 내고 싶어서 라기 보다 내 환경 주변을 정확히 보아두고 싶어서다.

시만 쓰기에는 내 주변은 항시 구정물.

시만 써 가지고는 구정물 오물(汚物)을 없애지 못할 것이다.

구정물은 내 현실이므로.

시 구절에 '꼬집어 꼬집어도 내 살이 아닐 때가 있다'가 생각난다.

정신은 고만두고, 우선 가난하기 끝없다. 여학교 때부터 오늘까지 계속됐는데 한 번도 내 가난을 진실로 실감하지 못했을 것 같다. 다행일지 불행인지는 모르나 어쨌든 아직도 나는 빈곤(貧困)에 대해 절실히 느끼는 것 같지는 않다. 아니 시 구절에 꼬집어 꼬집어도 내 살이 아닐 때가 있다. 특히 내 살은 너무 아픔이 배어들고 있었기 때문에 꼬집힘을 당해도 아프지 않다는 말이겠다. 그럭저럭 살았다. 지금은 진실로 내 가난에 대한 분노를 느낄 수 있다는 자백(自白).

1

지금 새벽 3시 23분. 시계를 보고 나는 놀랜다. 밤 12시에서 1시 사이로 짐작하며 시계를 보았기 때문이었다. 모두 불을 끄고 자기에 내 방에 불은 밝았다. 고루 비치는 방 한 구퉁이('귀퉁이'의 방언)에 죄와 벌이 눈에 들어왔다. 조선일보 4월 20일자 신문…… 접힌 부분을 펴니, '빛나간 罪와 罰'.

罪와 罰, 罪와 罰,

내가 침묵하는 시간을 제하고, 나머지 시간은 모두 죄(罪)와 또는 벌(罰)에 속한다.

침묵하는 시간을 제한 시간 중에서 남에게 자선(慈善)하는 시간만 빼고 나머지 행동은 모두 죄와 벌에 해당된다는 생각을 하면서 잠시 쉬는데 그 글자(罪와 罰)가 눈에 들어왔다.

글로 옮길 만큼 재료가 될 수 있는 얘깃거리는 아니지만 원고지에다 옮겨 적는군.

대단한 것이 따로 있지 않다.

내가 받아드린 게, 언제든지 세상(世上)이었다.

2

얼마 전의 얘기를 한다. 2개월 전이리.

순간을 참을성 있지 않았음으로 해서 범한 사건이 내게 있는데 지금 구태여 하고 싶다.

길에서 가끔 나는 허전했다.

그 날 무교동 길에서 친구와 헤어졌다.

집으로 가기 싫었다. 길에서 밤을 기다렸다가 항상 귀가하는 난 그날도 그랬던 것이다.

며칠 전에 역시 친구하고 다방(茶房)에 갔다가, 반색으로 반긴 K씨에게 찾아갔던 것. 언제나 오후 6시쯤에 자기는 다방에 있으니 자기를 한 번 만나달란 사람을 찾아갔더니 없었다. 어색히 다방을 나오는데 다행히도 나는 아는 사람을 만났다.

그런데 그 사람은 내게 간단한 거지만 용건(用件, 볼일)이 있었다.

이번 문협(文協)에 한 편에 소속당수(所屬黨首)였다.

"구태형이다." "상금 20만 원 안 받아도 나는 재산이 있다"는 등등…… 말을 들었다.

이상할 만큼 나는 상대방에 대해 무심하지 못하는 습성이 있다. 때문에 이번에도 내 관심으로 끌어갔다.

나는 남의 세계 속에 항상 속했던 것인가.

처음 인사 받게 된 사이일 때 더욱 증세가 있다. 이야기가 수다스러워진 것 같지만, 어쨌든 나는 은근히 반란자다. 그리고 또 포위된 여자.

아니 나는 그의 말을 의심하지 않았다. 선량한 분이란 결론에 이르는 나는 실수를 범했다.

"그래요. 저는 전연 사실을 몰랐습니다. 선생님 말씀 듣고 보니, K씨가 나쁘군요"까지의 말은 괜찮지만, "C 선생님 댁에 제가 세배갔을 때, 마침 그때 K 선생님이 계셨어요. K 선생님이 C 선생님께 선생님 하고 E 선생님 하고 사이가 좋지 않다고 하시던데, 핑계였군요."

어쨌든 나는 외로웠던 그 순간을 못 견디고, 집으로 가지 않고 다방으로 갔다가 범한 사건이었다.

내가 그분께 소위(所謂, 이른바) 고자질한 것(선생님 하고 E 선생님 하고 사이가 안 좋다고 한)은 그 후에 말썽이 되었다.

더 쓸 필요를 느끼지 않는 게 아니라 동인지에 낼 글이기에 끝내 버리는 거다.

'솔직히'란 말을 쓰다가 얘기가 나온 것이다

고자질한 내 잘못은 인정한다. 그러나 고자질한 그것으로 전달되는 법이 아니었다. 내게 너무나도 엄청나게 해가 오게 전달되었으니 억울했다.

어쨌든 나는 나를 이 계기에서 분발하고 있다.

'말을 조심하고, 나를 우선 찾고, 외로운 순간들을 의지로써 견디고……'라고.

어쩌면 나를 상대로 이야기하는 사람들을 나는 진실로 겁(怯)낸다.

우리는 서로 피차 외로워서 양해를 구하는 것이다. 양해를 거부할 것인가, 휘말려 동요할 것인가의 태도를 분명히 갖겠다.

그 날 귀가가 이른 날 실수로 볼 수만 없다.

상대방을 너무 신뢰하는 버릇에 그 잘못이 있는 거다.

낙서(落書)로 제목을 붙였다. ①과 ②의 글의 연결이 안 된다. 다만 나는 쓰고 싶은 글을 썼다.

나는 시와 가깝다.

〈1968년 5월 · 여류시(女流詩) 6집〉

짝사랑

Ｉ

짝사랑에 대해서 남들은 구세기적 사고방식이라고만 간단히 처리해 버리고 있다.

그런데 이제부터 나는 짝사랑에 대한 오묘(奧妙)한 깊이(理致)를 드러 내 보고자 한다.

그리고 또 나를 밝히면 나는 '짝사랑'의 애견자(愛見者, 어떤 것에 집착하 는 사람)인 동시에 소녀기부터 어른이 된 지금까지 짝사랑을 실행하고 있 다는 고백(告白)을 할 수 있겠다.

이왕 고백이라고 자기비하를 했으므로 '고백은 자기비하'이다.

다시 짝사랑에 대해서 아까처럼 격찬의 표현으로 바꾸겠다.

짝사랑의 말 풀이를 국어사전에서 보면,

'자기를 마음에 두지 않는 이성에 대한 사랑'이라 했다.

이제 나는 과연 짝사랑으로 집념(執念)돼 있는 자신(自身)에게 무척 동 정(同情)을 보내기도 하지만, 그런 착오(錯誤)는 안 해야 한다.

'그런 착오는 안 해야 한다'고 스스로 자위하는 내 태도를 대개의 사 람들은 파악했을 것일까!

우리가 이 지구(地球) 위에서 살아가고 있는 미래(未來)에 대해서는 운 명(運命)을 운명이 못 되도록 미리 조심하고 노력(努力)하면서 개척하고 는 있다지만 지나온 것에 대한 모든 미련은 추억꺼리 뿐이 안 되기 때 문에 실상은 내 쪽에서는 '자기'가 아닌 건전한 사고방법이라는 것. 아, 아…… 건전한 사고방법의 네 자 중에서 '방법' 두 자만 빼버려야 하리.

그 이유를 다시 또 이 노트에 옮기면 대략 이런 뜻.

마치 자기(自己)의 빈약(貧弱)이나 또는 부족(不足)함을 인정해야 할 때 가서는 슬쩍 살그머니 감추어 버린 알쏭달쏭한 사람이 되고 싶지 않았기 때문이다. 사고(思考) 밑에 방법(方法)의 두 자만 빼면 어지간히 내 자위는 건전(健全)해질 것이다.

이제 망설(妄說)은 그만 해 보자. 사람이 즐거웠던 시간보다는 슬펐던 괴로웠던 지난 시간을 더 잘 기억(記憶)하듯이 '짝사랑'이란 것이 즐거운 것뿐이라고만 말할 수 있다면, 지금부터 나는 이 붓을 멈출 수 있을 것이언만.

그런데 지금 다시 나는 이 순간에 붓을 멈출 수 있을까 하고 도리질을 했을 순간에 다시 건전한 사고력이 미쳐왔던 것.

'여운이 남아 있을 때 인생은 풍성해진다'는 어쩌면 어느 명언집에 나와 있는 구절은 아닐까?

사랑이란 무엇이냐는 제목(題目)서부터 썰렁한 의제(疑題)를 놓고 다시 생각하자니,

'사랑은 자연처럼 우물에 샘솟듯이 샘구멍이 있는 것인데 거기의 샘구멍을 잊으려고 해도 잊히지 않아서 기를 쓰고 아주 허심탄회하게 스리 샘물을 길어 올린다'는 것이 다라고 사랑의 대답을 찾았다.

사랑의 종류를 두고 하나 씩 검토해 보자.

'사랑'의 반대말이 '짝사랑'.

사랑한다. 그런데 나 혼자서…… 짝사랑의 풀이이다.

II

나는 짝사랑을 하고 있기 때문에 이렇게 긴 설명의 낙서를 했다. 그
런데 어느 날짜인지가 분명치 않지만, 어쨌든 며칠 전에 노트해 둔 것
만은 분명했다.

'짝사랑의 가치성을 남들은 아무렇게나 가져도 나는 아무 말 못한다.
왜냐하면 나는 그들을 좀 이해해 보기 위해서는 어쩌면 나는 그것(말)
에 대해 곰곰이(감감히) 대답할 말을 준비해야 하기 때문이다.'

'사랑은 자유이어야 한다. 짝사랑에 대해서 모순을 느낄 때는 동시에
그 힘 짝사랑도 함께 물러 설 것이다.
사랑은 자유이기 때문이며 더구나 타의(他意)는 아니기 때문이다.'

'그래도 사랑만큼은 인생 중에서 아름답기만 할 수 없을까 말이다.
인생이란 광범위하게 표현해서 눈물이다.
눈물이 아니고, 다른 것으로 대치할 때는 무엇일 것이냐.
이것도 저것도 아닌 허망인 것, 또는 아름답기만 한 것일까. 이외에
또 다른 말로 표현되는 것일까. 얼마나 무수히 많은 말들이 있을까를
생각도 되는 것이다.
그러면 이 쓸쓸한 풍경 중에서 사랑은 어느 풍경일까.
풍경이여 풍경들이시여. 지상 위에 모든 풍경의 부분 중에서도 나는
사랑만큼은 자유로 선택받고 싶다.'

'사랑을 하되, 내가 스스로 마음을 주고 싶다는 대상에게는 도리 없

이 잡혀 버리련다.

　사랑하기 때문에 잡혀버리고 말았다. 잡혀버린 나는 다만 신에게 감사한다.

　인간에게 집착함은 물욕에 집념하는 때보다는 아무래도 멋이 있다.'

　'그것들은(自然 또는 無生物) 내가 짝사랑할 수 있도록 자유를 주었던 것이다.

　그렇지만 그 사랑이 상대적이라면 나는 곧 지쳐 버린다.

　상대적인 것에서 우리는 행복을 구하려 하지만 절대로 그것들은 우리가 원하고 있는 것을 갖다 주지 않는다. 설령 갖다 주었다 한들 그것이 내게 얼마나 있으리라고 믿겠는가.'

　'영원히 내가 지닐 수 있는 길이 오로지 한 가지뿐인데, 바로 헌신(獻身)이라는 것이리라.

　헌신하는 그 시간에서만이 갖고 싶은 것을 소유(所有)한다. 그러나 물질(物質)에 있어서는 불가능하리.'

　'이제 나는 사랑이란 정의를 내려야겠다.

　사랑은 그 목적이 소유에 있다면 망신이다. 소유할 수 있을까?

　그까짓 거, 관계(男女) 쯤을 소유라 하는가.'

　'사랑한다는 의미만으로 사랑은 충실한 표현이다. 사랑에 대한 수식을 사랑하고 있다 외에 또 다른 표현이 붙기를 좋아하는 사람은 대개가 사랑을 모르는 사람이거나 또는 사랑을 포기해야 할 사람인 경우이다.

사랑할 때, 나는 그 표현하기를 사랑 또는 그리움이란 용어를 사용한다. 절대로 허황한 표현, 고독(孤獨)이란 내용의 어휘를 사용하지는 않는다.

　사랑이란 받는 게 아니라 주는 것이란 것을 나는 알고 있기 때문이다.

　사랑하는 사람으로부터 받는 것은 그 기쁨 많이 클 것이라는 것도 나는 모르고 있지 않다.

　그런데 내가 사랑하는 사람으로부터 나는 사랑을 받아 본 적도 없고 또 받으려고 마음 낸 적도 없다.

　사랑을 받으려고, 기대를 표시해 버릴 수 있는 만큼 나에게는 결단력이 없다고 할 수 있을는지 어쨌든 그 표현의 용어를 생각해 내면 더 그 표현들이 서툴고 애매해 진다. 그 표현들이 힘들고 애매해지는 것으로 보아서, 그를 나는 얼마큼 많이 사랑하고 있다는 표현이 된다. 또한 이 표현력의 진가를 캐어볼 때, 더욱 거기는 소녀적 감상이 내재되어 있다는 것이지만 오히려 소녀적 감상이 내게 아직도 내재돼 있음을 나는 기꺼이 두 손을 벌리어 맞아들일 수 있다.

　우리 주위에는 사랑을 너무도 자주 해버리는 대신에 자주 잃어버린다는 사람이 많음을 느낄 때마다 더욱 그 소녀적인 나의 분위기를 더 자랑스러히 보관해 두고 싶다.'

　Ⅲ

'짝사랑에 대해서 나는 더 이상 지금부터는 쓸 말이 없다.

　왜냐하면 이제부터 내가 쓸 말은 보고 싶다는 말 밖에 없어서다.

　진정으로 나는 당신이 보고 싶다는 말밖에 쓸 수 없으니 짝사랑이란 한계를 나는 이제 벗어나고 있나보다. 이 한계를 뚜렷이 빠져나왔을 때,

그대를 보고 싶다는 그 말도 지워져 없어져 버리고 대신에는 만나고 싶다는 말로 바뀐다. 동경(憧憬)이란 찬란한 환영이 무너진 대신에 거기에는 이제부터 갖고 싶다는 소유로 바뀌는가 보다.'

Ⅳ

사랑에 관해서의 이야기라면, 나는 얼마든지 경청할 것이다.

더구나 나는 '짝사랑'의 애청자일뿐더러 나 자신이 짝사랑을 하고 있기 때문이리라.

짝사랑에 대한 고민 같은 것이 얼마나 내 글 중에 표현됐는가는 자세히 파악할 수 없다.

그 까닭은 먼저 조금 아까도 그런 말을 했듯이 심중에 가리워진 비밀된 일들은 그것을 직접 자신으로부터 남에게 발표됨으로써 그 비밀(秘密)의 가치성은 희미해져서 보편적으로 바뀌지기 때문이다. 결국 짝사랑도 짝사랑의 풀이대로 '자기를 마음에 두지 않는 이성에 대한' 사랑이니 그 설움은 혼자서만 알고 있는 것이니, 말로써 이루 다 직접 전달할 수 없을 때라야 비로소 짝사랑의 비중이 높다.

어쨌든지 연애에 관한 이야기에는 나는 흥미와 관심을 많이 가지고 있는데, 그 심중을 자세히 들여다 보면 다음과 같은 글을 쓸 수 있겠다.

'연애를 제법으로 한번쯤도 해보지 못했기 때문에 연애에 대해서 무척 관심이 많다'는 그렇지만 나는 짝사랑을 오래 전부터 해 오고 있다.

사랑은 진실로 고독한 것일 것이다.

고독한 바로 그 가치를 또한 내 일기장 속에 가장 진실하게 성숙돼 가고 있는데 나는 현대여성 중에서 조금 떨어진 것일까.

내가 사랑하는 그의 집은 내가 살고 있는 집과 이웃이나 되는 듯이 내가 출퇴근길, 또는 외출할 때도 그 사람의 집을 지나게 돼 있다.

그것도 걸어서 지나오게 되는 게 아니라, 버스를 타고, 지나오게 되는 행길(사람이 많이 다니는 큰 길)인데 그 행길에서 그의 집이 보일 듯 말 듯 멀게 놓여 있다.

아침 저녁으로 또는 나와 다정해 질 수 있는 가능의 어떤 남자를 만나고, 집에 돌아올 때에 나는 버스 속에서 버스와 함께 달리고 있지만 집 방향을 바꾸어서 그의 집 근처나마 돌아보고 싶은 마음이 한두 번 아니었다.

어쨌든 나는 짝사랑을 하고 있다.

그리고 짝사랑이란 어휘의 말을 많이 사랑하고 있는 것이다.

〈1969년 · 들 코러스〉

산중일기(山中日記)
— 당신 하나 신앙(信仰)을 우러르기 위한 고요한 시(詩)에 부쳐

　누군가 나는 당신에게 편지를 씁니다. 분홍색 가슴의 내 샘에서 조용히 울려 가는 소리, 그 소리를 따라 조심스러히 저는 편지를 씁니다.

　K씨, 언젠가 나는 당신을 기억합니다. 분수처럼 가슴에 사랑을 일게 했던 당신, 참으로 기막히게 이곳 산에서 나는 당신을 생각하게 되었읍니다.

　K씨, 오늘은 바람 한 점 없이 이곳 산마을에도 응달이 지고 비가 오실 것 같습니다. 여기는 산에 비가 오시지 않는 한 고요로운 적막 속에 진달래꽃이 바위마다 집을 하며 피어 있는 그 모습은 그림은 당신이 계신 소음의 도시에선 볼 수 없는 풍경입니다.

　K씨, 어느 낯선 거리에 저는 나서 봅니다. 시청 앞에 그 마지막 물처럼 물기를 빨아올리며 오가는 나의 시선을 끌던 어느 날 제가 이것에 오던 마지막 그 시청 앞의 광장의 풍경을 지금 저는 예나 다름없이 디려 보고 있어요.

　K씨, 참으로 자연(自然)은 아무 것에나 박해 할 수 없이 아름답지요.

　K선생님이 계신 그곳 도시의 찬란하고 대범한 신비로운 율(律)이나, 자연은 한 뜻 한 움직임으로 아름답게 보입니다.

　K씨, 저는 오늘 당신께 편지를 씁니다. 오늘이 처음으로 당신에게 보내는 편지가 될 것입니다.

　K씨, 저는 마구 허황되던 그 발걸음, 지치고 있던 저의 감정들을 맞추며 이곳 산으로 온지 꼭 한 달하고 열흘이 됩니다.

K씨, 서쪽하늘에 해가 넘어 갈 젠, 이곳 하늘가에 우르르는 그 빛깔은 물감은 얼마나 어쩌면 이렇게 아름답습니까.

K선생님 저는 당신을 기억하려고 합니다. 언젠가 당신의 시내버스 속에서도 종로의 뒷길 아무데고 당신은 말끔한 당신의 형상(刑象)으로 깨끗이 섰었습니다. 또 고독한 저의 마음, 이 마음으로 젖어 있을 때도 당신은 어엿한 그 모습으로 나를 어루만지고 위로 해주고 신앙(信仰)이 되어 줍니다. K선생님, 오늘 이곳에 산에는 갑자기 응달이 지어지면서 비가 오실 것 같습니다. 바위에 앉아 얼굴을 햇빛 받고 있던 나는 차츰 이마에 찬스러움을 느끼며 방으로 들어왔습니다. 조그만 창이, 창문이 귀엽게 아무렇게나 나진 것 같은 이 창문에서 저는 지금 당신에게 편지를 씁니다.

제가 얼마나 고독하고 신음하고 영혼으로 얼마나 들볶이는 넋인 줄 당신 K씨 어루만져 주십시오. 진정 목 말라하는 가난한 넋에 가냘픈 생명에게 당신은 한줄기 빛 생명빛깔을 주십시오.

K씨, 얼마 전에 저는 무서운 열병과도 같은 폭을 안았습니다. 사람을 사랑하고, 그 사랑하는 빛은 그 힘은 바로 나를 이끌지 못하고 주책스러이

(이하 자료 없음)

434

빵 이름 달달 외지요

삼립식품주식회사에서 만들어내는 빵 중에서 내가 먹어 본 것은 크림빵, 카스테라, 식빵, 단팥빵을 비롯해서 열 가지쯤은 족히 된다.

그리고 '삼립(三立)'의 자매품인 진주케익, 하니케익까지 합치면 열 가지가 훨씬 넘게 된다. 이렇게 열 가지가 훨씬 넘는 숫자의 빵을 고루 고루 먹어보게 된 원인(原因)을 구태여 찾아보면 나는 이런 답을 찾을 수 있다.

첫째로 전통(傳統), 둘째로는 질(質), 또는 맛 등이며 셋째로는 값의 조절(調節)이 우리들 주머니 사정에 참작돼 있다는 점 등이다.

십오 원부터 백 원 정도가 가격표이면서 같은 가격으로도 구미에 당기는 것을 골라 먹을 수 있도록 여러 질, 모양(模樣)으로 만들어낸 점을 나는 높이사주고 싶다. 어쨌든 '삼립'에서 나오는 빵의 종류는 꽤 많은 숫자일 것이며, 나 자신 뿐 아니라 다른 분들께서도 몇 가지 빵 이름쯤은 기억한다.

그렇긴 해도 나의 주머니 사정이 항상 넉넉하지 못하여서 경제절약을 하다 보니 값도 만만하고 맛도 수준적인 삼립빵을 즐기고 있는 것이다.

집 밖에서 우리가 한 끼를 찾아 먹는데 있어서 그 값은 최저로 따진다 해도 백 원 안팎쯤이래야 된다.

요즘 거리에는 분식(粉食)센터가 있어서 빵값보다는 약간 비싸게 치는 우동류가 있다. 그러나 우동보다는 빵을 나는 더 찾아먹게 되는데, 거기에도 나는 나대로 변명이 있다.

혼자가 아닌 둘 이상이 만나서 식사를 할 경우에는 빵보다는 분식센

터를 가고, 그리고 허례적인 체면(體面)을 지켜야 할 사람, 그리고 예의로서 값이 비싼 음식을 대접해야 하는 경우를 빼고는, 대개가 나는 식품점이나 조그만 구멍가게에서 즉흥적으로 손쉬운 빵 두 개쯤 먹게 된다. 음식점에서 음식을 기다리고 앉아있게 되는 무료함을 잊게 되는 덕(도움)을 보는 것이다. 그렇다면 나는 꼭 나의 주머니 사정에 의한 이유 때문에 삼립빵을 즐기는 것만도 아닌성 싶다.

위생에 이상이 없도록 책임을 지는 문제는 핵심적으로 우선 본사에 의탁할 문제일 것이며, 소비자인 나 자신으로선 우선 전통이 있는 삼립빵으로서 제각기 발랄한 디자인으로 인쇄된 포장을 다시 벗기며 먹는 유쾌한 기분이 있다.

자연히 유쾌한 기분이 되자면 우선 빵을 먹기 전에 시장기가 있어야 한다. 어떤 음식이든지 그 맛을 느끼기 위해서는 시장기, 다시 말하면 배가 고파져 있어야 맛을 알게 되기 때문인 것이다.

시장기— 그럴 때 야외에서는 물 한 모금 마시지 않아도 빵 한 개쯤은 거뜬히 먹어 치운다.

어쨌든 삼립빵은 전국 각지에서 애호하고 있음은 틀림이 없다.

작년에 나는 시내 종로에 있는 종묘(宗廟)에서 친척이 경영하는 매점에서 일을 잠시 본 적이 있다. 종묘라는 데는 이조왕가(李朝王家)의 혼(魂)을 모신 곳으로써 매 일 년마다 제(祭)를 올리는 곳이긴 하지만, 고궁으로 인정되어 소풍객을 입장시킨다. 종묘 내에 있는 매점에 있을 때 나는 삼립 본사에서 나눠 주는 녹색의 상의 유니폼과 모자를 스스로 자랑스럽게 입고, 쓰고 특히 소풍객이 많이 찾던 삼립빵을 파느라고 바빴다. 그런 기억 속에서 나는 모든 국민들에게 인기 있는 삼립빵 임을 부정하지 않는다.

주의(民主主義)'이다.

서구적 민주주의는 한국 땅에 사는 우리에게 이질적인 풍토였다. 개인의 도덕관은 물론이며 국가에 대한 이념마저도 상당한 차이점을 가져왔다. 이웃 나라인 일본의 국민성을 짐작하더라도, 민주주의는 곧 그 나라 국민의 수준(水準)으로써의 대표적인 민주주의이어야 한다. 얼마 전에 일본을 다녀온 선배시인을 길에서 우연히 만나서 둘은 일본국민들의 공중도덕에 관한 이야기를 주고받은 일이 있다. 광화문(光化門)에서 만났는데, 마침 그도 목적지가 대한일보사 방향이었기 때문에 보도로 걸어가는 동안 자연히 도시의 공해(公害)라든지 시각적인 풍경으로 화제가 모아진 것이다.

광화문이나 시청(市廳)으로 지나가게 되는 태평로는 한국도시에 속해도 괜찮은 곳일 수 있다. 높은 빌딩으로 하늘을 막아버릴 듯한 도시.

"우리나라의 도시와 일본도시의 차이가 있나요?"

1975년이면 통행할 수 있는 지하철공사 작업장을 지나면서, 부흥(復興)하는 서울을 자긍(自矜)하면서 물었다.

"서울과 별로 큰 차이는 없지만, 대신에 거리가 훨씬 깨끗해요. 거리에서 침 뱉는 사람이 없어요……."

선배시인의 말에서 처음 듣는 한국도시의 평은 아니다. 한국을 찾는 외국인들은 한결같이 그런 평을 했다.

일본의 시내버스는 차장(車掌)도 없다. 어디서 어디까지가 얼마라는 가격(價格)이 다만 차장 대신 안내되어 있다고 하는데 어째서 한국은 아직도 차장이 소리를 치며, 돈을 받는 불편을 가져야 하는가.

일본과 우리 한국의 도시의 차이라는 것이 별로 떨어져있지 않는데, 어째서 사회질서와 도덕관에서 떨어져 있는 것인가.

거리에 침을 뱉지 않기 위해서는 외출할 때 반드시 주머니에 휴지를 넉넉히 준비해두면 될 것인데도, 거리에는 아무렇게나 가래침이 흘러져 있다. 아니 휴지는커녕 손수건도 준비하지 않고 다니는 사람이 주위에는 얼마나 많은가……. 손수건 정도는 생활기준과는 관계가 없는 그리고 학식(學識)과도 관계가 없고 다만 마음가짐이라는 수양(修養)일 것이다.

꼬마 어린이들을 비롯하여 거리에 다닐 때만큼은 누구나 손수건과 휴지를 가지고 다니도록 습관을 갖는다며, 잘못된 우리들 공중도덕은 쉽게 고쳐질 것이며, 자연히 그렇게 하면 거리에 아직도 휴지를 버리는 몇몇 얌체들도 줄어들 것이다. 우리들이 스스로 손쉽게 고칠 수 있는 것들이 많다.

얼마 전부터 정부에서는 '새마을 운동'을 적극적으로 추진하고 있는데 대하여 나는 박수를 치고 있다.

돈을 들여가면서 이룩되는 것은 예외로 돌려놓고, 우선 우리들 손으로 마음으로 고쳐나갈 수 있는 것을 위해서 다행한 사업이기 때문일 것이다.

일본여성이 자녀에게 기울이는 교육방법 중에 한 가지 예를 더 들고 싶다. 왜냐하면 우리가 그들에 비하여 무엇이 뒤떨어져 있음을 지적하지 않을 수 없기 때문이다.

공중도덕이 사소한 것 같아도 국가적인 면으로 살피면 그 나라의 국민성을 엿보게 하는 것처럼 개인적 행동으로 인하여 국가를 보호하게 된다는 지론을 내고 싶어서인 것이다. 그 예로써 한국의 주부들은 음식을 아이들에게 권했을 때 아기가 거부하면, 억지로 아이를 달래면서 먹이되, 일본의 여성처럼 애국심을 갖는 태도는 아닐 것이다.

권하여 음식을 먹지 않는 아이에게 일본여성의 경우는 "나라를 위해서 몸이 튼튼해야 되요. 몸이 약해서는 국가를 위해서 일할 수가 없어요"라고 한다.

　덧붙여 말해서 일본여성은 또한 한국여성보다도 인물이 보잘 것 없다고 하는데, 못난 인물에 비하여 표정이 부드럽고 연(軟)하다고 한다.

　과거 36년의 긴 시간을 침해를 받았기 때문에 일본이 미운 나라이지만, 단면적으로 비춰지는 그 나라의 '단결심'에 대하여서는 경심(敬心)이 일고 여성들의 사치 없는 근면한 생활은 본받을 수 있는 '위치'에 있는 것이다.

　선배시인과 나의 대화는 단 두 마디로써 하나는 차장이 없는 버스, 둘째는 거리의 구조는 손색이 없으면서도, 깨끗한 거리의 모습을 비교하게 되자, 둘이는 대한일보사 앞에 있는 육교를 내려디딜 때까지 약속이나 한 듯 아무 말 없었다.

　너무나 쉬운 일상들— 습관을 버림으로써 밝아지는 사회의 질서(秩序)이면서도 고질화되고 있는 것에 대한 수치를 느끼느라니 자연히 침묵으로 대화가 바뀐 것이다.

　그렇다고 해서 나 자신은 수치의 대상에서 제외될 수 있는 사람은 아닐 것이다.

　인간형성에 닿으려면 아직도 깊은 밤잠에 들어있고, 잠을 깨기 위해서는 방법조차 미숙해 있는 것이다.

　나의 형성(形性)은 국가형성(形成)의 일원(一元, 단일한 근원이나 실체)을 오늘날 찾아내지 못하고, 개인으로만 아득한 방황을 했다.

　'새마을 운동'이라는 산뜻한 목표에서 개인적 입장은 아득한 잠에서 깨어나기 시작했다고 하는 고백은 진실이다.

가까운 것, 주위부터 정리해 감으로써 우리들 국민성은 높아질 것이고, 높은 국민성은 남북통일의 작업에서 애국심을 뒷받침하여 빠른 시간으로 단축시킬 수 있는 것으로 나는 믿는다.

가까운 주위부터라는 말은 사소한 것들도 포함되는 것이며 나부터 시작되는 공중도덕, 사회관념 등등이며, 사회풍조에서 오는 수치와 낭비에 대한 절제 그리고 가정생활에서의 정신문제의 개선으로 표현해도 된다.

그 다음으로는 정부당국에 대한 건의일 것이다.

정부는 유신헌법안을 발표했고, 추진을 계속 밀고 나갈 것으로 믿는다. 그렇긴 해도 정부는 국민의 의사와 전달을 항시 방토(放討)하면서 십분(十分, 아주 충분히) 세밀히 종합하고 어제보다는 오늘이 더 나은 국가를 만들기 위하여 열심히 일해 줄 것을 국민은 부탁할 것이다.

작은 실례로써 관청직원은 찾는 시민들에게 친절해 줄 것과, 결코 시민들을 눈살 찌푸리게 하는 경우에 벗어난 처리가 있어서는 안 될 것이다. 사실 몇 년 전보다는, 관청의 분위기는 부드러워졌기는 하지만 말이다.

1972년의 총결산은 거족적*인 정부의 행정으로써 '유신헌법안(維新憲法案)'이라면, 개인적으로는 새마을 운동에 참가된 마음의 자세에 기준된다.

한국에 맞는 한국적 민주주의— 이것이야 말로 남북으로 갈라진 우리민족이 통합할 수 있는 기본적 자세일 것이다.

---

* 거족적(擧族的): 온 겨레에 관계되거나 참가하는, 또는 그런 것.

〈1972년 12월호·국토통일〉

밤의 혜택(惠澤)

　하루 스물 네 시간 중에서 저녁시간부터가 사람들의 휴식(休息)시간으로 되어있기는 하지만 유달리 그 시간을 매일 마다 아침 눈을 뜨는 순간부터 숨 가쁘게 기다려보는 습관이 있다. 다시 말하면, 밝은 대낮보다는 만상이 흑색(黑色)으로 가리어지고 사람의 어지러운 일거행동(一擧行動)이 일일이 빛깔로 드러나 보이지 않는 밤을 참으로 나는 구수하게 생각하고 있다.

　내가 만약에 직장에 나가는 사람이라면 그럴수록 더욱 그러한 밤(夜)을 기다리면 살고 있을 것이다.

　낮이 도대체 무엇인가. 나의 신경을 건드리기나 하며 오관(五官, 눈, 귀, 코, 혀, 피부)으로써 남의 것을 탐내어 결국 내 것도 너의 것도 아닌 너를 훔치기만 하려드는 밝은 대낮이다. 낮에는 밤보다 적극적으로 사물과 사물이 부딪치는 시간. 그리고 그 부딪침들을 피하기 위하여 밤 시간(수면)을 사랑하게 된 것일 테다.

　아침에 눈을 뜨는 시간부터 서산에 해가 기울기 전까지를 나에게 있어서만은 '나를 들끓게 하고 있는 시간'이라고 부를 수 있을 만큼 낮의 시간은 고뇌의 시간들이었다. 밝은 대낮 그것도 햇살이 쨍쨍한 여름의 대낮을 견뎌보라. 얼마나 힘에 겨운가.

　그래도 황혼이 물들기 시작한 저녁 무렵은 직장에서 집으로 돌아가 냉수에 땀을 씻고 가족과 함께 느긋한 식사.

　그리고 꽃잎 같은 꿀잠, 이 모두는 단지 낮이 아닌 밤의 덕분이다.

　어떤 사람들은 도적(盜賊, 도둑)이 가끔 있는 밤을 생각하고 밤은 낮보다 오히려 엉큼스럽고 불쾌하다고 할지도 모르나 범행은 실지로 낮에 많이 일어나고 있음을 우리는 신문들이 아니라도 사사건건에서 느낄 수가 있다.

어지러운 세상일들을 곰곰이 생각해 보노라면 낮보다는 밤이 나는 좋아진다. 내가 염세주의자(厭世主義者, 인생을 불행하고 비참한 것으로 보는 사람)일지는 몰라도 해가 진 뒤부터 그 이튿날 아침 눈을 뜨는 시간 전까지 나는 생명을 오래 연장시키고 있는 것만 같다.

〈1973년 4월 16일 · 푸른광장 · 국민신문〉

불신시대(不信時代)란 것

돈이란 벌어들일 때만 피와 땀을 흘리며 고생스러운 것이 아닌가
보다.

자기 돈을 쓰면서도 우리는 물건을 살 때와 택시(Taxi)를 탈 경우에
곧잘 시비가 붙지 않을 수가 없다. 요즘 나의 경우는 피해의식이 병적이
다시피 되어서 집 문밖의 외출을 거의 삼갈 정도인데 간혹 외출(外出)을
하게 되면 그 피로가 겹쳐지게 마련인 것이다.

사실이지 육이오 동란(6·25전쟁 또는 한국전쟁, 1950년 6월 25일~현재 진행
중, 1953년 7월 27일 휴전협정을 서명할 때 한국정부 불참) 후에 한때 사회풍조
를 일컬어 불신시대라고 제각기 한탄했던 시절이 있거니와, 오늘날 불
량상인이며 불량운전사들을 단속하기 위하여 신문이나 라디오에서는
국민들에게 적발하는 대로 신고해 주기를 바라고 있지만 나부터도 그
냥 외면(外面)하여 버렸던 것이다.

오늘을 가리켜 불신시대라고 부르기는 좀 어울리지 않고 박력이 지
나 버린 표현이 되겠지만, 모든 귀거래사를 의심하려드는 심정은 몇 년
전에 흔히 떠돌던 불신시대와는 근소(僅少)한 차이(差異)에 있음을 나는
느낀다.

아니 오늘의 불신시대란 옛날과 비추어 볼 때 한층 피해의식과 피해
망상이 거세게 따라붙고 있다.

내가 종종 입는 피해란 아주 사소한 일상생활에서이긴 하다. 가령 택
시(Taxi)를 탔을 경우라든지, 구청(區廳)에 들러서 서류를 구비할 때라든
지, 상점(商店)에서 물건(物件)을 흥정할 때라든지…….

그러나 그곳에서 받은 조그만 멸시(蔑視)의 잔재(殘滓)는 그날의 흥분
(興奮)했던 햇빛, 말짱한 기분을 흐려 놓기 일쑤이다. 작은 일상생활에서
피해를 받은 것일수록 나는 양보할 수 없는 것이다.

차라리 소지품(所持品)을 도둑맞았거나 그리고 더 큰 것을 손해 보았
을 경우일수록 나는 체념(諦念)이 빠른 것이다.

어쨌든 나는 요즘 피해의식 때문에 밖의 외출(外出)을 두려워하고 있
는 것이다. 외출을 하게 되면 영락(零落)없이 한번쯤은 시비를 하고 귀
가했다.

제각기 바쁜 시간에 시비를 벌이기 귀찮아서 단념(斷念)하는 것뿐이
지, 어찌 나 혼자만이 당하는 비애일 것인가. 그러나 시비를 가릴 것은
가려야 질서를 찾을 수 있을 것이다. 아니, 불량상인, 불량운전사 등에
대하여는 망설일 필요 없이 누구나 신고할 수 있는 정신을 가진다면 사
회는 얼마나 조용할 것인가…….

오히려 사람들은 나의 경우에 있는 사람들을 별난 사람으로 취급하
며 바라보는 것은 아닐까.

돈을 많이 벌어서 부자가 되어야겠다는 생각을 그럴 때마다 갖게 된
다. 왜냐하면 자가용이 있으면 영업용을 탈 리도 없고, 정찰제가 붙은
고급 백화점에 들러서 옷이나 물건을 사들이면 흥정의 힘은 한결 가벼
워질 것이 아닌가.

아닌 게 아니라 같은 코스를 택시로 가게 돼도, 운전수(運轉手, '운전사'
를 낮잡아 이르는 말)는 뒷좌석에 앉은 손님의 옷차림이나 직업을 사냥개
처럼 식별하면서 데려다 주고 있는 형편(形便)인 것이다.

운전사와 다투어 본들 별 신통한 승산(勝算)은 항시 없는 것이다. 제
법 큰소리로 따지려 드느라고 에너지만 들었던 예가 흔하다. 택시를 탈

경우에는 그 날 몹시 피곤했거나, 급한 볼 일이 있을 때이므로 택시에다 기대고 있는 마음은 소홀할 리 없었던 것이다.

그럴 때마다 돈에 대한 가치가 애매해지기만 한다.

속담에 '땅을 열길 파도 돈 일전 나오지 않는다'는 말이 있듯이 자기가 피와 땀을 흘리듯 고생스럽게 벌어들인 돈이 이토록 가치성 없이 대우를 받아서야 어디 세상 살맛이 나는가 말이다. 택시를 탔을 경우에만 해당되는 억울한 이야기가 아니다. 일상생활 거의 우리에게 그렇게 억울함이 있는 것이다.

어저께 텔레비전에서는 불량상인에게 피해 받는 주부들의 방담이 있었기도 했다. 콜라에 벌레 한 마리가 들었는데 발까지 몇 개가 붙어서 생생히 헤엄치고 있더라는 것이다. 본사로 연락을 하니, 곧 온다던 직원이 그것도 며칠 뒤에 벌레가 죽은 뒤에 와서 어쩌고 하는 변명(辨明)을 하고 가더라는 이야기 등등 찬란했다. 나도 한 마디만 더하면, 며칠 전에 동네의 마른 국수집 주인과 대판 시비가 있었다. 우리집 꼬마동생이 국수를 사 왔는데 3분의 1이 덜 얹혀 왔던 것. 이웃집에 가서 저울을 달아 보았다는 내용에 곁들여 나머지를 채워달라고, 오기가 치밀어서 동생에게 편지를 보냈더니 곧 주인은 도끼눈을 해가지고 동생을 앞세우고 왔다. 자기 집 저울은 틀림없이 두 근이니 달아본 저울을 보러 가잰다. 할 수 없이 그 주인을 데리고 창피스럽지만 이웃집에 가서 저울을 달고 확인(確認)은 해 주었지만 그 집 저울은 틀리고 자기 집 저울은 맞는 저울이랜다. 이웃집도 상인(商人)으로서 난처한 표정(表情)일 뿐 더 이상 어느 쪽을 변호해 주지는 못한 채였고, 나는 그 주인을 앞세우고 몇 군데 가게를 더 들러서 확인한 결과, 이웃집과 같은 저울을 가진 가게가 꼭 한 군데일 뿐, 그 외에는 모두 저울 눈금을 속이고 있었다. 그런데도 국수집 주인(主人, '임자'로 순화)을 비롯한 그들은 오히려 나의 어리석음으로만 돌려놓는 것이었다.

이웃집의 저울이 틀린 저울이랜다.

내 돈을 주고 물건을 사면서도 이토록 냉랭한 대접을 받고 마는 예가 어찌 이 경우뿐일까 만은 이 경우로는 저울을 들고 파출소로 가서 신고를 해야 됐으리라. 그러나 그럴 만한 자세는 아직 나에게는 부족하다. 피해는 결국 나 혼자서 입고 말았던 것이다.

피해의식, 이것들로 오로지 나를 묶어 놓고서 외출하는 것마저 두려운 것이다. 국수가게를 지나칠 때마다 분한 마음을 누릴 것 없거니와, 집에 있자니 어쩌다 타게 되는 택시 운전사와 실랑이도 없고, 물건을 사는 것은 되도록 피하고 남에게 부탁을 해 놓고 사는 실정에 있다.

불신시대가 지나려면 얼마큼 많은 시간이 더 걸려야 할까.

신문(新聞)이나 라디오에서는 불량상인을 신고해 주기를 바란다고 하지만, 신고(申告)하는 풍조(風潮)가 유행(流行)할 날은 우선 언제가 될 것인가.

448

복장(服裝)과 멋

    자기를 남에게 아름답게 보이려고 하는 마음은 누구나 가지고 있다.

    우리가 복장에 대하여 그렇기 때문에 많은 관심을 가지고 있는 것이라 해도 실언은 아닐 만큼 복장에 대한 인정(認定)이 달라졌다.

    오늘날 인지(人智)가 발달하고, 모든 문명 속에서 우리의 복장이 제각기 요술을 부리고 있으므로, 여기에서 나는 잠시 사람이 옷을 얼마큼 필요로 하길래 알몸둥에는 언제나 꼭 옷을 걸치게 되는 것일까를 생각해 보기로 한다.

    먼저 나의 경우 '옷'에 대한 정의를 내리면 다음과 같다.

    나에게 누가 '복장'이 무엇이냐 고 묻는다면, 아니 좀 더 꼬집어 묻되 당신은 너무도 복장에 대하여 소홀하고 있다고 정확하게 물어본다면, 나는 이렇게 대답했을 것이다.

    "옷을 다만 나는 필요로 했을 뿐이어서 필요로 한 것입니다."

    "그러면 다른 사람들은 옷이 필요하지 않은 것일까?"

    "그렇지도 않지요. 그들은 이미 옷이 필요로 하지를 않습니다. 예를 들면 멋이 더욱 중요한 것입니다."

    이 대화는 나 한 사람의 대화가 아닐 것이다. 그 까닭은 멋을 충분히 누릴 수 있는 경제적인 여유가 준비 되지 못한 사람들이 나 외에도 많기 때문이다.

    결국 옷에 대하여 정의를 말하건데 옷이 먼저 사람을 찾아가는 것이고, 그 다음에는 사람이 옷을 찾아서 방황 하는 것……

"이제 알겠습니다. 무슨 얘기를 하고 있는지를. 당신은 여러 가지로 옷을 사들일 만한, 혹은 당신이 입고 있는 옷이 마음에 들지 않았을 때도 단골 양장점에 가서 흥미 있는 '디자인'을 찾아 맞추기도 해보는 여건이 마련되어있지 않다는 말이었습니다."

"그렇지만도 않은 걸요. 내가 하고 싶은 말은 이런 뜻도 있습니다. 물론 내가 가난해 있었던 것은 사실이나, 원래가 나로서는 검소한 편에 속하고 있는 까닭에 의복에 대해서도 지나친 욕심(欲心), 허영(虛榮)이 없었습니다. 유난히 어떤 옷 한 벌에 대한 애정 때문에 다른 옷과 바꿔 입지를 못하던 때도 있고, 대개는 웬만하면 제가 입고 있는 옷에 대해서는 오랫동안 싫증 내지 않고 입게 됩니다. 아마 이런 습관이 생활하는 데 절대로 방해(妨害)가 되지는 않겠지요. 우리 주위에서 종종(種種, 가끔) 봅니다만 의류에 대하여 싫증을 대단히 빨리 내는 사람이 많더군요. 옷의 가지 수가 쌓이고 쌓여 돈으로 바꾸어진 그 옷들은 주인에게 환대를 받지 못하고 옷걸이에 힘없이 늘어져들 있습니다. 그런데 그들이 가끔 초대(招待)될 때가 있기도 했습니다. 옛날에 버리고 간 그 주인이 어떤 날은 웬일로 초대를 할 때가 있습니다. 이 옷도 어제 양장점에서 새로 맞춰 입은 훌륭한 투피스도 오늘 아침부터는 싫어진 교활한 주인이 오늘처럼 똑같이 버림을 준 그를 초대할 때가 있는데, 굉장한 낭비형이 아닐까요? 아니 대단한 허영이 있는 여자일 것입니다. 그런 분이 우리 주위에 실지로 있고 말구요.

약간의 차이가 있을 뿐이지 실상 그런 식으로 살아가고 있는 여자도 적지 않을 것입니다.

무엇에서든지 우리가 살아가는 것은 '자유(自由)'에 해당됩니다만, 그런 경우는 심한 것 같습니다. 그리고 원래가 복장이란 그 사람의 품위

(品位)를 측정해 보여 주는 것이니만큼 많은 옷으로 자주 갈아입지 않더라도, 정선(精選, 잘 골라 뽑다)한 끝의 디자인으로 만들어 입은 한 벌에서도 얼마든지 타인과의 조화를 잃지 않을 것입니다. 그렇다고 해서 나 자신은 타인과의 조화를 이루고 있다는 얘기는 아닙니다.

복장의 조화란 장소에 따라 이루어지는 것. 예를 들면 도시에 사는 사람, 그리고 농촌 풍경에서의 옷차림, 이렇게 장소와 기호에 따라 복장은 조화되고 있을 것입니다."

끝으로 나의 친구 이야기로 복장에 대한 소감을 끝맺을까 한다.

그는 옷 한 벌 남들이 맞추는 금액을 가지고 두 벌 이상을 만드는 비상한 재주를 가지고 있기 때문이다. 그 까닭은 구제품(舊製品) 옷을 단 몇 백 원에 사들여서 자기가 직접 뜯어서 다시 만들거나 혹은 어려운 일이면 남을 주어 고치기도 하는데, 결국은 비싼 돈을 들여 양장점에서 맞춘 옷보다도 더 훌륭하고 값나가는 옷을 거뜬히 만들어 놓는다. 그렇다고 해서 그의 형편이 가난한 것이 아니라 부유하고, 또한 구두쇠도 아니고, 도량이 넓어서 매사에 인간성이 풍부한 친구인지라 더욱 그에게 나는 존경을 하고 있는 터인 것이다.

나도 그를 따라서 동대문, 혹은 남대문 시장을 가본 적이 있다. 물건을 고르는데 있어서 그는 날카롭고 지혜가 있음을 나는 느낀 바 있다.

그가 양장점(洋裝店)에 가서 맞추어서 입게 되는 옷도 남들보다 훨씬 선택이 분명한 것. 그는 현재 이름 있는 화가(畫家) C씨……

우리가 '멋'이라는 것을 흔히 즐기되 진짜 '멋'이란 아마 C여사를 두고 말할 수 있지 않을까.

우리가 복장을 아름답게 꾸미려는 마음은 결국은 자기에게 만족(滿足)하기 전에 남을 위한 작업 중의 하나라고 볼 수 있는데, 그보다도 자기에게 좀 더 충실해짐으로써 우리들의 복장은 지금보다 더욱 밝아질 수 있을 것이다.

〈1973년 12월 · 현대의상(現代衣裳)의 에피소드 · 「복장(服裝)」〉

허영심(虛榮心)

　허영*은 누구에게나 있다. 그런데 허영은 으레껏(두말할 것 없이 당연히) 타인들의 소행에서 읽게 되는 경우가 더 많다. 따지고 보면 허영은 끝까지 '못된 짓'으로 남을 훈계하는 것으로만 상식화 되어오고 있다.

　오늘 우리들 주위는 대부분 남의 허물을 지적하기에 바쁘고 또 어찌 생각하면 그 함정 속에 스스로 빠져 있다. 남의 흉을 보다 보다가 끝에 남는 것은 자기 상실뿐이라는 함정, 여기에서 지칠 때가 있다. 그렇다고 해서 꿀 먹은 벙어리인양 침묵하는 것도 비판적인 태도가 못된다.

　시정되어야 할 것은 한시바삐 시정되어야 한다. 시정이란 말이 나왔으니 말이지만 시정되어야 할 것은 사람이 사는 세상의 구석구석에 해당되고 있으니 이쯤에서 잊어버리는 게 좋겠다. 그러나 덧붙여둔다면 너나 할 것 없이 우리들 스스로 자신을 깊이 반성하여 누가 누구를 마음속으로 시비(是非)하는 일반적인 생활태도를 한시바삐 벗어나야 되지 않을까.

　나도 실은 남의 행위에 대하여 무척 관심이 지나칠 때가 종종 있다.

　아니 그 '관심'이란 실은 바로 말하면 좋은 것보다는 나쁜 행위를 지적하는데 시간을 더 많이 보낼 때가 있다. 그럴 때마다 마음(心)에 덩그러니 남는 것은 충만이나, 혹은 즐거움이 아닌 슬픔(哀)이 있기 마련이요, 그런 것이 아마 후유증(後遺症)이라는 것인가 보다.

　후유증처럼 또 무서운 고독(孤獨)이 이 세상에 있을까.

　일(事)이란 열중할 때 기쁨이요, 일이 끝났을 때는 이미 고독인 것이라는 괴변을 어지럽게 분석해 볼 필요가 없이 우리들이 다정한 친구와 만나서 모처럼 A와 B에게로 화제가 모아졌을 때, A와 B에 대한 허물보다는 부담 없는 화제로써 그들을 옹호하는 좋은 시간이 빨리 와주어야겠고, 그러기 위해서 우리들 각자는 스스로 허물을 발견하지 않으면 안 되겠다는 것이다.

우리들의 제각기 허물 속에서 구태여(일부러 애써) 나는 '허영'이라는 것을 먼저 출발시키기를 원한다. 작은 예를 들기를 특히 여인들 가운데는 '옷'에 대해 싫증이 심한 사람들이 있는데, 그 심리는 허영이 아니고 무엇 때문이란 말인가.

허영이란 특별한 것을 지적할 때만 쓰는 단어가 아니다. 일일이 지적해 내지 않고 있는 일상생활 속에서 허영은 감춰져 있거나 기피(忌避)해 있을 뿐이다. 허영을 스스로 찾아내자.

* 허영(虛榮): 자기 분수에 넘치고 실속이 없이 겉모습뿐인 영화(榮華), 또는 필요 이상의 겉치레.

〈1973년 10월 22일 · 푸른광장 · 국민신문〉

필사적 노력(努力)으로

새해가 되는 1975년.

새로운 해를 맞을 때마다 타의, 자의에 의해서 나는 그 해에다 희망을 걸어두지 않을 수 없게 되며, 유감(遺憾)스럽게도 올 해 만큼은 '연계획표(年計劃表)' 같은 것마저도 흐지부지 밀려가 버리는 것이다.

그래도 이왕이면 비단 옷이 더 좋다는 말처럼 가급적이면 꿈을 키워보는 마음이 훨씬 진보적일 수도 있다.

어쨌든 나로서는 새해에 소망(所望)이 이루어질 것이냐 아니면 소생(蘇生)할 수 없게스리 깊이 좌절될 것이냐, 다시 말하면 1975년은 예년에 없던 치열한 경쟁에 스스로 던져진 인내와 형벌(刑罰)이 가해져 있다.

때문에 우리가 신년 때는 서로가 인심이 풀려가지고 푸짐하게 돌아가는 연하편지, 또는 악수에서도 읽을 수 있는 상식적인 포부가 적힌 1975년은 아니다.

'생과 사'라고 적힌 극장 프로에서처럼 끝없이 침울해지기만 하며, 사람이 산다는 증거가 휴지조각처럼 무익(無益)하게 느껴 올 때도 있었다. 그러나 생(生)은 생(生)이며, 죽음(死)은 죽음(死)일 뿐이어서 나에게는 필사적으로 산다는 것에만 집착(執着)하기로 한 것이며, 만약에 생이 지칠대로 지치게 되면 죽음이 따를 것이다.

금년(今年) 계획(計劃)은 적어도 몇 가지가 있다.

사진(寫眞)에 대한 기술을 전문적으로 배울 것이 첫째일 것이다.

두 번째는 공리적인 입장에서 시를 몇 편 지면에 발표하도록 하는 것이며, 세 번째는 이것저것 합해 모두 세속적인 일에 속한다.

그러나 이 세 가지는 나에게 있어서 삼위일체(三位一體)가 된다. 돈 버는 일 한 가지만 소홀해져도 사진, 시, 모두를 잃는다. 좀 더 솔직히 말할 수 있다면, 나에게는 자유(自由) 아닌 '금(金)'을 달라고 외치겠다. 금(金, 돈)만이 나의 자유를 찾아올 수 있기 때문이다.

영원(永遠)한 나의 문제(問題)들이 바로 금년부터 계획해진다. 사람들은 한 가지쯤 정도는 자기만이 지킬 수밖에 없는 사연(事緣)이 있다면 나도 그쪽에 속해 있다.

세상에 사람으로 태어난 바로는 미래를 향해 지칠 때까지 달려가는 자유를 누릴 수 있는 것이며, 그에 따라 타성처럼 비밀이 따라다닌다는 것, 행복을 보호해야 한다는 것 때문에 당분간은 비밀처럼 감추어 두는 것이나……

1975년 그 다음 해의 1976년에 나의 결정(結晶)을 엿보이게 하리라.

그러나 결정을 얻어 들이는 데는 무엇보다도 필요한 것이 돈이기 때문에 자유 혹은 휴식(休息)이 되는 교양(敎養) 따위 보다는 돈이 우선 급선적이 된다.

내 나이 30대로 보면, 이제부터 돈, 돈, 하고 내세우기는 어지간히 창피스러운 감이 있다. 좀 더 스스로 창피스럽기로 작정해놓고 말하면, 본격적으로 사진 예술에 들어가는 비용(費用) 따위 등등이 나의 현실이 된다.

실은 사진실력이 익숙해진 후에 외국을 나가기 위한 준비기간을 1975년 기점으로 잡아둔다.

더러는 어떤 이들은 나에게 말하기를 '당신은 시인이니까 열심히 시를 쓰시오, 그러면 명예라도 오지 않겠느냐'고 할지도 모른다. 실은 몇 년 전까지만 해도 나는 '시인'이라는 자신의 말들 속에 속아서 살아 왔다. 적어도 내가 아는 박덕매는 시인과는 관계없이 살아가야 할 것이다. 아니 나는 '시인'이란 어느 의미에서 항용(恒用), 쓰여지고 있는지가 궁금하다.

사회의 의미에서 해석되는 것인지, 개인 내지 시인들 자신의 내면을 비추어보며 존칭하는 뜻인지, 어쨌든 나 스스로는 '시인'의 존칭을 항용 거부해 왔던 것이다. 하기는 시에 열심히 미쳐서 살아온 행복한 어느 기간을 지금 나는 잊을 수 없을 것이다. 치기(稚氣)와 열성이 어린 십여 년 전의 자화상이 밉기도 하거니와, 대개의 나의 경우는 내가 만약 시로 문단에 데뷔하지 않았다면 지금의 불황(不況)한 체온(體溫)을 지니지는 않았을 것이 아니냐……. 그리고 이 불황한 체온을 지니게 된 이유로는 문단과 나의 거리가 매우 멀어져 있는 원인(原因)도 있다.

예를 들어서 '시인은 사회의 한 부분으로 불리워질 수 있을 때, 시인은 개인적인 것과 사회를 적당히 이용함으로써 사회와 시인은 가치(價値) 있을지도 모른다.

실지로 문단에 데뷔했을 뿐이지, 문단과 나는 별개로 운행되고 있다.

금년에는 적어도 시 몇 편 정도는 지면에 발표하기로 그것은 또 시인이라는 양심으로 보더라도 절대로 필요한 행사인 것이다. 금년계획 중에서 그러나 내게 제일 까다로운 조건은 '돈'일 것임을 혹시 스스로 망각하지 않기 위하여 절실히 의식해보는 것—. 그러나 나의 생활이 무척 빈곤해 있는 처지는 아니고, 다만 별도의 금액에 한하여 지적하는 것이다.

〈1975년 1월호·나의 신년설계(新年設計)·시문학(詩文學)〉

여정(旅程)에서 돌아옴

　사람마다 '집'이란 항시(恒時) 감사(感謝)할 수 있는 거처(居處)이므로 구태여 은혜를 말로 표현하는 게 오히려 사족(畫蛇添足)일 것이다. 그렇긴 해도 예를 들면 오랫동안 집 밖을 떠돌던 탕자(蕩子)의 귀향이라든지, 또는 항시 집에 대해서 생소(生疎)한 마음이어서 하숙생 같이 적적(寂寂)한 사람이 어떤 시기에 닿아서 비로소 집을 소중하게 여기게 되는 경우를 볼 수도 있다.

　나도 말할 것 같으면 위의 예와 같은 경우인 것이다. 그러나 여기에서 새삼스럽게 집에 대한 정의(定義) 또는 의미(意味)를 붙임으로써 가족(家族)이라는 생활에 좀 더 어울리기 위한 말을 하려는 게 나는 아닌 성 싶다.

　집이란 의미는 항상 건재해 있으니까, 들추면 들출수록 백해무익(百害無益)이 아닐는지.

　어쨌든 요즘 나는 세상에서 제일 좋고 편한 곳이란 우리집인 동시에 내가 기거 중인 한 칸 조금 넘을 듯한 조그만 내 방뿐이리라.

　우리 어머님에게 대한 불효일지 모르나 우리집이란 오직 내가 혼자 사용하고 있는 쓸쓸한 방을 이르는 말일 것이다. 하기는 방이란 원래가 타인으로부터 독립(獨立)되어 있는 자유(自由)에 해당 된다. 그렇기 때문에 사람들의 진정한 관심이라면 가족으로 구성되어서 생활해 나가는 가정적 필요성보다는 그 누구 한 사람도 궁극에서는 포용해서는 안 될 타인과 완전히 밀폐된 나 혼자 있는 '방'일 것이다.

　그렇다. 나는 이제 타인으로부터 소외된 곳, 동굴처럼 길고 지리해 보

458

이더라도 외출복을 벗어 걸어두고 있으련다.

　내가 찾아온 방은 남들처럼 문화시설을 갖춘 방도 물론 아니다. 텔레비전과 라디오는 물론 없으며, 그러나 책상에 켜는 전기스탠드와 커피물을 끓이는데 사용하고 있는 전기 곤로(焜爐, '풍로' 또는 '화로'로 순화), 그리고 침대로도 사용되는 긴 나무 의자며 벽에 카렌다. 내가 만든 흑백(黑白)의 사진작품이 액자에 담겨져 있는데 그 운치를 나는 또 사랑한다. 간신히 벽(壁)을 의지(依支)해 있는 적당한 양(量)의 책들도 나는 사랑하고 있다. 아니 필요한 몇 가지만 꼭 남아주고 있으므로 나는 도저히 감사(感謝)하지 않을 수 없으리라.

　누구에게나 나는 고백을 해야 하는가. 바람맞이 들창을 부수고 숨가쁘게 넘어 들어오는 이 도적손님을 사랑도 아닌 저주의 손님을 나는 이렇게 누구에게 말해야 될까.

　세월(歲月)은 흐른다는 데 어느 한 사람에게 쏠리고 있는 그리움은 어느 세월에 지워질 수 있을 것인지.

　평화롭고, 한가하기 이루 비길 데 없는 천국과 같은 나의 방이련만 불현듯 머리에 떠오르는 그리운 얼굴이 있다. 그럴 때는 나는 별 수 없이 두 눈을 꼭 감아버린다. 조용한 물. 이 슬픈 강물이 흘러가고 있는 소리를 들으면서 비단 사람에 대한 그리움이 아니더라도 지구 위에 존재(存在)해 있는 모든 것은 쉽게 풀려지지 않는다. 그래도 나는 노력하리라.

　돌이켜 반생(半生)을 보면 나는 바람이었다. 무작정(無酌定) 바람이 좋아져서 정말 바람처럼 부딪쳐도 보고, 딩굴어지기도 하였으니 이제 다시금 생각나는 화엄경(華嚴經) 한 구절이 있다.

　'심여공화사(心如工畵師)', 마음은 재주 환장이와 같다는 구절이다.

　천국과 지옥이 둘 다 마음속에서 결정 짓게 되는 것.

천상(天上)의 조그만 나의 방에서 나는 바람에도 꽃에도 구름에도 비교(比較) 될 수 없는 정확한 중심(中心)의 마음을 가지고 언어(言語)를 다듬어 보리라. 그 언어(言語)들이 시어(詩語)를 빌려오기도 한다.

무엇보다도 지금은 먼 여정(旅程)에서 묻혀 온 전신의 땀과 먼지를 닦고 있을 때.

그리하여 집 밖을 떠났던 상처투성이의 아이들은 지금 집으로 모여라. 하늘에는 꽃과 나비들이 춤추고 천사(天使)도 내려와서 우리들을 맞이한다.

집에 돌아온 나는 아직은 밖에 나가서 놀고 싶지 않다.

아주 평화(平和)스러운 마음으로 머리에 빗질을 내리고 있으니까.

방에서 나는 지금 신문(新聞)을 읽고 있다.

〈1976년 겨울 · 사랑(葸廊)〉

고향으로 가는 길

사람마다 '집'이란 항시(恒時) 감사(感謝)할 수 있는 거처(居處)이므로 구태여 은혜를 말로 표현하는 게 오히려 사족(畫蛇添足)일 것이다. 그렇긴 해도 예를 들면 오랫동안 집 밖을 떠돌던 탕자의 귀향이라든지, 또는 항시 집에 대해서 생소(生疎)한 마음이어서 하숙생 같이 적적(寂寂)한 사람이 어떤 시기(時期)에 닿아서 비로소 집을 소중(所重)하게 여기게 되는 경우를 볼 수도 있다.

나도 말할 것 같으면 위의 예와 같은 경우인 것이다. 그러나 여기에서 새삼스럽게 집에 대한 정설(定設) 또는 의미(意味)를 붙임으로써 가족(家族)이라는 생활에 좀 더 어울리기 위한 말을 하려는 게 나는 아닌 성 싶다.

집이란 의미(意味)는 항상 건재(健在)해 있으니까, 들추면 들출수록 백해무익(百害無益)이 아닐는지.

어쨌든 요즘 나는 세상에서 제일 좋고 편한 곳이란 우리집인 동시에 내가 기거 중인 한 칸 조금 넘을 듯한 조그만 내 방 뿐이리라.

우리 어머님에게 대한 불효(不孝)일지 모르나 우리집이란 오직 내가 혼자 사용하고 있는 쓸쓸한 방을 이르는 말일 것이다. 하기는 방이란 원래가 타인으로부터 독립(獨立)되어 있는 자유(自由)에 해당 된다. 그렇기 때문에 사람들의 진정(眞正)한 관심(關心)이라면 가족으로 구성되어서 생활(生活)해 나가는 가정적 필요성보다는 그 누구 한 사람도 궁극에서는 포용해서는 안 될 타인과 완전히 밀폐된 나 혼자 있는 '방'일 것이다.

그렇다. 나는 이제 타인으로부터 소외된 곳, 동굴처럼 길고 지리해 보이더라도 외출복을 벗어 걸어두고 있으련다.

내가 찾아온 방은 남들처럼 문화시설을 갖춘 방도 물론 아니다. 텔레비전과 라디오는 물론 없으며, 그러나 책상에 켜는 전기스탠드와 커피물을 끓이는데 사용하고 있는 전기 곤로(焜爐, '풍로' 또는 '화로'로 순화), 그리고 침대로도 사용되는 긴 나무 의자며 벽에 카렌다, 내가 만든 흑백(黑白)의 사진작품이 액자에 담겨져 있는데 그 운치를 나는 또 사랑한다. 간신히 벽(壁)을 의지(依支)해 있는 적당한 양(量)의 책들도 나는 사랑하고 있다. 아니 필요한 몇 가지만 꼭 남아주고 있으므로 나는 도저히 감사하지 않을 수 없으리라. '꼭 남아주고 있다'는 말은 먼 여행(旅行)길에서 지쳐 돌아 온 사람에게 제일 먼저 대접해야 하는 것이 무엇인가를 잘 파악하여 우선은 심신을 쉬도록 권장해주는 주인의 알뜰한 마음과 비유(比喩)되리라. 사실이지, 위에 몇 가지 말고 예를 들면 뻔질 뻔질 윤(潤)나면서 값나가는 물건들이 내 방에 있어 보았자 나에게는 하나도 소용이 될 수 없으리라. 웬만큼 아쉬운 것은 어머니가 쓰시는 방에 있을 테니까……. 아무래도 좋다.

어쨌든 내가 필요한 것은 위에서 밝힌 것일 테니까.

따지고 보면 사람들은 필요하지 않는 많은 것들을 가지고 있고 그 힘에 위축되면서 무겁게 살아가고 있지 않을까. 어떤 한 친구가 나에게 말하기를 '괴변스럽다'고 핀잔할지 모르겠으나, 하여튼지 우리들 사람은 때로는 절간에서 생활하는 스님들처럼 소탈(疏脫) 내지는 마음 감추지 않으면서 살아가는 편이 훨씬 편리할 것 같다.

지난 시간 동안을 돌이켜 보게 되면, 나는 때로는 지나는 바람들처럼, 때로는 바위와 바위사이에 세찬 물결로 흘러가기라도 하듯 비명하면서, 때로는 가라앉으면서 잔잔한 합창을 부르면서, 때 묻기도, 맑기도 하면서 말이다. 사람 평생 살아가는 과정이 그렇다고 긍정할 때 체념보다도 무서운 현기증이 날 것 같은데 아~ 나는 비로소 눈을 뜨고 싶어진다.

그 눈이란 바로 내 마음을 비워두는 작업일 것이다.

그렇다. 믿음직하고 그리고 우둔(愚鈍)해 뵈는 네 개의 벽으로 들어선 방에서 언제까지일지라도 심신을 맡겨버리는 일인데 도(道)를 깨닫게 되는 게 아니라 우선 커다란 짐짝이 매어달린 무겁고 무거운 내 어쩌지 못하는 마음을 말이다.

그런데 끝끝내 나를 불러 세우는 유령이 있으니 그를 나는 일컫기를 '짓궂은 친구'라 부른다. 오랜 전에 나를 돌아선 K인데도…… 별 수 없이 그가 생각난다. 돌아선 사람을 사모하고 있는 것은 대단히 슬픈 일인데도. 어쨌든 최근에 내게 있어서 가장 고달픈 사연이라 싶어서 여기에 화엄경(華嚴經) 한 구절을 옮겨 적는 것.

'심여공화사(心如工畵師), 마음은 재주 환장이와 같다'라고 했거니와 우선 변화무쌍한 내 마음 그림자부터 똑바로 들여 보기를 맹세할 것이다.

〈1977년 · 살아가는 순간마다 · 한국여류문학인회 · 갑인출판사〉

쟁취(爭取)와 방법(方法)

언젠가 나는 '신년계획'이란 제목으로 글을 써서 잡지에 실린 적이 있다.

그 글의 내용을 지금 다시금 음미해 보는 것인데, 내게는 그럴 필요가 꼭 있기 때문이다.

신년계획은 으레껏 계획해 보는 마음가짐으로만 끝나버리고 마는 경우가 너나 할 것 없이 허다히 많을 것이다. 그렇게 될 수밖에 없는 요인(要因)이 무엇인가를 나는 뚜렷이 들여다 볼 수 있다.

물론 금년 계획이 다른 해에서 보다 허술하다거나 그런 점들을 두고 하는 이야기가 아니다.

새해를 맞이할 때 왠지 마음은 설레게 마련인바, 그 심중을 들여다 보게 되면, 거기에는 희(喜)·비(悲)의 엇갈리는 델리케이트(Delicate, 연약한)한 것이 숨기어져 있음을 곧 눈치 챌 수 있다. 다시 말하면, 어떠한 것에나 포기할 수 없다는 욕망(慾望)이 현실성이 부족한 신년계획을 가꾸게 한다. 내가 말하고 싶은 것은 신년계획이란 으레껏 공염불(空念佛)이라는 말이 아니라, 나의 경우로 비춰볼 때 안타깝게도 망각하면서 그 해를 보내게 되는데, 공중에 나는 새 한 마리도 그 시간에 하늘을 날지 않으면 안 되는 필연성이 있는 것처럼 유동적인 어떤 이야기를 캐어 보자는 것이다.

어쨌든 매년마다 생존(生存)을 포기할 수 없다는 강한 인내심으로 곁들인 신년을 맞아들이는 사람의 마음씨는 비단결처럼 곱게만 느껴진다.

여기에서 나는 잠깐 운동 게임의 예를 들 수 있다. 마지막 몇 초를 두고 열심히 뛰고 있는 마라톤(Marathon) 선수의 심정은 어떠할까. 우리가 그를 이해하기는 지금 몹시 가슴이 죄면서 애처롭게 땀을 흘리는 순간으로 밖에 더 상상을 못하리라. 그러나 그렇지 않다. 적어도 몇 초를 두고 눈 깜빡할 사이에 승리를 거둔 선수의 심경을 거울처럼 들여다보라.

그는 우리가 판단하고 있는 것처럼 상식적인 순간으로 찬스를 극복하지는 않았다.

자기보다 조금 앞선 선수, 혹은 자기 앞에 사람이 있거나 말거나 그것에 대한 경쟁심은 적어도 승리한 선수의 마음과 안중(眼中)에는 그려져 있지를 않았다. 오로지 목적지를 향해 필사적인 힘으로 뛰었을 것이나, 그 선수가 평소에 다짐한 인격과 기술로써 시련(試鍊)을 극복(克服)한 것이며, 좀 더 강렬(强烈)하게 표현해서 말한다면 불과 몇 발짝 남은 목적지 앞에서는 생사(生死)를 초월(超越)한 불사신(不死身)이었다.

이때 불사신은 우리가 어떤 일에 몰두해서 접경(接境)의 인식을 잃어버린 순수한 그대로인 것. 한 마디로 말해서 우리가 어떤 일이든 달성하는데 있어서는 필사적이고도 생사를 초월할 수 있도록 열심히 미쳐버릴 수 있는 때라야 하는 것.

신년계획을 실천하는데 있어서 정열적인 마라톤 선수의 예를 들어가면서까지 심리적인 면으로 강요를 느끼게 되는 것은 어디까지나 필자(筆者)의 입장(立場)인 것이다. 어쩌면 나 한 사람의 사정에 따르는 상황이라기보다는 폭넓게 두루 해당되고 있는 진리(眞理)일 것이다.

여기에서 일단 나는 이야기를 바꾸기 위하여 칼 부셰(Carl Hermann Busse, 1872년~1918년)의 시 「산 너머 저쪽」을 음송(吟誦)해 보련다. 그의 시에는 '행복'의 존재를 명확하게 잘 구분해 주고 있기 때문이다.

산 너머 언덕 너머 먼 하늘에

행복은 있다고 사람들은 말하네

아, 나는 그를 찾아 님 따라 갔다가 눈물만 머금고 돌아왔다네

산 너머 언덕 너머 더욱 더 멀리 행복은 있다고 사람들은 말하네

행복은 '산 너머 언덕 너머 더욱 더 멀리' 있을 것이다. 아지랑이처럼 눈앞에 아물대기만 하여 만만하게 손에 닿지 않는 이 '행복'은 대체 무엇이란 말인가. '산 너머 언덕 너머…… 아, 나는 그를 찾아 님 따라 갔다가 눈물만 머금고' 돌아올 수밖에 없었다고 독일(獨逸)의 민요시인 부셰는 노래하고 있는 것이다. 이와 같이 인간은 누구나를 막론하고 죽는 날까지 '행복'을 찾으면서 노래할 것이며 그 음성에 있어서 약간씩은 모두가 차이는 있을 것이다.

행복의 기준을 달리 두면서 살아가고 있음은 틀림이 없는 말이며, 끊임없이 이 말에서 사유를 깊이 강요하는 것은 산 너머 저쪽에 있을지 없을지도 모르는 행복을 두고 항상 바치게 되는 의지(意志)에 대하여 우리들 인간 스스로가 경의를 금할 수 없을 것이다.

또 이 말에 덧붙이면, 사람은 죽지 못해 산다는 눈물겨운 이야기의 고백(告白)일지도 모른다.

어떤 철인(哲人)이 자기는 자기의 지혜가 가장 무서운 고독(孤獨)이라고 말했다. 굉장한 역설이 담긴 독백(獨白)을 그가 토했다면, 어떤 사람 일부는 또 이렇게 '끊임없이 생에 도전하는 의미'를 강조할 것이다.

끊임없이 생에 도전하는 인상은 오늘날 절망하고 있는 현대인들의 모습이다.

허무스러운 시간, 태양이 뜨고, 구름이 현기증처럼 하늘에 흘러가고 있으며, 때로는 밤하늘의 별이 흐르는 의로운 적막함, 이 느낌들은 현대인들의 갈증을 풀어주기는커녕 문명에 접근 못함으로써 각가지 일어나는 착각증세와 더 한층 합세함으로써 절망의 현상만을 안길 뿐이었다. 이들에게는 행복의 기준마저 거부할 것이다. 다시 말하면, 행복은 저쪽 산 너머에 있다. 다만 순간순간마다 충실히 혹은 강렬하게 생에 대하여 도전하는 충돌만이 그들에게는 행복을 느끼는 그런 시간이다.

하루와 똑같은 충돌의 또 하루가 쌓이고 쌓여, 그날에 영광은 행복의 시간이 아니라 비전의 차원으로써 행복한 시간일 뿐이다.

오늘날 대부분 사람들의 행복은 이만큼 비전을 중시하게 됨으로써 적극적으로 생을 짐스럽게 꾸려보는 것이다.

장난감처럼 망가진 행복 그것이야 물론 칼 부셰의 노래대로 저쪽 산 너머로 팽개쳐 밀어버린 현대.

진정으로 나는 지금 매우 급한 걸음으로 걸어가고 있다.

잃어버린 행복을 찾기 위한 걸음이며, 심심해서, 진절머리가 나서, 견딜 수 없어서 필사적인 힘으로 선택하지 않을 수 없는 일에 해당된다.

매달려 보지 않으면 죽음을 부르지 않을 수 없는 역경, 이것이 바로 부활이 될 것이며, 인간의 어지러운 마음을 부드럽게 감싸줄 수 있는 위대한 악기의 구실을 하리라고 나는 굳게 다짐한다.

금년 중에서 내가 할 수 있고 바칠 수 있는 일들 이것들은 바로 죽음과 대결(對決)하는 일이며, 그러기 위해서는 작년 말쯤에 이미 세워보았던 신년계획에 조금도 게을리 하지 않아야 되는 것이다.

마라톤 선수가 불과 몇 초를 앞두고 승리를 거두는 장면은 초인적인 힘이 뒷받침하고 있듯이 말이다.

그리하여 울지 않는 새를 울게 하는 오묘한 진리를 쟁취하게 된다는 것을 나는 잊지 않을 것이다.

〈1977년 10월 · 한국대표여류문학전집 5 · 을유문화사(乙酉文化社)〉

공초(空超)를 말한다 – 고승(高僧) 오상순(吳相淳)

시인 오상순의 생활상 특징이 되는 독신(獨身), 방랑(放浪), 참선(參禪)*, 애연(愛煙)은 그의 시편(詩篇)을 통한 소개로써 널리 알려졌다기보다는 인간 오상순에게 마침내 매력을 느끼는 인상기 정도일 것이다.

시를 통하여 더욱 그와 가깝건, 인간 오상순에 대한 사랑으로 인한 친근감이든지, 어쨌든 후자에서 공초(空超)를 사랑하는 독자층도 있고, 먼저 말한 공초의 시세계부터 비전을 들여다보면서 이해 높은 사람(독자)도 있음을 우리가 공초를 말할 때는 적어도 조심스럽게 파악(把握)할 일이다.

그러나 나는 어느 쪽을 두둔할 의사(意思)는 별로 갖지 않고 있는데, 예를 들면 우리가 배를 타고 동으로 가면 떠난 그 자리에 다시 돌아온다는 알파 오메가의 진리대로라면 두 가지 스타일이 아니라 대동소이(大同小異)랄까.

하여튼 공초는 생전에 세속적인 영욕(榮辱)이나 명리(名利)를 초월한 생활신조였음에 비추어볼 때, 시인이었음을 부러워해볼 때, 역시 이 잡문(雜文)도 허사(虛事)가 되리라.

허사! 되기는 하지만, 공초는 15년 전 명동(明洞) 향지원 다방에서처럼 청동산맥(靑銅山脈) 싸인 북(Sign book)과 만년필을 건네주시면서 "한마디! 해봐라" 하실 지도 모른다.

청동산맥을 공초는 '여기? / 청동산맥(靑銅山脈)엔 / 양극일치(兩極一致)가 있고…… / 모순(矛盾)의 조화(調和)가 있고 / 불이문(不二門)이 있고…… / 이 소식(消息)을 호흡(呼吸)하고 실험하고 / 실증하고 실행(實行)

하는 도장(道場)이다'라고 했으니, 나는 오로지 내 밝은 마음을 다시 청동산맥에서 찾아올 것인가. 분명히 공초께서는 내가 원하는 것을 스스로 불 켜며 찾는 데를 이미 몇 바퀴 돌아보시었을까.

공초를 사람들은 말하기를 시나 예술을 훨씬 초월한 분이라 한다. 그렇기 때문에 시인 공초와, 시인보다 훨씬 초월한 인간으로서의 공초상을 아울러 우리는 떠올리게 되는 것일 것이다.

내가 공초를 이해하는 길은 마침내 시인보다는 고승이 먼저 생각되는데 어쨌든 공초선생께서는 그 점 용서하실 것이다.

공초를 처음 인사드린 것은 1959년 여고 2년으로 명동 서라벌 다방에서다. 문학 서클에서 사귄 M 여고 문예반장의 소개였는데 그 시각부터 오늘까지 나는 청동산맥 사람인 것이다.

처음 공초를 만난 날도 학교수업을 마친 시간이었으니까 손에는 무거운 책가방이 들린 채였고 언제나 나는 그 모습으로 명동에 드나들었다. 어쩌면 세상에 태어나서 처음으로 몸과 마음이 따스해지던 그런 훈훈한 장소였을 것이다. 또 사족까지 달아보면 그때 내가 살고 있는 세상을 시가 있고 공초가 있고 커피가 있는 다방이란 곳이 나를 전체적으로 환기시켜 줄 수도 있었을 것이다. 그런 취향적인 나로서는 실상 청동산맥에다 감히 무슨 '상(想, 생각)'들을 담아볼 수 있었겠나. 그러나 공초는 내 마음을 들어갔다 나온 듯이 유달리 나에게는 "한마디 해봐라!" 하신다.

할 수 없이 글자를 만들어 보기는 했어도 지금 생각해도 신통한 글은 한두 번 있을까 의심되고, 그때 꼭 죄진 사람의 심정이던 나를 끝까지 책망 없이 귀여워해주셨던 기억이 난다. 떡메라고, 덕매(德梅)라고 공초는 나를 그리 불렀는데, 모순 덩어리의 나를 보완하는 뜻에서의 이름은 아닐는지?

청동산맥에 글을 적던 식구들 중에는 현재 문인들이 많다. 이근배(李根培) 선생, 이세방(李世芳) 선생, 이탄(李炭) 선생, 한천석(韓天錫) 선생 등 여러분들이 떠오른다. 그러나 청동산맥은 오직 문학인들끼리 어울리기만 하던 시절은 아니었기 때문에 기록을 삼갈 수밖에 없다. 그 분야가 넓고 화려하기조차 했었다.

꽃바구니 들고 명동 다방 구석구석 다니며 예쁘게 꽃을 팔던 신비스러운 그 소녀와 할아버지 공초와의 조용한 대화, 우주적이랄까, 둘이는 선남선녀 같은 귀티를 지녔었다.

공초를 그리게 되는 나 나름의 기억은 일단 여기에서 지면 때문에 매듭 짓지 않을 수 없다. 그러나 지금 비로소 공초에 대한 인상 등이 확실하게 잡혀지기 시작하는 것이나 먼저는 이 기회에 공초의 시 한 편에서라도 더욱 높은 향기와 방대한 우주의 스케일을 들여다보는 일이 내가 공초를 추모(追慕)하는 의미가 있을 것이다.

〈1978년 7월호 · 한국문학〉

[참선(參禪)] 참선이란 용어는 오랜 역사 속에서 매우 다양한 방식으로 뜻이 변천되어 왔다. 첫째, 참선이란 혼란한 마음을 고요하게 한다는 선정(禪定)의 의미를 지칭한다. 곧 특정한 대상에 대한 집중에서 오는 마음의 고요함을 의미한다. 이런 관점에서 보면 참선이란 마음의 고요함, 곧 선정에 든다는 의미이다.

둘째, 참선이란 단순히 고요함에 들어간다는 의미뿐만 아니라 일상에서의 활발한 지혜(智慧)를 드러낸다는 의미를 포함한다. 즉, 참선 공부를 한다는 말은 새의 양 날개처럼 선정뿐만 아니라, 지혜를 함께 닦는 것을 말한다. 정혜쌍수(定慧雙修)나 성성적적(惺惺寂寂)이란 말은 바로 이런 뜻이다. 선(禪)이란 선정과 지혜를 함께 닦아서, 고요한 가운데 깨어있고, 깨어있는 가운데 적적하다는 것이다.

셋째, 참선이란 주로 간화선(看話禪)에서 화두, 곧 '무엇이 나인가?'와 같이 자기의 본래면목(本來面目)을 참구하는 수행법을 지칭한다. 이때는 몸과 마음보다는 제3의 관점인 인간의 본성, 본래면목에 대한 관심을 가지고 참구하는 것을 의미한다. 고요함과 지혜와 같은 특별한 마음 현상(別境心所)을 중시하지 않는 것은 아니지만, 오히려 궁극적인 인간의 마음자리(心地), 본성에 초점을 맞춘 점에서 참선은 깨달음의 공부법이다. 이것이 동북아시아에서 참선이라고 했을 때 가장 적절한 의미이다.

(출처: 한국민족문화대백과사전, 한국학중앙연구원)

[달마(達磨)] 인도(印度, India)의 고승(高僧) 달마(達磨, Bodhidharma)가 동쪽의 중국(남북조시대)으로 가서 불립문자(不立文字, 깨달음은 문자에 집착하지 않는다)와 직지인심(直指人心, 내 마음속에 깨달음이 있다)을 내세우며 교외별전(敎外別傳)으로써 참선법(參禪法)을 전파하여 선종(禪宗)을 정립하

였다. 이는 당시 경전만 열심히 읽고, 해석하면 부처(佛)가 될 수 있다는 잘못된 믿음(교종, 敎宗)을 바로잡기 위한 것이었다.

하지만 이 또한 오직 나와 남의 구분 없이 베푸는 삶(보살도, 菩薩道)을 통해서만 끊임없이 되풀이하는 삶(輪廻)의 굴레로부터 벗어날 수가 있다(회삼귀일, 會三歸一)는 석가모니(釋迦牟尼)의 가르침과는 거리가 있는 것이었는데, 당시 깨달음 없이 불교학자(佛敎學者)만 배출하고, 귀족종교(貴族宗敎)라는 비판을 받고 있던 상황에서는 차라리 참선법(參禪法)을 통해 성문(聲聞), 연각(緣覺), 벽지불(辟支佛)을 배출하는 것이 불도(佛道)를 이루기 위한 하나의 방편(方便)으로써 불가피한 선택이었던 것으로 보인다.

달마는 그의 가르침뿐만 아니라 기행(奇行)으로도 꽤 유명세를 떨쳤다. 서기 520년 양(梁)나라 무제(武帝)와 만났을 때는 불사(佛事)를 일으키고, 불교부흥에 힘썼다고 해서 구원(救援)에 이를 수는 없으며, 이 말을 하고 있는 나 자신이 누군지도 모르겠다(불식, 不識)고 말해 황제(皇帝)를 당혹(當惑)케 했다. 그 뒤 소림사(少林寺)로 가서 매일 벽(壁)을 보고 앉아 9년 동안이나 좌선(坐禪, '참선'과 같은 말)을 한 후, 약해진 하체를 보강하기 위해서 뱀(사권, 蛇拳), 사마귀(당랑권, 螳螂拳), 호랑이(호권, 虎拳), 원숭이(후권, 猴拳), 학(학권, 鶴拳) 등 동물의 움직임을 따라서 운동(運動)을 시작했고, 그것이 지금의 소림무술(쿵푸, Kung Fu, 功夫)로 발전했다.

또한 어느 날 달마가 선정(禪定, '참선'과 같은 말) 도중에 잠들어버린 것에 화가 나서 자신의 눈꺼풀을 잘라내 버렸는데, 그 잘려진 눈꺼풀이 땅에서 자라나 최초의 차나무(다목, 茶木)가 되었다고 한다. 그래서 선사(禪師)들이 참선 도중 졸음을 쫓기 위해서 차를 마신다는 것이다.

그리고 달마는 자신의 얼굴이 그렇게 못생긴데 대해서도 원래는 꽃미남이었는데 어느 날 길을 가다가 큰 구렁이(이무기) 한 마리가 죽어 있는 것을 보고는 도력(道力)을 발휘해 그 구렁이의 몸속으로 들어가서 길가의 먼 곳으로 옮겨놓고 돌아와 보니 평소 자신의 잘 생긴 외모를 흠모(欽慕)하던 흑안(黑顔)이란 도인(道人)이 육신(肉身)을 바꿔치기해 도망(逃亡)갔고, 그래서 할 수 없이 바다를 건너기 위해 항구(港口)에 다다랐는데 어떤 큰 물고기가 죽어서 항구를 막아 배들이 제대로 정박(碇泊)을 하지 못하고 있어서 또 도력으로 그 물고기를 바다 먼 곳으로 옮겨놓고 돌아왔는데, 이번에는 오통선인(五通仙人)이 육신을 바꿔치기해 갔기 때문에 그렇다는 것이다.

나중에 자신이 놀림을 당했다고 생각한 양무제(梁武帝)가 달마를 독살(毒殺)하라고 명령을 내렸고, 이를 미리 간파한 달마가 황제의 뜻에 따라 죽어주겠다며 독약을 먹고 죽었다. 달마를 땅에 묻은 지 며칠 뒤 달마가 지팡이에 짚신 한 짝만 걸어 맨 채 히말라야 산맥으로 가는 모습을 보았다는 사람이 나타났다. 그래서 무덤을 파보니 그곳에는 짚신 한 짝만 남아 있었다고 한다.

달마는 석가모니 부처(佛)로부터는 28번째의 조사(祖師)이시고, 중국 선종(禪宗)에서는 초조(初祖)가 된다. 선종 2대 조사는 혜가(慧可, 487년~593년)로 그는 제자(弟子) 받아들이기를 거부하던 달마 앞에 나타나 칼로 왼쪽 팔을 잘라서 바치니 달마가 깜짝 놀라서 혜가를 제자로 받아들였고, 이로써 중국에 선사상(禪思想)이 전파될 수 있었다.

이 선사상(禪思想)은 무위자연(無爲自然)의 노장사상(老莊思想)과 공사상(空思想)과도 일맥상통(一脈相通)하여 급속도로 중국인들을 매료시켰다.

달마의 가르침(禪思想)에 따르면 도(道)에 들어가는 방법은 이(理)로부터 들어가는 것(理入)과 행(行)으로부터 들어가는 것(行入)의 두 가지로 귀결된다.

이(理)로부터 들어가는 것은 경전에 의해서 그 근본정신을 파악하고 무릇 살아 있는 모든 생명체(生命體)가 평등한 본성과 나와 남이 둘이 아님을 깨달아서 차별 없이 적연무위(寂然無爲)하게 되는 것을 말한다.

행(行)으로부터 들어가는 것은 보원행(報怨行), 수연행(隨緣行), 무소구행(無所求行), 칭법행(稱法行)의 네 가지로 구분할 수 있다. 첫 번째 보원행은 현재의 여러 가지 원망(怨望)과 증오(憎惡), 고통(苦痛)과 번뇌(煩惱)는 모두 과거의 업보(業報)로 말미암은 결과이므로 이를 참고 받아들이면서 수행에 힘쓰는 것. 두 번째 수연행은 누구나 인연에 따라서 괴로움과 즐거움을 경험하지만, 그러한 것들은 모두 업보로 인한 것이므로 거기에 동요하지 않고 수행하는 것. 세 번째 무소구행은 가치(價値)를 밖에서 추구하는 탐욕(貪慾)과 집착을 버리고 수행하는 것. 네 번째 칭법행은 일체 중생이 모두 본래(本來) 청정(淸淨)하다고 하는 이법(理法)을 믿고, 이 이법에 맞도록 끊임없이 육바라밀(六波羅密)을 닦아나가되, 이 육바라밀을 닦는 것에 머무르지 않고 얻을 바 없는 무소득(無所得)으로 철저한 생활을 하는 것이다.

불립문자(不立文字)를 내세우던 달마가 선사상을 가르치기 위해 엄청난 양(量)의 선문답을 남겨 놓은 것도 아이러니(Irony)가 아닐 수 없다.

추후 해골(骸骨)물을 마시고 일체유심조(一切唯心造, 모든 것은 오로지 마음이 지어내는 것이다)의 깨달음을 얻어서 보살(菩薩)로 추앙(推仰)받는 신라(新羅)의 원효(元曉)가 본래일심(本來一心, 원래 한마음)이란 가르침을 통해 당초 석가모니(釋迦牟尼)가 회삼귀일(會三歸一)을 설파한 이유를 설명하며, 공사상(空思想)과 결합한 선사상(禪思想)을 무주상 보시(無住相布施) 즉, 나와 남의 구분 없이 베푸는 삶(보살도, 菩薩道)만이 윤회(輪廻)의 굴레에서 벗어날 수 있는 유일한 길(道)이라는 불교(佛教) 본연의 자리로 회귀(回歸)시켰다.

[일체유심조(一切唯心造)] 세상(世上)의 모든 일을 인간(人間)의 마음이 들어서 짓는다는 것. 곧 길흉화복(吉凶禍福), 흥망성쇠(興亡盛衰), 희로애락(喜怒哀樂) 등이 다 밖으로부터 오는 것이 아니요 인간의 마음이 들어서 온갖 조화(造化)를 다 부려 시비선악(是非善惡)을 가져오게 된다는 것이다.

신라(新羅)의 원효(元曉)가 의상(義湘, 화엄종의 개조)과 함께 당나라로 유학길을 가던 도중에 해골바가지에 고인 물을 마시고는 일체유심조(一切唯心造)를 깨달았다고 하는 유명한 이야기가 있는데, 원효는 이 깨달음의 내용을 '마음이 일어나면 만법이 생기고, 마음을 버리면 만법이 없어진다(心生故種種法生 心滅故種種法滅)'고 표현했다.

인간이 스스로 가치판단이나 사유작용을 하게 되는 근원은 오직 마음에 달려 있다는 것이다. 원효는 이를 바탕으로 차별과 집착에서 벗어나 모든 것을 평등하게 보는 무애행(無礙行)을 구현(具現)했다.

달마(達磨) 선종(禪宗)의 6대 조사(祖師) 혜능(慧能)은 만법(萬法)이 모두 본성(本性)의 나타남이라는 관점을 제시하고 본성의 자각을 통해 직접 자유(自由)와 열반(涅槃)을 증득(證得)할 수 있다고 강조했다. 즉 마음이 악(惡)하면 그 행동도 악하고, 마음이 선(善)하면 그 행동도 선하며, 마음이 깨끗하면 온 세상이 청정하고, 마음에 때가 끼면 온 세상이 더럽다. 이와 같이 이 세상 모든 일이 한 마음에서부터 비롯된다는 것이다. 이 이치(理致)를 이해하면 바로 견성성불(見性成佛)인 것이다.

하나의 일화(逸話)로써 깃발이 바람에 나부끼는 것을 보고 어떤 승려가 깃발이 동(動)한다 하고, 또 한 승려는 바람이 동(動)하는 것이라며

476

서로 다투는 것을 보고 혜능은 동(動)하는 것은 바람도 깃발도 아니며 당신들의 마음이라 했다. (출처: 원불교대사전)

[개미] 인간은 3차원의 공간을 인식한다. 하지만 개미는 2차원의 평면만 인식할 수 있다. 개미에게 있어서 담벼락을 오르고 천장에 달라붙어 있는 것은 땅바닥을 지나는 것과 똑같이 단지 앞으로 가는 것인데, 공간을 인식하는 인간의 눈으로 보기에는 개미가 벽에 붙어 수직으로 올라가고, 천장에 붙어 거꾸로 기어가는 것이다. 이와 같이 세상의 모든 일이 각자의 수준에 따라 마음이 들어서 짓는 것이다(一切唯心造).

개미에게 있어서 천장을 걷다가 바닥으로 뚝 떨어질 경우 상상도 할 수 없는 새로운 차원을 경험한 것으로 이는 마치 영화 〈빽투더퓨처(Back to the future)〉에서와 같이 인간이 4차원의 공간을 경험하는 것과 같은 것이다.

그런데 재미있는 일은 개미가 하늘에서 떨어져도 신체에 아무런 충격을 받지 않는다는 것이다. 2차원의 평면만 인식할 수 있어서 공간을 인식하지 못하다 보니 중력도 느끼지 못하고, 추락으로 인한 충격도 인식하지 못하는 것이다. 그저 어리둥절할 뿐이다.

공간(空間)을 인식하는 인간이 개미를 잡아다가 바닥에 패대기를 쳐야 비로소 개미는 그 충격을 받는데 그것은 3차원 공간을 인식하는 인간의 영향 때문인 것이다. 매우 흥미로운 사실이다.

한편으로 개미는 온도의 영향을 크게 받는다. 온도를 하나의 차원으로 인식하는 것 같다. 온도가 높아지면 움직이는 속도가 빨라지고, 낮아지면 움직임이 확연히 둔해진다. 물론 개미는 항상 같은 속도로 움직이고 있는데 인간의 눈으로 보기에 그렇다는 것이다. 이는 마치 인간이 중력의 영향을 받아서 그 크기에 따라 시간의 관념을 달리하는 것과 유사하다.

우리는 오만에 빠져서 인류가 지구를 정복했다고 생각하겠지만, 객관적으로 따지고 보면 개미가 지구를 정복했다고 봐야 맞다. 왜냐하면 사람 사는 곳엔 어디든지 개미가 있지만, 개미 살고 있는 곳 중 사람이 살지 못하는 곳이 많으며, 그 개체수로만 봐도 개미가 인류보다 지구상에 훨씬 더 많이 존재하기 때문이다.

[제3자의 눈] 그렇죠. 지각하는 세계가 다른 거죠. 그럼 또 하나, 비슷한 실험을 생각해 봅시다. 청각보다 시각에 관련된 사례라면 생각하기가 더 쉬울지 모릅니다.

시각 연구는 종종 고양이를 대상으로 이루어집니다. 아까 소개한 실험과 마찬가지로 고양이를 사육해 봅시다. 예를 들면 세로 줄무늬밖에 없는 방에서 고양이를 사육하면 고양이는 세로 줄무늬밖에 볼 수 없게 됩니다. 대뇌 신경 세포(뉴런)를 조사해 보면 보통이라면 세로 줄무늬에 반응하는 뉴런(Neuron)이나 가로 줄무늬에 반응하는 뉴런, 30도 기운 줄무늬에 반응하는 뉴런 등 다양한 선 방향에 반응하는 뉴런이 보입니다.

하지만 세로 줄무늬 상자 속에서 사육하면 세로 줄무늬에 반응하는 뉴런투성이가 되고 맙니다. 마찬가지로 가로 줄무늬 상자에서 사육하면 가로 줄무늬밖에 보지 못하는 고양이가 나옵니다.

세로 줄무늬밖에 못 보는 고양이 발치에 막대기를 가로로 걸쳐 놓으면 이 고양이는 가로 방향의 선(Line)은 보지 못하므로 발이 걸려 턱을 찧고 맙니다. 한편 가로 줄무늬 고양이는 깡충깡충 뛰어넘어 이 장

애물을 피합니다. 잘 보이니까요. 어때요? 세계(世界)란 과연 무얼까요?

각 고양이에게는 자기 눈에 보이는 것, 즉 뇌가 반응하는 세계가 세상의 전부겠죠. 그러므로 세로밖에 못 보는 고양이에게는 가로가, 가로밖에 못 보는 고양이에게는 세로가 시각 세계로써는 존재하지 않는 셈입니다.

(이케가야 유지, 도쿄대학교 뇌과학자, 단순한 뇌 복잡한 나)

의상

마음은 그 사람의 인격, 또는 거울로 본다.

그 거울 앞에는 우리가 어느 한 구석마저 감출 수 없는 사실(事實)이 있어줄 뿐이니까, 마음이란 것도 어쩔 수 없이 거울 앞에서는 장난도 칠 수 없겠다.

오히려 장난 부리면 망신 꼴이 되어가고, 도망가는 패잔병모습 그대로 그려질 테니, 과연 마음의 거울을 도대체 누가 읽게 되는가.

양심적인 사람으로서의 기준이라고 보아야 되나, 그러니까 마음은 양심에 따라서 거울을 비추어 보기 마련인 것이다.

거울 속에 비쳐 진 모습(마음)을 들여다보는 사람이 바로 거울 속에 서 있는 양심(사람)이라는 것이다.

이렇게 하여 마음은 때로는 사람마다 밝게 비출 수도, 꺼멓게 간직할 수도 있으려니와, 마땅히 그렇게 혼선(混線)을 가져서는 말도 안 된다.

세상에서 근본적으로 문제가 되는 것은 바로 마음이란 정체요 빛깔일 뿐이다. 때문에 나도 내 마음을 정확히 남에게 파악시키기란 어려운 일이다.

사정에 따라서 마음을 툭 터놓기도 치마 두르듯 팽팽이 막아놓기도 했을 것이다.

'물 속 열 길은 드려다 볼 수 있어도 사람 마음은 한 길도 정확히 볼 수 없다'는 옛말대로, 마음을 언어로 표현해 보는 일은 극히 고통스럽고 무익한 일일 것이다. 이럴 때 적반하장 이라고 해야 될까?

가던 길을 되돌아서 꽁무니를 감추는 수밖에.

마음을 등잔불 밑에서 이리 저리 살피고 있자니, 강렬하게 이끌리는 전(全, 모든) 집중 속으로 나는 스스로 빠져 버리는 것이었다.

덧없는 세월을 닮은 마음이란 텅 빈 곳을 메꾸어 놓기라도 하듯, 참으로 오래 전부터 무시할 수 없었던 내 옷차림으로 신경이 쏠리고 있는 것이다.

지금은 6월 말 장마. 굵은 줄기 사라진 그 사이로 개구리 울음을 듣고 있다.

비하고 개구리는 사연 속에 젖은 그 무엇이나 되는가, 개구리 울음소리는 노래가 아니라 무더기로 전진해 나가는 떼울음이요, 떼죽음 소리다. 사생결판을 내겠다는 울음소리다.

그러나 울음소리에서 나는 벗어난다. 모든 소리에서 벗어난다.

마음이 소리 내며 우는 것에서 나는 도망치고 싶을 뿐, 오랫동안 귀 기울지는 않겠다. 다만 울음소리만 속이려 들지 않는 마음을 나는 증오하기 위해서이다. 사람은 울고 있는 동안만큼은 제 자신을 똑바로 투시하고 있을 테니까, 그만큼 진보된 시간일 지도 모르나, 그렇더라도 나는 우는 시간마다 거부하리라.

마음이여, 끝없는 산책(散策)같아라.

그런데 요즘 와선 마음보다 훨씬 앞질러 현대적인 가치를 나는 만나고 있다.

다시 말하면 '마음'이란 상대 쪽에서 바라볼 때는 전체보다는 부분밖에 파악 못하는 경우가 허다하지만, 우리들이 입고 있는 옷은(의복) 상대방으로 하여금 현미경 이상으로 자상히 읽혀질 수 있다는 것이다.

어쨌거나 근래에 와서 옷에 대한 관심이 전에 없는 경우를 가지게 되었다. 이런 나를 나는 스스로 축하할지, 또는 경악할일인가 하는 의 구심이다.

의상이란 당연히 관심을 갖는 것이 아니냐고 사람들이 일소(一笑)해 버릴지도 모른다. 또는 이기적인 자의식의 원인처럼 들릴지도 모른다.

지난 날, 옷에 대한 나의 정의를 말한다면 이렇게 적을 수가 있다.

①색깔 선택 ②디자인, 그리고 ①과 ②를 합친 ③뚫어지지 않은 옷.

색채, 디자인은 문명의 발달과 함께 밀착시킨 식성일 것이다. 왜냐하면 원시인에서는 고작해야 나무 잎사귀로 간신히 돌출부분 정도 가릴 줄 밖에 몰랐음을 오늘 새삼스럽지만 돌이켜 보라.

남녀신체의 모습이 서로 다를 바 없었다면 돌출부분을 감출 필요도 없었을 것으로 나는 추측한다. 그렇게 생각할 때, 돌출부분 가림은 곧 문화적이다. 다시 말하면 원시인의 돌출부분 가림과 문화는 일맥상통한다. 만약 몸을 가리는 것으로 의상의 의미가 주저앉아 버렸다면 옷감 선택(質. 색채), 디자인에 있어서 무슨 혜택을 얻었겠는가.

그런데 인류 역사가 내려온 오늘 이 시간 속에서 살아가는 나는 아득한 원시인의 돌출부분 가림과 흡사한 촉감을 면치 못했었다. 천치 바보와 다름없는 나였다.

옷이란 뚫어진데 없으면 나는 그것으로 기꺼이 만족할 수가 있었다.

색깔선택이 먼저요, 다음 디자인 순으로 의상을 고르는데 요령을 갖게 된 것은 불과 7, 8년밖에 안 된다.

그러나 마음 한 구석은 아직도 뚫어진 자리 없으면 옷으로써 만족할 수 있다는 궁핍이 남아 있는데, 궁핍이냐 아니면 초연이냐는 판정은 나도 모른다. 만약 '궁핍이다'라고 스스로 수긍한다면, 6·25사변이라는 지난 시간을 연관 짓지 않을 수가 없다.

국민학교(초등학교) 4학년 여름에 6·25사변이 터졌다. 그때 나와 같은 어린이는 공감하겠지만, 8·15해방을 맞은 지 몇 해 안 되었을 때이므로 그 어린이들은 오늘처럼 부모의 관심을 받았다고 볼 수 없다. 어른들도 여러 가지 수습기간이었을 것이므로 미풍양식 보다는 우선적으로 절충식이었을 것이다. 아니, 절충은 문화의 척도이라기보다는 철학관 쪽이 아닐까. 불균형 속에서 전쟁을 겪었고, 삼팔선 휴전협정으로 전쟁은 중단되었지만, 그 시련 속에서 우리는 사춘기를 보냈다 할 것이다.

　나의 적당한 사춘기는 적어도 용모(容貌)를 가꾸는 귀중한 시간을 갖지 못한 채, 문학(文學)을 한답시고 어설프게 허송(虛送)했다.

　어쨌든 오늘 나는 나의 위치를 살피지 않을 수 없다. 남들 속에 내가 비쳐 지고 있음을. 그 거울 속에는 마음 보다는 실제로 비쳐내고 있는 용모가 있다. 훌훌 털어버리듯 무거운 마음을 내던진다. 그래서 의상은 관심 중에서도 대단한 관심인 것이다.

〈1978년 8월호 · 명사(名士)의 에세이 · 복장(服裝)〉

절에 가면 마음이 고요해지는 이유

절에 가면 마음이 고요해지지 않을 수가 없다. 비교적 사람의 마음을 붙잡거나 그리웁게 하는 것은 내 경험으로 비추어 보면 황홀하다는 기분과 안정되는 기분인데 절간에서 느끼는 마음이란 후자에 해당한다. 맵시 낸 아가씨의 간기(間氣, 뛰어난 기질과 성품) 앞에서는 황홀의 문자(文字)라도 어쩔 수 없지만…… 덤덤한 대자연은 남자다.

다시 말하면 흘깃 쏠리지 않고 항상 여유만만한 남자를 만날 때는 나도 무사하다는 말이다. 절이란 곳은 나에게 그런 비유를 한 번쯤 갖게 한다.

그런데 이런 생각들은 미진할 수밖에 없다. 감상 부스러기로 전달될 수도 있기 때문이다.

우리의 마음은 유리와 같아서 다치지 않으면 다행히 보관되는 것이요, 반면에 외부의 조그만 압력이 와도 유리는 긁히거나 조각조각 깨어져 버리는 것. 어떤 도인의 말을 빌면,

'홍수에 휩쓸려 떠내려가도 마음을 우선 구원하라'든지, 비슷한 말 '진흙 속에 피는 연꽃을 보라'든지, '호랑이에게 끌려가더라도 정신만 차리면 된다' 등 얼마든지 일깨워지는 경구(警句)들이 있다. 그런데 나로서는 이것을 닮기에는 아직 요원(遙遠)하다.

살갗이 가려우면 우선 그것부터 긁어야 되고, 토해내야 체기는 진정하며, 꽃을 보면 녹는 마음뿐이므로 아! 슬프다. 이렇게 거추장스러운 내 마음이므로 요새 한창 자연보호운동처럼 자연 그대로를 부각시키려는 것이다.

천연동굴을 찾아내자는 것이다. 맑은 샘이 흘러나와 저절로 시원한 자리가 바로 깨끗이 비운 마음의 상태일 것이다.

절에 가면 우선 그것의 진리를 배운다. 이것저것들을 온통 내 몸 기관 속에 숨통 속에 잔뜩 집어넣어 가지고 나중에는 순서(順序)를 잃어버린 방황하는 것보다야 예로부터 사원에서는 사람을 인도해 주던 밝은 곳이기에 여기에서 비로소 나는 여장을 푼다는 말이다.

그런데 나는 종교에 대하여 별로 아는 것이 없다. 어떤 계기로 절을 간 것이 불교와 가까워진 터이다.

사람은 태어날 때부터 종교를 가졌다고 나는 믿고 있다. 그래선지 어렸을 때 동네에 있는 예배당을 다닌 어린이들처럼 나도 호기심으로 나간 것이긴 하지만 자력과 같이 끌리는 힘을 느낄 수가 있었다.

어린이일 때는 시비를 가질 수가 없는 천진무구한 시기이므로 지금처럼 사원을 동경해 할 근거조차 없었을 뿐이다.

하여튼 성장한 오늘 나는 종교를 필요하게 되었다. 어쩌면 다만 절이란 분위기를 좋아하는 것일까.

마음 사로잡히는 것 가운데는 그래도 이런 경우는 안심이 될 수 있다고 나는 재삼 강조하고 싶다. 다시 말하면 우리가 무엇을 어떻게 사랑할 때 상대의 파악부터 중요하기 때문인 것.

상대가 사람(사랑)이거나 물욕, 명예욕 따위는 십중팔구 스스로 무덤 파는 격일 테니까. 사랑은 한때 불길로 솟아오르다가 꺼지는 것.

물욕(物欲)은 몸을 상(傷)하게 하는 법.

그러므로 우리는 심기를 바로잡도록 해야 한다. 가능하면 위험한 길로는 걷지 말아야 한다.

아직 미혼이어서 그런지는 몰라도 한 순간이나마 열애하고 싶을 때가 있는데 그럴 때마다 처절한 슬픔이었다. 우리가 무엇을 어떻게 그리고 완전할 만큼 사랑할 수 있었는가. 그러나 원대한 우주를 배경으로 하여 사람을 바라보라. 애욕아닌 평등, 천진(天眞)이 비추어 올 것이다. 이 서광을 바라볼 수 있을 때는 이 위대한 힘을 지닐 수 있는 것은 다만 '자연'을 바라볼 수 있을 때만 가능하여지리라.

내가 절을 찾는 것은 사실은 자연 그대로 '나'의 모습을 유지하는 방법인 것이다.

방법을 구하는 것은 극기가 필요하며 단신 가볍게 떠났다가 가볍게 돌아온다.

사람들을 만나서 가는 것이 아니다.

비구름이 되어 바람이 되어 혹은 누워 있는 쓸쓸한 무덤이 되었다가 좁은 산길을 타고 내려온다. 산에서 보던 얼룩진 그림자, 솔나무 녹음, 새 울음 이것들은 정적이 되어 거의 집에 도착할 때까지도 살아 있다.

아니 며칠 동안이나 그림자처럼 머물러 있는 것, 자지 않고 깨어 있다.

부처님께 내가 제일 먼저 도움을 청하는 일이 있다. 돌아가신 어머님께 속죄(贖罪)를 바라는 뜻도 되고, 부디 저승에서는 고생하시지 말게 해달라는 부탁인데 저승까지 내 속죄가 제발 들릴 수 있으면 좋겠다.

우리 어머니께서 들으시었으면 하는 한 가닥 희망조차 건질 수 없는 것은 아닐지…….

우리 어머니께서 아무것도 모르고 계신다면 불효된 멍에를 언제까지 지닌 채 살아야할 것인가.

옛말에 '자식은 부모가 돌아갈 때 철이 든다'고 하였으되 이제 와서 깨닫고 슬퍼하게 된다.

지성(至誠)이면 감천(感天)이므로 이 세상 살아 있는 사람이 아닌 망자에게 돌려줄 수 있는 것은 부처님에 의거함으로써 가능해지리라.

혹은 가능하지 않다고 해도 나로서는 상심해서는 안 되리라는 것이다.

모든 종교가 다 그런 것은 아니지만, 우리는 속죄를 통하여 구원받는 까닭이다. 그렇다면 구태여 먼 길의 절까지 찾아가서 속죄하는 것은 어딘지 모르게 어리석게 보일지도 모른다.

거듭거듭 나는 이렇게 대답(對答)한다.

돌아가신 분의 명복을 비는 일은 혼자 성사시킬 수 없기 때문이라고. 어머니에게 내가 잘못한 일들을 국민학생이 선생에게 벌 서 듯 이제 일일이 밝힐 수는 없다.

그러나 절에 가면 제일 먼저 어머니를 위해 기구하는 것은 어머니와의 약속(約束)을 지키는 일이다.

천 년쯤 사실 분으로 믿었던 그 분의 운명(運命, 혈압으로 쓰러지시었다) 앞에서,

"그동안 불효를 용서하셔요. 머리 깎고 중이 안 되더라도 부처님께 어머니의 명복이나 구하겠습니다"고 하였다.

어쨌든 요즈음 절을 갔다 오는 이유는 어머니의 명복도 되고 나 자신의 평안도 될 것이다. 그러나 분명히 금을 긋고 말한다면 그 분이 불귀객(不歸客)이 된 지도 삼 년이 지나는 동안, 어느덧 이제는 떫은 감이 익어가듯 한다. 먼저도 말했듯이 절에 가면 마음이 고요해지지 않을 수가 없는 것이다.

〈1979년 · 나의 수첩에서 사랑하는 이의 이름을 빼야지 · 태창문화사〉

『한국여성독립운동사』 생존자 탐방 후기

시간과 함께 인물도 잊혀져 간다.

그러나 잊혀져서는 안 되는 많은 인물들이 우리 역사를 수(繡)놓고 있다.

살아서 숨 쉬는 역사의 뒷이야기를 캐기란 여간 힘든 게 아니었다.

3·1여성동지회에서 펴낸 『한국여성독립운동사』, 그 중에서 내가 맡았던 것은 생존자(生存者)를 만나보는 일이었다.

일을 막상 끝내놓고 보니 꼭 찾아뵈어야 할 분을 연결이 제대로 되지 않고 그분들의 사정이 여의치 않아 빠트린 분들이 더러 있었던 것 같다. 그것이 가장 마음 아프다.

생존자 40분을 만나 직접 인터뷰를 하고 녹음(錄音)을 하면서 느꼈던 점, 그리고 짧은 지면의 책에서는 공개 못했던 뒷이야기의 일부를 여기에 공개할 생각이었으나 좀 더 공부를 한 뒤, 다음 날짜로 미루기로 했다.

느낌과 표현(表現)에서 느낌은 먼저 생각이고 표현은 그보다 늦은 시간의 생각— 다시 말하면 문자기록이란 얼마나 진실해질 수 있는 것인가.

문자의 남용(濫用)을 줄이는 뜻에서 우선 몇 가지 생각을 정리하는 것으로 생존자 탐방 후기를 적을까 한다.

내가 만난 40분의 생존자는 몇 가지 공통점을 가지고 있었다.

첫째는 '공(公)을 위해 사(私)를 버린 사람들'이다.

오늘날 여성들이 지극히 이기적인데 비해 이 분들은 사회적이었다. 그렇기 때문에 젊은 사람들에게 한결같은 부탁이 이기심(利己心)을 버리라는 것이다.

오늘날 역사에 이름 남긴 사람들은 이기(利己)부터 초극한 사람들이 아니었을까?

두 번째로는 '눈물겨운 이야기 꾼…….'

3·1운동 당시 말로 표현할 수 없을 만큼 고생스러웠지만 입에 쓴 약이 몸에 좋은 것처럼 고달픈 날들을 굽히지 않고 살아오셨다. 3·1운동을 줄거리로 이어지는 이야기, 에피소드, 이것은 참으로 우리의 가슴을 울려주는 것이다.

세 번째로는 '두 번 태어난 생명(生命)'일 것이다.

내 인생(人生)은 지금부터라고 젊은이들 못지않게 지금도 뛰고 있는 원로(元老)들, 한결같이 소원은 나라가 잘 되는 것이었다. 조국(祖國)을 지켜온 이 할머니들 중에는 3·1운동 당시 고문 끝에 골병이 들어 남모르게, 알게 오늘까지 몸이 불편하기도 하다. 대전(大田)에 거주하는 이신애(李信愛) 할머니, 그때 골병이 든 그는 현재까지 중풍 환자로 어려움을 겪고 있었다. 또, 한도숙(韓菊淑), 채혜수(蔡惠秀) 여사는 투쟁기 인터뷰까지 했는데 책(한국여성독립운동사)이 출간되는 것을 보지 못하고 타계(他界)하셨다. 다 써놓은 원고지만, 생존자 편에서 낯선 고인 편으로 옮겨 수록 했다.

두 선생님의 명복(冥福)을 빈다.

다음은 투쟁기를 쓰는 데 어려웠던 것을 역시 대충 생각나는 대로 적는다.

투쟁기를 쓰는 게 보통 어려운 게 아니었다. 호칭, 어휘 하나하나에서 전달도 달라질 수 있다. 어휘 하나 고르는데 시간을 많이 보낸 때도 있다. 생존자 호칭도 처음에 여사와 선생을 놓고 생각 끝에 여사로 썼는데 3·1 여성 문화부에서 호칭을 전부 빼버린 것. 역사의 기록이니까 호칭은 쓰지 않기로 한 것이다. 그런데 난처한 사람은 필자인 것이다.

호칭이 없어졌기 때문에 문장 상으로 상당히 염려스러운, 다시 말하면 오해하기 쉬운 곳이 생기기 마련인 것이다.

투쟁기의 자료는 생존자의 직접 구술(口述)을 주로 했다. 워낙 연세가 높은데다 60여년전 일이라서 말씀 중에 무리가 있기도 했지만, 될 수 있는 대로 연결되도록 캐며 물었다. 구술 외에도 신문, 잡지,『조국이 되기까지』(최은희 著),『구원의 횃불』(추영수 著),『3·1 운동사』 등 여러 책을 뒤져보며 생존자의 구술과 일단 확인 내지는 생존자에게 다시 찾아가거나 전화 걸면서 다시 원고를 썼다.

그러나 한정된 매수에서 글을 충분히 전달할 수 없었다. 원고를 쓰면서 제일 불만스러웠던 것은 바로 한정된 매수였던 것이다.

몇 장 안 되는 원고지에서 생년월일 등 17가지 기록을 하다보면 문학적인 향기는 도저히 발붙일 칸도 없었다.

예를 들면 감동적인 묘사를 하기 위해서는 한 마디에서 두 마디로 말이 늘어나는 법인데 말이다.

그러나 겸허하게 실력 없는 문장을 탓하면서 생존자 여러분에게 송구스러울 뿐이다.

그동안 독립운동 생존자를 만나는 동안 느낀 것인데 이제는 한 줄의 시를 쓰는 것도 더 어려워졌다. 꿈속에서 시를 썼던 자신을 보았다.

국가를 생각하면서 종이 한 장도 낭비하지 않는 애국투사들에게서 젊은 후진 여성들은 반성해야 할 것이다.

끝으로 꼭 한 마디, 3·1여성동지회 회장이신 황신덕(黃信德) 선생님께 경의를 표하는 것이다.

『한국여성독립운동사』란 책은 황신덕 선생님이 건재하심으로써 세상에 만들어진 것이기 때문이다. 뜻 깊은 3·1여성동지회의 발전을 빈다.

〈1980년 8월 · 소식 제11호 · 3 · 1여성동지회〉

몰래 훔쳐 마셨던 OB의 그 감칠 맛!

여성이 술 마시는 모습을 차츰 아량으로 사람들이 받아들이는 데 결정적인 역할을 한 것이 무엇일까 하고 가끔 생각하게 된다. 우리 사회도 남성들의 여성에 대한 인식도가 높아지긴 했지만 아직도 어중간하기만 하다.

'술'도 그렇다고 할 때 여성과 술에 대한 이해를 오늘날 한 층 높인 그무엇이 있을 것이다. 마치 딱딱한 나무껍질 벗기듯 고정관념에서 서서히 풀어지게 했을 것이다.

다시 말해서 여성과 술에 대한 인식이 훨씬 부드러워진 것은 맥주가 탄생되었기 때문이라고 짐작(斟酌)이 된다.

우리 조상들이 즐겨 마시던 막걸리나 소주를 저만치 밀어 놓고 남성의 경우는 물론 여성들도 맥주를 사랑하게 되어 언제나 즐거운 술이라는 것은 자타(自他)가 인정하게 되었다.

물론 우리 할머니 할아버지들의 손으로 빚어 만든 고유의 술— 시원한 하얀 밥알이 노랗고 뿌우연 액체 위에 떠 있는 동동주가 있기는 하나 맥주의 사랑은 날로 더하는 듯하다.

어떻든 여성이 마실 수 있는 술, 여성에게 권할 수 있는 술이 눈에 띄게 없을 때 맥주는 안성맞춤이다.

내가 맥주를 처음 마셔 본 것은 여고 2학년 때 쯤으로 기억된다. 학교 도서관 담당 여선생이 평소 일을 도운 역사 선생 한 분과 학생 몇몇에게 명동에서 회식을 마련해 주었다. 그날 여선생이 맥주는 남자인 역사 선생을 위해 시켰지만, 바닷가 파도와 같은 흰 거품이 넘치는 첫 잔은 여선생에게 돌려졌다. 그날 호기심이 가장 많은 우리 여학생의 눈빛은 투명한 유리잔의 맑고 노오란 빛깔의 맥주에 모아졌음은 말할 것도 없다.

드디어 식당을 나오면서 선생들이 돌아선 틈에 여선생 잔의 3분의 2정도 남은 맥주를 난 떨떠름한 약수(藥水)물처럼 마셔 버렸다.

요즘 아이들은 가정에서 늘 즐비하는 맥주쯤이야 마셔볼 생각이라면 어렵지 않게 마실 수 있다. 결국 우리의 세월은 흘러 간 옛이야기다.

내가 처음 마신 그 술은 OB맥주였다. 아마도 맥주가 아닌 독한 술을 처음부터 맛보았다면 술에 대한 매력이나 그 감칠맛은 오늘까지 몰랐으리라.

맥주만을 고집하여 오늘까지 마셔보았다는 말은 아니다. 맥주가 처음 술이요, 그 얼마 후 졸업반 때는 친구 집에서 그 당시 유행하던 위스키(Whiskey) 종류를 두어 술잔 정도의 양을 마시고도 주체할 수 없었던 일, 막걸리에 설탕을 타 먹던 일……. 이렇게 두루두루 맛보았던 술은 호기심이 전부가 아닐는지.

누구나 처음 술을 마셔 본 사람의 말로는 똑같은 대답을 하겠지만 맥주가 가장 원만한 술이다.

지금은 술 맛에 대한 조예(造詣)라 할까 제법 술 맛을 잘 감별해 내기까지 한다. 그러나 뭐니 뭐니 해도 맥주만큼 나를 즐겁게 하는 술은 없다. 더구나 여성인 내 입장으론 더욱 맥주를 사랑하는 것이다.

알코올 4%요, 싫증나지 않는 호박 빛깔 혹은 시골들판에서의 흔히 볼 수 있는 노오란 벼*, 보리 짚단 빛깔, 특히 OB만의 순하고 부드러운 맛, 이런 이유도 있지만 말로는 충분히 전달할 수 없는 OB맥주의 그 매력(魅力)에 반해버렸다.

무더운 여름날 종로(鍾路) 쯤에서 어딘가 들러서 잠깐 쉬고 싶어질 때,

남들은 다방에 가는 것이 고작인데 난 대낮이라도 맥주를 서슴없이 찾는다. 커피값 보다 조금 비싼 값으로 에어컨 바람과 시원한 맥주 한 병을 마신 후 다시 모래알 같은 인파(人波)에 섞일 때 행복감이 넘친다. 공기의 환기법이라 할까?

맥주쯤 마신다고 해서 누가 뭐라고 하겠는가. 아무튼 여성과 술에 대해 부드러운 교량 역할을 할 수 있었던 것은 맥주이리라.

나는 맥주가 아니더라도 여성에게 부담 없는 술 종류가 많이 나올수록 환영하게 된다. 마주앙(Majuang)도 몇 번 마셔보았는데 은근히 취하면서 맑고 시원한 맛이 있음을 배웠다. 그러나 맥주를 더 즐기는 것은 술값의 차이 때문이 아닐까.

내가 사랑하는 OB맥주. 요즘은 집 근처의 OB베어(Bear)를 지나칠 때엔 다정한 친구를 바라보는 듯하다.

〈1981년 8월·두산(斗山)〉

[**벼**(나락, **羅祿**, Rice)] 수명이 6개월에 불과한 한해살이풀이다. 생태계에서 이 풀은 초식동물의 먹이가 되거나, 날씨가 조금만 가물어도 말라 죽기 일쑤였다. 그야말로 보잘 것 없이 나약(懦弱)한 존재다. 그런데 이 풀이 인류를 만나면서부터 지구상에서 가장 행복하고 번성하는 생명체로 거듭났다. 반면 인류는 이 풀로 인해 온갖 근심걱정을 떠안고, 각종 질병에 시달리며 1만년 가까이 퇴화하기까지 했다.

벼의 선택은 참으로 탁월(卓越)했다. 벼는 약 1만 년 전 열대초원(사바나, Savanna)에서 달콤한 과일을 따 먹으며 수렵채집생활(狩獵採集生活)

494

을 하던 인류(아이들이 달콤한 것을 좋아하는 것이 그 증거이다)를 쌀이라는 새로운 열매(먹거리)로 유혹했다. 그 유혹에 넘어간 인류는 쌀을 얻기 위해 벼를 돌보기 시작했다. 먼저 새나 초식동물의 습격으로부터 벼를 지키기 위해 유목생활을 접고 정착생활에 들어갔다. 그리고 비가 많이 내릴 때는 불어난 물을 막기 위해 둑을 쌓고, 가물 때는 물을 대기 위해서 저수지까지 만들었으며, 벼가 다른 식물과 공존하는 것을 좋아하지 않기 때문에 온종일 잡초를 뽑느라 등골이 휘었다. 인류는 쌀을 알게 된지 2천 년도 채 지나지 않아 하루 종일 벼가 해야 할 걱정을 대신 하면서 벼를 돌보는 것 외에는 거의 아무 일도 하지 않게 되었다. 스스로 만물의 영장(靈長)이라는 인류가 그야말로 벼의 완벽한 노예(奴隸)로 전락해 버린 것이다.

또한 인류는 육식위주의 수렵채집생활에서 쌀, 밀 등 곡물(穀物)을 주식으로 하는 정착생활을 하면서 각종 질병(疾病)과 전염병으로 고통을 겪게 되었으며, 두뇌(頭腦)와 신체의 성장(진화)이 퇴화하기에 이르렀다. 고고학에서 수렵채집생활을 하던 네안데르탈인(Neanderthal man)이 현생인류(신인, 新人, Neo-man)의 조상인 크로마뇽인(Cro-Magnon man) 보다 두뇌와 신체가 더 우수했음이 이를 증명한다. 최근에 들어서야 먹을 것이 풍부해 지면서 충분한 영양공급으로 인류는 네안데르탈인만큼의 신체에 다시 접근하게 되었다.

그럼에도 불구하고, 현재까지 인류는 벼가 기근(飢饉, 굶주림)으로부터 인류를 구해 준 축복의 존재로 여기며 이 한해살이풀을 떠받들고 있다.

그 덕에 벼는 1만년이 넘는 세월동안 대대손손 지구상에서 가장 행복한 일생을 살아가고 있다.

[농업혁명] 온갖 기술이 발달한 오늘날에도 인류를 먹여 살리는 칼로리의 90퍼센트 이상이 쌀, 밀, 옥수수, 감자, 수수, 보리처럼 우리 선조들이 기원전 9500년에서 3500년 사이에 농업혁명으로 작물화했던 한줌의 식물들에서 온다. 하지만 지난 2천년 동안 주목할 만한 식물을 작물화하거나 동물을 가축화한 사례가 없었다. 오늘날 우리의 마음이 수렵채집인 시대의 것이라면, 우리의 부엌은 고대 농부의 그것과 다르지 않다.

한때 학자들은 농업혁명이 인간성을 향한 위대한 도약이라고 생각했다. 이들은 두뇌의 힘을 연료로 하는 진보의 이야기를 지어냈다. 진화는 점점 더 지능이 뛰어난 사람들을 만들어냈고, 결국 사람들은 너무나 똑똑해져서 자연의 비밀을 파악하고 양(羊)를 길들이며 밀을 재배할 수 있게 되었으며, 그게 가능해지자마자 지겹고 위험하고 종종 스파르타처럼 가혹했던 수렵채집인의 삶을 기꺼이 포기하고 농부의 즐겁고 만족스러운 삶을 즐기기 위해 정착했다는 것이다.

이 이야기는 환상이다. 시간이 흘러 사람들이 더욱 총명해졌다는 증거는 없다. 수렵채집인들은 농업혁명 훨씬 이전부터 자연의 비밀을 알고 있었다. 사냥하는 동물과 채집하는 식물을 잘 알고 있어야 생존할 수 있었기 때문이다. 농업혁명은 안락한 새 시대를 열지 못했다. 그러기는커녕, 농부들은 대체로 수렵채집인보다 더욱 힘들고 불만스럽게 살았다. 수렵채집인들은 그보다 더 활기차고 다양한 방식으로 시간을 보냈고 기아와 질병의 위험이 더 적었다. 농업혁명 덕분에 인류가 사용할 수 있는 식량의 총량이 확대된 것은 분명한 사실이지만, 여분의 식량이 곧 더 나은 식사나 더 많은 여유시간을 의미하지는 않았다. 오히려 인구폭발과 방자한 엘리트를 낳았다. 평균적인 농부는 평균적인 수렵채집인보다 더 열심히 일했으며 그 대가로 더 열악한 식사를 했다. 농업혁명은 역사상 최대의 사기(詐欺, Fraud)였다.

(사피엔스, Sapiens 122쪽~124쪽, 유발 하라리, Yuval Noah Harari)

친구

채송자(蔡松子)는 나의 친구이다. 여학교 한 학년 아래였고 나이도 나보다 세 살 적기 때문에 오늘까지 그는 나를 깍듯이 언니로 예의(禮儀)를 지켜주기도 하지만 엇비슷한 나이로 보면 사실은 친구인 것이다.

어쨌거나 너니 나니 하며 말을 놓아도 무방한데 얼마 전 미국으로 떠나면서도 우리집까지 나를 택시로 내려주면서 "언니, 잘 가" 했다.

그 이튿날 김포공항에 나가는 대신 미리 한 작별 인사였지만 나는 차가 우리집 앞에서 회전해 돌아갈 때까지 손만 흔들었을 뿐이다. 마치 아무 때라도 만날 수 있는 친구를 전송하듯 말이다. 그러나 송자의 말대로라면 그가 귀국 할 수 있는 날짜란 모든 일도 그렇지만 미래의 것이란다. 미국으로 떠나기 전날 오후에 그는 내게 전화를 주었다. 시간 있으면 자기 집까지 지금 당장 와 주되 물건 담을 보자기 두세 개 가지고 오란다. 그 시간쯤은 그가 출근하는 외국인 무역상사에서 아직 사무가 끝나지 않았을 터인데, '이상하구나' 싶기도 해서 보자기의 용도는 몰라도 좋고, 우선 나는 '그가 직장을 그만 두었는가' 싶어 확인부터 했더니 그때 비로소 내일 미국으로 떠나는데 언니와 나는 지금부터 두 시간정도 이야기할 시간이 있고, 그 다음부터는 집에 있지 않는다는 것이다.

며칠 전에 그는 나에게 전화를 걸어 주었는데 다만 간장, 된장이 얼마큼 있느냐고 물어왔었다. 그가 알뜰히 간직했던 된장, 간장, 고추장 말고도 개봉 안 한 커피, 그 외에도 나에게 꼭 필요한 물품들인데 그것들을 보자기에 담아서 그가 도미하기 바로 전날 결국 우리집으로 옮겨졌다.

깨끗이 비운 바람의 모습으로 택시 속에서 송자가 희미하게 시야에 비추는가 싶더니 이제는 택시의 뒷모습도 사라진 채 여전히 나는 그쪽을 향해 손을 힘없이 내저었다. 송자는 짐 보따리를 우리집 앞에 내려 놓고, 하긴 그러기 위해 미리 시간을 만들었던 게 분명했다. 그의 뜻은 고맙지만 여유를 두고 만나주지 않은 송자에게 섭섭함이 가셔진 게 아니다.

단발머리 여학교 시절에서부터 지금까지 22년 동안 마디마디 곡절(曲折)이라는 세상살이 속에서도 송자와 나는 서로 잊지 않고 잘 지내왔다. 송자는 대학을 졸업하던 바로 그 해에 정열적으로 연애결혼을 했다. 연애결혼이 꼭 그런 것은 아니지만, 그의 결혼은 몇 년 만에 끝이 났고, 영문과를 졸업한 그로서는 쉽게 직장생활을 오늘까지 해오다가 이번에 아주 미국으로 이민 간다는 것이다. 그의 나이도 내일 모래면 40. 앞으로 펼쳐있는 찬란한 인생을 사랑하기 위한 그의 도약(跳躍)을 나는 축하한다.

문학소녀라는 동학(同學)의 입장으로써 송자와 나는 신통기연하게도 친 동기간처럼 느끼고는 있었지만, 냉혹하게 말하면 언제부턴가 우정에 거리(距離)가 있었기도 했다. 다시 말하면 이름 빛낸 일도 없이 고집스럽게 싯줄을 붙들며 가난히 살아가는 선배를 어쨌거나 그는 고의적이던 아니던 간에 경원시(敬遠視) 하였다. 독신녀라면 서로가 한 번쯤 눈 흘겨보고 싶은 짓궂기도 하고 곰살맞기도 한 그런 것이었을까. 그래서 한동안 서로는 멀리하는 기색이었다. 그동안 그가 어쩌다 걸어주는 전화는, 예를 들면 물가 오르는 뉴스 또는 날씨가 몹시 추운 날 춥지 않게 지내느냐는 등 너그러운 기혼녀답게 나의 등을 어루만져 주는 것이었다.

이번 일도 사실은 내가 섭섭하게 생각하면 안 되리라. 그가 깍듯이 선배를 지켜주느라고, 그가 언니의 마음 구석으로 나를 내 버리고 도망가는 심정이 하루 전날 출국소식을 주었는지도 모를 일이다.

휴머니스트 채송자(蔡松子) 씨— 미국이란 나라에서 행복하고 건강하시라.

〈1981년 4월 · 동서문학〉

평범(平凡)한 어머니의 불심(佛心)
- 여성 불자가 본 어머니상

　나의 어머님은 평범한 분이었다. 평범하다는 말을 여러 뜻(意味)으로 해석할 수 있는데 우리 어머님의 경우는 가사 말고는 대문 밖 사정이 백지에 가까울 만치 어두운 분이었다. 가사만 하더라도 집을 깨끗이 쓸고 닦아 누가 와서 보아도 한눈에 선경(仙景)을 느낄 정도였다. 그 한 예를 들면 어머님 장례가 끝나고 친척 중에서 어르신네 의견을 좇아 자리걷이를 했을 때다. '자리걷이'를 국어사전에서는 민속(民俗)＝출상(出喪)하기 위하여 관을 밖으로 낸 뒤에 집 가시는 일의 하나로 풀이되어 있거니와 샤아머니즘(Shamanism)에 대한 문제까지는 각자 생각으로 맡기고 이야기를 쓰겠다. 자리걷이하는 것을 구경해 본 사람은 잘 알겠지만 신들린 무당이 망자 생전의 언행 몸짓을 흉내 낼 수 있어야지 그렇지 않고서는 자리걷이를 지켜보는 사람들의 기대감은 완전히 무너진다. 그래서 집 사정을 전혀 알지 못하는 만신을 데려온다고 한다. 애초 동네사람들에게 이 일을 맡기기는 했지만 문제는 동네 아주머니가 이미 어머니의 특징 두세 가지를 귀띔해 둔 것은 아닐까. 먼지떨이를 들고 다락, 부엌, 광, 낱낱이 털어내는 통에 실감이 가기 전에 등골이 오싹해졌다.
　어설픈 촌극을 바라보기는 했지만, 어쨌든 한 가지 중요한 장면을 빼놓지 않았다는 점이다. 어머니에게 대해서는 딸이 더 알고 있지, 아무리 신들린 무당이라 해도 나에게 못 미치는 것은 사실이지만, 그날 집 청소하는 장면만큼은 우리 어머니를 아이러니(Irony)하게 표현한 것이다. 만신이 어머니에 대한 상식쯤 미리 들고 왔건, 아니건 간에 상관없이 어쨌든 우리 어머님이 평소에 집 깨끗이 치우는 일만은 동네에서도 알려져 있었던 것이다.

빨랫감은 하루를 묵히는 일이 특별한 사정 말고는 거의 없었고, 음식 마련도 요즘 많이 먹어보는 신식요리가 아닌 한국전통적인 음식들, 예를 들면 무말랭이, 고추처럼 햇볕에 말려 먹는 명태, 가끔씩 식혜, 감주까지 마련하였다.

성품도 그만큼 융통성이 없는 편이어서 말벗이 없었다. 영화 구경, 야외소풍 한 번 스스로 가주신 일도 없이 정말 따분한 일생을 보내셨다. 항상 빈집에서 개 한 마리를 돌보고, 꽃 키우고 집안 깨끗이 치우는 일이 우리 어머니의 사명 아니면 한 가지 낙(樂)이었던 셈이 아닐까.

내가 중학교 입학 할 무렵 아버지가 하시는 사업이 기울어진데다가 여섯 형제나 되는 자녀를 키우던 중에 아버지마저 돌아가셨다. 이렇게 숨 돌릴 사이 없이 빡빡한 살림을 역시 융통성 없는 어머님은 서대문에 있는 상점을 돌아가실 때까지 장사한번 하신 일 없이 세(貰)를 놓아 가까스로 살림을 했다.

자녀가 다 자라서 장가 시집가니 집에는 모녀만 살게 되었던 것이다. 좀 윤택해진 살림에서 어머니의 발전은 겨우 꽃, 새, 붕어, 개, 한 때는 닭까지 키우셨다. 노년에 비로소 정서생활을 자신도 모르는 가운데 즐기셨다.

대문 밖에 서서 골목 오고 가는 사람을 보다가 안면 있는 동네사람에게 인사를 먼저 던진다든가, 보따리장수들과 잡다한 세상 물정을 주고받는 둥 옛날에 없던 버릇도 이때쯤 가졌다. 그런데 고독한 이 할머니의 딸은 누구였던가. 그 어머니의 딸 역시 고독한 딸이었다. 옛말에 그 어머니는 곧 그 딸이라는 말이 있는데 우리 모녀를 두고 한 말이리. 먼저 말했듯이 나의 어머니는 문 밖의 일에는 숫제 깜깜하신 분인 만큼 딸이 세상을 처해가는 일에는 그만큼 수수방관(袖手傍觀)이라, 자연히 모녀간의 대화도 서로 나눌 말이 없었다.

어머니에게 드린 선물은 고작 계절을 따라 시중에 나오는 과일을 한 번쯤은 꼭꼭 사다 드린 일뿐인 것 같다. 어머니가 과일을 특별히 좋아해서가 아니라 당신이 선뜻 돈 주고 사 잡수지 않기 때문이요, 어쨌거나 당신이 못하는 일을 측면으로 도와드렸다. 택시로 모셔 시내에서 맛있는 음식을 사드리고, 옷도 몇 벌 해드렸다. 많지는 않지만 적은 원고료로 어머니에게 용돈을 드린 일도 있다. 그런데 이런 것은 결국 눈 가리고 아웅 하는 식이리라. 여전히 한 달에 정해놓고 나는 용돈을 어머니에게 타 썼으니까.

무엇보다도 부모에게 효도 한다는 것은 음식이나 옷 사드리는 것으로 해결되는 것은 아니리라.

어머니께서 한 번도 자신의 외로움을 표현한 적도 없고 또 표현을 어떻게 해야 하는지를 몰랐을 것이다. 돌아가시기 얼마 전부터는 집에 혼자 있는 것이 무섭다는 말씀을 자주 하셨다. 내가 선배문인의 일을 보아 주기 위해 집을 며칠씩 비웠다가 돌아왔을 때 어머니에게 직접 들은 이야기는 아니지만 딸인 내가 집에서 자는 날은 든든한 남자가 있는 것처럼 집이 무섭지 않다고 하셨다.

돌아가시기 얼마 전 부터는 자주 허하셨고, 그보다 큰 변화라면 터무니없이 딸인 나를 들볶은 일이다. 시집 안 간다고 다른 부모들처럼 애타지 않던 분이 시집가서 살지 왜 부모 밥을 먹느냐, 다른 딸은 돈 벌어서 부모 호강시킨다는 둥이었다. 그러다보면 모녀간의 말다툼이 되어서 삼일을 더 어머니에게 말을 건네지 않았다. 부모의 심정을 딸이 어떻게

다 읽을 수 있었으랴. 딸을 꾸짖은 날 밥상은 더욱 화려하였으니 말이다. 사람들이 나더러 왜 시집을 안 가느냐고 온갖 질문을 해도 우리 어머니만큼은 제일 너그럽게 바라보실 줄 알았고 시(詩)를 한 줄도 쓰지 못해도 내가 내 버리는 원고지 한 장 함부로 다루지 않으셨다.

어느 날 혈압으로 갑자기 쓰러지신 뒤 일주 동안 병원에서 혼수상태로 버티시는 동안 모인 친척들한테 저 애는 똑똑하니까 한마디를 두 번이나 가까스로 뇌까리셨다. 빈손으로 왔다가 빈손으로 돌아가는 동양의 허무관을 평범한 어머니는 터득하셨단 말인가. 딸에게 물려줄 재산 하나 없었어도 다만 딸의 낙천적인 성격을 임종 시까지 든든히 생각하셨던 것이다. 다만 어머니와 딸의 풀지 못한 한(恨)이 있다면 대화를 정답게 자주 나누지 못했다는 후회(後悔)이다.

어머니의 평소 말씀 가운데 자신이 죽거든 절에서 목탁소리를 많이 듣게 해 달라는 부탁이 계셨다. 그 분이 불교를 꼭 믿는 것도 아닌데 평범한 말씀 가운데 진리가 있었다. 그래서 나는 절에 갈 때마다 부처님 앞에서 부모님의 명복(冥福)이라 할까 좋은 딸이 못 되었던 죄스러운 마음을 씻는 것이랄까 그러는 가운데 불심은 더욱 깊어가는 것 같다.

〈1981년 6월호 · 여성불교〉

504

마음의 편력(遍歷)

나의 마음을 하늘의 구름 조각이라 해 두자.

타인의 마음도 그렇게 생겼을 것이라고 생각하자.

마음을 가리켜 이르되 뜬 구름 정도로 보아두는 일은 제 마음을 태양이나 달빛으로 들여다보려는 사람보다 현명한 대답이 아닐 수 없다. 마음이란 숫자는 자나 눈금으로 요량(要量)하여 절대값을 구할 수 없는 것이리라.

옛적이나 오늘이나 마음에 대한 연구는 양식(良識)있는 사람들의 커다란 관심이거니와 불교의 화엄경 구절에도 마음을 '심여공화사(心如工畵師), 마음은 재주 있는 환장이와 같다'고 풀이 하고 있다.

두말할 필요도 없이 인생의 희로애락(喜怒哀樂)이 모두 마음 한 곳에서 저절로 피기도 하는 것이다. 그런데 깊은 우물은 두레박으로 물을 자꾸 퍼 올리면 줄어들지만 마음은 그 깊이와 넓이를 헤아릴 길 없어서 얼마만큼 퍼 올려야 되는지 조차 모르는 것이다.

마음은 실상(實像)이 아니라 허상(虛像)이리라.

사방팔방(四方八方) 헛것이 둘러서서 바람 한 점 불어오지 않을 때, 답답할 때일수록 창문을 열고 환기가 필요한 것처럼 우리들 자신이 지옥(地獄)처럼 느껴지고 때로는 천당(天堂)인양 웃어주는 번거로움에서 수고로운 일이지만 한 발자국씩 걸음마를 떼어놓아야 한다.

툇마루에 뽀오야니 앉은 먼지는 물걸레질 치면 반들반들 윤이 나는 이치와 녹슬은 쇠를 거친 페이퍼로 몇 번이고 밀어내면 어느새 본래의 쇠 빛깔로 돌아오듯 말이다. 우리의 마음도 이런 경우와 같아 물리작용

(物理作用)보다 몇 배나 빨리 부패(腐敗)할 것이다.

사람이 동물과 다르다는 사실은 사고할 줄 안다는 공통된 생각을 하면서도 우리는 너무나 많은 욕망(欲望) 속에 파묻혀 살고 있다. 욕망은 끝이 없어서 하나를 얻으면 두 가지를 셈하게 되고, 물가지수식으로 폭등하다가 끝내 마음과 육체에 병(病)이든다.

병이 들지 않도록 미리 예방하는 일은 마음을 텅 비우자는 나의 방식인데 아침에 일어나서 맑은 공기를 마실 때처럼 가벼운 마음이 되어 살자는 말이다. 터무니없는 욕망을 너그럽게 던져버렸을 때 비로소 가벼운 마음이라 할 수 있다. 그러자면 얼굴빛은 인자(仁慈)해 보일 것이요 궁기(窮氣) 없이 밝다. 언제 느꼈느냐 하면 내가 가끔 오르는 산사에 70살이 넘은 여승을 뵈면서 부터이다. 마을에 사는 노인들과는 완연히 구별할 수 있는 동안(童顔)의 모습을 나는 보았다.

산사의 여승에게서만 바라볼 수 있는 것이 아니라 거울에 마음을 비추면서 인생을 하루하루 새롭게 살아가는 싱싱한 인간상을 주위에서 더러 나는 사모(思慕)하게 된다. 그 중에는 유명인사도 있고 세상에 알려지지 않은 숨은 예술가(藝術家)도 있다. 생활의 수준도 다양각색(多樣各色)이어서 부자(富者)와 빈자(貧者)—.

세속적인 의미에서 가진 것이 많은 사람이나 가진 것이 없는 사람이나 마음의 자세는 예외에 속하는 듯 한결같이 그 사람들에게서 풍겨오는 느낌은 따뜻한 느낌이었다.

이렇듯 세속적인 해석과 관계없이 마음은 차별이 없음이다.

공자의 언행록 『논어(論語)』에 보면 가난에 대한 구절이 있다.

'어질지 않은 자는 오래 가난을 견디지 못하며 즐거움을 오래 누리지 못한다. 오직 어진 이라야 인(仁)에 안주하고 지혜로운 이라야 인(仁)

506

을 이롭게 한다.'

그러나 오늘 우리 사회 풍토는 어떠한가.

황금에 눈이 어두워 남이 피와 땀으로 벌어들인 재산마저 훔치는 기사가 신문 사회면을 채우다시피 하고 있지 않은가.

예나 지금이나 가산이 넉넉한 사람이 있으면 반대로 가난에 빠진 사람이 있게 마련……

하늘은 날아다니는 새도 먹여 살리거늘 하물며 사람이야 굶기랴. 아무리 물질이 앞선 세태라 할지라도 올바른 정신을 앞세워 살고자 하는 사람에게는 스스로 하늘의 도움이 있는 것을 나는 믿는다.

하늘의 도움을 받으려면 우선 물질 만능주의에서 탈피해야 하고, 자기 생존을 위하여 낭비형에서 저축형으로 옮겨져야 한다.

옛날 사람들처럼 가난을 부끄럽게 여기지 않고 참고 기다려 보는 자세가 오늘 아쉽다.

재산이 남아돌아가면서도 마음이 인색한 사람, 추운 사람, 밤낮 도둑 때문에 긴장하는 사람들보다 그렇지 않은 사람이 행복하지 않을까?

잠시라도 무거운 소유욕에서 해방되어 가는 순간이 있기 때문이다. 머리 위를 바라보라. 사람의 신분과 구별 없이 넓으며, 푸른 하늘이 있기에 우리는 신비(神祕)한 꿈을 버릴 수 없는 것.

산에 사는 노승의 앳되고 밝은 얼굴, 구도자같은 여느 사람, 재산을 사회에 환원시킨 사업가, 우리 동네 헌 고물장수의 할아버지, 그분의 물욕 없으면서 성실함, 덕(德)이 있음으로 행여 외로운 사람들…….

외로운 사막의 길로 이 세상을 표현해 두는 사람도 많으나 마음의 편력(遍歷)을 따라가다 보면 세상의 빛깔도 더욱 투명해져 갈 것이다. 세상을 바라보는 눈도 태도도 바뀔 수 있을 것이다.

때문에 마음을 가리켜 이르되 뜬 구름 정도로 보아 두는 일은 제 마음을 태양이나 달빛으로 들여다보는 사람보다 현명한 대답이 아닐 수 없다.

나는 내 마음의 뜬 구름을 잡으려 한다.

〈1982년 1월호 · 열매〉
〈1987년 3월 · 그리움으로 오는 한 사람에게 · 제3기획(第三企劃)〉

[심여공화사(心如工畵師)] 우리는 현재 인본주의사회(人本主義社會)에서 살고 있다. 과거 신권주의사회(神權主義社會)로부터 진일보(進一步) 했다. 인간이 스스로의 삶을 신(神)에게 의탁(依託)한 피동적(被動的)인 것에서 주동적(主動的)인 것으로 인간주권(人間主權)을 찾았기 때문이다. 이러한 인간중심주의를 바탕으로 민주주의, 자유주의, 개인주의가 꽃 피었다. 개인(個人)의 생각이 곧 진리(眞理)라는 믿음이다. 그런데 인본주의의 바탕이 되는 개인의 자아(自我)가 명확하지 않다. 나를 특정(特定)지울 수 없는 것이다. 나의 몸(身體) 즉, 물질(物質)로써 나를 특정 짓고자 하면 나의 몸이 항상 그대로 존재하고 있어야 하는데 나의 몸은 성장하거나, 늙는 등 매순간 변하고 있다. 단지 내 머릿속의 기억으로 변하는 나의 몸을 연결(連結)해 주면서 나의 존재를 인식(認識)하고 있을 뿐이다. 그렇다면 나의 이성(理性)이나 감성(感性), 의식(意識) 중에서 무엇이라도 특정지울 수가 있어야 하는데 이러한 두뇌작용(頭腦作用)은 더욱 변화무쌍(變化無雙)하다.

물리적(物理的)으로도 마찬가지 이다. 1927년 독일(獨逸)의 과학자(科

508

學者) 하이젠베르크가 어떤 물체(物體)의 위치(位置)와 속도(速度)를 동시에 정확(正確)하게 측정(測定)하는 것은 이론적으로 불가능하다는 불확정성 원리(不確定性原理, Uncertainty principle)를 주장했다. 특히 입자(粒子)와 빛 등의 미시적(微視的) 세계에서는 이 원리를 더욱 쉽게 이해할 수 있는데 어떤 입자의 위치를 알면 속도가 불확실해지고, 그 입자의 속도를 재는 순간(瞬間) 그 위치를 알 수 없기 때문이다.

반면에 일상생활에서는 이 원리를 이해하기가 쉽지 않다. 예를 들어 내비게이션처럼 자동차의 속도와 위치를 모두 측정(測定)하는 것이 쉬운 일이라 생각하기 때문이다. 하지만 정확하게 말하면 그 자동차의 속도와 위치는 임의의 것이 된다. 이는 평균 1,609km/hr의 속도로 돌고 있는 지구(地球)의 자전(自轉)과 평균 107,160km/hr의 속도로 태양의 주위를 돌고 있는 지구 공전(公轉)의 영향이 배제되어 있기 때문이다. 지구의 자전과 공전은 거의 일정한 속도(등속도)이기 때문에 우리의 일상에서 매일 모양을 바꿔가며 해와 달이 뜨고 지고, 별자리의 위치가 바뀌는 것 외에는 이를 느끼지 못한다. 이 덕분에 지구(地球)에서 생명체(生命體)가 존재할 수 있는 것이다. 게다가 태양계(太陽系)는 지구가 태양의 주위를 돌고 있는 것과 같이 우리 은하(銀河, 소천계)의 움직이는 어떤 축(軸)을 중심으로 돌고 있으며, 우리 은하는 또 우리 중천계(中千界)의 어떤 축을 중심으로 돌고, 그 중천계도 우리가 속한 대천계(大千界)의 어떤 축을 중심으로 돌고 있을 것이다. 이렇듯 우주적 관점에서 보면 그 자동차는 어떤 입자(粒子)와 같이 그 위치와 속도를 정확히 측정(測定)할 수가 없고, 그것을 측정할 수 있는 주체(主體)도 없다.

그러므로 심여공화사(心如工畵師)와 같이 개인의 생각에는 진리가 없다는 말이 된다.

따라서 존재의 불확정성은 인본주의의 근간을 흔드는 것이며, 앞으로 과학기술이 더욱 발전하여 인공지능(AI, Artificial Intelligence)이 인간의 사고능력에 접근할 때 인간사회는 큰 도전(挑戰)에 직면(直面)하게 될 것이다.

[인간(人間)] 원래 인류는 생태계(生態系)에서 피식자(被食者, Prey)로서 범(호랑이)과 같은 포식자(捕食者, Predator)를 피해 도망 다녀야 하는 운명(運命)이었다. 그리고 신체적 조건도 매우 불리했다. 새와 같이 날아다닐 수 없었고, 냄새를 잘 맡지도, 소리를 잘 듣지도, 멀리 있는 사물을 잘 보지도 못하며, 빠르지도 못했다. 항상 불안(不安)에 떨며 살아야 했다.

그런데 이러한 불안감이 인간 두뇌(頭腦)의 한 영역(좌뇌, 左腦)을 발달시키면서 인류를 만물(萬物)의 영장(靈長)으로 만들었다.

대부분의 지구 생명체는 물질적 현실(Objective reality) 속에서 살아간다.

그러나 인간은 불리한 신체적 조건으로 인해 물질적 현실(Objective reality) 속에서만 살아가다가는 포식자에게 바로 잡아먹히기 십상이었다. 걸어가면서 혹시나 어디엔가 호랑이가 숨어 있는 것이 아닌지, 물을 건너면서도 악어가 나타나지나 않을까, 또 언제 갑자기 폭우가 쏟아져서 물에 떠내려가지나 않을까 걱정해야 했다.

이러한 불안이 인간의 좌뇌를 자극해 다양한 상상력을 꽃피었다. 일반적으로 공간의 인식 등 물질적 현실(Objective reality)은 우뇌가 담당하고 언어능력 등 가상현실(Fictional reality)은 좌뇌가 담당한다.

인간 좌뇌의 상상력은 다른 생명체들이 경험하지 못했던 다양한 도

510

구를 개발해 내면서 인간을 만물의 영장으로서 자리매김하는 문명(文明)과 문화(文化)를 이룩해냈다. 그 결과 현재 인간은 물질적 현실(Objective reality)보다도 가상현실(Fictional reality)에 더욱 의존하며 살아가게 되었다.

가상현실(Fictional reality)의 대표적 산물인 화폐를 놓고 보면 쉽게 이해할 수 있다. 화폐란 단지 종이에 먹물로 모양을 입힌 것에 불과한데 우리는 그 종이에다가 가치(價値)를 부여하고, 무언의 합의를 통해 사용하고 있는 것이다. 화폐의 위력은 종교와 이념을 초월한다. 가히 가상현실(Fictional reality)의 결정판이라 할 수 있겠다. 이슬람교도나 유대교도나, 김정은이나 아베 등 모든 사람이 돈(Money) 특히, 미국 달러주면 다 좋아한다.

언어, 문자, 화폐, 국가, 종교 등 거의 모든 것이 가상현실(Fictional reality)이며 상상력의 산물인 것이다. 현재 인간은 다양한 상상력의 산물을 이용하여 새와 같이 날아다닐 수 있고, 오감(五感)을 가장 잘 인식하며, 빠를 수 있게 되었다. 그리고 피식자(Prey)로서의 불안도 해소(解消)되었다.

그런데 이러한 인간 좌뇌의 역할이 인류 미래를 위협하는 상황으로 점점 다가가고 있다. 인간의 상상력은 달리 표현하면 거짓말이기 때문이다.

좌뇌가 발달하다 보니 거짓말도 점점 늘어나고 다양해 졌다. 똑같은 사물이나 현상을 놓고도 사람마다 생각하는 것이 크게 달라진 것이다.

예를 들어 산 아래 펼쳐진 풍경을 보면서 어떤 사람은 가까운 곳에 피어 있는 꽃을 보고, 어떤 사람은 멀리서 유장하게 흐르는 강을 보며, 어떤 사람은 그늘 드리운 나무를 보고, 어떤 사람은 흐르는 구름, 또 어떤 사람은 망연히 앉아서 자기 마음속에 흐르는 세월을 생각한다. 그 이유는 좌뇌가 상상력을 발휘해 물질적 현실(Objective reality)에다가 서로 다른 과거의 기억을 조합(組合)하여 새로운 이야기(가상현실)를 만들어내고, 그 이야기를 스스로 합리화하기 위한 정보만을 찾기 때문이다. 이것이 사람마다 생각이 다른 원인(原因)이다. 자기는 진리(眞理)라고 생각하겠지만 개인의 생각에는 항상 거짓말(상상력, 편견)이 뒤섞여 있다.

그렇다면 앞으로 인공지능(AI, Artificial Intelligence)이 인간의 사고능력(思考能力)에 접근하여 인간에게는 진리가 없고, 인간의 생각에는 거짓말이 섞여 있다는 사실을 파악했을 때 창조주(創造主, 인간)에 대한 불신을 느낀 인공지능(AI)이 인류를 어떻게 대우할 것인지…….

[나는 누구인가?] 내가 당연하게 여기는 이른바 단일한 실체는 상충하는 목소리들의 불협화음(不協和音)으로 흩어지는데, 그 목소리들 가운데 어떤 것도 '내 진정한 자아(自我)'가 아니다. 인간(人間)은 나눌 수 없는 존재가 아니다. 인간은 '나눌 수 있는 존재'이다.

인간의 뇌는 두꺼운 신경다발로 연결된 두 개의 반구로 이루어져 있다. 각각의 반구는 몸의 반대쪽을 통제한다. 우반구는 몸의 왼쪽을 통제하고, 왼쪽 시야(視野)에서 오는 데이터를 수신하고, 왼팔과 왼다리를 움직인다.

좌반구도 마찬가지이다. 이것은 왜 우반구에 뇌졸중(腦卒中)을 앓은 사람이 때때로 몸의 왼쪽이 없는 것처럼 행동하는지를 설명해준다.

뇌의 두 반구 사이에는 분명한 구분은 아니지만 정서적·인지적 차이도 있다. 대부분의 인지 활동에는 양쪽 반구가 모두 사용되지만 똑같이 사용되는 것은 아니다. 예를 들어 대개 좌반구는 말하기와 논리적

추론에 더 중요한 역할을 하는 반면, 우반구는 공간정보를 처리하는 데 중요한 역할(役割)을 한다.

좌우 대뇌반구의 관계(關係)를 이해(理解)하는 데 돌파구를 마련한 것은 뇌전증 환자들에 대한 연구였다. 심각한 뇌전증의 경우, 뇌의 한 부분에서 일어난 전기폭풍이 다른 부분들로 빠르게 퍼져 급성 발작을 일으킨다. 그런 발작이 일어나는 동안 환자들은 자기 몸에 대한 통제력을 잃으며, 따라서 발작이 잦을 경우 직장생활이나 정상적인 삶이 불가능하다. 20세기 중엽, 다른 모든 치료(治療)가 실패(失敗)하자 의사들은 두 대뇌반구를 연결하는 두꺼운 신경다발을 끊어 한 대뇌반구에서 시작(始作)된 전기폭풍이 다른 대뇌반구로 흐르지 못하게 함으로써 증상(症狀)을 완화(緩和)시켰다. 이런 환자들은 뇌 과학자들에게 놀라운 데이터를 보유한 금광(金鑛)이었다.

대뇌반구의 연결(連結)이 끊긴 환자(患者)들에 대한 연구(研究)들 가운데, 1981년 노벨 생리의학상을 수상한 로저 울코트 스페리 교수와 그의 제자 마이클 S. 가자니가의 연구들이 특히 주목할 만하다. 그중 하나는 한 10대 소년을 대상으로 한 연구이다. 우선 그 소년에게 커서 무엇이 되고 싶은지 물었는데, 소년은 데생화가가 되고 싶다고 대답했다. 이 대답은 논리적 추론과 말하기에 중요한 역할을 하는 좌뇌가 제시한 대답이었다. 그런데 또 하나의 말하기 중추가 소년의 우뇌에 있었고, 그 부위(部位)는 음성언어를 제어하지는 못하지만 알파벳 철자(綴字)가 적힌 조각들을 이용(利用)해 단어(單語)를 말할 수 있었다. 연구자들은 소년의 우뇌가 뭐라고 말하는지 알고 싶었다. 그래서 책상 위에 글자 만들기 게임 조각들을 펼쳐놓고, 종이 한 장에 이렇게 썼다. "커서 무엇을 하니 싶니?" 그들은 소년의 왼쪽 시야 끝에 그 종이를 놓았다. 왼쪽 시야에서 오는 데이터는 우뇌가 처리한다. 우뇌는 음성언어를 사용할 수 없으므로 소년은 아무 말도 하지 않았다. 하지만 소년의 왼손이 책상 위에서 빠르게 움직이더니 여기저기서 철자 조각들을 모아 이렇게 답했다. "자동차 경주." 섬뜩한 결과이다.

제2차 세계대전에 참전했던 퇴역군인 환자 WJ가 보인 행동도 마찬 가지로 섬뜩했다. 각기 다른 반구가 WJ의 양손을 통제했다. 두 반구의 연결이 끊어져 있어서, 그의 오른손이 문을 열려고 하는데 왼손이 끼어 들어 문을 닫으려 하기도 했다.

또 다른 실험(實驗)에서 가자니가와 그의 연구팀은 좌뇌(말하기에 관여 하는 쪽)에 닭의 갈고리 발톱 사진을 휙 보여주는 동시에 우뇌에 눈 내린 풍경(風景)을 휙 보여주었다. 환자 PS에게 무엇을 보았느냐고 물었더니, 그는 "닭의 갈고리 발톱"이라고 대답했다. 그런 다음 가자니가는 PS에 게 일련의 그림카드를 주고 방금 본 것과 가장 일치하는 사진을 가리키 라고 했다. 환자는 오른손(좌뇌가 통제하는 부분)으로 닭 그림을 가리켰지 만, 동시에 왼손을 내밀어 눈삽을 가리켰다. 가자니가는 PS에게 가장 중요한 질문을 했다. "왜 당신은 닭과 눈삽을 둘 다 가리켰나요?" 그러 자 PS는 대답했다. "아, 닭의 발톱과 가장 일치하는 그림이 닭이고, 닭 우리를 치우려면 삽이 필요하잖아요."

무슨 일이 일어난 것일까? 말하기를 통제하는 좌뇌에는 눈 풍경에 대 한 데이터가 전혀 없었고, 따라서 왜 왼손이 삽을 가리켰는지 진짜 이 유를 알지 못했다. 그래서 그럴듯한 이야기를 지어낸 것이다. 이 실험을 여러 차례 반복한 뒤, 가자니가는 좌뇌에는 언어능력뿐 아니라 내면의 통역사가 있다고 결론 내렸다. 내면의 통역사는 인생에서 일어나는 사 건들을 납득하기 위해 항상 노력하고, 부분적인 단서들을 이용해 그럴

듯한 이야기를 지어낸다는 것이다.

또 다른 실험에서 가자니가는 비언어적인 우뇌에 포르노 사진 한 장을 제시했다. 환자는 얼굴을 붉히며 키득거렸다. "뭘 봤죠?" 짓궂은 연구자들이 물었다. "아무것도요. 그냥 섬광이었어요." 그녀의 좌뇌가 대답했다. 그런 다음 그녀는 곧바로 입을 손으로 가린 채 다시 키득댔다. "왜 웃죠?" 연구자들이 집요(執拗)하게 물었다. 어리둥절해진 좌뇌의 통역사는 합리적인 설명을 하기 위해 고군분투(孤軍奮鬪)하다가 방 안에 있는 기계들 중 하나가 너무 웃기다고 대답했다.

이 상황은 마치 CIA가 미국 국무부 모르게 파키스탄에 드론공격을 감행(敢行)하는 것과 같다. 그 경우 한 기자가 국무부 관계자들에게 그 사건에 대해 물으면, 국무부 관계자들은 그럴듯한 설명을 지어낼 것이다. 국무부 공보관들은 왜 공격 명령이 내려졌는지 전혀 알지 못하기에 이야기를 꾸며내는 것이다. 좌뇌와 우뇌의 연결이 끊긴 환자들만이 아니라 모든 인간이 비슷한 기제(機制)를 사용한다. 내 사설 CIA는 내 국무부의 승인 없이 또는 국무부 모르게 어떤 일들을 하고, 그러면 내 국무부는 가장 그럴듯한 이야기를 만들어 나에게 제시한다. 그 국무부는 대개 자신이 지어낸 순전(純全)한 판타지(Fantasy)를 굳게 믿는다.

(유발 하라리, Yuval Noah Harari, 호모데우스, Homo Deus, 399쪽~403쪽)

[뇌(Brain)과학] 철학(哲學)에서는 '존재(存在)란 무엇인가'에 대해 매우 심각하게 궁리하고 있지만, 대뇌 생리학적으로 대답하자면 존재란 '존재를 감지하는 뇌회로가 활동하는 것'이라고 간단히 정리해 버릴 수 있다고 봅니다.

결국 나는 '사실(事實, Fact)'과 '진실(眞實, Truth)'이 다르다는 말을 하고 싶은 겁니다. 뇌 활동이야말로 '사실', 즉 감각 세계의 전부입니다. 실제 세계, 즉 '진실'이 무엇인지 뇌는 알 수 없고, 또한 뇌로서는 알 필요도 없으며 '진실' 따위는 아무래도 상관없다는 겁니다.

(이케가야 유지, 도쿄대학교 뇌과학자, 단순한 뇌 복잡한 나)

[모두 거짓말을 한다(Everybody lies)**]** 누구나 거짓말을 한다.

(구글 트렌드 연구결과) 퇴근길에 술을 몇 잔 마셨는지, 체육관에 얼마나 자주 가는지, 새로 산 신발이 얼마인지, 그 책을 읽었는지 관해 거짓말한다. 아프지 않을 때 아프다고 전화를 한다. 하지 않을 거면서도 연락하겠다고 말한다. 상대와 상관이 있는데도 상관없는 일이라고 말한다. 사랑하지 않으면서도 사랑한다고 말한다. 우울한데도 행복하다고 말한다. 남자가 좋으면서도 여자를 좋아한다고 말한다.

사람들은 친구에게 거짓말을 한다. 상사에게, 아이들에게, 부모에게, 의사에게, 남편에게, 아내에게 거짓말을 한다. 그리고 스스로에게도 거짓말을 한다.

(세스 스티븐스 다비도위츠, 구글 데이터 과학자)

[조금도 객관적이지 않은 우리 뇌의 자아편향] 안타깝지만 우리 뇌에게는, 특히 기억체계에는 '믿을 수 있는', '정확한'이라는 수식어가 어울리지 않는다. 뇌가 불러온 기억은 고양이가 몸 안에서 이리저리 뒤엉킨 헤어볼(Hairball, 소·양·고양이 등이 삼킨 털이 위에서 뭉쳐 생긴 덩어리)을 토해낸 것처럼 형편없을 때도 있다.

다시 말해 기억이라는 것은 책 속의 문장처럼 변형 없이 그대로 기록된 정보나 사건이라기보다는 우리의 욕구에 맞춰 뇌가 해석하는 대로

(사실과 다르건 말건) 변형(變形, 달라지게 함)되고 수정(修整, 고치어 정돈함)된 것이다. 놀랍게도 우리 기억은 상당히 가변적이고, 여러 방식으로 뜯어 고치거나 억제할 수 있으며, 혹은 원인을 잘못 기억할 수도 있다. 이러한 현상을 '기억편향(Memory bias, 한 쪽으로 치우침)'이라고 한다. 그리고 기억편향은 다름 아닌 바로 우리의 자아에 의해 발생한다.

(딘 버넷, Dean Burnett, 엄청나게 똑똑하고 아주 가끔 엉뚱한 뇌이야기)

[깨닫지 못하는 건가요?] 불행하게도 우리는 일상생활 속에서 '나는 거짓말쟁이'라는 사실을 깨달을 기회가 거의 없습니다. 왜냐하면 행동이나 감정의 근거가 불명확하기 때문에 '작화(作話, 자기의 공상을 실제의 일처럼 말하면서 자신은 그것이 허위라는 것을 인식하지 못하는 정신병적인 증상)'를 하는 거니까요.

그리고 근거가 불명확하다는 말을 뒤집어 보면 작화한 내용이 엉터리라는 것을 입증할 길이 없다는 말이죠. 진짜 이유를 모르니까 작화를 한 것이고, 그러므로 '진실(眞實)'을 작화에 비추어 검증한다는 건 있을 수도 없는 일이죠.

그런 이유로 우리는 '사실은 내가 사기꾼에 불과하다'는 것을 모르고 살고 있습니다. 근거도 없으면서 묘하게 자기 신념에 자신감을 가지고 살아갑니다.

(이케가야 유지, 도쿄대학교 뇌과학자, 단순한 뇌 복잡한 나)

[팩폭(Fact暴)] 마늘이 아니고 달래라고?

고려(高麗國) 보각국사(普覺國師) 일연(一然)스님(1206년~1289년)의 삼국유사(三國遺事)에 나오는 단군신화(檀君神話)를 보면, 하느님(환인, 桓因)의

아들 환웅(桓雄)이 '인간(人間)을 널리 이롭게 하고자(홍익인간, 弘益人間)' 풍백(風伯), 우사(雨師), 운사(雲師)를 비롯한 3,000명의 수하(手下)를 이끌고 태백산(太白山, 現 백두산으로 추정, 중국 태산이라는 주장도 있음) 신단수(神壇樹)로 내려와 그 지역을 신시(神市)라고 일컬으며 곡식, 생명, 질병, 형벌, 선악 등 360여 가지 일을 맡아 인간 세상을 다스렸다. 그때 곰과 호랑이가 인간이 되기를 소원하니, 환웅은 쑥(영애, 靈艾) 한 자루와 마늘(산, 蒜) 20쪽을 주면서 그것을 먹으며 100일간 햇빛을 보지 않고 버티면 인간으로 만들어 주겠다고 하였다. 이에 곰(熊)은 시키는 대로 하여 삼칠일(21일) 만에 여자로 변했으나, 호랑이(虎)는 참지 못하고 뛰쳐나가 버렸다. 다음에는 곰 여인(熊女)이 신단수 아래에서 아이 갖기를 기원하자 환웅이 인간으로 변신해 웅녀(熊女, 곰 여인)와 혼인(婚姻)하고 아들을 가졌는데, 그가 단군왕검(檀君王儉)이시라고 설명한다. 기원전 2300년경의 일이다.

그런데 곰이 삼칠일 동안 먹었다고 하는 마늘의 원산지는 중앙아시아나 이집트(Egypt)로 추정된다. 특히 이집트에서는 기원전 2500년경에 축조된 피라미드(Pyramid)에서 노동자들에게 마늘을 나눠준 기록도 출토되었다.

이러한 이집트의 마늘이 고려시대 때 중국을 거쳐 전래된 것으로 여겨지는데, 『박물지(博物志)』에는 '중국에는 원래 산(蒜)이 있었는데 한나라(기원전 200년경) 때 장건(張騫)이 서역에서 이와 비슷하면서 훨씬 큰 것을 가져왔으므로 이것을 대산(大蒜) 또는 호산(胡蒜)이라 한다'라고 적혀 있다.

삼국유사에서 마늘로 번역한 글자가 바로 산(蒜)인데 그 뜻으로 파, 마늘, 달래, 부추 등을 아우른다. 한편 『명물기략(名物紀略)』에서는 마늘의 어원(語源)에 대하여 '맛이 매우 날(辣: 몹시 매울 날)하므로 맹랄(猛辣)이라, 이것이 변하여 마랄→마늘이 되었다'고 풀이한다.

따라서 단군신화의 마늘(蒜)도 연대와 내용으로 미루어 야산(野蒜), 소산(小蒜), 산산(山蒜: 산달래) 즉, '달래'라고 번역하는 것이 맞다. 굳이 우리가 일상생활에서 접하는 이집트산 마늘(大蒜, 胡蒜)이라고 하지 않아도 되는 것이다.

방(房)은 세계지도

어떤 사람이 남보다 몇 배 넓은 집을 가지고 있어도 밤에 누울 수 있는 여덟 자(242.4㎝=8×30.3㎝)면 넉넉하다는 말이 명심보감(明心寶鑑)*에 있다. 그뿐이랴, 덧붙여 말하기를 좋은 밭이 1만 평(坪)이 넘더라도 하루에 한두 되(1.8~3.6ℓ)만 있으면 먹는다는 것이다.

세속을 지나치게 따르는 사람들에게 유익하도록 이끈 귀절이기는 하지만 스스로 깨닫기까지는 대부분 몸소 체험(體驗)을 통하여야 가능하지 않을까.

체험에도 상(上), 하(下)가 있나?

공자(孔子)가 말하기를 '나면서부터 도리(道里)를 아는 사람이 으뜸이요, 배워서 아는 사람은 그 다음이요, 막혀서 어려움을 겪은 후 배우는 사람은 또 그 다음이 된다'고 하였다. 또한 모르면서도 배우지 않은 사람이 가장 낮은 사람이라고 하였다.

나의 경우는 어느 쪽이냐 하면 막혀서 어려움을 겪고 나서 배우는 사람으로 다행히도 가장 낮은 사람 편에서 조금 비켜 서 있다 할 것이다. 어쨌거나 인류사에서 몇 사람 안 되는 성인 공자(孔子)의 말씀이고 보면 말이다.

참으로 오랜만에 나 자신을 성찰할 수 있는 시기를 요즘 집에서 보내게 되었다. 나의 집— 그렇지만 엄밀히 구별하면 책상(冊床) 앞에서 지금 원고(原稿)를 쓰고 있는 방을 두고 말하는 것이다.

밤에 누울 수 있는 여덟 자면 넉넉한 방이라고 이른 말도 캐어보면 집이라는 전체의 의미보다도 사람이 가장 밀접하게 닿는 방의 의미를 강조하는 말일 것이다.

　그렇다. 넓은 대지 위에 세운 집일지라도 한 귀퉁이 얌전하고 겸손한 방만큼 사람을 따스하게 감싸주는 것은 없다. 일상적 생활의 방을 특별히 고마웁게 느끼는 시간은 하루 스물 네 시간 중에서 어느 시간이 될까.

　집 밖에서 집을 그리워할 때나 집 안에서 몸과 마음을 쉬고 있을 때의 마음이란 늘상(언제나) 일상적인 것이어서 방에 대한 특별한 의미를 찾아내지 못한다 하더라도, 사람은 어느 시절쯤에 이르면 방을 특별히 사랑할 수 있게 된다. 탕아(蕩兒)가 오랜 방황을 끝낸 시절, 젊음이 지난 노년(老年)의 시절로써 일상적인 방은 이미 차원 높은 비중(比重)을 차지한다.

　화가(畫家)가 그림을 그릴 때 원근(遠近)을 나타내어 현실감, 입체감을 강하게 하는 일처럼, 그 시기는 삶의 일부나마 정확한 센스, 경험, 논리에 비추는 성찰의 시기라 할 것이다. 행복은 먼 곳에 있는 것이 아니라 가장 가까운 곳에 있다는 진리의 말에 구태여 귀를 기울이지 않아도 스스로 심법을 터득하는 경우는 틀림없이 앞뒤가 뒤틀리지 않은 공간 속에서 침묵(沈默)을 배울 수 있었기 때문이요, 무색(無色)의 네모 난 벽으로 둘러서서 사람보다 따뜻한 체온을 보내는 방이 우리를 지켜주고 있기 때문이다.

　방은 세계지도, 실제의 모습과 같다. 다듬어진 심법에서 방 안에 있으면 천하(天下)를 두루 살필 수 있다.

　그런데 그런 심법은 아무에게나 찾아오지 않을 것이란다. 달인(達人)도 아니요, 그저 그렇게 생긴 범부로서 어느 날엔가 여지껏 무심히 여겨지던 방 안이 어린 시절 요람(搖籃, 사물의 발생지나 근원지를 비유적으로 이르는 말)으로 느껴지는 말하자면 집에 돌아온 탕아의 심정(心情)이라 할까…….

자연의 섭리에 따라 처음부터 아름답고 신비한 모양으로 지상에 선을 뵈는 생명을 꽃에서 향기를 맡지 않고 바라보는 동안에도 우리는 충분히 느낄 수 있는데, 사람은 그와는 별도인 양 어머니 뱃속에서 세상 밖으로 나오면서부터 몸과 마음을 부지런히 닦지 않으면 안 되는가.

옛날 성인들은 집 밖에서도 큰 도(道)를 얻었다는데 평범하기 끝이 없는 나라는 사람은 그저 비호(庇護)받는 심정으로써 방 안에 있는 시간이 즐거울 뿐이다. 바깥 생활에서 갖지 못한 성찰의 시간이 큰 수확인고로 방에 앉아 있어도 세상 돌아가는 모습을 자연히 알아낼 수 있는 힘이 나에게 차츰 익혀지는 것도 같다.

톱니바퀴 돌아가듯 쉴 사이 없이 뛰면서 살아야 할 세상인데 천연덕스러운 이야기라고 어떤 이는 핀잔하겠지만, 글쎄 사람이란 어느 시기(時期, '때'로 순화)에는…….

---

* 명심보감(明心寶鑑): 고려(高麗) 추적(秋適)이 1305년에 선현(先賢)들의 금언(金言)·명구(名句) 등 유·불·선(儒佛仙) 사상(思想)을 망라(網羅)하여 19편으로 엮은 책이다. 계선편(繼善篇) '착한 일을 한 사람에게는 하늘이 복을 주고, 악한 일을 한 사람에게는 하늘이 재앙을 내린다(子曰 爲善者天報之以福爲不善者天報之以禍)'는 공자(孔子)의 말로부터 시작된다.
  이후 중국(元, 明)뿐만 아니라 베트남(蠻), 일본(倭) 등 동남아시아와 네덜란드(和蘭), 독일(德國) 등 서구(西歐)에까지 알려졌다. 5편이 추가(일명: 청주본)되어 조선(朝鮮)으로 역유입(逆流入) 되기도 했다.

〈1982년 1월·체신(遞信)〉
〈1985년 5월·한잔의 차(茶)가 그리울 때·동화출판공사(同和出版公社)〉
〈1987년 3월·그리움으로 오는 한 사람에게·제3기획(第三企劃)〉

사람의 장기(長技)

　누구에게나 장기(長技) 하나씩은 갖고 있다.

　단순한 내용일지라도 그 사람을 돋보일 수 있도록 하는 재주 말이다.

　그러니 예술가(藝術家)처럼 전문직에 종사하는 사람들을 장기라고 말하지 않고 그냥 물결처럼 흘러 살아가는 가운데서 그래도 옥(玉)티 나는 것을 말이다. 평범하기 끝이 없어 보이던 그 사람이 여러 사람 앞에서 갑자기 스타로까지 발전(發展)하는 경우를 더러 보았다.

　타인에게 보여지든, 말든 간에 그 사람만의 독특한 창법은 세상에 태어날 때부터 갖고 있던 것이 아닐 수 없다. 그리하여 세상하고 친숙하기 전에 그 사람의 장기일 뿐이다. 장기야말로 그런 것, 그냥 있는 그의 모습대로다.

　세태적인 말 '웃긴다'는 뜻이 '정말 웃을 줄도 안다'는 말의 뜻이 장기에 담겨져 있다.

　장기를 넘어서면 전문직이 되지만 우리 현실은 장기 그대로가 좋다 할 수밖에 없다.

　숨어 있는 재주— 장기를 보임으로써 여러 사람이 즐겁다.

　어쨌거나 나도 친지들로부터 노래를 잘 부른다는 말을 듣고 있으니까 장기는 있나 보다. 그런데 나 자신은 노래를 잘하는 것 같지 않지만 그런대로 장기는 그 사람의 애칭이라는 점에 호감이 갈 뿐이다.

　그러나 또 한편으로는 그 애칭 때문에 시에 그늘이 질까봐 은근히 속도 상할 때도 있다.

　그런 생각은 십중팔구(十中八九) 들어맞았다. 예로부터 우리나라는 노래하는 사람을 낮추어 보았던 경우가 그렇고 전문직 옆에 따로 장기를 달아두는 일이 애칭으로 끝나지 않고 그 사람의 일부분 아닌 전체를 통틀어 인상(印象)으로 남게 되는 것은 아닐까.

누구나 경험했지만 연말연시엔 크고 작은 모임이 자주 열린다. 모임이 아니라도 여느 때 가까운 친구들과 즐거운 시간에서 으레 나는 노래를 지명받게 된다.

노래도 여러 사람 앞에서 자주 부르다보면 종전에 생각했던 것처럼 결코 쉬운 일이 아니라는 것. 남이 시켜서 마지못해 하는 노래보다 스스로 자청(自請)하듯 부르는 노래가 흥(興)이 섞이는 노래다.

항상 노래하는 가수가 아닌 이상 노랫말도 가끔 막히기 때문에 집에서 미리 한두 차례 불러 본 뒤라야 노래를 할 수 있다는 것. 저절로 흥이 날 때 노래는 가사도 감정(感情)도 좋다.

아침 눈을 뜰 때 창밖 정원으로부터 들려오는 새소리처럼 사람의 육성(肉聲)도 이와 같이 목을 부드럽게 굴려 노래할 수 있다면? 혼자 노래하고, 듣는 마음은 온갖 조잡(粗雜)한 말을 씻어버린 융회(融會)한 무색의 신천지(新天地)와 같을 것이다.

가수가 무대에서 노래할 때 청중을 의식하기 보다는 자기 노래에 열중함으로써 우리도 가수와 함께 호흡하게 되는 경우이다.

혼자 노래하고 혼자 들을 수 있는 마음, 귀가 열려 있으면 그의 노래는 훌륭하다.

어느 특정 가수가 대중에게 오랫동안 사랑받을 수 있었다면 이러저러한 공감을 주었기 때문이리라.

우리가 가수 아닌 이상, 내 음성의 선별은 나중이고 먼저는 가사 내용이 자기 기호(嗜好)에 맞아야지만 노래가 잘 되리라. 나부터도 특별히 노래를 잘 해서가 아니다. 노래 부르는 동안만큼은 가사 멜로디에 젖어든다.

시 쓰는 일 보다 노래에 신명이 난다. 노래에도 시만큼 영혼이 깃들여 있음을 나는 안다. 그러나 노래가 시만큼 어려우랴. 다만 노래라는 것은 남이 불러도 내가 불러도 들을 때 즐겁다.

어떤 찌꺼기를 노래는 헹구어 낸다.

여러 사람이 노래를 서로 들려주는 일은 잡다한 귀거래사(歸去來辭)를 떠나 정(情)을 느낄 수 있다고 생각할 때 노래란 희망적인 것이다.

기왕 노래에 장기가 있다면 비록 아마추어지만 가수처럼 노래를 하라.

그 사람의 본업 아닌 제스처를 바라보는 동안에 그동안 우리들 딱딱한 고정관념이 벗겨진다. 레크리에이션이란 원래 서로가 공감하는 놀이라면 장기는 여러 사람의 마음을 움직인다.

장기는 그 사람의 장점으로만 그냥 인상으로 남겨두되 절대로 장기가 그 사람의 본직을 그늘지게끔 사람들이 만들어서는 안 된다는 나의 생각은 터무니없는 기우(杞憂)일까.

장기(長技), 그러나 사람들로부터 시달리는 때가 많다. 평소에 닦은 실력이 아닌 이상 항상 장기는 아니다.

어찌 생각하면 장기는 바보스러운 점이 많다.

사람에게 바보스러운 점이 어디 장기에만 남아 있으랴. 전문직이라 해도 바보의 때빛깔을 말끔히 가실 수 없을 것이다. 묻어두며 끄집어내며 진실(眞實)이 우리에게 남아 있기를 바란다.

〈1982년 1월호 · 총력안보〉
〈1986년 12월 · 은밀한 불꽃 그윽한 눈물 · 동화출판공사〉

겨울새의 회상(回想)

도시에 눈이 내리면 참새들은 먹이를 어떻게 하여 구할까. 참새들 먹이로는 내 알기로는 사람들이 실수해서 땅바닥에 흘린 날곡식이라든가 이름을 알 수 없는 곤충 정도라고 생각했는데 사실 그러한가. 대충 대충 알고 있는 정도지만 특별히 책에서 읽는 것도 아니요, 사람에게 전해 들은 적도 없이, 다만 지금까지도 참새들의 먹이에 대해 궁금해 있다 어째서 그런가 하면 이 황막한 도시, 어느 정원에 며칠째 눈이 내려 쌓이는 날은 참새들은 어디서 먹이를 구해 오느냐 하는 걱정이 앞서기 때문이다.

바라건데 참새들은 눈 내리는 날과는 아무 상관없이 살아가는 새였기를 진작 마음속으로는 갖고자 한다.

내가 언제부터 참새타령을 눈이 내리는 날에 하게 되었느냐 하면 구의동 큰 기와집에서 살았을 때부터다. 큰 기와집이라는 말은 구의동 마을 사람들이 불러준 이름인데 한옥 치고는 분수 넘칠 만큼 너무나 넓은 평수를 그 동네에서 차지했기 때문이다. 다행히도 그 동네 사람들로부터 미움을 받지도 않았는데다 그럴만한 이유가 있었다. 그러니까 그 집이 얼마나 컸느냐 하면 대지만 삼백 평에 건평이 백여 평으로써 한옥 치고는 상류에 속했다. 그러나 그 집에 사는 세 가구가 모두 나그네들이었기 때문에 동네사람들 심리가 방관했던 것이 아닐까.

내 평생 이렇게 넓은 집, 규모까지 갖춘 훌륭한 한옥에서 몇 년 살 수 있었던 것은 그 집이 바로 우리 고모님의 별장이었기 때문이다.

구의동 참새들은 사계절 가림 없이 이 정원에 와서 자기들식의 노래나 말들을 주고받으며 하루에 몇 번씩 드나들었나 보다.

고모부께서 저세상(저승)으로 가신 뒤부터 거의 손을 봐주지 않아 멋대로 커가며 하모니를 이룬 정원에 새들은 오히려 부담가지 않는 듯했다.

사람들이나 새들이나 똑같이 주인이 너무 정성들여 가꾼 장소에서는 결의감 때문에 부자유스러울 것이다.

일 년에 한두 번 정도나 될까. 고모님께서 사무적인 일로 잠깐 들러 가실 뿐 고모부 살아 계실 때처럼 전연 별장에 대한 특별한 배려는 없으셨으니 구의동 이 집은 나의 집이면서 참새들의 집이었다 해도 무방하다.

구의동 집에서 나는 시를 썼고 새들은 노래를 불렀다.

그들 새들, 어찌 참새뿐이었나. 내가 새들에 대한 구별을 못해서 그렇지 몇 가지 수나 되는 새들이 아니었을까…….

예를 들면 강남에 갔다가 봄철 돌아오는 제비, 또 사계절마다 무슨 무슨 새.

아침 동향 창호지에서 금빛 햇살이 쏟아져 붙기 시작할 때 새들이 연주하는 갈채와 같은 노랫소리 속에서 나는 아무리 곤한 잠결이라도 깨어날 수 있었다. 아아 그런데 지금은 무슨 망령인 것처럼 아파트 지하실 방에서 유리창 속으로 세상 밖을 뒤집어 살펴도 나무 한 그루 성한 게 없다. 새들은 성이 났나. 여기 아파트 근처에 참새 한 마리 찾아볼 수 없었다.

아 그립고 그립다. 내가 살던 집과 새들이여.

아파트에서 두어 정거장 거리쯤에서 기와집이었는데 지금은 형체도 없이 헐리고 큰 건물이 들어서고 말았다. 내가 여기 아파트 지하실 방으로 옮겨진 것도 그 집이 팔렸기 때문인 것이다.

이맘때쯤 겨울철이면 으레 나는 곡식 낱알을 햇볕이 따스하게 받아지는 툇마루에 일부러 흘려 두어야 했는데……

툇마루 뿐 아니라 새들이 쉽게 찾을 수 있도록 그들이 자주 날아드는 벤치 위나 돌 위에 그리고 마당 한 귀퉁이 등에 양식(끼니)도 놓아두었다.

그런데 참으로 나는 새끼들에게 놀랍고 고마움을 한꺼번에 느꼈다.

새들도 사람처럼 사람에 대한 예의라 할까 그런 걸 표시하는 것이었다. 사실인 즉, 새들은 약간 엉성하니 낱알을 놓아두어야 먹지 주먹만큼 뭉쳐 그릇에 담아놓기라도 하면 그 다음 날이 아니라 며칠 째나 물어 나르지도 않았다. 이 사실을 처음에 나는 아무 근거를 찾지 못해 난처하였다.

비로소 나는 알게 되었다. 사람이 허락(許諾)하지 않는 곡식(穀食)인줄 알고 물어 나르지도 먹지도 않았다는 것을.

사실 그렇다는 결론(結論)을 내린 것은 번개같이 급속도로 저 푸른 창공을 줄달음치는 참새 떼들처럼 그 순간만큼 상쾌하게 머리를 스쳐가는 거룩한 영감(靈感)같은 직감에 의한 것이었다.

새들에게서 흔히 볼 수 있지만 시골에 가보면 큰 광주리에 쌓인 곡식을 사람들이 보는 앞에서 잘도 물어 나르던데……

하여간 나로서는 불가사의(不可思議)한 문제가 아니라 우리집 정원에 모여든 새와 나와의 연분(緣分)에 해당되는 말이라는 것.

마침 그 당시 우리집에 선배시인 한 분이 방문해 주었길래 어리광 비슷하게 그 이야기를 털어놓았다. 선배는 불문(佛門)에도 격이 있는 분이라서 그런지 그때 나에게 답을 해 주시기를 '무주상 보시(無住相布施)*'를 했노라고 했다. 그러나 나로서는 선배의 답에 귀 기울일 만큼 의식한 마음가짐으로 다져진 표현을 새에게 했던 것은 아니다.

독신인 나는 하루 세끼의 양식을 한꺼번에 씻는데 많은 가족에 비하면 조금일 수밖에 없고 거기에서 꼭 한 숟갈만 떼어준 것은 내 분수에 맞는 일이라 여겨서였다. 하기는 그 분량을 가지고도 새들은 충분하였고, 방안에서도 나는 그 새들의 움직임을 거의 다 해석할 수 있었다.

아아, 지금 돌이켜보면 그 시절은 참으로 아름답게 느껴진다.

* 무주상 보시(無住相布施): 나와 남의 구분 없이 베품(보살도, 菩薩道). 불교(佛敎)의 핵심 가르침. 자비(慈悲), 본래일심(本來一心), 응무소주 이생기심(應無所主而生其心), 자타불이(自他不二)와 같은 말.

〈1983년 겨울 · 법시(法施) 통권 214호〉

소리 없이 떠나는 가을

밀물과 썰물의 시간이 있듯, 가을도 일정한 시간과 장소에 찾아온다.

우선 일 년을 이십사절기로 나눈 가을의 첫 소식 입추(立秋)부터 말복(末伏), 처서(處暑), 백로(白鷺)를 1984년도 달력과 국어사전에 비교해 보았더니 백로만 하루 틀릴 뿐이다.

이십사절기 날짜마다 경(頃)이라고 토씨를 붙인 것도 더욱 재미있었고 한 눈금 차이에서 근사치를 찾아내게 하는 일 또한 재미있다.

음력에 가을을 짚어보나 양력에 짚어보나 어김없는 제 시간으로 가을은 서서히 문턱에 들어선다. 사람마다 느낌이 달라서 이르게는 입추요, 늦으면 백로에 와서야 겨우 가을을 느낄 수 있다. 구태여 나도 이러한 날짜를 짚어내자면 입추와 말복의 중간 날짜쯤 될까.

금년 여름 8월은 유난히 무더웠다. 33도 안팎을 웃도는 가마솥더위에 그래도 LA올림픽에서 한국선수들은 연달아 금메달 은메달을 따냈고, TV 앞에서 쾌거의 모습을 보며 더위를 이길 수 있었다.

지구촌에 살고 있는 사람은 제23회 올림픽 날짜를 기억하고 있듯 우리나라의 염왕(炎王)과 올림픽과 입추 말복이 삼위일체가 되어 가을을 향해 자수(刺繡)를 놓았다.

그렇다. 가을은 땀 흘린 사람 가슴에 깃들인다. 그리하여 여름내 땀 흘리며 일한 사람들을 위하여 '릴케'는 다음과 같이 시를 썼다.

주(主)여. 때가 왔습니다. 여름은 참으로 위대했습니다
해시계(時計) 위에 당신의 그림자를 얹으십시오

들에다 많은 바람을 놓으십시오

마지막 과실(果實)들을 익게 하시고
이틀만 더 남국(南國)의 햇볕을 주시어
그들을 완성시켜, 마지막 단맛이
짙은 포도주 속에 스미게 하십시오

어느 여름날, 땀방울 범벅이 된 채로 무심히 재치기라도 하면서 가슴엔 비수처럼 와 닿는 바람소리를 들을 수 있다. 매우 청명(淸明)한 날씨, 날마다 날마다 불어도 괜찮을 바람이 가난한 이웃 보통 사람들을 부딪고 지나가리라.

여름의 힘은 위대하기만 하다. 참외, 수박밭에서 어디론가 자리를 털고 지나갈 때는 들판 곡식에다 신명(身命, 몸과 목숨)의 바람을 부어 놓는다.

사람들은 자연이 하는 대로 여름에 맡길 뿐이며 특별히 가을맞이를 서두르지 않아도 되는 것이다.

다시 말하면 가을에 모든 사람들은 공허한 정신내면을 충실하게끔 유도하기 때문이다. 그래서 가을은 오곡백과가 무르익어 가는 계절이고 독서하는 계절이라 한다.

여름의 잔상(殘像)이 가을의 이미지로 남게 된다. 그리고 마음에서 비수 같은 바람 소리가 들릴 때, 소리 없는 소리를 들을 때 벌써 가을이다.

보통 우리가 계절이 바뀔 때 말하기를 "소리 없이 온다" 하며 형형색색의 봄도 이처럼 소리 없이 왔던 것.

따지고 보면 사람은 현상적인 소리에서 무엇을 많이 느끼려 하는 것도 사실이어서 생활의 감정, 사랑의 감정, 죽음의 감정까지도 시선으로 파악하기에 이르러 있다. 그러나 천둥소리는 어제의 시선으로 파악하던 소리와는 전연 의미가 다르다 할 것이다. 말하자면 천둥소리를 들으면서 우리가 몰랐던 내재율의 참회(懺悔)같은 것을 한다. 모든 계절은 이와 같이 마음을 통하여 문을 열게 된다.

인생(活着)으로 바라보는 가을은 중년(中年, 마흔에서 쉰 살 안팎의 나이)쯤 될까, 장년(壯年, 서른에서 마흔 살 안팎의 나이)쯤 될까.

젊은 청년기(青年期, 스무 살 안팎의 나이)에 곧잘 빠트리는 관용(寬容)*을 장년기(壯年期)인 가을에서 배우는 것이다. 다시 생각하며 들여다보자.

사철 중에서도 가을은 덥지도 춥지도 않다. 동양의 중용사상(中庸思想)과 가을은 일맥상통(一脈相通)하게 된다.

지금은 가을이다. 사람마다 무엇을 생각하고 있을까.

부스스 낙엽소리에 창밖을 내다본다.

우리들의 분신(分身), 낙엽을 바라본다.

나는 세상 아픈 소리에 익숙해져 있다.

병원 복도로 새어나오는 환자의 신음, 가난한 사람이 토해내는 원망, 어느 사람의 쓸쓸한 미소, 맑고도 들뜬 목소리, 승자와 패자의 소리.

나는 고통의 온갖 소리들을 사랑해 왔다.

그러나 인생은 아픔만으로 치유되는 것은 아닐 것이다.

작고한 여류시인 노천명의 「낙엽」을 읽으면 더욱 그 뜻을 알게 된다.

간밤에 나는 나무 밑에 들어서

그들의 회의광경을 보았습니다

플라타너스는 사시나무 떨 듯 하며
무서운 소리를 내고 있었습니다

밖엘 나서니 바람 한 점 없는
자는듯 조용한 밤하늘인 것을——

어젯밤 그처럼 웅성거리더니
아침에 발등이 안 뵈게
누우런 잎사귀들을 떨구어 놨습니다

시들은 잎사귀를 떨어버리는 데
그렇게 엄숙한 회의를 했군요

겨울을 이겨낼 투사는
하나도 없었나 보죠

플라타너스의 가을밤 회의는
준엄한 것이었습니다

　이 시에서 중요함은 불가(佛家)에서 말하는 만유무상(萬有無常, 모든 것이 덧없음), 회자정리(會者定離, 만남에는 반드시 헤어짐이 따름)에 있다.
　맨 끝 연 '플라타너스의 가을밤 회의는 / 준엄한 것이었습니다'가 바로 그것. 가을에 대한 애상시(哀傷詩, 슬프고 감상적인 시)가 아니라 달관한 시를 읽을 수 있다.

그러나 우리의 비애(悲哀, 슬퍼하고 서러워함)는 더 큰 파도를 넘어와서 계절의 애송시(愛誦詩, 즐겨 외는 시)나 노래로도 위로(慰勞)받지 못하는 천재(天災)가 종종 있어 왔던 것이다.

지난 번 9월 초에 전국에 내린 폭우가 바로 그렇다.

여름을 겨우 벗어난 가을의 문턱에서 많은 숫자의 수재민을 냈다.

가을이 오는 시기를 사람들은 어림짐작으로 9월에 내다보며 온통 가을의 축제가 신문, TV마다 흘러넘칠 때, 어느 날 아침 깨어보니 거짓말이 되어 버렸다.

지금은 그때 그 일을 각자 마음속에서 새겨두지 않고 지워버리는 때다. 그 일은 계속되는 것이 아니라 잠깐 찰나(刹那, 매우 짧은 시간. 어떤 일이 일어나는 바로 그때)에서 있었던 일이다.

바야흐로 만추(晩秋)는 겨울 길목을 바짝 다가서는데 우리의 마음 너무나 미흡(未洽)하지 않는가. 도대체가 아무 준비 없이, 무심한 마음에서 우리는 계절을 맞이했으며 떠나게 했다.

소리 없이 와서 소리 없이 떠나는 가을이다.

"지금 집이 없는 사람은 이제 집을 짓지 않습니다. 지금 고독한 사람은 이후로도 오래 고독하게 살아 잠자지 않고 읽고 그리고 긴 편지를 쓸 것입니다. 바람에 불려 나뭇잎이 날릴 때, 불안스러이 이리저리 가로수 길을 헤맬 것입니다."

'릴케'가 쓴 싯귀절이 다시 떠오른다.

---

* 관용(寬容): 남의 잘못을 너그럽게 받아들이거나 용서(容恕)함. 인간은 관대함과 너그러움을 교육(敎育)을 통해 익히지만, 코끼리(象)는 본능적(本能的)으로 깊은 관대함과 너그러운 마음을 가지고 있다. 가히 지구상에서 가장 위대한 생명체라 아닐 할 수 없겠다.

〈1983년 10월 · 가을수필〉

음악적인 생활

'나'라고 하는 자기의 모습을 타인과 비교할수록 우월감보다 열등감이 더 많아진다. 사람이 꼭 그렇다는 말보다 그리 해석될 밖에.

남보다 부족함이 없는 사람이라면 구태여 타인과 비교할 필요가 없기 때문인가. 물자(物資)나 학식(學識), 기타 오복(五福)에 비추어 서운함이 별로 없다는 사람이 무엇이 답답해 타인을 의식하겠는가. 이러한 사람이 타인과 견주어 얻는 것이 겸손이면 다행이지만 교만심이 될 것이 십상이다. 그래서 나는 '남들 눈치를 보지 않고 자기가 걷는 길만 똑바로 쳐다보며 걸어라'고 나 자신에게 일러두곤 한다.

세상에는 천국이나 다름없는 아름다운 말들이 많이 있지만 막상 실행하기는 열 발짝이라면 다섯 발짝도 다가가지 못하는 것은 아닐까. 그러면 어떤 방법으로 우리는 살아가고 있는 것일까.

많이 가진 자가 적게 가진 사람에게 대하는 태도가 교만해서도 안 되고 적게 가진 자가 많이 가진 자에 대해 하는 원망도 옳지 않지만, 양쪽을 놓고 볼 때 가진 자가 못가진 자에게 대하는 태도는 여유를 보여 줄 수 있어야 한다.

어린 날 우리의 어머니들이 자녀들에게 먹을 것을 줄 때 어느 아이에게만 특별히 많이 주지 않고 고르게 분배할 때처럼 자비한 마음으로—.

나보다 많이 가진 것이 다만 물질이라면 더욱 겸허한 자세로써 이웃을 돌봐주어야 한다. 세상에 있는 모든 물건은 따지고 보면 개인의 것이 아니라 우리 모두의 물건이나 다름없지 않은가.

무엇이나 서로 나누어 쓸 수 있는 마음일 때 비로소 그 사람은 많이 가진 자라고 말할 수 있다. 그러나 그보다 우선 넉넉지 못한 사람들은 위로만 바라보지 말고 자기 위치에서 조화(調和)를 찾아야 한다.

남에게 베푸는 편에서도 그렇게 되면 따뜻한 우정이며, 도움을 받게 되는 편도 우정이 된다.

우리가 생활하는 가운데 제일 중요한 것이 무엇이냐고 하면 나는 '조화'라고 분명히 대답할 것이다.

어느 신분을 가릴 것 없이 인생은 자기를 조화시킴으로써 인격자가 되는 것.

터무니없이 자기를 타인과 비교하고 졸렬해 지기까지 하는 사람이라면 아무래도 조화의 멋을 모르는 까닭이다.

그렇다고 해서 남보다 항상 뒷전에 처져 살자는 말은 아니며, 성급하게, 숨막히게 가위눌린 듯 비명하며 살 필요가 있겠느냐는 말이다.

사람들은 어느 경우에 더욱 조화를 깨뜨리고 마는 것일까.

원래 인간은 오욕(五慾)의 늪에서 허우적거리다가 자신을 건지기도 잃어버리기도 하지만, 지금 세계는 과학만능시대에 눌리어서 인간성보다 황금이면 모든 것을 두루 충족시킬 수 있다고 들떠 있는 것 같다. 세상이 떠들썩할 때 우리는 저마다의 생(生)을 저 푸른 초원처럼 싱싱하게 해야 한다.

음악에 리듬이 있듯 우리의 생활(生活)에도 리듬을 살리면 저절로 조화가 이루어지고 행여 깨뜨려질까 걱정하는 마음이어야 한다.

사람 얼굴이란 밉건 곱건 저마다 소명으로서 소우주이며 차츰 대우주로 옮겨가는 왕국이 아닌가.

〈1983년 1월호·열매〉
〈1987년 3월·그리움으로 오는 한 사람에게·제3기획(第三企劃)〉

물과 정적(靜寂)

정적(靜寂)의 의미는 무엇인가.

너무 조용한 시간을 정적이라고 하지 않는다. 그런데 하물며 왁자지 껄 떠드는 소리를 정적이라 할까.

목숨 내지는 무생물까지도 포함한 지구상의 모든 것은 하나하나 그 들이 지닌 순수한 소리를 지니고 있다.

이러 저러한 개체에서 흘러나오는 육성이 아닌 모든 소리까지 우리들 젊은 날은 숨죽이며 가슴 설레며 들었다. 혹은 그 많은 밤을 달빛으로 밝히면서 그것을 극명(克明)해내기도 했다.

그런데 사람들은 오래 살수록 시력이 점점 떨어뜨리듯 자연(自然)을 향한 그 마음마저 어디에 빼앗겨 버렸단 말인가.

우리들 스스로가 어쩌면 목적도 없이 푸른 잔디밭이나 신록이 우 거진 숲가 아닌 쓰레기 썩은 오물장에다 내팽개쳐 버렸는지도 모른다.

우리 귀에 들리는 모든 소리는 무엇에나 어울리는 화음이라기보다 천층만층 쪼개져가는 불협화음이다. 그렇기 때문에 오늘처럼 불볕더위 앞에서 나는 수도꼭지를 틀어놓고 물의 청량감을 맛보기에 앞서 한 가 닥 희비에 젖지 않을 수 없다.

겁 없이 나의 손으로 물을 틀어 놓으니 세찬 물줄기가 되어 물방울 은 천방지축으로 흩어진다. 이렇듯 나도 모르게 위험한 행동이 일상생 활 속에서 연달아 일어나고 있을 테지…… 일상생활은 망각(妄覺)일까.

우리는 작든 크든 자기 테두리를 벗어나는 경우가 퍽 드물다.

사람마다 어떤 습관 때문이리라.

어쨌거나 수돗물은 그 사람의 수용량에 맞춰 흘러 내려야 한다.

그렇지 않으면 물에 대한 고마움을 사람은 잊어버릴 것이다.

우리가 종종 경험하는 바이지만 수돗물이 하루만 안 나와도 가정질서는 엉망이 된다. 보통날에 비해 몇 배나 적은 량의 물을 써야 한다는 등 몇 가지 변칙을 몰아온다.

없을 때를 위해 물자를 비축해 두지는 못할망정 사람들 손으로 써버리지도 못하고 폐기되는 경우가 어찌 식수(食水)에서만 있는 일이겠는가.

세찬 물방울이 튀는 수도꼭지를 한참 아무생각 없이 바라보다가 왠지 나는 마음이 조마조마해졌다. 물소리도 생명이 있는 것처럼 느껴졌기 때문이다.

그릇을 넘쳐흐르는 물소리가 이미 물이 아닌 성난 몸짓을 하고 도망가는 패잔병의 뒷모습처럼 보이는 것이 아닌가?

그보다는 실연당한 어느 남자, 여자의 모습은 아닐까.

내가 버린 저 물결은 이제 어디로 떠나가는가.

그렇다. 물은 물일뿐이다. 물의 가치는 사람들이 충분히 활용함으로써 빛이 나는 것. 그리고 강물은 강으로, 시냇물은 시내로 흘러가게 마련이라면, 사람의 손을 몇 번 거쳐 가정에 보급되는 청수(淸水)야 말로 완전히 사람을 위한 것일 뿐이다.

더할 나위 없이 사람에게 아주 소중한 물이니만큼 우리가 아껴 사용하면 거기서도 어떤 리듬을 찾을 수 있을 것 같다.

물소리를 조금 낮추고 나니 흔들리던 마음에 비로소 고요한 정적이 찾아온다.

누구나 마음의 평정을 잃게 되면 매사에 자꾸 부딪치게 마련이다. 예를 들면 수돗물을 얼마만큼 절제(節制) 있게 틀어놓느냐 하는 것도 그 사람의 정서(情緒)에 따라서 결정된다 할 것이다.

그리고 마음에 남아있는 불협화음은 세상 본래의 소리가 아니고 사람들이 자연을 떠나 살 때 먹구름을 몰고 오는 망상에 지나지 않는다.

태초에 불어오는 훈훈한 바람, 넓은 들과 강, 푸른 하늘, 고요한 미소의 세상 모든 것. 미세한 동작들을 껴안아 보라.

혹은 잠깐 사이에 태풍이 불어 닥쳐도 마음을 빼앗기지 않을 때 주변과 사물은 평온(平溫)을 지킬 수 있는 것이다. 그렇기 때문에 오늘날 우리가 생각할 수 있는 정적은 적막의 시간이 아닌 찌꺼기를 여과시키는 시간을 정적이라고 말할 수 있고, 그쪽이 훨씬 자연스러운 것이다.

여름날 수돗가에서 물소리를 조절하며 정적을 배운다.

〈1984년 7월 20일 · 여류(女流) 에세이〉
〈1985년 5월 · 아픈 마음 빈자리에 · 동화출판공사〉

사랑하는 연습

시간을 놓친 늦은 눈, 그러니까 입춘 뒤에 내리는 눈은 꽃바람을 시새움 하듯 한다. 이월과 삼월을 기웃거리면서 간신히 마지막 겨울에 기대어 내리는 눈이다.

입춘(立春)이 지나면서는 사람들은 노란 개나리꽃을 서둘러 기다리는데 이때쯤 소스라칠 만큼 흰 눈송이를 바라보게 되는 마음은 어느 날 첫눈을 보고 느끼는 것하고는 대조적일 수밖에 없다.

당연히 우리는 '첫눈'과 '마지막 눈'을 구별할 수 있다.

우박, 비 종류에 처음과 끝을 나누지 않는 뜻은 또 어디에 있을까. 예를 들면 첫사랑, 첫장가, 첫나들이, 첫손님 등에서는 부드러운 인상을 주고 적대감정으로 보통 쓰지 않는다는 것을 곧 알 수 있다.

그러나 눈을 가리켜 물건처럼 마구잡이로 헌것 새것이라 나누어 바라보지 않는다는 사실을 분명히 우리는 기억한다.

눈은 헌것 새것으로서 한 장소에 오랫동안 머물러 주지 않고, 처음부터 흐르는 시간이요 산화이다. 잠깐 동안 황홀한 춤이었다가 사라지는 그의 생명성 때문에 눈은 처음 피어나는 시간과 마지막 사라지는 시간을 쉽게 눈치 채인다.

눈은 겨울에 피는 꽃이다.

꽃인 까닭에 피는 시간과 죽는 시간이 있다. 처음과 마지막의 성급함이 사람의 마음까지 조이게 한다.

그러면서도 첫눈은 실마리 없는 어지러움을 벗어나게 한다. 쪼들리는 주머니 사정과 인색한 정 위에 표백의 눈이 내린다. 그래서 먹는 것입는 것 말고도 사랑하는 연습을 우리는 추운 겨울에 할 수 있다.

눈물겨운 일이 아닐 수 없다. 우리는 겨울에 사랑을 익힐 수 있다. 구두쇠이던 사람도 첫눈 내리는 날은 문을 활짝 열고 열린 눈길을 걷는다.

머리 위에 하늘이 보이고 땅에 솟는 기쁨을 함께 걷는다.

그러나 꽃바람 시새움하듯 느지막이 휘날리는 눈발을 바라보면서 나는 무엇을 해야 하나.

"눈은 겨울에 피는 꽃이다. 꽃인 까닭에 피는 시간과 죽는 시간이 있다. 처음과 마지막의 성급함이 사람의 마음까지 조이게 한다. 그러나 사람들은 이젠 눈에 조차 별 관심이 없어 보인다. 꽃바람 시새움 하듯 휘날리는 눈밭을 바라보면서 나는 무엇을 해야 하나."

오늘 눈이 왔다.

그러나 사람들은 이젠 눈에조차 별 관심이 없어 보인다. 꼬불꼬불한 골목길은 식어 뿌린 연탄재로 더욱 질펀한 것이기 때문에 시답잖게 여겨지고 있다.

우리의 성급한 성미, 무지를 드러내는 일이 어디 눈에서 뿐인가.

겨울은 아직 끝나지 않았다.

겨울에 데인 살갗을 우리는 잊어서는 안 된다. 상처가 아물려면 지나가는 시간이 꼭 필요하듯 상처받은 부위를 찬찬히 들여다 본 후에 마지막 치료(治療)를 하는 것.

첫눈을 바라볼 때와 입춘 뒤에 마지막 눈을 바라볼 때 우리의 시작은 동질성을 띠어야 한다.

불교의 연기설(緣起說)에서 얻어내지 않더라도 원인 다음에 반드시 결과가 따름이 세상 이치 아니겠는가 싶어, 자꾸 무심한 저 눈송이를 향하여 나는 마음을 모아 보았다.

겉옷을 걸치고 내가 사는 이태원 거리를 걸었다. 눈 속에서 피어나는 자극적인 삶을 나는 보았다.

집에 돌아와 눈을 털지 않은 채 아직도 그 상인(商人) 아주머니를 떠올린다. 두툼한 외투를 입고 있었지만 그의 양쪽 볼은 추위 때문에 퍼렇게 멍들어 있었다. 바람막이가 없는 그 자리에서 그는 겨울을 버티며 생존하고 있었다.

그러나 나는 너무나 편안한 삶을 살고 있다.

머지않아 노오란 개나리꽃은 필 것이다. 세상일은 노오란 개나리꽃을 바라보듯 고통, 기쁨을 함께 나누어 가져야 하리.

종교, 파아란 하늘로

땅 위에 살고 있는 사람은 머리 위로 푸른 하늘을 바라본다. 그렇긴 해도 하늘에 대한 의미가 그저 그럴 뿐이지 신비스럽게 바라보아지지 않을 때도 간혹(間或)은 있다. 이와 같이 종교(宗敎)도 사람에 따라서는 아예 선택할 필요가 없이 그냥 묵묵히 살고 있는 사람도 있고, 선택했다 하더라도 어떤 경우에 신심이 약해지는— 말하자면 후자의 경우는 일손이 멈춰진 경우처럼 매우 부자연스럽고 뻑뻑한 느낌이 든다. 그렇긴 해도 아예 종교가 없는 사람보다 신심이 약해진 사람이 더 인간적이라고 할까.

머리 위에 파아란 하늘을 동경한 사람은 어느 피치 못할 사정에 연유(緣由)되어 하늘빛깔을 머릿속에서 지워버렸다가도 험난한 파도의 세상에서 마침내 자유를 찾을 때 땅바닥으로 기울어져 가는 고개를 들고 저 파아란 하늘을 바라봄으로써 다시 새롭게 생활이 시작 될 것이다.

땅을 밟고, 머리 위로는 파아란 하늘…….

땅은 현실이고 하늘은 이상이다.

땅은 사람이고 하늘은 신선에 가깝다.

이렇게 하늘과 땅의 엄숙한 구별이 없다면 인간은 더욱 끝없이 황폐해 질 것이다.

자라나는 어린이들에게, 모든 출발지 앞에 서 있는 사람들에게 우리가 희망과 꿈을 갖는 것도 현실을 극복한 미래의 꿈 때문이다.

나와 타인의 관계가 그렇고 우리와 인류의 합창이 이루어지기를 바라는 마음도 그렇다.

땅은 원래 사람이 살고 있는 현실감을 느껴준다면 하늘은 정반대의 상징감을 주는 바가 크다.

머리가 무거울 때 우리는 굽혀진 허리를 펴가며 시선(視線)을 어디쯤에서 비로소 쉬어보는가.

하늘은 우리들이 각자 종교를 선택해 갖기 이전부터, 말하자면 종교를 초월해 있으면서도 언제나 선량한 사람들이 우러르는 그것이었다.

여기에서 그것이라는 말은 마음을 속이지 않는 밝은 양심과 통하는 말이다.

너무나 유명한 윤동주(尹東柱)* 시인의 「서시(序時)」에 하늘의 공경이 특히 잘 나타나 있다.

죽는 날까지 하늘을 우러러
한점 부끄럼이 없기를,
잎새에 이는 바람에도
나는 괴로워했다
별을 노래하는 마음으로
모든 죽어가는 것을 사랑해야지
그리고 나한테 주어진 길을
걸어가야겠다

오늘밤에도 별이 바람에 스치운다

어쩌면 「서시(序詩)」에서는 첫 구절 '죽는 날까지 하늘을 우러러 한점 부끄럼이 없기를 잎새에 이는 바람에도 나는 괴로워했다'만으로도 충분히 우리 마음에 가깝도록 밀착해 준다.

시인 윤동주하면 세 가지 정도는 머리에 떠오른다. 첫째 그는 착실한 크리스찬. 둘째 일본에 항거한 시인. 셋째가 바로 「서시(序詩)」이지만 시 제목은 모르더라도 서시의 첫 구절 만큼은 대중적으로 널리 암송되고 있는 점이다.

무심한 하늘인데, 사람들은 그만큼 경건한 마음으로써 대좌(對坐)할 수 있단 말인가.

잎새에 이는 바람에도 괴로워 할 수 있는 그 마음은 무엇일까?

하늘을 우리가 종교로 생각하거나 바라보아지거나, 그런 말을 수다스럽게 애써 하지 않아도 된다.

그냥 파아란 하늘로 거기에 두어두고 어느 날은 더욱 새롭게 바라보아지면 족하지 않는가. 그렇게 무심히 지나치게 되면서 사람들은 마침내 종교라는 말을 하나씩 만들어낸 것은 아닐까?

지구촌에는 종교의 수가 머리로 외울 수 없을 만큼 많은 숫자이고 좁은 면적인 우리나라도 적지 않은 숫자로서 여러 종파가 있다.

숫자가 늘어나는 종파하고 관계없이 사람은 종교를 가지고 있는 것이 종교가 없는 사람보다는 퍽 다행인 것이라고 나는 생각한다.

바꾸어 말하면 아예 종교를 외면한 사람보다는 종교를 선택했으면서도 어떤 경우에 부딪치면서 종교와 멀어진 사람은 그러나 반드시 종교에 다시 귀의하게 될 것이니까 말이다.

칼은 칼로써 대결(對決)하려고 하는 세상으로 더욱 기울어져 가고 있는데 우리는 무엇으로 쇠붙이를 막아낼 수 있단 말인가.

그리고 선택된 종교의 좁은 테두리에서나마 이론(理論)을 내세워 가기에 바빠서 자칫 기도의 자세가 흐트러지지 않도록 해야 한다.

종교의 궁극의 목적은 메마른 이론보다는, 실천의 기도정신을 통하여 자기구원이 먼저이고 다음은 우주, 전 인류가 가족이 되어 행복해지기를 바라는데 뜻이 묻혀 있다.

아아, 종교 그 파아란 하늘을 종교인은 오염시키지 말아야 한다.

지금 이 시각에도 저 먼 나라 인도 땅에서는 힌두교들과 시크교도의 피비린내 나는 전쟁이 벌어지고 있다. 이쯤에서 인도란 나라에는 애초 종교가 필요하지 않아도 됐다.

칼이 들어갈 곳은 항상 칼을 노린다는 것. 그러나 칼을 쓰지 않고도 고칠 수 있는 방편(方便)이 마음 안에 있음을 종교에 의하여 그 불을 바로 잡을 수 있다는 것을 세계의 종교인들은 그들을 향해 외치고 있을 것이다.

하느님을 아는 사람만이 하느님을 따르는 것일까.

남이 어려운 때 따스한 손길을 내 주는 사람이 참다운 종교인이다.

이 따스한 손길은 그 시대상황에 따라 어떻게 펼쳐지는가 하는 고민도 함께 있거니와 종교인은 기도의 자세로 나아가야 할 것이다.

종파의 이론보다 나와 가족과 국가 인류가 행복해지기를 소원하는 기도의 자세가 오늘 이 시대에 요청된다.

그리고 종교적 체험은 일상생활에까지 참된 성품으로 언행이 일치돼야 한다.

---

* 윤동주(尹東柱): 일제강점기의 대표시인(1917년~1945년). 북간도 출생. 본관은 파평(坡平). 아명(兒名)은 해처럼 빛나라는 의미인 '해환(海煥)'. 일본 동지사대학(同志社大學) 영문과에서 학업도중 1943년 7월 독립운동 혐의로 일본 경찰에 검거되어 2년 형을 선고받았다. 후쿠오카 형무소에 수감되어 생체 실험(生體實驗, In Vivo Experiment)을 당해 정체를 알 수 없는 주사(注射)를 정기적으로 맞은 결과, 1945년 2월 16일 28세의 젊은 나이로 옥사(獄死)했다. 광복 후 그의 유고(遺稿)를 모은 시집 『하늘과 바람과 별과 시』가 발간되었다. 짧은 생애를 살았지만 특유의 감수성과 삶에 대한 고뇌, 독립에 대한 소망이 서려 있는 작품들로 문학사에 길이 남는 전설적인 문인이다.

⟨1984년 11월 · 해방(解放)⟩

나의 명함

남들에게 내세울 직함이 없고, 그래서 명함을 갖고 다닐 필요가 없었다. 그런데 잦은 이사를 하다 보니 명함에 아쉬움이 남는다.

규격적으로 직사각형인 종이쪽지에 내가 밝힐 말이란 그래서 성명, 전화번호, 거주지뿐이니 명함이란 수준을 벗어나는 예외일지 모르나, 적어도 우리나라 문인들 중에는 나와 똑같이 그나마 필요를 느끼는 사람이 있을 것이다.

명함에 대하여 솜씨도 제각기여서 자기과시가 지나쳐 상대방이 오히려 얼굴 붉히게 되는 경우도 있고 나처럼 당돌할 만큼 생략해야 하는 경우도 있는 것이다.

성명을 빛내라는 독촉이라도 어느 명함처럼 소속한 문학단체의 이름이나 나란히 새겨 넣어야 할지.

적어도 그 기관장이나 부서 직책이 아니면 나타남을 삼가고 싶다.

명함이란 그 사람의 의상에 가깝다.

신분 따위를 억지로 눌러 담으려 할 때, 어색한 의상이 나타나고 차라리 소박한 원래의 모습만 못한 때 낀 모습이 될 것이다.

명함에 나타낼 것이 없는데도 나는 먼저 살던 곳에서 이태원으로 이사를 와서야 비로소 명함을 만들어야겠다는 생각을 가지게 된 것이다.

문력(文力)이 약해서 이름이 널리 알려져 있지 못해도 나의 명함을 건네받은 사람끼리는 간단한 성명, 주소, 전화번호만으로도 충분한 소통(疏通)이 될 것이다.

명함을 건네줄 사람은 평소부터 안면이 있는 사람들이 대부분일 테니까 구태여 성명 석 자에 문학을 하는 사람임을 강조하지 않아도 될 것이고 다만 옮긴 거처를 알려주는데 필요하게 쓰일 뿐이다.

글을 쓰는 사람은 남들보다 통화만으로 원고청탁이 이루어지는 말하자면 전화, 거처지, 작가는 삼위일체라 할 수 있다.

옛말에도 '가난하게 사는 사람은 사람 많이 모인 시장에서도 아는 사람이 없고, 잘 사는 집은 산 중에 살아도 먼 곳에서 친구가 찾아온다' 했던가?

혼자 사는 주제에 이사를 몇 번이나 다니는 것도 실은 분수를 깨닫지 못했기 때문인지도 모른다.

하여간 나는 거리(距離)가 시내와 가깝다는 이유 하나 만으로 이태원으로 셋방(貰房)을 옮긴 것이다. 이곳에는 애당초 여학교 동창(同窓)이 살고 있기 때문에 마음이 구수하게 당겼던 원인도 물론 있다.

꾸린 짐을 풀고 재산이라는 책들을 좁은 방에 흐트러짐 없이 배치해 놓은 다음부터 일단은 낯선 풍경과 환경에도 서서히 친숙해지는 법인데, 이태원은 그렇지가 못했다.

창밖을 바라보노라면 다른 동네에서는 나무 한 그루 으레 심어 있는데 이태원은 꽃과 나무가 심어 있을 땅마저 사람들이 빼앗아 갔다.

새장 속 새 한 마리 푸드득 하늘을 날 듯 먼 비상을 기대하며 대문 밖을 나가 보았다. 그러나 창공은커녕 아담한 찻집 하나 찾지 못하고 새의 머리를 길가의 간판(외국어 발음, 술집, 디스코, 양품점 등)에 부딪친 채, 구원처럼 조그맣게 창이 열려 있는 내방으로 다시 돌아와서 갇힌다.

먼 고도에 혼자 있는 듯한 절망을 손바닥만한 명함 속에 사연을 생략한 나의 거처를 가까운 친지들에게 알려주고 싶다.

〈1985년 9월호 · 월간 동서문학(東西文學)〉

문학에의 길

나는 어려서부터 결혼(結婚)보다는 시인(詩人)이 되는 것이 꿈이었다.

누구나 문학(文學)을 취미(趣味)로 또는 직업(職業)으로도 생각할 수 있다. 어느 편이나 개인의 사상이나 취미에 따라 다를 수도 있지만 나는 문학을 택한 데 대해 결코 후회(後悔)하지 않는다.

나는 시를 쓰는 작업을 어떤 재산이나 권력이라든가, 지위 같은 것과 바꾸라고 해도 나는 단호히 거부하는 사람이다. 문학은 나의 정신세계에 풍성하고 자유로움을 부여하고 누구에게 얽매이지 않고 안주할 수 있는 영혼의 고향과 같은 것이다.

그러나 시인이 되기 위해서는 남모르는 무수한 고통이 뒤따른다. 또 시인이 되기 위해서는 부단한 노력을 가져야 한다.

시는 꾸며지는 것이 아니라 있는 그대로 놓여진 그 상황을 풀이하기 위해 쓰는 것이다.

그러므로 존재에 대한 소유보다 존재하지 않는 것을 소유하는 무소유가 바로 나의 시세계의 전부이다.

자유가 없는 곳에 시 또한 있을 수 없기 때문에 시는 자유가 주어질 때까지 기다리는 것이 아니라, 완전한 자유를 찾아내기 위한 노력을 해야 한다.

우리는 문학과 삶과의 조화를 꾀해야 하며 문학과 가정, 삶을 연결시키는 요령이 필요하다.

시인은 지식의 충족이 아니라 사명감과 주어진 현실 속에서 험난하게 헤쳐 나아가는 것이다.

〈1985년 11월 4일 · 충청일보〉

채식(菜食)

어릴 때도 그랬지만 어른이 된 오늘도 나는 채식을 즐기고 있다. 채식을 즐기고 있다는 사실이 남들에게 전달될 때는 어쩌면 '가난'으로만 들릴 것인가? 하여튼 나는 어릴 때도 그랬을 뿐더러 성인인 지금에도 채식가인 것이다. 하기야 고기반찬을 입 근처에도 갖다 대지 못하는 유별난 감별법을 가지고 있는 것은 아니다. 육류를 먹음으로써는 그 고기 맛을 모르는데 채식일 경우는 정반대인 것이다. 채식을 좋아하는 사람을 채식가라 하지만, 육류를 좋아하는 이들을 무슨 말로 부를 수 있을까.

채식가란 말은 자주 들어왔지만 육식가란 말은 사람들이 보통 쓰지 않고 있다. 어쨌든 "육류(肉類)를 좋아하는가?", "채식(菜食)을 좋아하는가?"라고 누가 물었을 때, 현명한 사람의 대답 왈 "고기를 먹고 있을 때는 고기 맛을 느끼지 못하나, 채소를 먹을 때는 채소의 맛을 느끼므로 나는 채식을 좋아하는 것이다."

그렇다. 내가 나 스스로를 채식가라고 부르는 것은 채소의 맛을 알기 때문이요, 고기의 맛은 감별하지 못하기 때문인 것이다.

내가 유별나게 채소를 즐기게 된 연유와 혹은 그 결과에까지를 나는 가끔 생각할 때, 위에서 말했듯이 채소는 흔히 빈곤한 가정의 밥상 위에 빼놓지 않고 올릴 수 있다는 어수선한 억측을 일단 중지해 놓고 우리는 우선 서양인이 아니라 동양인이며 한국 땅에 태어났음을 거슬러 생각해 보라. 육류는 서양인의 것이고, 채소는 동양인의 기호에 더욱 알맞은 것…….

어쨌든 우리가 어릴 때도, 뒤늦게 늙어간 뒤에도 채소를 육류보다 즐겨먹게 되는 것이며, 또 육류를 좋아하는 사람의 수효보다는 채소를 즐기는 사람의 수효가 몇 배나 더 많다는 실증(實證)을 의심할 여지가 없다.

나의 추측이 이상할지 모르지만, 우리 한국 사람은 평생 채소를 즐겨 반찬을 삼아도 장수를 누릴 수 있을 것이다. 아닌 게 아니라 신문에 보도되기는 채식을 즐겨먹는 방법도 장수비결의 한가지로 뽑혔다.

내가 아는 할머니 한 분이 있는데 그 노인은 별명이 '소'였다. 소는 풀을 먹고 살아가니 채식만을 절대로 하는 그 노인을 소에다 비교(比較)하였다. 채식만을 하며 살아가는 그 노인을 옆에서 보는 사람들은 '혹시나?' 하면서 건강을 염려하였으나 영양섭취와는 관계없이 피부도 곱고 오히려 기운도 정정할뿐더러 할머니의 마음씨도 채식을 즐기는 사람답게 한없이 자비스러워서 주위사람들로부터 존경과 사랑을 받고 있는 것이다.

나는 내 스스로가 채식가임을 자랑으로 생각하면서 채식만을 하며 평생을 살아도 건강에는 어떤 지장이 절대로 없음을 신앙처럼 믿는다.

채소를 먹고 난 후에 속이 깨끗하고 가벼워지는 그런 상쾌한 기분, 채소를 즐기는 가운데 일어나는 이야기는 부지기수(不知其數)로 많다.

세밑을 지나는 동심(童心)

소녀시절 나의 꿈은 시인이 되는 것이었는데, 그래선지 이럭저럭 오늘까지 시에다 간신히 이름 석 자를 달고 다닌다.

시인이 되고자 하는 마음의 결정은 단단했던지, 나는 대학교를 다니지 않고도 어렵지 않게 문학지에 시가 당선되었다. 대학교를 다니지 않았다는 말을 구태여 밝힌 것은 요즘 학벌에 너무나 민감해 있기 때문이다. 시와 학벌의 관계는 사실 무의미한 것일 수 있다.

어느덧 한 해가 다 저물고 새로운 달력을 짚어대는 이맘때쯤은 영글스럽게 신년설정을 말하곤 했는데, 해는 짧고 깊은 겨울밤에 엉뚱하게 소녀시절로 돌아가 회상에 잠긴다. 그러니까 뜀뛰기할 때 오로지 앞을 다투며 달려가야 목적지에 닿게 되는데, 지금 나의 경우는 오히려 지금까지 달려온 길에서 거꾸로 거슬러 되돌아가고 있는 것이다.

숨 가쁘게 달리면서 살아온 길이지만 목적지를 찾을 수 없으므로 오던 길을 되돌아가고 있는 것이다. 그러한 경우는 끊고 매듭이 없는 세월을 감지해서도 곧 알아낼 수 있다.

세월은 유수와 같다는 표현이 바로 그 뜻을 담아내고 있다.

세월이 유수와 같음은 지난 세월이 이러쿵저러쿵 해도 공중의 새가 날 듯 희로애락이 곁들여져 빨리 지나가 주었다는 고마운 표현이 깃들어 있다.

그렇다면 나머지 세월도 아픈 눈을 꼭 감고 화살처럼 달려 나가 주리라.

시간은 어김없는 흐름인지라 사람의 기술(呪術, 걸터앉기)이 아무리 간절해도 억만생 동안 저대로 흐르고 노래하는 것인데, 그래서 내 노래의 곳에는 애간장만 녹아드는 것인가.

시간은 우리에게 아무 말도 하지 않는다. 다만 시간은 황금이요 물같이 흐른다고 하는 말 외에는 하지 않을 것이다. 황금 같은 시간을 더욱 쪼개어 아껴 쓰지 못할지언정 나의 꿈들이 캐캐하게 먼지나 뒤집어 쓰지 않았나 싶어 시간을 뒤집어 살펴본다.

얼마 전까지만 해도 세월이 물처럼 흐른다 싶었는데 요즘은 그냥 그 자리에 머물러있다.

살얼음 딛듯 세월이 아프기만 한 것은 세상 탓이 아닌 나의 꿈마저 퇴화(退化)하고 있기 때문인 듯싶다. 이렇게 막막한 심정이 될 때에는 돛단배를 타고 노를 젓던 어린 시절이 그 꿈속에서 큰 몸뚱이들을 비집고서 보는 일 또한 여러 가지로 이점(利點)이라 하겠다.

이점이라는 말은 흙속에서 감자를 캐내는 자연스러운 몸가짐을 떠올리므로 그동안 묻혀온 세상의 때를 벗길 수 있다는 말이다.

현재에서 과거를 돌아보는 것은 미래를 지향하기 위한 것이므로 과거의 성찰은 부득이 필요하리라. 풍랑보다는 오히려 순풍을 만난 세월이 있었다면 그 사람 마음의 천진함 때문이다.

어느 초등학교 여교사의 말에 따르면 요즘 어린이들이 텔레비전 때문에 말도 어른보다 잘하고 되바라졌다고들 하지만, 그래도 어린이일 뿐이란 것이다. 말은 유행을 따르고 있지만 생각이나 행동은 겁이 많고 천진함을 지적했다. 외부적 조건에 의하여 동심이 그리 쉽게 부서질 수 없다고 했다.

어린이가 자라나서 어른이 되고 속성(俗性)을 지녀 살기 마련이지만 가끔 우리는 동심으로 돌아갈 때 상처투성이의 전신(全身)을 치료받을 수 있다.

　돈과 사랑, 명예들이 사람을 행복(幸福)하게 하는 것은 사실이기는 해도 그릇의 물처럼 채우면 넘쳐 손실(損失)을 가져오고, 부족하면 넘치기 위하여 수고를 하기 때문에 사람의 마음을 잠시나마 쉬도록 내버려두지 않는다는 것……

　물이 그릇을 넘어 흘러내리거나, 또는 반대로 그릇을 차올라오지 않는 상태거나— 이 두 가지 상태를 대하는 것 외에도 구질구질한 관계를 벗어나게 하는 방법이 우리에게 있다면 무엇일까.

　가장 자연스러운 멋을 아는 사람만이 그 방법을 알고 있을 것이다. 부족하면 부족한대로, 풍족하면 풍족한 대로 만족할 줄 아는 멋은 세상에서 최고의 멋이다. 진선미(眞善美)가 합쳐진 최고의 멋이다.

　마음이 병(病) 들지 않았을 때 멋도 아는 법이다.

　천하를 주어도 멋쟁이는 자기의 마음과 바꾸지 않는다.

　마음속에 천하를 쥐거나, 풀어주고 있음으로 하여 멋쟁이라 한다. 황금만능시대에 낙후된 사고방식이라고 이러한 멋쟁이를 더러는 사람들이 구석자리로 몰아버리려 하겠지만, 정신을 차릴 수 없는 기계의 홍수 속에서 버티려면 사람들은 우리보다 앞서 살다 간 선조들의 마음가짐을 닮아야 한다.

　밝은 달빛이 너무 고와서 달빛을 바라보며 덩실덩실 춤을 추었다는 옛날 전설이 아닌 현대의 실화(實話)가 나와야 하고, 어수룩한 행동의 소유자가 많을수록 세상은 밝아질 것 같다.

　지금 내가 어린 시절을 회상하는 것도 바로 그러한 동경 때문이다.

　새해를 맞이하여 지나간 시간을 살펴가며 앞으로의 시간 시간이 토막 나지 않는 연결식 생활태도, 혹은 과거를 향하여 거꾸로 걸어가도 괜찮다.

마음에 꼭 드는 시 한편을 아직 못썼으며 생활의 궁색함은 여전해도 시에다 승부를 걸고 사는 것은 어릴 때 나의 꿈이 정당했기 때문이다.

겨울나무들처럼 비바람 눈을 맞으면서도 안으로는 옹골찬 생명의 애환(哀歡)이 있는 인생— 겉으로 남의 눈에 비치는 것은 요즘 쓰는 말로는 별 볼일 없는 사람이겠지만 너무 반짝반짝하는 사람들이 많은 세상에 어수룩한 사람이 실은 괜찮은 사람인 것 같다.

목이 마르고, 시야에 뿌우연 안개가 낀 날마다 먼지 묻은 안경을 닦듯이 어린 날의 가장 정직한 꿈을 만나러 여태껏 걸어온 길을 거꾸로 걸어가는 습관은 그래서 생긴 것 같다.

간신히 작은 샘 우물을 찾아내어 물을 얻어 마신다.

〈1986년 1월호 · 광장(廣場)〉

나의 문학관(오로지 시를 쓸 따름이다)

나에게는 시론이 따로 없다. 시 쓸 때 오로지 시를 쓸 따름이다. 시 형식에 어떤 틀에 얽매이지 않고 쓴다. 그 버릇은 학창시절 습작기를 거쳐 문단을 등단해서도 같은 스타일이다. 어쩌면 그냥 버릇인지도 모른다.

초기작품에는 시어(詩語) 하나도 바꾸지 않고 속도감 있는 시를 쓴 것 같다. 그러나 처음부터 실패한 작품도 있다. 실패하는 이유는 시를 다듬기 전에 시적인 정서감이 무르익지 못함에 있었다.

시론은 시평자의 몫이지만 시인은 시의 멋을 지닐 때 그 멋을 깃들여 쓸 때 성공적이다. 사람 정서에 맞는 기쁨과 슬픔이 있고, 신명이 있다.

편견된 시류, 아류적인 시들 가운데에는 공감적 정서 내지는 멋이 많이 결여되어 있음을 알게 되었다.

사람에게도 인간적인 면으로 볼 때 순박(淳朴)한 사람에게 먼저 정(情)이 가고 매력에 끌리듯 시에도 정직하고 맑음이어야 한다고 나는 평소 생각했다.

그런데 오랫동안 그리 되기는 쉽지 않았다. 살아가면서 시심은 오염(汚染)되었고 인생은 어두웠다.

시인 '릴케'가 말했다. "목에 칼이 들어와도 시를 쓰고 싶으면 그는 진정한 시인이다."

그럼에도 시간 흐르면서 재기는 줄어들고 쥐어짜며 시를 쓰는데 그렇게라도 쓰지 않으면 인생이 무의미하기 때문이다. 이럴 때, 지금부터 40여 년 전쯤 문인들이 자주 드나들던 사랑방이라 할 수 있는 '월계'(광화문에 있었음) 다방시절이 생각난다.

그 찻집은 주로 자유문학지에 등단한 선배문인이 많이 모였고 가끔 원로들도 보였다. 나도 자유문학 출신으로서 자연스럽게 드나들며 문단 꼴찌의 자리를 지켰다.

때로는 다방 주변에서 연대 비슷한 문우(文友)들과 막걸리를 마시면서 그 당시 지닐 수 있는 방황의 외로움을 달랬다.

다방에서의 문인들 표정을 지금 와서 생각하면 가급적 세속적인 것은 잘라낸 천진난만함이 주류였다. 찻집에서 한 발짝만 나서도 찬바람이 쌩쌩 불고 있는데 차를 마시는 문인 표정은 무릉도를 그린다.

겨울 얼음도 녹일 수 있는 마음의 따뜻한 온실을 갖고 있다. 세상에서 제일 따뜻하고 편한 사랑방. 거기를 가면 세속적 명성 따위로써 저울질 않으며 미소로써 서로를 답해 맞이한다.

오늘에 냉랭한 문단인심하고는 비교할 수 없다. 문학 뿐 아니라 허전한 사람마음을 덥혀 줄 수 있는 모습이기에 오늘이 더욱 소중해진다.

젊었을 그 당시 내가 바라보는 하늘은 한없이 넓기만 한데 나는 높이 나를 수가 없었다.

그리고 바람같이 살았다는 남의 얘기를 들을 때면 멋있어 보이지만 본인 인생은 얼마나 쓸쓸한가. 평생 독신녀란 내 의미는 사람이 희망적이지 못하다는 다분히 회의적인 결정이었는데 문학을 안했으면 나는 벌써 무너졌다. 지난 세월에 선배들에게서 받은 긍정적 힘이 뒷받침 했다.

그러면 나의 문학의 업적성은 있는가. 있다.

문단을 향한 좁은 지면을 빌려 비로소 우수양가를 가리는 그런 비(非)수준은 우리가 능히 피해야 한다. 문단 지면이 고루고루 돌아가는 것이 아닐 뿐 더러 작품이 우수(優秀)하여 한 사람이 지면을 자주 해당

받는 것도 아니다.

엄밀히 말하면 문학은 지면의 독자도 없는 외로운 싸움이어야 한다. 농부가 밭에 씨를 뿌려 수확을 거둬들이는 약간은 희열만이 거듭 있을 것 같다.

여기에 생활의 가난이 겹쳐서 더 힘든 싸움과 가난이 따름으로써 외면을 받는 외로움까지 자기의 몫이며 창작의 끈이 되는 것이다.

나는 잦은 이사를 했기 때문에 십오 년 동안 문단주소록에도 빠졌었다. 바깥세상과 두절되었고, 그때 바라보는 하늘은 여전히 평화로웠다. 거의 종교적인 힘이었다.

그러한 힘 속에서 나의 문학은 재생된다.

인기에 영합 안 해도 문학은 할 수 있다. 그러나 작품을 발표할 수 있는 지면이 많을수록 좋다. 그리고 시집의 양이 많은 것으로 시의 그의 업적을 기리지는 말자. 정성을 다 쏟은 시집을 받고 싶다. 문학도 대승(大乘)의 입장에서 바라보고 싶다.

〈2011년 1월호 · 문학공간 통권 254호 · 문학공간사〉

가난이 죄가 아니라는 이야기

생활이 가난할 수밖에 없는 사람이 있다. 사람이라면 누구나 할 것 없이 부유한 생활을 동경하는 것이지만, 세상일이란 마음먹은 뜻대로 되어가는 것도 아니다.

공자(孔子)는 '사생(死生)이 유명(有命)이요 부귀재천(富貴在天)이니라(죽고 사는 것은 명에 있는 것이요, 부자가 되는 것이나 귀히 되는 것은 하늘에 있느니라)'라고 했거니와, 우리가 험한 인생을 들여다보거나 한 발자국씩 내딛는 과정에서도 충분히 터득할 수 있다.

그런데 사람에 따라서 가난에 대한 척도가 천층만층(千層萬層)이 아닐까. 벼 99섬 가진 사람이 나머지 한 섬을 채우기 위한 욕망(欲望)도 있고, 하루 세끼니 해결 양식만으로도 안심(安心)하며 살아갈 수 있는 사람들의 소망(所望)도 있기 때문이다.

후자(後者)에 해당(該當)되는 사람들을 생활(生活)이 가난할 수밖에 없는 사람들이라고 부르는 것일까. 그렇다면 벼 1백 섬의 나머지 한 섬을 채우기 위해 수단 방법을 가리지 않는 사람들을 우리는 어떻게 생각해야 하나.

나로 말할 것 같으면 가난한 생활마저 즐기게 되었다.

옛날 우리나라 선비만 하더라도 청빈한 것을 자랑으로 여겼고 가난한 집 자식일수록 과거 급제하여 금의환향하였다 하는데, 오히려 지금 세태는 그와 반대로 바뀌어진 것도 사실이다.

한 발자국만 움직여도 돈이 필요한 세상이니까 그렇기도 하거니와, 고도로 발달된 문명 이기(利器)와 팽창한 인구 속의 치열한 경쟁이 따뜻한 사람의 마음을 마치 흙탕물처럼 휘저어 놓았다. 그래서 가난한 사람들은 돈 있는 사람들에게 눌리게 되고 천시 받는 풍토까지 생긴 것 같다.

가난이 죄라는 해학이 될 수도, 다시 말하면 현실적으로 비추어 보아 가난은 스스로 책임(責任)질 문제라고 냉혹히 비판할 수도 있지만, 더 비판받아야 할 사람들은 돈이면 세상 일이 모두 이루어질 것이라고 기고만장(氣高萬丈)한 사람들이다.

돈이란 자기가 쓸 수 있을 만큼, 하늘을 우러러 부끄럽지 않은 양심만큼 있어 주면 되는 것인데 하늘 높은 줄 모르고 안방 벽이 기울도록 쌓아 놓은 것도 마음 차지 않은 듯, 남몰래 방 천정까지 뚫어 놓고 돈 꾸러미를 넋 빠진 듯 바라보며 사는 사람들이 우리 주위엔 얼마든지 있다.

이들은 사람을 바라볼 때도 지폐로 환산하는 버릇이 있다.

우리 사회가 지난날보다 오늘 더 숨 가쁘고 윤택하지 못한 것은 이들이 선량한 동네 사람들을 자꾸 오염시키는 때문이기도 하다.

물질주의, 황금 숭배주의가 암세포 조직처럼 끝내 불어나간다면 나라의 법(法)으로도 사람 하나하나에 그 힘이 미치지 못할 것인 바, 시대에 맞지 않는 노래 장단이 될지라도 옛 사람들의 인생관 내지는 초연함을 몸에 익혀야 하리라.

사회 저명인사란 현재 거의 중류층 아니면 상류층 생활을 하는 사람들이라면 잘 못 본 것일까. 하여튼 이분들이 서민층과 잘 어울려졌을 때, 모범 시민이 될 때, 현재 정부에서 캠페인을 벌이고 있는 '정의로운 사회'도 하루 빨리 구현(具現)될 것이다.

이들의 맨 처음으로 돌아가기 위하야 널리 알려진 시인 서정주의 「무등산(無等山)을 보며」 첫 구절만 옮겨 본다.

> 가난이야 한낱 남루(襤褸)에 지나지 않는다
> 저 눈부신 햇빛 속에 갈매빛의 등성이를 드러내고 서 있는
> 여름 산 같은
> 우리들의 타고난 살결, 타고난 마음씨까지야 다 가릴 수 있으랴

시인이 보고 느낀 대로 가난은 한낱 남루에 지나지 않을 뿐 그 사람의 본디 살결, 타고난 마음씨까지 가려 버리는 것은 아니다.

어쨌거나 가난은 죄가 아닌 것이다.

사람은 황금에 눈이 어두워지기는 해도 가난을 참아 견디는 어진 인자의 눈빛은 별빛과 같다.

가난할 수밖에 없는 사람이란 게으른 사람이 아니라 자기 분수에서 한 발자국도 넘어서는 것을 극히 허용하지 않는 사람이다.

그러나 수족이 멀쩡한데도 타인의 힘에 의지하는 파렴치한 인간은 걸인과 다를 바 없으므로 이들과 혼동하지 말자.

가난할 수밖에 없는 사람이란 남루를 남들이 비웃거나 말거나 우주를 숨 쉬면서 즐거워하는 자.

하늘의 도움을 얻어 부자가 된다면 불우한 이웃들, 병들고 헐벗은 사람들에게 그 사람은 양식을 고루고루 나누어 주리라.

〈1987년 3월 · 그리움으로 오는 한 사람에게 · 제3기획(第三企劃)〉

가을 단상(斷想)

가을은 청빈(淸貧)한 선비를 닮았다.

서릿발 치는 늦가을에 더욱 그렇게 느껴진다.

사계절마다 사람의 마음에 동요(動搖)되는 그림자가 있으려니와 그림자의 형태, 혹은 호흡 색깔 감각이 그 사람의 기호에 따라서 찬란한 수(繡)를 놓아 간다.

가을이다.

가을을 위하여 누구나 간직하는 언어(문장)가 있다. 문장가(文章家)가 쓴 글이 아니라도 마음에 이미 동요를 일으킨 하나하나의 바람이나 낙엽(落葉)이 땅 위에 뒹구는 소리, 맑고 높아 보이는 가을하늘 말고도 퍽 오랜 기억(記憶)에서 되살아나는 인물(人物), 풍경(風景), 사물(事物) 따위가 모두 가을의 그림자이며 문장이다.

가을
바람이
저렇게 지혜를 내려주신다

이 글은 몇 해 전 가을날 노트에 낙서한 한 줄의 글이어서 시라고 입 밖에 낼 수는 없지만 다음 해 가을마다 한 자도 틀리지 않고 주문처럼 읊어지는 것이었다.

불볕이 내리쬐던 여름도 고개 숙이고 선들바람 불어오기 시작하는 초가을쯤이면 으레 입버릇처럼 외워지는 한 구절이고 보면 내가 지금까지 써 온 시들 중에서 으뜸 시가 안 될까. 노트에 낙서되어 있는 것을 알게 된 것은 지난 가을날이었다. 묵은 노트를 우연한 기회에 뒤적이다가 좁은 귀퉁이에 속필 글씨로 채워진 글귀를 읽으면서 나는 마치 옛 친구를 만난 듯 반가웠다. 그 후에 이 글귀를 시로써 완전하게 다듬으려고 했지만 어쩐 까닭인지 이번 가을만 해도 한 구절에서 한 발자욱도 속 시원히 풀어쓰거나 건너뛰거나 하지를 못했다.

금년 가을에도 이 시를 끝내지 못할 것이 뻔한 일이다. 그러자면 내년 그리고 후년, 어쩌면 끝내 미완성 작품으로써 매년 가을마다 짧은 시 한 구절로 아낄 수 있을 것이다.

짧은 나의 이 시는 그런대로 가을을 사랑한다는 증거(證據)이다.

이런 나의 경우는 다른 사람에게도 종종 있는 일이 아닐까. 버릇처럼 마음속에 접어 두었다가 사철 중에서 어느 철에 이르르면 굽은 등허리가 저절로 펴지듯 밀어(蜜語) 한두 가지 간직하고 있을 것이다.

가을날 자기 집 동네라도 좋고 감시 다니러 온 낯선 동네 골목을 지나칠 때 문득 문득 아니면 아지랑이처럼 가슴 설레이는 것.

오랜 방황(彷徨) 끝에 찾은 집 주소(住所)가 그 골목에 있는 것처럼 다급해지는 마음들.

가을의 그림자는 아무래도 청빈(淸貧)한 선비를 닮은 것 같다.

가을이면 누구나 자연에 대한 경건한 마음이라 할까 새롭고 더욱 지적(知的)이 되는 가을 기후를 폭 넓게 사상하게 된다. 인간의 본질적, 숙명적 혹은 생활 등 광범위 하다. 그러나 이어가는 것이 아니라 찰나에서 가을의 계절은 짧기만 한 것. 그리하여 만추(晩秋)는 뜀박질해 오는 겨울의 힘을 이기지 못해 패망(敗亡)할 것인가.

늦가을날 노천명(盧天命)의 시 「낙엽(落葉)」을 읽고 있노라면 그 뜻을 알 것 같다.

간밤에 나는 나무 밑에 들어서
그들의 회의광경(會議光景)을 보았습니다

플라타너스는 사시(四時)나무 떨듯 하며
무서운 소리를 내고 있었습니다

밖엘 나서니 바람 한 점 없는
자는 듯 조용한 밤하늘인 것을─

어젯밤 그처럼 웅성거리더니
아침에 발등이 안 뵈게
누우런 잎사귀들을 떨구어 놨습니다

시들은 잎사귀를 떨어버리는 데
그렇게 엄숙(嚴肅)한 회의(會議)를 했군요

겨울을 이겨낼 투사(鬪士)는
하나도 없었나 보죠

플라타너스의 가을밤 회의(會議)는
준엄(峻嚴)한 것이었습니다

시 「낙엽」에서 눈길을 끄는 대목은 맨 끝 연이었다. 이 시는 요즘 난해시(難解詩)처럼 감상(鑑賞)이 어려운 것도 아니어서 시인의 마음과 좁혀질 수 있었다. '플라타너스의 가을밤 회의는 준엄한 것이었습니다'에서는 회자정리(會者定離)를 암시할 정도로 밝혔으므로 애상(哀想) 아닌 달관(達觀)에 가깝다. 어쨌거나 가을의 발자국은 우리에게 아름다움을 남긴다. 가을에 모든 사람들이 소중히 바쳐진 노래와 시 혹은 아픈 마음도 천고마비(天高馬肥)의 뜻을 지녔다. 의미(意味)를 어찌 시인이나 소설가가 쓴 작품을 통해서만 느낄 수 있겠는가. 원고지 위에 일정한 언어와 리듬을 담지 않을 지라도 머리에 떠오르는 사연은 모두 작품이고 철학일 수 있다.

거듭 밝히거니와 금년 가을은 나 나름대로 표현하기를 청빈한 선비를 닮았다고 말하리라.

원고지에 붓을 잡기 전에 떠오른 실 이은 나의 생활 속에 절실히 체험한 전달이리라. 그러기 때문에 글보다 어느 의미에서 더욱 진실에 가깝다.

과장된 표현은 아닐 테고, 남보다 생활이 가난하지만 셋방에서 맑은 가을하늘을 바라볼지언정 마음만은 누구 못지않게 부유한 것이다. 남들이 행복(幸福)을 찾아 저 산 너머를 넘겨다보지만 나의 행복은 가까운 곳에서 지켜주고 있지 않는가.

요즘같이 세분화된 산업사회일수록 자신과의 조화(調和)를 이룰 수 있다고 확신한다. 내가 지닌 물질은 없지만 마음만큼은 인색하기 싫고, 나누어 쓰고 싶기에 내 이웃을 향해 복(福)을 빌어주는 마음이기도 한 것. 청빈(淸貧)한 선비를 닮은 가을도 이제는 그 날짜가 꼭 찬 것일까.

낙엽들이 간밤에 사시나무 떨 듯 하며 나무에서 떨어지기 위하여 회

의하는 광경을 나도 노천명 시인처럼 나무 밑에서 엿들어야 하나. 멀지 않아 아침에 일어나 보면 누우런 잎사귀들이 땅 위에 떨어져 우리의 발목을 덮어도 가을이 남기고 가는 소리는 위대한 것이리라.

늦은 가을 높은 나무 위에서 땅으로 날아와 앉는 낙엽을 바라본다.

찾아올 때 찾아오고 떠날 때 떠날 수 있는 용기를 사람은 갖기 힘들지만 오히려 연약한 정일 듯싶은 초목(草木)은 말없이 실천(實踐)한다. 그렇지만 우리 인생은 초목 없이는 흥이 나지 않은 듯 봄을 기다려야 하는 것이다.

〈1987년 3월 · 그리움으로 오는 한 사람에게 · 제3기획(第三企劃)〉

노래

1.

아침은 생활(生活)을 의미(意味)할 수 있다.

우리의 하루 속에서 출발이 바로 아침이라는 것이다.

우선 잠자리에서 깨어나면 우리는 하다못해 어제 밤 꾸운 꿈을 정리 (整理)할 수 있다.

그런데 이 꿈은 안개를 바라보듯 좀 시원하지 못할 수밖에 없다. 예를 들어서 꿈에서 정의(定義)로 보아지는 돼지나 용(龍)을 간밤에 보았더라도 현시(顯示)쪽에서 볼 수는 없는 노릇이고 보면 꿈도 보잘것없는 일 장춘몽(一場春夢)이 아닌가 싶다.

그렇긴 해도 우리의 생활 속에서 한 부분인 생활로 밖에, 절대로 스물네 시간 외에서 빌리어 온 시간이 아니었다. 이렇듯 우리의 발자국 소리는 시간이 흐르는 소리이다. 산을 바라보아도 그렇고, 베개를 비고 누워서 한가한 마음으로 시간을 들여다보아도.

역시 흘러가는 소리가 들린다.

대체로 우리들 사이에는 두 가지 형태(形態)에서 시간이 흐르고 있다.

사랑하는 것처럼 두 형태(形態)가 우리의 모습임을.

A와 B의 이름을 가지고 구별(區別)해 보련다.

A는 자기가 휴식(休息)일 것이라고 주장(主張)한다.

그럴 수밖에. A는 나그네인 것이다.

세상이 다 알고 있지만, 나그네란 시간에 대한 절제를 가지지 않고도 살아간다.

　동가식 서가숙(東家食西家宿, 동쪽 집에서 밥을 먹고 서쪽 집에서 잠을 잔다는 뜻으로, 이곳저곳으로 떠돌아다니면서 얻어먹고 지냄)하며, 노을을 바라보는, 여창(旅窓, 객지에서 묵는 방의 창문)에 깃든 향수(鄕愁).

　나뷔야 靑山가자 범나뷔 너도 가쟈
　가다가 져무러든 곳듸 드러 자고 가쟈
　곳에셔 푸대접하거든 닙헤셔나 자고 가쟈

　고시조(古時調) 한 수(首)를 옮겨 놓는다.
　나그네의 면모가 잘 나타낸 시조이기 때문이다.
　나비가 되어 청산에 살고, 저물면 꽃에서, 꽃이 싫다하면 잎에서 자지!
　작자 미상의 한 시인은 청산(靑山)나비로 몸을 바꾸고, 자연과 일치하여 순간적인 인간의 비애(悲哀)를 초극(超克)해 보고 싶었을 것임에 틀림없다.
　장자(莊子, BC 369년~BC 289년)도 일찍이 꿈에서 나비로 변신(장주몽위호접, 莊周夢爲蝴蝶)하였다. 꿈에서 깨어 일어나 하는 말이 '내가 나비로 된 것인가, 나비가 나로 된 것인가 모른다' 했다는데, 나비와 인간을 나는 시간밖에서만 이해하고 싶다.
　나비가 청산이어야 하고, 사람은 청산을 바라보기만 해도 족할 것이다.
　그런 뜻에서, 위의 시조는 시간이라는 현실을 잃어버렸다.
　무위도식(無爲徒食)이 있을 뿐인데 여전히 가해자에 대한 공포감이다.

568

즉 '꽃에서 푸대접하거든 잎에서나 자고 가자' 나그네의 허무가 물씬 풍긴다.

나그네는 시간을 초월하고 싶었지만, 인간관계에서 멀리 멀리 도망(逃亡)해서도 안 되었다.

B형(型)은 어떤 모습일까.

A(나그네)를 보충하기 위한 B. B형이 A를 청산나비로 부활시킬 것이다.

동창(東窓)이 볽갓ᄂ냐 노고지리 우지진다

쇼 칠 아ᄒ히ᄂ 여태 아니 니러ᄂ냐

재 넘어 ᄉ래 긴 밧츨 언제 갈려 ᄒᄂ니

남구만(南九萬, 1629년~1911년) 숙종 때 사람.

'아, 동쪽 창문이 벌써 밝아졌단 말이냐! 새벽하늘에 종달새 지저귀는 소리가 울려 퍼진다. 소를 돌보는 아이가 아직껏 일어나지 않았단 말이냐? 고개 너머에 있는 이랑이 긴 밭을 언제 갈려 하느냐? 빨리 일어나 이 좋은 청신한 아침에 일자리로 나갈 준비를 하여라'로 읽어두자. 농촌 이른 봄 새벽의 근농(勤農)을 외친 이 시조는 곧 B의 전모(全貌)일 것이기 때문에 나는 청산(靑山) A와 대조(對照)하기로 했다.

청순한 새벽의 망중희(忙中喜)를 읊은 B를 좀 더 빨리 보이기 위해서는 '아침과 나'를 두고 생각해 보기로 한다.

2.

아침에 잠 깨면 나는 조간신문(朝刊新聞)을 읽는다.

말하자면 그날의 생활순서(生活順序)라고 믿으면서 선택(選擇)하였다.

누구라도 보통 아침결에 신문 읽어진다고 반격해 오더래도 나는 충분한 답을 해 줄 것이다.

평범한 일 가운데 진리(眞理)가 있다는 법(法)을 그에게 전해 주겠다.

먼저 시조 「나비야 청산 가자」를 읽어서 잘 이해하고 있지만 정적(靜寂)보다는 규칙적일 때만이 우리는 풍요(豐饒)하다.

이렇게 말을 전하고 있는 나라는 사람은 얼마 동안을 A라는 시간을 살았다.

어렸을 적(10代)에 남의 장례(葬禮)로 홍제동(지금은 벽촌) 화장을 지켜보았는데 그때 이미 잠재의식(潛在意識)과 인생무상(人生無常)이 일치(一致)되었던 것 같다.

작년에도 어머님을 벽촌(僻村)에 모셔놓고 왔지만, 10대적 감상 그것만은 아니었다. 어쨌든 한동안 인생(人生)을 느끼기가 한줌 잿가루여서 생활보다는 자포상태(自暴狀態)였다.

생활을 외면하면서 살았던 것 같다.

때문에 시작생활(詩作生活)도 단념하는 상태에까지 왔었고, 인격(人格)은 항시 남들 안에서 이루어지기 때문에 현실에서 패배감(敗北感) 날로 쌓이는 듯 했다.

나이 탓인지는 몰라도, 평범 속에서 나를 키우는 요즘 내 신조(信條)라고 할까. 어쨌든 변했다.

'나'를 보호하는 길은 자아발견 하는 길 뿐이라는 결론이었다.

빈틈 생길까 두려워서 아침 일어나는 길로 조간신문을 읽는 규칙부터 그날 생활이 시작(始作)된다.

위에 예를 든 시조 두 편에서는 각기 내 모습이라 아니 할 수 없는 그러나 두 가지 스타일이 조화되는 날 나는 청산(靑山)에 나비 되어 살 것이 틀림없다.

하루의 생활이 시작되는 아침, 그렇다. 시간을 붙들고 씨름해본다.

인생을 물에 물 타듯 방심(放心)해서는 안 될 것 같다.

시름일 테지
꽃밭일 테지
거기 안마당 쓸어보며
한껏 근심한 이야기
시름이나 될 테지
장다리꽃은
자라서 피고
서성대며
눈물
제각기 눈물이나
될 테지

술의 매력(아니 깬들 어떠리)

술에 대한 매력은 뭐니 뭐니 해도 모든 음료수가 그렇듯이 목마를 때 갈증(渴症)을 해소(解消)시켜 주는 고마움이다.

그런데 술이란 것을 우리가 말하는 사이다, 콜라, 주스 등으로 어울려 생각해서는 안 되리라. 어쨌거나 술이란 것도 음료수임에는 틀림없지만 위에서 지적한 음료수와는 분명히 비교할 수 있는 성질이기도 하다.

우리가 갈증을 느끼는 것을 식성적인 것과 심성적인 두 가지로 구별한다면 술은 심리적인 갈증의 해소가 된다는 말이 된다. 되풀이해서 말하거니와 술이란 어쨌든 음료수이다. 내가 왜 당연한 귀언을 자꾸 반복하고 있는가 하면, 여성의 입장으로 '술'에 대한 거리감을 좁히자는 데 진의(眞意)가 있다.

여성이 술 마시는 것에 대부분의 사람들은 차가운 시선을 보내고 있는 데 그럴 까닭이 무엇인가? 설마 여태까지 그러랴마는 하시대접(下視待接)을 묵인하는 쪽은 남성이 아니라 오히려 여성 쪽에 책임이 있는 것은 아닐까.

예를 들면 여성을 구별하기 위해 여류시인, 여류작가, 여류 조각가라고 부르는데 어째서 남성에게는 남류를 붙이지 않느냐고 어느 여류가 불만을 말한 적이 있다. 여성의 위치를 바로 찾아내는 기발(奇拔)한 발언에는 공감(共感)했지만 술에 대한 편견(偏見)만큼은 대사(臺詞) 밖이었을 것이다.

내가 말하고 싶은 것은 그들까지도 집 밖의 식탁에서 한 잔 정도 대

접하는 술마저 체면(體面)을 위해 사양
(辭讓) 아닌 거절(拒絶)하는 경우를 보
면서 안타까워하는 말이다.

박 덕 매

술이 인체에 얼마만큼 유리하냐 아
니냐 하는 반문은 오늘날 현대인답지
않다. 술이란 다만 심리적인 청량제인
것이다. 남녀 차별 없이 청량제로써
적당하게 소화시킬 수 있어야 한다.

내 생활에서 술에 대한 사연도 적
지는 않다. 내 친구들은 나 말고는 모두 결혼을 하여 자녀를 키우고 있
는데 내가 들르게 되면 남편이 마시다 남겨 놓은 술, 때로는 개봉도 안
한 술병을 식탁에 내놓고 으레 같이 한두 잔 마시기를 즐겨 한다.

이래저래 술 마시는 기회가 종종 있다. 남자 시인과 마시는 술, 회석
(會席)에서 마신 술…… 어느 때 마신 술이 제일 맛있느냐고 누가 묻는
다면 방에서 혼자 울음 삼키며 한잔 가득 따라 마신 술맛일 것이라고
말하리라.

그 한 잔의 술맛이 담긴 시를 썼을 때 비로소 나는 여류 아닌 시인이
될 수 있다. 왜냐하면 술이란 남자만을 위하여 세상에 빚어진 비법(秘
法)이 아닌 이상…… 인간의 사량(思量)도 원래 남녀 구별이 없는 것이며
때문에 술 뒤에 감춰진 비애(悲哀)도 함께 느껴야 할 것이다.

술을 주제로 한 문학 작품 중에서 특히 옛 사람들이 남긴 한시, 고시
조(古時調)를 보면 술과 인생(人生)을 아름답게 성찰(省察)하여 노래하며
살아갔음을 충분히 짐작(斟酌)할 수 있다.

정철(鄭澈)의 시조

한 잔 먹새그녀
또 한 잔 먹새그녀
곶 겪어 산(算) 놓고
무진무진 먹새그녀
(생략)
누른 해 흰 달
가는 비 굵은 눈
소소리바람 불 제
뉘 한 잔 먹자 할고
하물며 무덤 위에
잰납이 바람 불 제야
뉘우친들 엇지리

오늘날 과학 문명 앞에서 단연 앞지르며, 놀림당하지 않는 애송시(愛
誦詩)라 할 것이다.

또 작자 미상(未詳)의 시조(時調) 가운데 술을 빛내고 있는 것이 있다.

오날도 조흔 날이오
이곳도 조흔 곳이
조흔 날 조흔 곳에
조흔 사람 만나이셔

조흔 술 조흔 안주에
조히 놀미 조해라

옛 사람들이 술을 얼마만큼 품위 있게 자셨으며 허무(虛無)하지 않으려고 했는가를 신흠(申欽)의 시조에서 엿볼 수 있다.

술 먹고 노는 일을
나로 왼 줄 알건마는
신릉군(信陵君) 무덤 우희
밭가는 줄 못 보신가
백년이 역 초조하니
아니 놀고 어찌하리

역시 신흠(申欽)의 작품이다.

술이 몇 가지오
청주와 탁주-로다
먹고 취할 션정
청탁이 관계하랴
달 밝고 풍청한 밤이어니
아니 깬들 어떠리

여기서는 술의 청탁(淸濁)을 낯가리지 않았다.
한 수(首)만 더 옮긴다. 요즘 사람들은 차디찬 물정(物情)을 좇아가며 정(情)마저 잃어가고 있다. 작자 미상, 무명 시인이 벗을 맞는 따뜻한 마음을 읽어 두자.

꽃은 밤비에 피고
비진 술이 다 익거나
거문고 가진 벗이
달과 함괴 오마더니
아희야
모첨에 달 오른다
벗 오시나 보아라

이처럼 술은 우리의 인생을 풍부하게 하였다. 그런 까닭에 여성(女性)을 위해서도 술은 필요한 것이 된다. 두말할 필요 없이 남녀의 구별이 없이 술은 심리적 청량제이다.

〈1987년 3월 · 그리움으로 오는 한 사람에게 · 제3기획(第三企劃)〉

시간의 철학

    아침은 그날 생활(生活)의 시작(始作)이다.

    하루 스물네 시간 중에서 출발이 바로 아침이다.

    우선 잠자리에서 깨어나면 우리는 하다못해 어젯밤 꾼 꿈을 정리하게 된다.

    그런데 이 꿈은 안개를 바라보듯 시원하지 못할 때가 많다. 예를 들어서 꿈에서 정의(定義)로 보아지는 돼지나 용을 간밤에 보았더라도 현시(顯示) 쪽에서 볼 수는 없는 노릇이고 보면 꿈도 보잘 것 없는 일장춘몽이 아닌가 싶다.

    그렇긴 해도 우리의 생활(生活) 중 한 부분이요 절대로 스물네 시간 예외에서 빌리어 온 시간이 아니었다. 이렇듯 우리의 발자국 소리는 시간이 흘러가는 소리이다.

    산을 바라보아도 그렇고, 베개를 베고 누워서 한가한 마음으로 시간을 들여다보아도.

    역시 흘러가는 소리가 들린다.

    대체로 두 가지 형태(形態)에서 시간은 흐르고 있다.

    다음의 고시조 두 편에서 비교해 보기로 한다.

    나비야 청산(靑山)가자 범나뷔 너도 가자

    가다가 저무거든 꽃에 들러 자고 가자

    꽃에서 푸대접하거든 닢에서나 자고 가자

세상이 다 아는 바지만 나그네란 시간에 대한 절제를 없이도 살아 간다.

작자미상의 널리 애송(愛誦)되고 있는 이 시조는 나그네의 면모(面貌) 가 잘 나타나 있다.

나비가 되어 청산(靑山)에 살고, 저물면 꽃에 들어 눕고, 꽃이 싫다 하면 잎에서나 잠들지…… 작자는 청산의 나비로 몸을 바꾸고 자연과 일치하여 순간적인 인간의 비애를 초극해보고 싶었을 것이 틀림없다.

그러나 청산의 나비와 인간을 시간 밖에서만 나는 이해하고 싶다.

나비는 청산에 살아야 하고, 사람은 청산을 바라보기만 해도 족할 것이다.

그런 뜻에서 위의 시조는 인간이란 현실(現實)을 잊어버렸다.

세상 밖에서는 시간을 초월(超越)할 수가 없는 까닭이다.

다음 시조(南九萬, 1909~1911)에서는 청산나비를 능히 부활시키고 있다.

동창(東窓)이 밝았느냐 노고지리 우거진다

소치는 아희는 여태 아니 니러나냐

재 넘어 사래 긴 밭을 언제 갈려 하나니

위 시조를 감상해 보면 다음과 같다.

'아, 동쪽 창문이 벌써 밝아졌단 말이냐! 새벽 하늘엔 종달새가 울며 지저귄다. 소를 먹이는 아이는 아직껏 일어나지 않았느냐? 고개 너머에 있는 이랑이 긴 밭을 언제 갈려 하느냐? 빨리 일어나 이 좋은 청신(淸 新)한 아침에 일자리로 나갈 준비를 하여라'로 읽어두자. 농촌 이른 봄 새벽의 근농(勤農)을 외친 이 시조는 퍽 상반되고 있음을 알 수 있을 것이다. 청순(淸純)한 새벽의 바쁜 일과를 즐겁고 기뻐하는 모습을 이 시조(時調)에서 느낄 수 있는데 우리는 유념(留念)하게 된다.

　말하자면 그날의 생활순서라고 믿어지는 아침은 사람마다 규칙적(規則的)인 일감이 있어야 한다. 정적이 깃들인 아침보다는 생동감 넘치는 풍요(豐饒)로운 아침을 맞이할 수 있어야 한다. 시간을 붙들고 땀 흘리는 시간만이 우주(宇宙)를 포용(包容)할 수가 있을 것이다.

　생활을 외면해버린 시간보다는 후자의 시조에서 보았듯 근농의 소리가 높을 때 우리의 시간은 비로소 흘러가고 있는 것이다.

박덕매(朴德梅)

시(詩)를 도(道)로 생각하며

나의 생활에 도(道)가 있을 때, 외롭지 않다.

어느 위치에서든지 도를 생각하면 괴로움 줄어든다.

도에 대한 논의는 나의 능력으로 닿을 수 없는 문제이나 도를 어렵게 보따리 속에 꾸려 넣고 다니기 보다는 나의 편리(便利)대로 생각하고 있는 쪽이다.

가령 지금 글을 쓸 때도 반드시 도의 힘을 빌린다.

지난 일 년은 편지 한 통 보내지 않았을 만큼 원고지를 멀리 했었는데 그 이유 어떻다 하더라도 금년만큼은 착실히 글 쓸까 한다.

글을 피하면 그만큼 불필요한 일이 많아지고 얽히며 산다는 것.

대체로 이런 경험은 초기지만 느낌에 실천을 보태는 것은 나의 도다.

도는 눈에 보이지 않게 조금씩 자라나고 있음을 알 수 있다.

적은 양(量)에서 풍족함을 얻어내는 내 생활방식은 가난이라 할 수 없다.

오히려 가난 속에서 속기(俗氣)를 털어내려는 노력 있다.

요즘 사회에서 많이 바라보는 일처럼 돈 있는 사람들의 비행이 얼마나 큰가.

사람 인격도 돈으로 등급 매기는 세태가 아닌가.

그러거나 말거나 내가 지금 말할 문제가 아니다. 날이 갈수록 어두운 현실 버티자면 도의 마음들이 필요한 때다.

물론 나의 시는 그러한 인내심 깃들였다고 말할 수 있다.

없는 것에서 있음을 확인하려는 내 의지는 생활에서나 시에서나 마찬가지인 것이다.

내 친구가 오랜만에 전화음성으로 "죽지 않고 살아 있구나" 했듯이 나는 지금 잘 살고 있다. 행복을 우리는 어디서 얻어내려는 것인가. 물질보다 마음의 행복을 우리가 잊어가는 것이 아닐까.

내 나이쯤은 가난도 내 탓에 있다. 이제는 오히려 가난을 낙으로 돌이킬 때다.

다만 주의할 것은 가난이 게으름을 부른다는 것이다.

내 경우 일정한 직장 없어도 생활은 한다. 항상 바빴다.

모 문학지 정기구독 모집, 사진 촬영, 친구들과 차(茶) 마심, 등산 등이다.

적은 돈으로 항상 검소절약하며 산다.

그리고 독신녀의 노후를 남들이 걱정하지만 나 본인은 하늘을 바라보고 오늘 후회 없기를 다만 바랄 뿐이다.

그런 말이 쉬울 뿐이지 실제로 나타나는 일들은 엄청나겠지만 누구의 인생이어도 마찬가지다.

하루하루를 충실히 노력하는 길밖에 없다.

무엇보다 시 잘 쓰는 궁리를 해야 하고 그러기 위해 도를 마음의 중심으로 삼아가면 우선 홀가분한 기분이다.

돌이켜 보면 타인들 속에서 패배감(敗北感), 열등감(劣等感)으로 시달리던 한 시절이 있다. 유치한 노릇이었다. 바른 생각, 바른 행동(行動), 바른 표현이라면 족한 설계다.

겨울나무같이 나는 옷을 더 벗어야 한다.

하늘에는 부끄러움 다 보이고 시를 도로써 생각하고 싶다.

나의 젊은 시절은 시가 아닌 외곽에서 시간을 많이 낭비했었다.

시를 쓰려는 사람으로 그 시절은 가장 아픈 추억이 아니다.

'못난 내 청춘을 돌려다오'라는 유행 가사처럼 그 청춘은 다시 못 오 겠지만 그 추억은 시의 밑바탕이 제발 돼 달라.

나이 들어가니 수치를 못 느끼는 것일까. 젊을 때처럼 스릴 없는 평행선만 달리면서 후회도 절망도 수치도 거의 없다.

나는 철이 들 듯 그것을 알고 있다. 생활에 도가 있기 때문이라는 것을.

없다 있다 하는 현상(現象)보다 높은 정신(情神)이라면 물질이나 명예(名譽)라도 흔들릴 리 없다.

시인으로서 이 정도의 약속을 지킬 수만 있다면 고달픈 날이 줄어 들 것이다.

〈1983년 3월〉

술벗이란 귀중하다

　세상엔 무엇이나 흥청망청 써버릴 게 없는 것처럼 술도 너무 많이 마시면 마실수록 빈자리의 흉터가 남는다. 또 술을 마셔본 사람과 멀리서 지켜본 두 사람의 스타일은 상당(相當)한 차이(差異)가 있는데 술 얘기할 사람이란 당연히 술 마시는 사람이어야 한다.

　호랑이를 잡으려면 호랑이 굴속에 먼저 들어가야 잡는다는 말을 생각해 보라.

　술이란 대체 어떻게 생겼는가부터 그 감(感)을 잡아야 사람이 술을 당해낼 수 있지 않는가.

　따라서 사람이 술을 부릴 수 있는 경지에 이르러야 술 취하는 데 그 멋과 맛이 난다.

　취중에 던진 말이 생시 먹은 마음일 테니 마음 약한 사람들에게 술이 좋고 또 좋다. 그래서 슬픈 날 기쁜 날도 잔을 돌리어 더욱 밝히는 것이니, 술이란 묘약(妙藥)이 아닐 수 없다.

　그렇더라도 여성이 술 두둔하는 것은 아직 용기(勇氣)가 필요하다. 그래서 짐짓 용기를 내어 술 얘기를 하려고 하니 한편으론 꺼려지는 냉수 마실 때 같이 속이 시원하기도 하다.

　처음 내가 술 마신 것은 졸업을 앞둔 여고 3학년 겨울이다.

　그 당시 나와 같이 문학소녀이었던 고진숙(高眞淑)이 떠오른다.

　진숙은 내가 다니는 풍문여고에서 가까운 창덕여고 졸업반(卒業班)이고 문학 써클 멤버였다. 학교는 다르지만 우리들은 일주일에 한번 씩 만나서 각자 작품(作品)과 명작(名作)들을 감상(鑑賞)했다. 그러면서 차츰 서로의 집 사정을 어느 정도 알게 되었다.

진숙의 집은 학교에서 멀지 않은 익선동이었다. 그녀의 홀어머니를 모시고 여동생과 셋이서 가난하게 살았다.

학교와 그의 집은 걸어서 20분이면 충분한 거리(距離)였다. 때문에 그의 어머니가 갑자기 세상을 떠났을 때 쉽게 방문할 수 있었다.

진숙의 아버지는 6·25 때 돌아가셨다. 그래서 어머니마저 돌아가신 일은 그녀 자신은 물론 친구들에게도 큰 충격이었다.

갑작스런 그녀 모친의 죽음은 자살이었다. 진숙의 입에서 직접 들은 말은 아니지만 어느 남자를 사랑했다가 비관한 나머지 죽음을 부른 것이라는 말이 번지고 있었다.

진숙은 외로운 아이였다. 상가에 모인 일가친척이 고작 세 사람 뿐이었기 때문에 우리 몇 명 친구가 진숙을 돕기 위해서 그날 하루 학교를 빼먹고 홍제동에 있는 화장지(火葬地)까지 가 주었다.

삼우제(三虞祭)날에도 우리가 함께 했다.

하얀 상복 입은 두 소녀 상제, 쓸쓸한 제상(祭床), 촛대…… 세 들어 사는 문간방의 묘한 괴적감(怪寂感)들은 문학소녀들의 어떤 상상력을 유발했다.

그럴 때, 누가 어떤 구실을 만들어 내어 방 안의 우울하고 슬픈 풍경을 깨뜨리지 않으면 안 된다. 아까부터 나의 시선은 제상의 막걸리에 닿았다.

'정물(情物)들 같은 저 술을 누구든지 마셔버려야 한다.'

나는 마음속으로 몇 번이고 그런 말을 되뇌었다.

잔에 담긴 술, 내 짐작으론 꼭 식은 국 같았다. 냄새마저 사라진 술처럼 방안의 풍경은 모두 한결같은 풍경으로 닮아 있었다.

애당초 그 방에 따뜻한 체온은 하나도 없었다. 그렇기 때문에 내 마음은 조급해졌다.

"진숙아, 내가 술 마실까?"

그 말에 방 안의 소녀들은 잠자코 내 얼굴과 술잔을 번갈아 쳐다보았다. 쳐다 만 볼뿐 별 말은 없었다. 그러나 그 시선들은 말보다 더한 간절함을 전해줬다.

'너는 마실 수 있을 거야. 네가 우리 대신 마셔라!'

그 간절한 시선들이 나에게 술잔을 들게 했다. 이래서 나의 첫 술잔은 퇴주잔(退酒盞)이었다. 그 소녀들, 지금은 소식도 모르지만 그날 내 뒤를 이어 한 모금씩 마시었으니 퇴주잔에 대한 추억이 될 것이다.

술은 마신 만큼 정직하게 취하게 해준다. 제일 많이 마신 나도 그랬지만 다른 소녀도 취중을 보인 것은 당연한 일이다. 며칠 동안이나 긴장상태로 지냈던 소녀들에게 술은 어리광과 수다를 되찾게 만들어 주었다.

소녀들의 얼굴빛은 노을처럼 익어갔고 누가 먼저 애도(哀悼)하는 눈물을 보였는지는 모르지만 그동안 보이지 않은 눈물을 함께 흘렸으며 제법 술꾼처럼 혀 꼬부라지는 수다를 떨기도 했다.

상가(喪家)에 사람이 많으면 썰렁한 기운이 사라지고, 슬프지만 그런대로 지낼 수 있는 법이다. 그 말처럼 술 취한 소녀들 때문에 삼우제를 수선스럽게 지냈다. 하지만 소녀들은 술병을 앓아야 했다.

토하고 속 부대끼고, 마치 빈혈증 환자처럼 어지러움에 대한 고통을 호소(呼訴)했다. 그날 밤 소녀들은 늦게 귀가했다. 나와 또 한 친구는 아예 집에도 못 갔다.

나는 그날 술병만 아니라 마음의 병도 앓고 있었다. 화장지에서 시체

관이 꺼먼 숯덩이로 나오는 과정이 꼭 간단한 책상서랍을 연상시키던 그 허무감과 허탈감이 그 시간 후에도 얼마 동안 나를 괴롭혔다.

더구나 대학진학의 문제를 앞에 두고 갈등(葛藤)*하던 시기라서 내 우울(憂鬱)을 더욱 부추기었다.

무엇에도 결정할 수 없는 마음의 무능력이 지배(支配)했다.

삼우제 다음 날 아침 학교에 등교(登校)했다.

그러나 교문(校門) 앞에서 나는 걸음을 멈출 수밖에 없었다.

"영자야(나의 본명), 집에 돌아가라. 후배 앞에서 모범을 보여야지 그 모습으로 학교에 오면 되느냐?"

여선생이던 훈육주임 말을 듣는 순간 오히려 내 귀를 의심했다.

그 당시의 교복(校服)은 검정이나 곤색(紺色, '감색'으로 순화)으로써 상의 둘레에 반드시 흰 칼라를 붙여 입어야 했다. 그런데 누가 봐도 지적할 수 있는 상의를 입었다는 사실을, 규율부(規律部) 학생(學生)들의 시선(視線)이 나의 그곳에 모아졌기 때문에 비로소 알았다.

학예부장이라는 언니를 한 학년 아래였던 규율부 앞에서 꾸짖던 훈육주임 선생님. 그 정도 꾸지람으로 집에 돌려보낸 처사에 나는 지금도 찬탄을 금할 수 없다. 그 무엇보다도 무서운 벌이라고 생각되기 때문이다.

처음 술, 첫 번째 실수(失手)는 이쯤에서 끝났으나 그 후로부터 오늘까지 내 실수를 누가 묻는다면 나는 일일이 찾아낼 수 있을지 모르겠다.

술 마시는 것도 일종의 버릇이 된다. 그러나 누구와 어떻게 마시는가에 따라서 자세가 잡힌다.

술에 제대로 길들여졌다 하면 문단데뷔시절 그 안팎인데, 공초 오상순(吳相淳) 시인이 매일같이 명동(明洞)에 나오던 시절(時節)이었다.

말하자면 내 술버릇은 공초 오상순 시인의 언저리를 맴돌며 길들였다고 해야 옳다.

문학적인 정열도 필요했지만, 공초 주변에 맴돌던 내 나이 또래 문학 친구들과 어울려 술 마시는 시간도 내 삶의 즐거운 보탬이 됐다.

오상순 시인이 나오는 다방에는 그를 따르는 사람들이 많이 모였다.

문단 사람뿐 아니라 사회 각층의 사람들이 신분에 관계없이 그를 찾아서 왔다.

'고맙고 반갑고 기쁘고' 공초는 언제나 이 말을 답례처럼 하고 정이 가는 손으로 악수를 청했다.

그런 후 '청동문학(靑銅文學)'이라고 적힌 싸인 북을 건네준다. 여기에다 무슨 말이든지 한마디 쓰라 하셨다.

이 청동문학(나중에는 '청동산맥'으로 바꿈)은 그렇게 씌여진 것이 195권이나 됐다.

그분은 1963년 대한적십자병원에서 고혈압, 심장병으로 작고하셨다.

나의 이름 덕매(德梅)는 그분이 내게 붙여주신 별명 '떡메'를 나중에 한문으로 바꿔 주신, 말하자면 어정쩡한 세월 속에 내 필명이 된 것이다.

오상순 시인의 문학과 더불어 줄담배, 그 인상을 대부분의 그 시절 사람들은 마음에 오랫동안 간직하고 있다.

특히 그분에 대하여 내가 감사하는 것은 그곳에 나오는 문학청년들과 어울려 다니면서 술 마셔도 묵인(默認)해준 점이다. 공초는 특히 젊은 남녀관리를 잘 해주어서 다방(茶房) 탁자에 함께 앉히거나 서로 소개시키는 경우가 별로 없었다.

세상 남자가 다 그렇다는 말은 아니지만 여자 인물 곱지 않다고 해서 그림처럼 내버려두지 않는 세상인데, 공초어른은 나를 잘 보았다는 말인가! 아니면 무엇일까.

명동에서 공초와 청동문학의 마지막 다방이라 할 '향지원' 건너 편 골목에는 값이 싼 주점들이 많았다. 말하자면 이곳이 주머니 사정이 가난한 문학청년들이 자주 드나드는 싸구려 술집들이었다.

지방에서 상경한 문학가 지망생들은 이곳에서 밥을 사먹기도 했다.

카바이트 냄새가 풀풀 풍겨 나오는 그곳에서 시큼한 막걸리, 독한 소주(燒酒)에 값싼 안주 한 접시 놓고 마셨지만 그때가 명동파 문인들의 황금시절이었다.

현재 문인 가운데 동시절의 황금기를 거쳐 간 분이 얼마나 많은가.

지금도 그 당시 만났던 문인을 만나면 마음 탁 놓고 반갑다.

지금 중견인 K 시인을 며칠 전 어느 모임에서 만났다.

그는 지금부터 28년 전에 내가 건네준 시루떡 이야기를 남들 앞에 커다란 소리로 떠올렸다.

"오늘은 집에서 시루떡 싸가지고 안 왔소?"

"떡 만들 사람이 없어서 못 가져왔지!"

농(弄) 섞인 말로 응수하며 철없는 아이들처럼 우리는 웃었다.

K 시인은 지방에서 올라와서 그 당시 신춘문예의 관문을 뚫고 있었는데 하숙비를 못 내서 동가식 서가숙하고 있었다. 낮에는 주로 공초 선생이 계신 향지원 다방에 나와 있었는데, 마침 고사(告祀)철이라서 우리집에서 떡을 했기 때문에 K에게 식사용으로 갖다 주었던 얘기를 지금도 하는 것이다.

그때 떡을 만들었던 어머니, 지금은 그 어머니마저 돌아가셨다.

지난 일은 이제 전설일 수밖에 없다. 오늘날 술 먹는 버릇은 전설(傳說)로 돌아가기 위한 반복행위(反復行爲)가 아닐까.

그래서 나의 술버릇은 낭비(浪費)가 아닌 말벗을 만나는 일이라고 말하고 싶다.

그래서 나에게는 술벗이란 귀중(貴重)하다.

술 먹고 노니는 중에(그렇게 말할 수도 있다) 각자의 책임 묻지 말자.

실수에 대하여 오랫동안 기억해 주지를 말자. 술은 레크레이션이다.

1985년에 세종문화회관에서 문인(文人)들이 〈춘향전〉을 공연했었다.

내가 맡은 역은 변사또에게 선을 보이는 6명의 기생 가운데 노래에 장기를 보일 '연심'이었다. 현대판 춘향전이라 하지만 그 역을 무난히 해내기가 어려워서 생각해낸 것이 '술'이었다.

동네에서 미리 정종(正宗) 두 개(컵 정종)를 사가지고 와서 무대 뒤에서 마셨다. 하나 남은 컵은 함께 연극한 소설가 안장환(安章煥) 씨와 오영석(吳榮錫) 씨가 탐(貪)을 내길래 양보했다. 오아시스에서 샘물 보듯 셋이는 유리컵에 든 정종을 번갈아 탐색(探索)하듯 마셨다.

술 먹고 노는 일(레크리에이션)을 발휘했다고 할까.

물론 그날 내가 맡은 연심의 노래 솜씨는 관람객으로부터 많은 박수를 받았다. 사실에는 추호의 거짓이 없다. 술 먹고 노는 일 중에 남에게 공개(公開)할 부분이 한두 가지 뿐이랴.

어느 날 여류 시조시인 김남환(金南煥) 씨와 우이동 산에 있는 도선사(道詵寺)에 가기로 했다. 인사동 실내악(室內樂) 카페에서 미리 만나서 내가 그를 도선사로 안내하기로 한 것이다.

종교라 하면 문단에 기독교인, 천주교인은 많아도 불교인은 숫자가 적다. 그래서 김남환 씨와 나는 서로 같은 종교임을 더욱 확인하는 뜻에서인지는 몰라도 오랜 전부터 서로 우애를 지켜왔다. 요즘은 나에게 용돈도 준다. 그 분 말에 따르면 문단의 원로 소설가 손소희(孫素熙, 1987년 작고) 씨가 평소에 나를 잘 돌봐주라고 부탁했던 적이 있다고 한다.

어쨌든 김남환 씨와 나는 각별한 친분으로 지내고, 지금은 술벗이다.

그날 오후 두 시에 만났는데 땅거미가 질 때까지 우리는 카페에서 일어나지 않고 술을 마셨기 때문에 절에 가는 것을 포기하지 않으면 안 되었다.

절에 가는 사람이 어떻게 술을 마실 수 있는가. 상식으로는 안 되는 말이다. 더구나 산사는 일찍 어두워서 문 거는 시간이라고 김남환 씨가 그 동안 몇 번이나 재촉했지만 나는 시치미를 떼기로 하고 시간을 끌었던 것이다. 그러면서 카페에 함께 동석한 몇 분의 문인 틈에서 술 분위기를 만들어갔다.

그러자 김남환 씨는 절에 술 냄새 풍기는 것도 문제고, 문 닫는 시간도 걱정이 되는지 안절부절 못하다가 이렇게 말했다.

"박덕매 씨, 오늘 절에 가는 것은 그만 두자."

그 말에 나는 천연덕스럽게,

"아니오, 나에게 무슨 수가 있어요. 조금만 더 있다가 갑시다." 했다.

김남환 씨는 할 수 없이 내 말에 따랐다. 모르기는 해도 속으로는 '절에 못 갈 것이다'라고 생각하면서도 그냥 믿어주는 눈치를 보냈을 것이리라.

카페를 나와서도 우리는 곧 바로 절에 가지 않고 저녁식사를 했다.

절에서 밥을 얻어먹기는 틀린 시간이므로 내가 의도적(意圖的)으로 시간을 더 끌었다.

음식점 간판을 읽다가 나는 삼계탕집 안으로 발길을 돌렸다.

"술만 마셨으니, 속도 채워야지요?"

항시 마음 넓게 쓰는 그를 나는 고의적으로 골탕 먹이고 있었던 것이다. 술 마시고, 고기 먹고 절에 간다. 벌 받을 일이지만 나는 그런 장난기로 유쾌하기만 했었다.

그는 나를 믿어주고(속으로는 안 그랬겠지만) 절(寺)에 가기 위해 안국동 로타리에서 12번 좌석버스를 탔다 내가 짐작한 대로, 버스 안은 텅 빈 고속버스처럼 승객도 몇 명이 안 됐고 넓었다. 되도록 한적한 뒷좌석으로 가서 나의 가방을 열었다. 그리고는 회색 승복 바지를 꺼내 갈아입었다.

"나의 빽을 믿으세요."

나는 변장한 모습으로 김남환 씨 앞으로 다시 왔다.

"하하하……."

둘이는 누가 듣건 말건 큰 소리로 웃었다.

도선사는 일주문이 따로 없는 것이 첫째의 빽이 되고, 두 번째는 보살의 회색 바지를 입고 목에는 백팔 염주를 건다. 되도록 경내 사람을 만나게 되면 멀리서부터 합장함으로써 술 냄새를 감출 수 있다. 이 두 가지 빽을 믿고 그날 약속(約束)을 지켰다.

도선사는 대웅전(大雄殿) 말고도 바깥 허공의 석불(石佛)이 유명했다.

허공에 나와 계시는 석불(石佛) 앞에서 우리는 간간이 졸면서 무사히 기도(祈禱)를 마쳤다. 그 얘기를 김남환 씨는 에피소드로 남들에게 말했다.

술 얘기는 아직도 많이 남아 있다.

* 갈등(葛藤): 칡과 등나무, 葛(칡 갈), 藤(등나무 등). 줄기가 위로 곧게 자랄 수 없어 이웃의 기둥을 의지(依支)해 살아가는 식물을 '덩굴식물'이라고 한다. 덩굴식물(植物)은 주변의 기둥이 될 만한 버팀목만 있으면 줄기에 부착(附着)하거나 감고 올라가 충분한 햇빛을 확보한다.
 칡과 등나무는 둘 다 콩과(豆科) 덩굴식물이다. 주변에 기둥이 될 나무만 있으면 감아 위로 올라간다. 그런데 등나무 줄기가 기둥을 감는 방향이 칡과는 서로 반대이다. 옆에서 보면 칡덩굴은 반시계 방향(오른쪽 감기)으로, 등나무 줄기는 시계 방향(왼쪽 감기)으로 감아 올라간다. 만일 칡과 등나무 줄기가 같은 소나무를 감아 올라간다면 서로 반대되는 방향으로 얼기설기 휘감겨 꼬인 실타래처럼 될 것이다. 칡덩굴이 먼저 오른쪽 감기로 소나무를 타고 올라가고, 나중에 등나무 줄기가 왼쪽으로 타고 올라가면 칡덩굴은 등나무 줄기에 ×자 모양으로 눌려서 결국 말라죽게 된다. 그러면 칡뿌리에서 새로운 줄기가 나오고 이번에는 칡덩굴이 등나무 줄기를 ×자 모양으로 눌러 말라죽게 한다. 이렇게 서로 죽고 죽이는 끔찍한 상황이 끝없이 반복된다.
 이것을 업(業, karma)으로 본다면 같은 나무 밑에 뿌리내린 것은 인연(因緣)이 된다. 누군가 이러한 상황을 끊어 주거나 스스로 깨달아 끊는 수밖에 없다. 다행스럽게도 인간(人間)은 해파리(海八魚, 海鮀, 물알, Jelly fish)에서 비롯된 신경망을 고도로 진화시킨 두뇌(頭腦)를 가지고 있어 스스로 생각하고 깨달을 수 있으나, 편견(偏見)에 휩싸인 무명(無明)으로 인해 같은 소나무 밑의 칡과 등나무와 같은 상황을 반복(윤회, 輪廻)하며 살아가고 있다.
 일상(日常)에서는 서로 의견(意見)이 맞지 않아 풀리지 않는 관계(關係)를 '갈등(葛藤)'이라고 한다.

〈1990년 · 여류작가 22인의 술 이야기 · 에세이 술 3집 · 보성출판사〉

새처럼 하늘에 날아라

'나'는 '나'고 그 주인을 가르켜 '마음'이라 하는데, 화엄경에도 마음을 그림 그리는 화가(畵家)라고 그렇게 적혀있다.

화가를 그러기에 내 앞으로 끌어다가 일 부리듯 잘 길들일 수 없을까.

사나운 성질의 파도로는 물길을 포용할 수 없는 것처럼 시야에 어둠만이 잡히지만, 고요한 물길에서는 돛단배 하나 종일 띄어놓고 바라보고 싶다.

두 줄기의 물길은 반복되고 엇갈리는 마음의 그림 한 장. 그러면 언제까지 하룻밤 강아지는 범 무서운 줄 모르는가. 언제까지 생사(生死)달린 바다여야 하는가.

번뇌(煩惱)라는 말인가? 탐(貪) 진(嗔) 치(癡)를 벗어나지 못하고 매일 아니 오늘은 또 어떤 날이 되는가.

육도(六道) 윤회에서 잠시 선정(禪定)에 머물 때, 정서가 안정이 되며 일시적이나마 문제되는 것 눈에 거슬리는 것이 없다. 그야말로 숨 쉬는 우주와 함께 자비(慈悲)스러워진다.

그렇건만도 조그만 머리통 속에서 들끓고 있는 번뇌망상(煩惱妄想)이 사만팔천 가지나 된다고 하니 변화무쌍할 뿐이다. 이러한 사만팔천의 숨구멍들이 착한 인연과 악한 인연으로 이 순간에도 부닥치고 있다.

세계와 세계, 작게는 민족과 민족, 개인으로 이웃과 내가 온갖 인연으로 맞물려 있다.

지장경에서 부처님 말씀, '염부제 중생들은 뜻과 성품이 정한 바가 없어서 악한 짓을 익히는 자가 많기 때문에 착한 마음 내어도 곧 사라진 다' 했으며 '악한 인연을 만나면 생각 생각에 더 늘어나기 때문에 내가 이 몸으로 백천겁으로 나눠 교화하고 제도하되 그들의 근기(根機)와 성 품에 따라서 해탈시킨다' 한 것은 무엇보다도 잠깐 동안도 쉬지 말고 중 생은 정진할 것을 거듭 당부하였다.

여기까지 잠깐 생각해보는 것은 내 무명(無明)일지 몰라도 인연 선지 식(善知識)을 나는 어떻게 해서 만날 수 있는가?

일상적인 언어의 생활과 불교의 만남이란 나에게 까다롭고 요원(遙 遠)하기 조차 하다. 그뿐 아니다. 타(他)종교에 대해 잘 모른다손 치더라 도 불자(佛者), 불자임을 남들에게 밝히지만 실지 불교를 아는 것은 코 끼리 다리를 만져본 정도가 될까. 그쯤도 못 미칠 테지만 불법은 생활 을 떠나서 따로 존재하지 않는다는 한 가지 생각만을 떠올려도 무조건 얼굴이 붉혀진다.

사람에겐 자기생각, 생활이 있다. 그리고 똑같은 인생살이라는 공통 점이 있지만, 그 마음의 화상(畫像)은 더러 닮은꼴은 있어도 실지 파악 하면 내용면에서 천층만층이나 된다.

무슨 말이냐 하면 흘러가는 시간 속에서 그 사람의 주인은 그 마음(心)이라는 것이다. 그 마음(心)을 어떻게 잘 쓰느냐에 다라 속박에서 풀 려나는 자유스러우며 자유스러운 상(想)이 되며 더 나아가면 윤회고통 에서 벗어날 수도 있다 한다.

해탈한 자화상은 못 그려도 나는 평상(平常)에서 내 자화상을 꾸준히 그려가고 싶다. 왜냐하면 고집이지만 어쨌든 세월을 나름대로 잘 버틴 내 인욕(忍辱)이라 할 수 있어서다.

이 시대 사람들에게 사람과 사람들이 서로 염려하는 말 중에 종교

594

싸움하는 나라와 핵무기 보유의 나라인데, 불살생(不殺生)은 불교 5계에서 첫 번째 순서로써 모든 종교도 그 자리를 지킨다.

그 다음으로 금기되어 있는 도둑질, 부정한 음행, 헛된 말 정도는 어제나 오늘이나 사회의 모순덩어리로써 만연되기는 마찬가지다.

더러 더러는 곪아 터져 사람 앞에서 그 얼굴을 비참히 내밀기도 하거니와 부처(佛) 말씀대로 따라하면 악(惡)이 더 늘어나기 때문에 거기까지 이르른 것이다.

좋은 불법(佛法)을 만나서 평상시(平常時) 선근(善根)이라도 심어갔다면 그런 초래(招來)를 당하지 않을 테지만…….

또 나타나는 물의를 일으키지 않았더라도 마음으로 범(犯)하는 혼자만의 비양심도 우리가 해탈에 이르고자 하는 길에서 마땅히 제거(除去)해야 한다.

마음에도 생명이 있어서 그 나무에 애당초 떡잎부터 잘 봐두어야 하기 때문이다. 그리하여 잘 가꾼 나무…… 열매 열리면 누가 거두든지, 땀 흘린 대가를 바라지 아니한다.

어떤 일이라도 시작은 일의 반이 성사인 것처럼 이익에 대해서는 생각하지 말자.

보시자(布施者)여. 그대에게 뭐라고 말하며 꽃을 바칠까.

도(道), 도(道), 도(道).

나뭇잎새처럼 그 이름을 불러보자면 얼마나 많은 수사어가 되랴. 그러나 그 많은 말을 줄이고 우리는 살펴보듯 아무쪼록 선(禪)을 하자.

남의 기(氣)를 꺾는 배부른 흥정도 하지 말고, 예를 들어서 천심을 가진 사람 돌려 세우는 무지막지한 실례(失禮)를 하지 말자.

천심을 돈으로 꺾을 수 없고 폭력을 닮은 제스처 따위로는 어림

없다.

그렇건만도 누구나가 천심을 지금은 다시 회복할 때이다.

짓밟힌 청춘(靑春)이라면 청춘을 찾아야 하고, 부수어버린 양심(良心)이면 양심을 찾아야 하고, 잃어버린 시간이라면 황금같이 시간을 찾아야 하고, 오월 푸른 신록(新綠)을 그냥 지나쳐버렸다면 다시 신록을 찾아야 하는 아아 지금은 천심을 읽을 때다.

그 마음을 헤아리면서 새처럼 하늘에 훌훌 날라야 한다.

좋은 선지식을 만나서 '손가락을 한번 튕길 동안만이라도 지장보살*에게 귀의' 하고 몸과 마음으로 지은 죄보(罪報)에서 해탈을 받자.

지금은 능히 그렇게 할 수 있는 시간들이리라.

〈1992년 8월·법륜 통권 282〉

[보살(菩薩)] 산스크리트어 보디사트바(Bodhisattva)의 음사(音寫)인 보리살타(菩提薩埵)의 준말이다. 그 뜻은 일반적으로 '깨달음을 구해서 수도하는 중생', '구도자', '지혜를 가진 자' 등으로 풀이된다.

보살(菩薩)의 용어와 개념이 처음 등장하는 것은 기원전 2세기경에 석가모니(釋迦牟尼)가 전생(前生)에서 수행한 여러 행적을 이야기한『본생담(本生譚)』에서이며, 이때의 보살은 '본생보살(本生菩薩)'이라고 부른다.

본생보살은『본생담』에서 여러 가지 형태(形態), 즉 범천(梵天)·수신왕(樹神王)·장자(長者)·사제(司祭)·선인(仙人)·사자(獅子)·코끼리(象)·원숭이(猿)·새(鳥) 등으로 다양하게 등장하지만 모두 석가모니 1인에 귀착

(歸着)된다.

그러나 대승보살(大乘菩薩)의 경우는 다수(多數)이며, 각기 별개의 인격(人格)들이다. 대승경전에는 관세음보살, 문수보살, 보현보살, 지장보살, 미륵보살 등 수많은 보살들이 있으나, 이들은 석가모니가 아니다. 따라서 복수(複數)의 부처의 출현(出現)을 예견(豫見)하게 하는 존재(存在)들인 것이다.

이와 같이 당초 단수(單數)로써 석가모니부처만을 가리켰던 보살이 대승(大乘)에서는 복수(複數)로써 중생을 뜻하게 됨에 따라 과거, 현재, 미래에 다수(多數)의 부처가 있다는 다불사상(多佛思想)으로 전개되었던 것이다.

이에 누구든지 성불(成佛)하겠다는 서원(誓願)을 일으켜서 보살의 길로 나아가면 그 사람이 바로 보살이며, 장차 성불할 수 있다는 '범부보살사상(凡夫菩薩思想)'이 일어나게 되었다.

이러한 보살사상(菩薩思想)은 공사상(空思想)과 결합(結合)하여 깨달음과 보시(布施) 없이 얻을 것은 아무 것도 없으며, 오직 나와 남의 구분 없이 베푸는 삶(보살도, 菩薩道)을 통해 모든 생명(衆生)이 하나의 운명체로서 똑같은 깨달음을 얻어야 서로 간에 얽히고설켜있는 업보(業報)가 일시에 소멸(消滅)되고, 비로소 다 함께 삶(輪廻)의 굴레로부터 벗어날 수가 있다(解脫)고 믿는 대승불교(大乘佛敎)의 근간(根幹)을 이루었다.

대승의 보살사상 중 기본적인 두 개념은 서원(誓願)과 회향(回向)이다. 그것은 중생을 구제하겠다는 서원이며, 자기가 쌓은 선근공덕(善根功德)을 남을 위하여 헌신하겠다는 회향이다.

그리고 보살은 스스로 깨달음을 이미 이루어 해탈(解脫)할 수 있음에도 불구하고, 이 세상에 머물 것을 자원하여 일체의 중생(衆生)을 깨달음의 세계(피안, 彼岸)에 도달하게 하는 뱃사공과 같은 자라고 설명되고 있다.

보살의 개념은 갖가지로 확대되어 미래불(未來佛)인 미륵불(彌勒佛)을 탄생시켰다. 미륵불은 미래에 성불할 부처로서 현재는 도솔천(兜率天)에 미륵보살로 머물고 있다는 미래지향의 미륵신앙이 나타났다. 또한 정토사상(淨土思想)과 관련하여 아촉불(阿閦佛)과 아촉보살, 아미타불과 법장보살(法藏菩薩)의 관계가 성립하였다.

그리고 자비(慈悲)와 절복(折伏)의 신앙대상으로 관세음보살과 대세지보살(大勢至菩薩), 『반야경(般若經)』 계통의 문수보살(文殊菩薩), 『화엄경』 계통의 보현보살(普賢菩薩)이 성립되고 계속하여 지장보살(地藏菩薩) 등 수많은 보살들이 나타났다.

이들은 인간, 또는 초자연적인 존재의 모습으로 사람들의 신변에 나타나 중생들의 교화실천에 전념(專念)한다.

보살은 또 실재(實在)하였던 원효(元曉) 등 고승(高僧)이나 대학자에 대한 일종의 존칭으로도 사용되었다. 나아가 요즈음에는 재가(在家)·출가(出家)를 막론하고 모든 불교도들에게 확대되었다.

이 보살사상(菩薩思想)은 특히 중기 대승불교 이후 왕성하였던 여래장(如來藏)·불성사상(佛性思想)과 밀접한 관계를 이루며 발전한 대승불교의 알짜(정화, 精華)라 할 수 있다.

(출처: 한국민족문화대백과·한국학중앙연구원)

[세상을 보는 눈] 블랙홀이라는 용어를 처음 사용한 것으로 유명한 미

국의 이론물리학자 존 아치볼드 휠러(John Archibald Wheeler, 1911~2008)는 16세에 존스홉킨스대학에 입학하여 22세에 박사학위를 마친 천재로 아인슈타인과 같이 공동연구를 하기도 하였는데, 그가 세상을 떠나기 전에 자신의 생애를 다음과 같이 회고하였다.

"왕성하게 활동하던 1950년대에 만물은 물질('Everything is particles.')이라고 생각하였고, 그 이후 만물은 에너지('Everything is fields.')라고 생각하였으며, 만년에 들어서부터 만물은 정보('Everything is information.')라고 생각하였다."

이 말은 양자역학의 발전과 더불어서 현대물리학이 세계를 바라보는 관점이 어떻게 변하여 왔는지를 아주 간결하면서도 극명하게 보여준다.

시공간을 바꾸어서 『환단고기(桓檀古記, 한국 상고사에 대한 책)』에 실려있는 일십당(一十堂) 이맥(李陌, 1455~1528)의 『태백일사(太白逸史)』를 살펴보면, 제5장 '소도경전본훈(蘇塗經典本訓)'에서 잊혀진 우리의 사상을 엿볼 수가 있는데, 사람에게는 심(心), 기(氣), 신(身)의 삼망(三妄)이 있다고 하였다. 그러면서 '이들 셋은 셋이로되 나누어지지 않는 셋'이라고 하였다. 컴퓨터에 비유한다면 마음(心)은 소프트웨어, 기운(氣)은 전기, 몸(身)은 하드웨어에 해당하며 컴퓨터가 작동하려면 이 셋이 유기적으로 결합되어 움직여야 한다. '셋은 셋이로되 나눌 수 없는 셋'이라는 설명이 이들 간의 관계를 얼마나 절묘하게 묘사하는 것인지 알 수 있다. 그런데 이 순서를 역으로 바꾸어서 살펴보면 휠러의 말과 똑같은 점을 찾을 수 있다. 신(身)은 물질, 즉 입자(Particle)에 해당하고, 기(氣)는 에너지, 즉 장(場, Field)에 해당하며, 심(心)은 정보(Information)에 해당한다. 놀랍지 않은가?

현대과학이 이와 같은 세계관에 이르기까지 인류가 걸어왔던 길을 잠시 돌아보자. 세상을 물질로 보는 고전물리학적 세계관이 데카르트 (Rene Descartes, 1596~1650)와 뉴턴(Issac Newton, 1643~1727)에서 시작한다. 19세기 말이 되도록 서구의 학계는 물질론적 세계관이 완벽하다고 생각하였으며, 켈빈 경은 물리학으로 세상의 모든 것을 설명할 수 있어 더 이상 연구할 것도 없다고까지 공언하였다. 그러나 20세기 초에 아인슈타인이 광전효과(光電效果, Photoelectric effect)를 설명하면서 빛이 입자적 성질도 갖는다고 주장하자 많은 물리학자들이 곤경에 빠졌다. 이미 1811년에 영국의 영(Thomas Young, 1773~1829)이 이중간섭 실험을 통해 빛이 파동이라는 것을 확인하였는데, 아닌 밤중에 홍두깨 격으로 입자라고 하니 그럴 수밖에 없었다. 왜냐하면 파동은 운동현상이고, 입자는 물질적 존재이기에 당시 이 두 가지가 같이 공존한다는 것은 상상조차 할 수 없는 것이었기 때문이다.

1924년 프랑스의 이론물리학자 드 브로이(Louis Victor de Broglie, 1892~1987)가 입자에 파동의 특성이 있다며 입자와 파동의 공존현상, 즉 물질파의 존재를 주장하였다. 이 주장은 3년 뒤에 전자에서 파동의 특성이 발견되어 만물은 입자건 파동이건 가릴 것 없이 입자와 파동의 양 특성을 모두 지니고 있다는 것이 확인되었다. 같이 있을 수 없는 두 가지 전혀 다른 특성이 공존하는 것을 설명하기 위해 이와 같이 30여 년에 걸쳐 여러 뛰어난 학자들이 논쟁을 벌이고 또 협력하면서 양자역학의 기초가 다져졌다.

20세기에 이루어진 과학사상 가장 뛰어난 이론으로 평가받는 양자역학은 세상을 바라보는 관점에 있어서 고전물리학과는 전혀 다른 세계관을 제시하였다.

첫째로, 순수하게 입자로만 이루어진 물질이라고 하는 것은 존재하지 않으며 세상의 만물은 파동이다. 쉽게 말하면 만물은 출렁이는 물 위의 표면에 그려지는 물결무늬와 같은 존재라는 것이다. 물이 끊임없이 출렁이면서 만물이 생겨나는데, 끊임없이 출렁이게 만드는 힘을 양자역학에서는 영점장(Zero poing field) 혹은 영점에너지(Zero point energy)라고 부른다.

둘째로, 만물은 겉으로 보기에 분리되어 있는 것 같지만 모두 하나로 연결되어 있다. 이것은 비유하자면 개개인은 나무에 매달린 나뭇잎과 같은 존재로서 나무의 일부분일 따름이다. 개개인이 나와 너는 다르다고 생각하지만 실제로는 같은 나무에 매달려 있는 존재라는 것을 잊고 있을 따름이다. 이것을 양자역학에서는 비국소성(非局所性, Non-locality)이라는 전문용어로 표현한다.

이러한 양자역학의 결론에서 유도되는 세계관은 어떤 것일까? 첫 번째로 물 위에 나타나는 물결과 같은 파동 치는 에너지가 만물의 실체라는 것은 휠러가 말한 것처럼 만물이 실제로는 정보에 지나지 않는다는 것이다. 만물이 정보를 지닌 에너지체라면 생각, 상상, 환각 등도 바로 눈앞에 보이는 실체와 같은 존재라고 할 수 있다. 다만 에너지 밀도가 다를 뿐이다. 에너지 밀도가 낮은 존재는 길게 존재하지 못하고 사라지지만, 집중력을 발휘하여 에너지 밀도가 높아지면 생각을 실체화하는 것도 가능한 것이다. 이것을 두고 혹자는 귀신이라고, 혹은 영(靈)이라고 할 것이다. 두 번째로 물 표면의 무늬는 홀로그램과 같은 성질을 가지고 있어 아무리 작은 일부분이라 하여도 전체에 대한 정보를 담고 있다는 점이다. 이것은 양자역학의 두 번째 특성인 비국소성과도 연결이 되는데 파동으로서의 만물은 정보를 모두 공유하고 있다는 결론에 이르게 된다. 마치 나무가 각 잎사귀의 정보를 모두 알고 있듯이 말이다. 그러니 나는 알고 너는 모르는 것이 있을 수가 없다.

공간적 비국소성은 만물이 공간적으로 아무리 멀리 떨어져 있어도 모두 연결되어 있다는 것으로 생각하면 쉽게 이해된다. 그러나 최근의 연구 결과에 따르면 놀랍게도 비국소성이 시간 차원에서도 성립한다는 것이 밝혀지고 있다. 다시 말하여 과거, 현재, 미래가 동시에 존재하는 것이다. 이렇게 되면 뉴턴역학에서 이야기하는 인과론이나 결정론이 뿌리부터 흔들리는 셈이다. 우리는 다만 시공간이 변하는 한 줄기를 타고 가고 있기 때문에 시간이 흐르는 것처럼 착각하고 있을 뿐이지 위에서 보면 과거, 현재, 미래가 한꺼번에 존재하는 것이다.

이것은 양자역학의 결론 중의 하나, 즉 만물은 움직이는 상태라고 하는 동적 세계관과도 연관이 있다. 뉴턴역학에서는 만물이 입자로 구성되어 있으며 건드리지 않으면 영원히 그대로 있다고 보았다. 즉 정적 세계관에 해당한다. 그러나 파동이 실체라고 보는 양자역학에서는 파동이 사라지면, 즉 물결이 잠잠해지면 만물은 당연히 사라지는 존재에 지나지 않는다. 동적 움직임은 시간과 공간이 같이 변해야 나타날 수 있다. 시간만 변하거나 혹은 공간만 변하는 것은 있을 수가 없다. 다시 말하여 시간과 공간은 나눌 수가 없으며 우리가 시간이 흐른다고 느끼는 것은 착각일 뿐이고 엄밀하게는 '변화'라는 모습으로 나타나는 동적 현상만이 있을 뿐이다. 그러니 과거, 현재, 미래가 존재한다는 것도 우리의 착시에 지나지 않는다. 다만 변화의 속도 차이가 있을 뿐이다.

양자역학에서 제시하는 세계관은 실로 우리가 경험하는 것과는 너무나 달라서 이를 그러려니 하고 생각할 수는 있어도 실체적으로 받아들이기가 매우 어렵다. 그럼에도 불구하고 인류가 만들어낸 과학이론 중에서 자연현상과 가장 잘 들어맞고, 또한 그 어느 이론보다도 자연현상을 가장 폭넓게 설명하며 또 실용적으로도 전자공학이나 반도체 기술, IT 기술들이 모두 양자역학을 바탕으로 발전하였다는 사실을 생각하면 양자역학에서 유도되는 세계관을 수용하지 않을 수 없다.

양자역학이 이처럼 혁신적인 세계관을 제시하고 있음에도 불구하고 뉴턴역학적 물질론적 세계관이 워낙 오랫동안 여러 분야에서 깊게 뿌리를 내린 데다 우리가 경험적으로 체험하는 사실과도 일치하기 때문에 아직도 여러 학문분야가 물질론적 세계관의 영향권에서 벗어나지 못하고 있다. 실제로 오늘날 현대의학이 노정(露呈, 겉으로 다 드러내어 보임)하고 있는 여러 가지 문제점들은 인간을 물질적 존재로 보는 관점에서 벗어나지 못하고 있기 때문이라고 해도 과언이 아니다. 다시 말하여 앞서 말한 것처럼 심(心), 기(氣), 신(身)의 세 요소가 어울려 움직이면서 생명현상이 유지되는 것인데 이 중에서 물질에 해당하는 신(身)에만 초점을 맞추어 사람을 진단하고 치료하려고 하니 몸과 관련이 덜한 다른 원인, 예를 들어 에너지 순환이 잘 안 되거나 심리적 요인이 주된 질환에 대해서는 별 뾰족한 수가 없는 상황이다. 특히 정신과의 경우는 이것이 매우 심각한데 정신적 질환이 대부분 소프트웨어상의 문제일 가능성이 매우 높은 데도 불구하고 하드웨어적 접근법인 약물치료에 거의 전적으로 의존하고 있기 때문이다.

이러한 상황을 감안할 때 최면의학은 정신과 영역을 넓히는 효과뿐만 아니라 소프트웨어적 문제에 대한 제대로 된 접근이라는 중요한 의미가 있으며, 또한 존재에 대한 양자역학적 관점, 즉 만물은 에너지적 존재이며 생각도 상상도 에너지적 존재라는 결론과 일맥상통한다. 예를 들어 사람의 심신이 쇠약해지면 에너지 주파수가 떨어지고 그 결과 낮은 주파수의 에너지체와 공진하면서 이를 수신한 결과가 빙의나 해리와 같은 현상으로 나타날 수 있는 것이다. 이것은 빙의나 해리가 항상 안 좋은 모습, 혹은 부정적인 양상으로 나타나는 점으로부터도 확인할 수 있다. 따라서 건강해지면, 혹은 밝은 기운, 즉 높은 주파수의 기운을 심상(心象)을 통하여 가까이하면 이러한 현상은 절로 사라진다.

한편 기억에 관하여서 미국의 신경심리학자 래슐리(Karl Spencer Lashley, 1890~1958)는 감각기관을 통해 입력된 정보가 '엔그램(Engram)'이라는 요소로 뇌에 기록된다고 생각하였으나, 연구결과 기억이 대뇌 전체에 걸쳐 고루 저장되는 것 같다고 판단하였고, 신경생리학자 프리브램(Karl Pribram, 1919~)은 물리학자 봄(David Joseph Bohm, 1917~1992)이 처음 제안한 홀로그램 우주론을 뇌의 기억 및 정보 저장에 적용하여, 뇌는 감각기관을 통해 들어오는 정보를 홀로그램처럼 시각화하여 대뇌 전체에 저장한다고 결론을 내렸다.

최근에는 헝가리의 과학철학자 라즐로(Ervin Laszlo, 1932~)가 '아카식 장 이론(Akashic field theory)'을 주장하면서 양자역학의 영점장에 우주의 모든 정보가 기록되어 있다고 하였다. 이 내용은 인지학(認智學)의 창시자인 독일의 슈타이너(Rudolf Steiner, 1861~1925)가 말한 '우주적 기억' 혹은 '아카식 기록'과 매우 유사하다. 또한 융(Carl Gustav Jung, 1875~1961)이 말한 집단무의식(Collective unconsciousness)도 이를 바탕으로 설명할 수 있으며, 미국의 유명한 영매(靈媒)인 케이시(Edgar

Cayce, 1877~1945)의 '리딩(Reading)'도 아카식 정보로부터 온 것으로 알려져 있다.

우주의 모든 정보가 양자역학에서 말하는 영점장에 저장되어 있다는 관점에서 보면 전생에 대해서도 전혀 다른 각도에서 접근하는 것이 가능해진다. 과거, 현재, 미래가 순차적으로 존재한다면 전생이라는 개념이 있을 수 있겠지만 시간적으로 모든 것이 공존하는 양자역학의 관점에서 본다면 전생은 현생, 내생과 동시에 존재하며 전생기억 역시 영점장에 저장된 거대한 정보의 바다에 접속한 것이라고 볼 수 있다. 따라서 빙의나 전생체험이나 본질적으로 차이가 없다. 해리현상도 잠시 동안 다른 정보체계에 접속한 것이다. 양자역학에서는 모두가 하나이므로 개개인의 고유성이라는 것은 존재하지 않는다. 다만 한 나무에 매달린 잎사귀들 간의 차이 정도가 존재할 뿐이다. 따라서 빙의나 해리현상이 다른 인격체가 작용하는 것 같아 보여도 자기가 스스로 만들어내는 것이다. 결국 이 세상은 스스로 창조한 것이며 혼자 두고 있는 바둑과 같은 것이다.

양자역학에서 말하는 영점장과 정보적 존재라는 개념을 동양의 오랜 가르침에서는 각각 공(空)과 꿈(夢)이라는 말로 표현하여 왔다. 불가(佛家)에서는 꿈 대신에 색(色)이라는 용어를 쓰기도 한다. 현실세계가 꿈에 지나지 않는다는 것은 최근에야 이해되고 있는데, 이는 뇌의 인지작용과 연관이 있다. 뇌의 정보처리에 대한 연구가 진행되면서 인간은 뇌 속에 입력된 가상현실에서 살고 있다는 것이 드러나기 시작하였다. 다시 말하여 외부세계가 눈에 보이는 것처럼 실존하는 것이 아니라 내부세계의 투사(投射, Projection)에 지나지 않는다는 것이다. 우리는 외부세계가 자기가 만들어낸 세계임에도 불구하고 자신과 관계없는, 자신의 의지와는 상관없이 세계가 돌아간다고 착각하고 있는 것이다. 양자역학의 기초를 다진 덴마크의 물리학자 보어(Niels Henrik David Bohr, 1885~1962)는 일찍이 우리는 우리가 만들어낸 무대 위에서 연기하는 배우이자 동시에 관객이라고 하였다. 인식하는 주체가 따로 있는 것이 아니다. 양자역학에서 말하는 것처럼 모두가 하나이기 때문에 상대론적인 세계관은 설 자리를 잃는다. 따라서 자신과 분리되어 자신과 관계없이 돌아가는 대상, 즉 저 밖의 세계란 있지 않다. 모두가 자기가 시공간이라는 스크린 위에 자신 내면의 신념체계를 투사하여 영화처럼 돌리고 있는 것이다.

내가 정말로 투사를 통해 저 밖의 세계를, 모든 물질들을 만들어낸다는 말인가? 이것은 물질들이 고정불변의 존재이고 우리의 생각으로는 바뀌지 않는 것이라는 고정관념에서 나오는 의문에 지나지 않는다. 양자역학에서는, 거듭 말하지만, 모든 것이 파동이다. 예를 들어 X선 파동으로 만들어진 사람이 우리와 스쳐 지나갔다고 하자. 충돌은커녕 지나갈 때 약간 간섭이 일면서 귀신이 지나갔나 할 것이다. 만물은 파동이기 때문에 내가 생각하는 대로 변한다. 마치 물 위의 물결이 내 생각대로 흔들리고 바뀌는 것으로 이해하면 쉬울 것이다. 내 생각이 강하면 신념이 되면서 물질화가 되는 것이고, 약하면 물결무늬만 약하게 나타났다가 사그라지는 것이다. 따라서 내가 죽으면 외부세계는 모두 사라진다.

논리적으로는 이렇게 결론지어짐에도 불구하고 우리는 밖의 세계가 우리와 관계없이 영원히 존재하는 것처럼 생각한다. 그 이유는 누군가가 이 세상을 떠났어도 이 세계는 그대로 남는 것으로 보아 내가 죽어도 세상은 그대로 있을 것이라고 여기기 때문이다. 그러나 실제로는 모든 사람들이 공통의 감각경험을 지니고 있기 때문에 외부세계가 계속 존재하는 것처럼 여겨지는 것일 뿐이다. 죽은 이도 나와 같은 경험을 바탕으로 가상현실을 만들었고 나도 마찬가지이기 때문에 죽은 이가 떠난 다음에도 세상은 그대로 변함없이 있는 것처럼 보이는 것이다. 어린아이들에게 외부세계에 대한 인식이 형성되는 과정을 보면 아이들은 감각기관을 통해 입력된 정보를 바탕으로 신념, 즉 믿음이라는 투사체계를 부지불식간에 구축하고 이를 토대로 가상현실을 만들어낸다. 감각기관을 통해 입력되는 정보가 같으니 개개인의 내면에 형성된 가상현실이 유사할 수밖에 없다. 모두가 집단최면에 걸려 있는 것과 같다.

현실세계도 결국은 파동이기 때문에 모두가 계속 변하고 있는 존재이다. 다만 변하는 속도가 물질적 존재들은 인간을 포함한 생명체에 비해 느리고, 반대로 인간관계와 같은 역동적 현상들은 변화가 빠르다. 그렇기 때문에 최면치료를 통해 내면의 세계가 변할 때 그 결과가 빠르게 나타나는 부분이 인간관계인 것이다. 내면의 세계가 바뀐 상태로 계속되면 결국은 물질적 부분도 원하는 대로 변하고 삶 전체가 변하게 된다. 결국 인생은 우리의 내면에 존재하는 신념에 따라 만들어진 창조물인 것이다. 자신의 불행을 외부 환경이나 남의 탓이라고 하는 것은 자기가 만들어 놓고는 그것이 원인이라고 비난하는 꼴이어서 상황이 바뀔 수가 없다. 나의 현재 상황은 내 책임이다. 그러니 즐겁고 행복한 인생을 살려면 신념을 바꾸고 볼 일이다. 그러면 '정말' 그렇게 된다.

즉 우리는 경험을 바탕으로 만들어진 신념이라는 자기최면을 통해 세상을 만들고 웃고 울고 하는 것이다. 최면에 걸린 우리는 이 세상이 움직이지 않고 고정불변의 확고한 존재하고 여긴다. 누가 최면을 거는 것이 아니라 우리의 감각기관을 통해 들어오는 정보를 100% 맞는 정보라고 착각하면서 우리 스스로가 최면에 걸려 있는 것이다. 예로부터 선인들이 말하는 깨달음이라고 하는 것은 결국 최면에서 벗어나는 것을 말한다. 이렇게 본다면 최면으로 정신병뿐만 아니라 모든 질병을 치료할 수 있으며 초능력을 일으킬 수도 있고 사람이 발휘하는 초자연적 현상도 설명이 가능하게 된다.

(방건웅, 한국뉴욕주립대학교 교수)

여성이여, 얼굴 화장을 지우지 말라

봄이 왔음을 나는 그들의 소리에서 전해 듣는다.

무엇이나 제일(第一) 먼저 마음이요, 다음은 마음의 동요(動搖)됨이 있는 법이다.

겨울의 찬바람 아직 창호지 끝에 남아 있는데 공연히 일찍 봄을 서둘러 청(請)하는 것은 아닌지? 하지만 내 마음엔 봄이 와서 머문다.

시원한 바다의 빛처럼 너른 하늘과 단단한 땅 사이로 연결되어 내가 숨 쉬고 있는 이 산소공기는 이제부터 봄의 향기이며 그 소리뿐이다.

소리뿐이었다가, 집 울타리 노란 개나리꽃 서로 키 다투며 피어날 때 그 흔한 참새들 뒷전이고 종달새가 먼저 하늘 높이 노래한다.

노래할 때 비로소 나의 봄은 소리의 정적을 떠난 동적상태(動的狀態)에서 유(留)하게 된다.

흔히 말하는 봄바람에 취한다.

봄을 말한다면 나는 요즘 같은 세월이 안성맞춤이다.

달도 차면 기우는 법, 술이 익는 만발한 봄의 모습이라면 나는 싫다. 그러나 그러한 봄을 아주 싫어하지는 않는다. 어쩌면 열정의 봄을 기다리는 내 심정일 테니까 아직은 봄이 내 뜰 앞까지는 오지 않고 대문 밖에서 나를 손짓한다.

해마다 이맘때, 입춘 날짜가 되면 겨울잠에서 개구리도 깨어나 기지개를 켠다. 그러나 나의 봄은 훨씬 그 날짜를 당길 때가 많다. 하여간 일찍 봄을 향하여 내 마음 열어 놓았다.

쓸쓸하지 않게 때늦은 눈 내리고 다음날이 되는 점심시간 쯤 햇빛에 반사되어 차츰 녹아가서 잔혹스럽게도 눈물을 바라보며 아 나는 무어라고 말했었나.

또 어제 밤 끝추위의 마지막 나리고 떠나가는 고별의 눈을 위해 충정(忠情)을 바쳐서 나는 무슨 시를 적었었나.

다음날 되는 오늘은 유난히 햇빛 밝았다. 그 햇빛에 눌리어 그만 눈가루 부서져간 추녀 끝. 낙수(落水)방울 쳐다보면서 나는 눈치도 없이 봄을 노래했었지.

어젯밤엔 겉옷 두툼하게 걸치고 눈길을 걸었다. 정(情)들어 보내기 힘든 사람을 배웅하듯 눈을 바라보았다.

쳇바퀴 돌듯 집 근처만을.

소녀 같은 감상, 미련을 떨치고 어느 틈에 봄이라고 한다.

하지만 우리의 봄은 산고(産苦)를 닮은 봄이라 말할 수 있다.

겨우내 부어오른 살결에 봄바람 윤기를 바르고 싶다.

정신없이 보고 싶던 사람도 만나고 싶다.

어쨌거나 긴 겨울잠에서 깨어나 하루에도 몇 번 거울을 들여다보고 싶은 봄(春).

방 안 둔탁하게 들리던 벽시계는 오늘 쾌청하게 울리고 소리들 뒤에 숨어있는 정적. 창밖에 아름다운 새소리들. 그들의 정곡을 찌르는 낱말들.

눈이 녹는 질펀한 골목에서 부산하게 놀며 떠드는 아이들 소리. 그 길을 어른이 밟고 지나가는 큰 신발 소리.

집마다 자주 문 여는 소리.

옆집엔 강아지의 이름들 팽순이, 점순이 얼순이 간순이.

집 앞에서 고개 내미는 파밭. 그 멀리 풀리는 강물 소리. 그 산 너머 그리운 사람.

겨우내 보고 싶던 사람.

집 바로 앞 양수리 역을 지나가고 있는 기차 소리.

제 각각 소심한 이름.

그들의 이름을 기억하기 보다는 넓은 밭과 들판들 새 날아가는 하늘.

아아, 봄의 촉감은 그들의 소리로부터 온다.

그러한 봄의 촉감은 정감이나 정적을 불어주다가 차츰 동적현상을 유도(誘導)한다.

봄이 익으면 정적(靜寂)은 뚝 끊어지고 꽃들과 바람 속에 서로 엇갈려 섞이면서 그야말로 나는 봄에 신들린다.

바람 속에 꽃망울 터질 때 이때쯤은 여자의 마음도 화사하게 피어나는 것은 아닐까.

여자의 봄은 넉넉한 여유가 있다.

꽃 색깔 그대로 얼굴에 그려도 좋다고 생각되는데 좋은 정신의 충족이나 다를 바 없기 때문이다.

못난 얼굴이지만, 봄이 그려진 화장을 나는 지우지 않겠다.

여성이여, 봄 화장(化粧)을 지우지 말라.

봄이 주는 젊음을 가지고 당당하게 무슨 일이든 시작하자.

겨울동안 추녀 아래 웅크렸던 흙 빛깔도 어느새 봄기운 듬뿍 마시고 있다.

〈1992년 1월·여성세계〉

독서와 갈증해소

내 경우 책을 읽고 있으면 첫째로 마음이 고요해진다. 그만한 경우라면 남보다 독서가 뒤지지 않는 듯하지만 사실은 다독, 정독에도 끼어들지 못한다.

어떻게 그 설명을 해야 할까.

풀어놓은 망아지처럼 이리 저리 뛰어다니다가 결국 어미 말 곁으로 다시 찾아가는 귀소성(歸巢性).

풀어놓은 망아지 모습은 세파에 부딪히는 내 모습이지만 어미 말 곁에서 다시 평정을 회복한 경우라면 내가 책을 펼쳐 읽는 모습이다. 그러니까 책과 오랫동안 가까이 지내왔다는 실력 있는 사람하고 나하고는 아득한 거리감이 있는 것 같다.

돌이켜 보면 남들이 말하는 독서량에 끼어들지는 못해도 독서는 내 목마름을 적셔주는 즐거움이다.

예를 들어 전철이나 버스를 기다리며 할 일 없는 사람처럼 무료해지면 가까운 좌판가게에서 신문을 사서 대충 읽는다. 그동안은 나름대로 글자를 통해 느끼는 독서에서의 즐거움을 다시 찾는다.

신문이란 꼭 판에 박힌 말이긴 해도 스산한 거리 풍경들과 그곳 구체적인 사람들 모습 보다는 한결 부드러운 언어감각을 느낄 수가 있어서 즐겁다.

내 두뇌에서 잠자는 '말(言)'들을 깨우려는 이 방법을 나는 결코 독서라고 말하지는 않는다.

현실생활을 더 한층 높은 차원에 던져두고 바라보고 싶어서지만 시간과 장소에 구애받지 않고 마음먹고 정말 책을 읽게 되는 즐거움이란 여기에 비할 수 있을까.

울창한 수목, 꽃냄새, 새소리, 바람소리 속에 이름 모를 신선한 정적.

우리가 읽는 책 속에는 반드시 이런 정적이 흘러넘친다.

이유 없이 그저 마음 고요하고 마침내 이런 고요함이 거칠고 사나운 세파를 이겨낸다는 사실.

이렇게 교감하는 책들은 닫힌 문이 아니라 밤낮 구별 없이 스물네 시간 개방함으로써 사람 앞에 활짝 열린 문이 된다.

책이 사람보다 훨씬 높은 자리에 서 있는 것을 아는 사람이란 책을 소화시키는 사람이다.

책이 사람보다 높다는 것을 어찌 일일이 밝혀두랴.

사람이 쏟아 붓는 말은 단순하여 중간을 못가서 잘리는 것이지만 책 속의 말은 하늘에 떠 있는 구름처럼 끝 간 데 없이 이어나간다.

이 구름다리는 편편히 퉁기는 세파음들을 차근차근히 정화(淨化)하거나 조율(調律)한다.

책 속에 있는 사람에 대한 이러 저러한 모양을 어떻게 빛깔 없이 펼쳐 읽을 수 있을 것인가. 책에는 한문, 과학, 생물, 기타 모든 분야에 걸친 내용이 수록되어 있다 하더라도 '사람'을 빠트리면 이야기를 매듭지을 수가 없다. 사람, 사람. 작품 속에 등장하는 그 주인공들은 옛적이나 오늘이나 많은 사람을 공감시켰고 밤새워 읽으면서 눈물까지 자아내는가 하면, 짧은 시 한 편에서도 우주 전체를 숨 쉬게 하는 예가 '사람' 가운데서 끄집어 낸 이야기, 바로 사상이기 때문이다. 이렇게 우리와 공감하는 많은 서적들.

책 속에는 무엇이나 사람에 대하여 길을 터놓음으로써 작은 해결책이나마 스스로 터득(攄得)되는 경우도 있고, 그 공감대 안에서 얻어지는 즐거움이 있다.

짜증스런 여름엔 그래서 책 한 권이라도 더 읽게 된다.

더구나 남들은 바캉스(Vacance) 계절이라 해서 벌써부터 산과 바다로 떠날 채비를 하느라고 들떠 있다. 마치 철새처럼 홀홀 떠나는 듯하지만 역시 집에 돌아올 때는 헝클어져 정신없는, 대부분 그런 모습들이다.

지치고 들뜬 그런 모습과 달리 이번 여름철은 집에서 밀린 책이나 착실히 읽기로 굳히고 방(房) 한 귀퉁이에 대견하게 자리 잡고 있는 내 작은 서가(書架)를 기웃거린다.

때로는 잔잔한 먼지까지 날리는 듯한 책. 표지의 책 이름마저 알아볼 수 없는 오래된 책들도 적지는 않다. 그렇지만 거기서 나는 아련히 향내마저 맡는다.

낡은 책이나 새 책이 함께 어우러져 마치 나를 향하여 합창하듯 반가운 인사를 나는 받는다. 아니면 합창이 아니고 나를 쏘아보는 듯한 시선으로 질책을 하는 것이겠지만. 그 자책이란 나에게 얼마나 자극될까.

나는 그동안 나이를 먹으면서 얼마나 나태(懶怠)했고 나머지는 뻔뻔스러워 졌는가. 그럴 테지. 나는 혼자서 실성하는 사람의 헛소리를 냈다.

세상엔 정감이란 단어처럼 구수한 말은 없다고, 짐짓 그렇다고 생각하면 책에 대한 나의 실소는 다행하기까지 하다.

왜냐하면 나의 실소 속엔 책에 대한 대단한 관심을 붙들어 매려는 안간힘의 흔적이니까 말이다.

강물에 떠내려갔거나 시간처럼 흘러가서 지워져 버린 나의 청춘이 책 안에서 소리소리 지르는 것 같았다.

나이 들어 총명(聰明)이 가시는 것도 자연스러운 퇴화현상이라 하지만 내가 시간을 쪼개어 책을 읽은 청춘시절이 있었듯 지금 이 시간부터라도 총명해지자. 다시 젊어질 수 있다.

잔잔한 슬픔을 거두고, 대담하게 책들을 하나씩 훑어보기 시작한다. 책 속에 잃어버린 내 청춘이 있을 것이다.

'살기 바쁘다!' 하면서 나뿐만 아니라 다른 사람들도 책을 얼마나 멀리 했던가!

물론 책을 덮고도 얼마든지 외형적으로 사람 구실을 해낼 수 있을 테지만 책을 읽을 줄 아는 사람만이 사람의 인격을 키 잴 수 있는 비법(秘法)이 있다.

서가에서 제일 먼저 뽑은 책은 옛날 중국 철학으로서『논어』,『장자』,『노자』 정도였다. 책 이름 가운데 유달리 시선에 닿는 것은 우연이 아니었다. 그 책들은 목이 마른 지난 어느 시절에 심한 갈증을 마음의 지혜(智慧)로써 열어주었다.

공자에게서는 현실적인 일상생활에서 떳떳이 지킬 도리(道理)를, 선악의 차별을 초월하는 장자의 만물제동(萬物齊同)의 사상에서는 문학적인 감화(感化)를, 노자에서는 사람이 자연스럽게 살아가야 하는 도리를 대충이나마 짐작(斟酌)하게 되었다.

읽어 갈수록 마음이 밝아지는 이 세 권은 현대에서 자칫 무너지는 양심과 생활습관에 새롭게 단장(丹粧)을 입힐 것이다.

이 여름에 나는 고전(古典)을 읽는다.

〈1993년 8월 · 새마을문고〉

*웃긴 얘기

얼마 전 손님 여섯 명을 태워야 해서 동료의 미니밴을 빌렸다.

그는 흔쾌히 자동차 열쇠를 건네주었다. 고마웠다.

덕분에 일도 잘 마쳤다.

차량을 돌려주기 위해 연료를 채우고, 세차까지 하기로 했다.

주유소 자동세차기 앞에서 창문을 내리고 주유할 때 받은 세차쿠폰을 다시 건네주었다.

차량이 자동세차기 속으로 점점 끌려 들어갔다.

동료가 차량을 돌려받을 때 깨끗해진 외관을 보고는 얼마나 좋아할까?

흐뭇한 상상을 하고 있었다.

아뿔싸!

그때 무엇인가가 나의 뺨을 세차게 후려치는 것이었다.

한동안 정신을 차릴 수가 없었다.

나의 뺨을 후려치고 있는 것은 다름 아닌 물이었다.

내려진 창문으로 세차기의 세찬 물이 뿜어져 날아오고 있는 것이었다.

간신히 정신을 차리고 고개를 돌렸다. 그때를 놓치지 않고 콧구멍뿐만 아니라 입안에 까지 물이 침투해 들어오고 있었다.

왼쪽 손가락으로 더듬어 버튼을 찾아 간신히 창문을 올릴 수 있었다.

창문 올라가는 시간이 참으로 길게 느껴졌다.

동료를 무슨 낯으로 보나 하는 걱정이 점점 더해 갔다.

동료가 차를 돌려받을 때 내부까지 물로 세차된 현실을 보고는 얼마나 흥분해할까? 생각할수록 끔찍했다.

　나중에 동료가 차량을 돌려받을 때 그는 내가 예상했던 것보다 더 날뛰었다. 사실 그때 미안한 얘기지만 속으로 웃고 있었다.

　지금도 그때의 상황을 상상하면 웃긴다.

연보(年譜)

· 1940년 7월 17일   서울특별시 중구 출생 (본적 : 서울 종로구 평동 78번지)

· ~1961년   서울 풍문여고(豊文女高) 졸업

· 1962년~   서울 용산구 이태원동 거주

· 1962년   『자유문학(自由文學)』제7회 신인상 시부(詩部) 당선
(당선작: 「종소리」)

· 1964년~   서울 서대문구 행촌동 6-1 거주

· 1964년~   『여류시(女流詩)』·『신문학(新文學)』동인, 한국문인협
회·국제펜클럽·한국여류문학인회·한국시인협회
회원

· ~1964년   월간『자유문학(自由文學)』기자

· ~1965년   월간『문학춘추(文學春秋)』기자

· 1966년~   서울 성북구 송천동 465-15 거주

· 1968년~   서울 성북구 쌍문동 산299(금강사 앞) 거주

· 1970년 12월   시집『지금 이 시간(時間)』발간(청암출판사)

· ~1970년   월간『대종교보』기자

· 1973년~   서울 성북구 정릉2동 195-91 거주

· ~1973년   월간『직업여성』기자

· ~1975년   월간『세계 속의 한국』기자

· ~1977년   월간『화랑도』기자

· 1980년~   서울 성동구 구의동 48-6 거주

· 1981년 8월   『한국여성독립운동사』발간(3·1여성동지회, 공동저서)

·1983년~　　　서울 성동구 구의동 116-1 신안 연립주택 301호
　　　　　　　 거주
·1984년~　　　서울 성동구 구의동 137-9 거주
·1985년~　　　서울 용산구 이태원동 64-27 거주
·~1986년　　　월간 『동서문학』 근무
·1986년~　　　서울 동대문구 망우동 90 장미아파트 5동 104호
　　　　　　　 거주
·1987년~　　　서울 노원구 월계동 392-33 거주
·1990년~　　　서울 중랑구 망우1동 226번지 경남아파트 3동
　　　　　　　 501호 거주
·1992년~　　　경기도 양평군 양서면 용담리 316-3
·1995년~　　　경기도 안양시 평촌동 부영아파트 2동 1011호 거주
·1997년~　　　성남시 분당구 백현2동 370-3 거주
·2008년~　　　성남구 분당구 정자동 한솔마을 8단지 거주
·2017년 1월 30일　고려대학교 안산병원에서 지병으로 별세

여류시(女流詩)

· 1964년 8월 여류시 1집, 보진재(寶晉齋)

 — (시) 고독(孤獨), 새벽(그 소리) / (수필) 어렵다

· 1964년 12월 여류시 2집, 삼화출판사(三和出版社)

 — (시) 고운 세상을, 어떤 시(詩)Ⅰ(그 소리), 대화하는 동안, 세월(歲月)Ⅱ

  (단상), / (수필) 과정(過程)을 위하여

· 1965년 4월 여류시 3집, 춘추각(春秋閣)

 — (시) 여유, 지금 이 시간에

· 1965년 8월 여류시 4집, 춘추각(春秋閣)

 — (시) 같은 내용의 시(산문, 과거), 빈인(貧困) / (수필) 슬픔

· 1966년 5월 여류시 5집, 춘추각(春秋閣)

 — (시) 정신일기(情神日記), 불망(不忘)의 시(詩), 나

· 1968년 5월 여류시 6집, 유문출판사(有文出版社)

 — (시) 왕(王), 자화상(自畵像), 꽃을(한동안) / (전기) 후기(後記) / (수필) 낙서

· 1971년 5월 여류시 7집, 공화출판사(共和出版社)

· 1971년 11월 여류시 8집, 공화출판사(共和出版社)

· 1972년 4월 여류시 9집, 공화출판사(共和出版社)

· 1972년 10월 여류시 10집, 공화출판사(共和出版社)

· 1983년 11월 여류시 11집, 제3기획(第三企劃)

 — (시) 가무(歌舞), 바람의 시(詩), 풀잎에 서다, 하늘 / (전기) 시단(詩壇)의

  신선한 바람으로(김재홍)

· 1984년 11월 여류시 12집, 정상(頂上)의 계절, 지문사(知文社)

- (시) 들판, 잔잔한 호수에, 어디엔가 남아있다(즉흥환상)
·1985년 11월 여류시 13집, 여운(餘韻), 문학예술사(文學藝術社)
- (시) 바람과 불, 향나무
·1986년 11월 여류시 14집, 여운(餘韻), 문학예술사(文學藝術社)
·1987년 12월 여류시 15집, 겨울 파도: 詩와 散文, 제3기획(第三企劃)
- (시) 산(山)1·2, 어느 하루
·1988년 10월 여류시 16집, 인식(認識)의 물, 제3기획(第三企劃)
- (시) 곧은 것, 섬
·1989년 10월 여류시 17집, 바람의 말, 제3기획(第三企劃)
- (시) 깃발, 물소리는
·1990년 12월 여류시 18집, 피안의 길목, 도서출판 답게
- (시) 말하는 보살, 아름다움, 살
·1991년 9월 여류시 19집, 내밀(內密)의 뜨락
- (시) 마흔살 서정(抒情), 즉흥 삼제(그 장단이야 누구나, 이슬비, 사랑에게),
  시골, 우리의 노래
·1992년 12월 여류시 20집, 무한(無限)탐험, 도서출판 답게
·1993년 12월 여류시 21집, 새벽 창가에서, 도서출판 답게

시인은 자의적 결정으로
혼자서 살아 본 세상
후회하지 않는다고 말하지 않았습니다.

단지, 억울했다고 말했습니다.

이것이 혼자 사는 그대에게 전하는 마지막 메시지입니다.

一切有爲法
如夢幻泡影
如露亦如電
應作如是觀

혼자서 살아본 세상

박덕매 시인 작품전집

발 행 처 · 도서출판 청어
발 행 인 · 이영철
영   업 · 이동호
기   획 · 천성래
편   집 · 방세화
디 자 인 · 김영은 | 이수빈 | 이해니
제작이사 · 공병한
인   쇄 · 두리터

등   록 · 1999년 5월 3일(제1999−00063호)

1판 1쇄 인쇄 · 2019년 12월 20일
1판 1쇄 발행 · 2019년 12월 30일

주소 · 서울특별시 서초구 남부순환로 364길 8−15 동일빌딩 2층
대표전화 · 02−586−0477
팩시밀리 · 0303−0942−0478

홈페이지 · www.chungeobook.com
E−mail · ppi20@hanmail.net
ISBN · 979−11−5860−701−2(03810)